자전소설 쓰는 법

HOW TO WRITE AN AUTOBIOGRAPAHICAL NOVEL

이 책의 한국어판 저작권은 The Wylie Agency (UK) LTD와의 독점 계약으로 푸른커뮤니케이션에 있습니다.
저작권법에 의해 한국 내에서 보호를 받는 저작물이므로 무단전재와 무단복제를 금합니다.

자전
소설
쓰는 법

알렉산더 지 지음 | **서민아** 옮김

P 필로소픽

내게 싸우는 법을 가르쳐주신
어머니, 아버지에게 이 책을 바칩니다.

차례

 저주

열다섯 살 때, 나는 교환 학생 프로그램 때문에 툭스틀라 구티에레스에서 여름을 보냈다. 그곳은 과테말라 국경에서 북쪽으로 480킬로미터 정도 떨어진 곳에 위치한 멕시코 치아파스주의 주도다. 내가 홈스테이한 곳은 구티에레스 씨 집이었다. 이 지역 이름이 그들의 조상이름을 따서 지어졌는지 물어보진 않았지만, 혹시 그랬다 하더라도그처럼 뼈대 있고 부유한 가문임에도 그들은 자신들의 명성을 대단치않게 여겼을 것이다. 그 집의 아버지 페르난도는 한때 하역 회사에서일했지만 지금은 자영업 비슷한 일을 했고, 어머니 첼라(철자가 Cela인데 '첼라'라고 발음했다.)는 무용 선생이었다. 그들은 살아 있는 걸 행운이라고 여기는 사람들처럼 살았고, 나는 곧바로 그들이 좋아졌다.

그들의 아들 미겔 앙헬은 그 전 해에 미국 메인주의 케이프 엘리자베스에서 나와 우리 가족과 함께 지냈다. 앙헬이 자기 부모님에게 내이야기를 해서, 그들은 한 번도 본 적 없는 나를 줄곧 알고 지낸 아이처럼 맞아주었다. 그들의 집은 근사하고 현대적이었다. 나무와 풀과

치장 벽토가 아슴푸레하게 반짝였고, 가시 철망이 얹힌 높은 담, 그리고 줄기가 굵직하고 잎들이 하늘의 별들 사이로 늘어서 있을 것처럼 커다란 나무들이 집을 둘러싸고 있었다. 나중에 알고 보니 그 나무들은 망고나무였다.

첫날 밤, 명랑하고 다정한 분위기에서 저녁을 먹으며 그 가족이 내게 말했다. 혼란스러울지 모르지만 여름 동안 나에게 영어로 말하지 않겠다고. 그래야 내가 스페인어로 말할 줄 알게 될 거라고 했다. 나는 그 조건을 받아들여서, 스페인어로 알겠다고 말하며 웃었다. 겁은 났지만, 나는 목적이 확실했고 벌써부터 그들을 기쁘게 해주고 싶었다.

그날 밤 누워서 잠을 청하고 있을 때, 집 주변을 둘러싸고 있거나 거리를 따라 죽 늘어선 망고나무에서 잘 익은 망고 떨어지는 소리가 들렸다. 익은 정도에 따라 테니스공처럼 팡팡 하는 소리부터 과육 튀는 소리까지 다양한 소리가 들려왔고, 이따금 자동차 앞 유리에 부딪혀서 깨지는 소리도 들렸다.

나무를 베야겠어, 라고 다음 날 아침에 첼라가 말했다. 첼라는 망고가 떨어질 때마다 이렇게 말했지만 그들은 결코 나무를 베지 않았다. 그들은 깨진 자동차 앞유리를 망고 가격인 셈 치는 것 같았고, 우리는 최대한 부지런히 망고를 먹어치웠다. 대신에 그들은 정원사에게 망고를 쌓아놓게 했고 마치 식탁보 갈 듯이 자동차 앞유리를 갈았다. 이는 내가 어린 시절에 굉장한 부자들의 생활을 처음으로 목격한, 일종의 체험 학습이었을 것이다.

몇 년 뒤, 치아파스의 지독한 가난을 알게 되었을 때에야 — 그도 그럴 것이 높은 담장 위에 가시철망까지 얹혀 있었으니까 — 나는 망고 철이 여름 내내 이어진다 해도 자동차 앞유리를 깨뜨린 것이 과연 망고뿐이었을까 하는 의문이 들었다.

*
**

지금 생각하면 특이한 프로그램 같지만, 아무튼 내가 다니던 고등
학교에서는 그 프로그램을 위해 그해 여름에 나를 포함해 모두 열두
명의 학생을 치아파스로 보냈다. 그 전 해에 멕시코 학생들이 미국에
와서 우리와 함께 생활했고, 다음 해에 우리가 멕시코로 가서 그들의
가정에서 생활했다. 그러나 그들과 달리 우리는 수업에 참여하지 않
았다. 여름 자체가 수업이 되어야 한다나. 내가 머물던 가정에서 나에
게 영어를 쓰지 않도록 약속하게 하지 않았더라면, 내가 뭘 배우기나
했을지 모르겠다. 우리 선생님이 보호자로 함께 왔지만 우리를 가르
치지는 않았다. 다른 땐 뭘 하시는지 모르겠지만, 가끔씩 우리가 사람
들이 많이 찾는 유적지를 탐방하거나, 수도가 되면 잘살 거라는 속임
수에 넘어가 한때 멕시코의 수도가 되기도 했던 조용하고 햇빛이 강
렬한, 근처의 도시 산크리스토발 데 라스 카사스 같은 곳으로 쇼핑을
하는 식으로 그룹 현장 학습을 할 땐 선생님도 동행했다. 나는 구티에
레스 가족이 학교나 직장에 가 있는 동안 아무도 없는 호화 저택을 돌
아다니느라 몇 날 며칠을 두문불출하며 보냈고, 그러느라 이런 현장
학습은 안중에도 없었다. 홈스테이 하는 집의 아버지 페르난도의 침
실 옆 드레스룸에는 그의 부분 가발이 상당히 많이 보관되어 있었고,
마네킹들이 머리에 가발을 쓰고 늘어서 있었다. 나는 이 가발이 암시
하는 그의 삶에, 그가 공식적인 머리카락과 사적인 머리카락을 따로
가지고 있다는 사실에 완전히 매료되었다.

이는 내가 그해 여름 열심히 수집했던 수많은 자질구레한 정보 가

운데 하나에 불과했는데, 남의 집을 염탐하는 것처럼 보인다면, 그렇긴 했다. 나는 멕시코에 올 때 가지고 온 소설, 프랭크 허버트Frank Herbert의 《듄Dune》 시리즈에 푹 빠져 있었다. 이 책은 같이 놀 친구 하나 없는 어린 소년이 메시아적 인물이라는 의혹을 받고, 특별한 힘을 지닌 여자들의 비밀 단체인 베니 제서리트Bene Gesserit의 강박적일 만큼 세부적인 관찰을 견디며 훈련을 받는 이야기다. 나에게 이 소년은 평범한 인간에서 출발해 보통 사람들은 쉽사리 놓치는 것들을 꿰뚫어 보는 능력으로 영웅이 되는, 비슷한 히어로 시리즈(과학 탐정 브라운, 셜록 홈스, 배트맨)의 최신 버전이었다. 나는 관찰을 통해 나도 이런 능력을 얻을 수 있는지 확인해보고 싶었다.

책을 읽지 않을 때면 나는 직접 이야기를 썼다. 초자연적인 힘을 지닌 돌연변이들이 당연히 그들을 통제하려는 정부로부터 달아난다는 내용이었다. 지금까지 이 이야기를 읽은 사람은 아무도 없다. 기본적으로 〈엑스맨〉 팬픽션이었는데, 그렇다는 사실을 나중에 알았다.

타고난 능력이나 인내를 통해 힘을 얻는다는 이런 종류의 이야기처럼 사는 것. 그것은 내가 꾸었던 가장 위대한 꿈이었다. 그리고 당시엔 말할 수 없었지만, 이 꿈을 실현한다는 건 내 모든 노력이 그만한 가치가 있다는 의미일 거라고 생각했다.

그해 여름, 이 일 못지않게 날마다 빠짐없이 한 일은 요리사 판치타가 담백하고 신선한 토마토소스 같은 걸 발라서 튀긴 다음 하얀 치즈 가루를 뿌린 토르티야를 우적우적 씹어 먹으며 그녀와 함께 주방 텔레비전 앞에 앉는 것이었다. 우리는 함께 〈엘 말레피시오El Maleficio〉(우리나라에서는 〈가브리엘의 초상〉이라는 제목으로 방영된 적이 있다 — 옮긴이)라는 텔레비전 연속극을 보았다. 오악사카에 사는 부유한 악마

가족이 다양한 문제에 휘말리는 내용이었다. 나는 이 연속극을 좋아했다. 〈댈러스〉나 〈팰컨 크레스트〉 같은 막장 드라마에서 곧장 걸어 나온 것 같은 남자들과 여자들이 서로를 향해 소리 지르고, 마법을 걸고, 복수를 약속했으며, 가뜩이나 유령 같은 모습이 싸구려 특수 효과로 더욱 기괴하게 비쳤다. 나는 고등학교에서 2년 동안 스페인어를 공부했지만, 처음엔 연속극에서 하는 말을 거의 알아듣지 못했다. 그런데 이 집에서 한 달쯤 지낸 어느 날, 텔레비전을 보다가 마녀들이 하는 말을 전부 알아듣고 있다는 걸 깨달았다. 광고가 나왔는데, 그것도 알아들었다. 뉴스가 나오자, 그 내용도 이해가 됐다. 마치 이 드라마가 나한테 마법을 건 것만 같았다.

이제 나는 스페인어를 유창하게 했다. 판치타에게 그런 의미의 말을 했더니, 판치타는 살포시 미소를 지은 뒤, 이내 환하게 웃으며 나를 축하해주었다. 그리고 자신의 스페인어는 나보다 조금 더 나을 뿐이라고 농담을 했고, 그날 나에게 특별히 토르티야를 한 개 더 만들어주었다.

홈스테이 형제 미겔 앙헬은 우리 학교 프로그램이 부당하다며 거의 밤마다 씩씩거렸다. 하긴 그가 여름학교에서 돌아오면, 피부는 햇볕에 그을려서는 책이나 읽고 있는 내 모습을 발견하곤 했으니까. 열일곱 살 앙헬은 키가 크고 말랐으며, 아이돌 가수 같은 감미로운 미모가 언뜻 엿보이는 얼굴은 그럭저럭 사랑스럽게 생겼다. 커다란 앞니는 귀엽게 덧니가 났고, 내가 아는 사람 중에 제일 딱 붙고 제일 해진 청바지를 입었으며, 머리 모양은 레이프 가렛(1970, 80년대 전성기를 누린 미국의 팝 가수 — 옮긴이)처럼 텁수룩했다. 이따금 앙헬은 학교에서 집에 돌아오면 샤워를 한 뒤 신중하게 옷을 갈아입고 저녁에 디스코 클럽에 갈 준비를 했다. 나는 앙헬이 이렇게 준비하는 모습이 어설퍼 보이면서도 황홀했고, 그가 향수 뿌리는 걸 보는 것만으로도 거의 신비하게 느껴질 지경이었다.

나는 그 모습을 끝까지 지켜보았다.

어느 땐 내가 카메라가 된 기분이 들었고, 사람들에게 그런 내 모습을 들키면 깜짝 놀랐다. 나는 그와 그의 친구들에게 조금 반한 상태였다. 그들은 나보다 한두 살 많은 열여섯, 열일곱 청소년이었고, 모두 아름다웠다. 나는 소설 《듄》에서처럼, 시시콜콜한 내용을 모조리 알아내면 내 욕망의 대상을 더 크게 장악하기라도 할 것처럼 가능한 모든 걸 알아내고 싶었다. 낮과 밤의 부드러운 리듬 아래 숨어 있는 이 모든 것에는 암호가 있을 것만 같았고, 나는 그 암호를 풀고 싶었다.

미겔과 나는 마을의 쓰레기 하치장 꼭대기에서 종종 그의 친구들을 만났다. 우리는 비탈에 차를 세우고 자동차 트렁크 문을 열어 달콤하고 끈적끈적한 음료에 섞은 브랜디와 콜라를 차려놓고 벌컥벌컥 마시며 여름밤의 더위를 식혔고, 그러고 나서 다 함께 디스코 클럽으로 향했다. 젊은 남자들과 한 잔 마시고 난 뒤라 약간 나른한 상태에서 분위기가 제법 감각적이 되면, 나는 나만의 상상에, 금방이라도 무슨 일이 일어날 것만 같은 어떤 느낌에 사로잡혔다.

이 소년들은 모두 여자아이들을 기다리고 있었는데, 여자아이들은 몸치장에 시간이 오래 걸렸기 때문에 우리는 그들이 옷을 갈아입고 화장을 하는 동안 술을 마셨다. 나는 여자아이들이 도착하는 순간을, 쓰레기 하치장 꼭대기에 모인 소년들이 여자들이 도착하면 태도가 어떻게 바뀌는지를 지켜보았다. 당시에 나는 이미 내가 게이라는 사실을 알고 있었고, 그래서 이런 풍경 속에 있다 보면 뭔가 다른 조짐이 나타나지 않을까 간절히 고대했다. 그러다 보면 무언가가 사라지지 않을까 고대했다. 여자아이들은 각자 차를 타고 도착했고, 헤드라이트 불빛이 우리가 서 있는 모습을 훑었다. 여자아이들은 당당한 태도로 자동차 밖으로 걸음을 내디뎠다. 화장을 한 그들의 모습은 대단히 매력적이었고, 다리는 매끈했으며, 립글로스를 발라 촉촉한 입술은 반짝거렸고, 방금 바른 매니큐어와 페디큐어는 캄캄한 밤에도 불꽃처럼 빛났다. 남자아이들은 만화책에 나오는 늑대처럼 능글능글한 미소를 지으며 으르렁거리는 듯한 소리로 인사했다.

그런데 미겔의 친구들 중 두 사람이 유독 내 주의를 사로잡았다. 그들은 서로 깊이 사랑하는 것 같았는데, 우리는 대범한 남자답게 지켜주자는 식으로 크게 내색하지 않고 그들을 존중했다. 그들은 내가 생각한 거친 사내의 모습은 아니었지만 누구보다 남자다워 보였고, 잠시도 서로에게서 떨어지지 않았다. 여자아이들이 도착하기 전에 둘은 나란히 앉아 서로에게 팔을 둘렀는데 그 모습이 편안하고 보기 좋았다. 마치 내 눈에 그 열기가 느껴지기라도 하듯, 내가 앉은 곳에서 그들의 피부가 닿는 모든 곳을 느낄 수 있었다. 이따금 밤이 끝나갈 무렵이면 한 사람이 다른 한 사람의 어깨에 머리를 얹곤 했는데, 그 모습에 나는 그 밤 내내 묵직하게 가슴이 아팠다. 그러나 여자아이들이 도착하면 그들은 아무 일 없었다는 듯 곧장 서로에게서 떨어져 그 자리에서 벌떡 일어났다.

모두가 나에게 다정하게 대했지만, 내가 아는 한 아무도 나에게 연애를 걸지는 않았다. 나는 너무 어렸다. 세련되지도 않았다. 금 목걸이도 하지 않았다. 내가 생각하기에도 특별한 구석이 없었다. 그러나 단 하나, 내가 자부심을 느끼는, 그리고 사람들이 종종 예쁘다고 말해주는 눈만은 예외였다. 나는 그 눈을 이용했고, 바로 이 눈이 내 강력한 꿈을 이루어줄 거라고 확신했다. 솔직히 그들이 보기에 나는 고작 애송이에 불과했을 것이다. 나는 메인주 출신이었고, 평범한 헤어스타일에 평범한 갈색으로 부분 염색을 했고, 평범한 스타일의 청바지에 평범한 폴로셔츠를 입었으니까.

내 공책들 대부분에는 빤히 응시하는 눈이 그려져 있다. 어느 때 나는 그 눈을 그리면서 나 자신을 응시했다. 어느 땐 그림을 완성하면서 내가 나를 들여다보는 기분이 들었다. 지금도 나는 이 눈을 그린다. 이 눈은 그 지켜보는 시선이 자신을 숨겨준다고, 그리고 동시에 힘을 준다고 믿는 한 소년을 위한 완벽한 부적이었다.

*
**

무슨 일인가가 일어나고 있었다. 아니, 어떤 의미에서는 이미 일어났다고 할 수 있었다. 어떤 면에서는 지금까지 느껴본 적 없는 편안함을 멕시코에서 느꼈다.

이제 막 유창해진 스페인어도 그 이유 중 하나였다. 이 목적, 엄연히 우리가 치아파스에 온 주된 목적을 달성한 사람은 교환 학생 열두 명 가운데 내가 처음이었다. 그뿐만 아니라 나는 교환 학생 가운데 유일한 아시아인, 그러니까 백인이 아닌 학생이었다. 현장 학습에 가면 아이들은 나에게 '그들'이 무슨 말을 하느냐고 물었고, '그들'은 자기들을 대신해 말해달라고 부탁하기 시작했다. 학생들이 제대로 할 수 있는 대화라고는 고작해야 "¿Cuánto cuesta?(이것의 가격은 얼마입니까?)" 정도의 기본적인 수준이어서 나는 그들을 살짝 무시하면서, 그렇지만 그런 감정을 잘도 감추면서 그들을 도왔다.

현장 학습을 가지 않을 땐 각자 알아서 돌아다녔다. 나는 될 수 있는 한 혼자 다녔기 때문에, 미국인 아이들과 함께 있지 않을 때 그들이 시간을 어떻게 보내는지는 전혀 몰랐다. 닉 스타크는 내가 찾아낸 유일한 학생이었다. 닉은 다른 아이들과 마찬가지로 구제 불능일 정도로 발음이 형편없었고 단어도 죽어라고 못 외웠지만, 나는 닉과 친구가 되었다. 무엇보다 닉이 굉장히 잘생겼다는 걸 알아보았기 때문이다. 자동으로 닉은 미국인 학생들 중에 나와 가장 친한 친구가 되었다. 오후에 내가 좋아하는 텔레비전 드라마 시간이 끝나면 우리는 둘의 홈스테이 가족이 모두 회원으로 등록한 툭스틀라 컨트리클럽 야외수영장에 종종 수영을 하러 갔다. 그래서 수영복으로 간신히 가려진 부분을 제외하면 둘 다 온몸이 햇볕에 그을려 완전히 갈색이 되었다. 닉이 한 번도 나를 놀리지 않아서 나는 그런 몸으로 잘도 다녔고, 닉을 보는 게 즐거웠다. 탈의실에서 닉이 몸에 딱 붙는 수영복을 벗거나 입을 때면 햇볕에 그을린 그의 피부가 하얗게 반짝였는데, 어찌나 눈이 부시던지 카메라 플래시 같았다.

나처럼 닉도 까만 머리카락에 까만 눈동자여서, 입을 다물고 있으면 클럽에 있는 많은 멕시코인 회원들과 비슷했다. 그들은 대부분 유럽계 출신이라, 그곳에서 수영을 할 때 우리가 말을 하지 않는 한 거의 그들의 관심을 끌지 않았다. 그러나 닉이 입을 열면, 치아 교정사의 집도에 의해 완벽하게 탄생한 미국인 특유의 크고 희고 가지런한 치아가 드러났다. 내 치아도 크고 희었지만 우리 어머니 치아처럼 약간 덧니였다. 그리고 어머니 치아처럼 교정할 정도는 아니었으며, 내 스페인어 억양이 더 좋아지면서 그럭저럭 눈감아줄 만했다. 툭스틀라에 사는 멕시코 사람들은 우리가 미국에 있을 때 알던 그 어떤 부자들보다도 치아 교정에 덜 집착한다는 걸 나는 벌써 알아챘다. 1970년대 치과 교정술은 미국의 강박 관념 그 자체였다. 그러므로 나는 이제 닉이 나에게 무얼 지적하려는지 알았다. 나도 멕시코 사람처럼 보인다고 말하려 한다는 걸. 아니, 솔직히 내 치아가 조금 더 컸다.

"너 꼭 현지인처럼 군다." 어느 날 우리가 수영을 마치고 옷을 갈아입는데 닉이 나에게 말했다. 컨트리클럽의 차가운 초록색 사물함에서 염소와 녹 냄새가 났다. 내가 조심스럽게 사물함 문을 닫자 냄새가 아주 약간 희미해졌다. 나는 닉이 이렇게 말해줘서 기분이 좋았고, 그래서 더 많은 정보를 주고 싶었다. 하지만 그가 옷을 갈아입는 모습을 보는 데 정신이 팔려서 아무 생각도 나지 않았다. 그 무렵 나는 닉에게 끌리고 있다는 걸 깨닫던 터라, 마치 주변의 다른 것들과 마찬가지로 그의 아름다움에 별 관심 없는 척 그에 대한 관심을 조절하는 법을 익혔다. 그런데 그날, 닉의 페니스는 마치 성대와 연결이라도 된 것처럼 그가 말할 때마다 올라갔다 내려갔다 했고, 아름다운 갈색으로 그을린 상반신과 하반신 사이에 눈이 부시도록 흰 피부 한가운데에서 장미꽃처럼 분홍빛을 띠었다. 닉은 굉장히 섹시한 나폴리 아이스크림 같았다.

닉은 내가 돌아서서 자기를 마주보길 기다렸고, 자신의 감청색 수영복을 앞으로 내밀어 그 안으로 들어가기 위해 대기하고 있었다.

"'현지인' 같다는 게 정확히 무슨 의미야?" 내가 닉에게 물었다.

닉은 대답을 하기 위해 잠시 고심했다. 그의 말이 무슨 뜻인지 내가 알 거라고 기대한 모양이었다. "아, 저기, 그러니까, 네가 멕시코 사람인 척할 줄 안다는 거지. 넌 스페인어를 정말 잘하잖아, 꼭 멕시코 사람처럼."

"그래?" 나는 사물함 옆 벤치에 앉았다. 닉은 그 옆에 서 있었다. 마치 수영복을 입기 위해 이 대화에서 풀려나길 기다리는 것 같았다.

지금 생각해보면, 어쩌면 닉도 나에게 연애를 걸었는지도 모른다.

"그래." 그가 말했다. "여기 사람들 모두 틀림없이 널 현지인으로 믿을걸? 넌 멕시코 사람인 척 완벽하게 속일 수 있을 거야." 그의 페니스가 다시 흔들렸다. 이제 나는 벤치에 앉았고, 내 눈높이에 그의 페니스가 있었다. 내가 그의 페니스를 보고 있다는 걸 그가 알아차리지 못하도록 그의 얼굴을 올려다보았지만, 시야 끄트머리에 보일락 말락 하는 그것 때문에 애가 탔다. 나는 질문을 더 했다. "넌 아직 따분하지 않냐? 우리가 수업이 없는 게 이상하지 않아? 파블로 그 미친놈이 여름 프로그램을 이딴 식으로 만들어놨어." 파블로는 우리 스페어어 선생, 카스텔라노스 씨였는데 우리는 늘 그를 파블로라고 불렀다. 우리는 그를 한 번도 카스텔라노스 씨라고 부른 적이 없었다.

"아니." 닉이 말했다. "난 엄청 신나게 보내고 있는걸." 이 말을 할 때 그것이 최소한 몇 차례 더 흔들렸다. 그는 마침내 수영복을 입었고, 끈을 졸라매 안으로 정리하면서 마치 굉장히 어려운 일을 완수한 것처럼 나를 향해 미소를 지었다. 이제 나는 자리에서 일어났고 우리는 함께 풀로 향했다.

그날 밤 저녁 식사를 하면서 나는 스페인어를 유창하게 할 줄 알게 되었다는 소식을 마침내 홈스테이 가족에게 말했다. 그들은 내가 미국인 학생들 중 가장 우수하다, 내가 무척 자랑스럽다며 서로에게 자랑했다. 다른 미국인 학생들이 한 명씩 거론되었고, 모두 나보다 못

하다며 젖혀졌다. "Lo más bueno(최고야)", 구티에레스 씨가 나를
가리키며 말했다. 그들은 나에게 영어로 말하지 않기로 한 계획을 자
축했고, 첼라는 활짝 웃으며 내가 멕시코 사람처럼 말한다고 분명하
게 말했다. 그들이 이런 이야기를 할 때 나는 그들의 눈빛이 달라지는
걸 보았다. 마치 내가 그들의 가족인 점이 밝혀지기라도 한 것처럼.

*
* *

　구티에레스 가족은 내가 보기엔 어마어마한 부자였다. 예를 들어
미겔의 막내 여동생은 스위스 예비신부학교(부유층 자녀들이 상류사
회 사교술 등을 익히는 사립학교 — 옮긴이)로 떠났다. 그의 누나도 같
은 학교에 다녔었다. 이런 전통을 가진 가족을 만난 건 생전 처음이
었다. 구티에레스 씨는 무역 회사를 경영했는데, 그게 어떤 일일지 상
상해보려 했지만 거대한 선박에서 돈다발이 내려지는 장면만 그려질
뿐이었다.

　내가 아는 가정 중에 하인을 고용하는 가정은 그들이 처음이었다.
하인 이름은 우리엘이었다. 우리엘은 마당의 정원을 손질하고, 이틀
에 한 번씩 자동차 석 대를 세차하고, 땅에 떨어진 망고를 줍는 일 외
에도 내가 모르는 많은 일을 했다. 우리엘이 더위에 웃통을 벗고 자동
차에 물을 뿌리면서 일을 할 때면, 물과 땀에 젖은 그의 몸이 번들번
들 윤이 났다. 그해 여름 내가 반한 소년들을 통틀어 어떤 면에서 그
가 최고였다.

　나는 다가가려니 수줍기도 하고 스페인어에도 자신이 없어서 몇 주
동안 창문 너머로 그를 지켜보기만 했다. 하지만 이제 스페인어에 유
창해졌겠다 — 대화할 정도는 됐으니까 — 마침내 아래로 내려가 다

시 한번 내 소개를 했다. 처음 이 집에 왔을 때 서로 얼굴을 보긴 했지만 그 이후로는 제대로 말을 걸어본 적이 없었고, 그저 이따금 미소를 지으며 고개를 끄덕인 게 전부였다. 우리엘도 수줍음이 많았는데, 그가 미소를 지을 땐 마치 우리 둘이 영화 속 한 장면에 있고 배경 음악이 바뀌는 것 같았다. 우리엘은 하루 종일 햇볕 아래에서 일했기 때문에 온몸이 까맣게 탔다. 나는 그의 이름이 천사의 이름이라는 걸 ─ 실제로 대천사 이름이었다 ─ 알았고, 그 사실만으로도 내 눈에는 그가 더욱 빛나 보였다.

우리가 친구가 될 수 있을 거라고 생각할 만큼 나는 너무 어렸고, 너무 순진했다. 그리고 나 같은 소년이 지금처럼 여행을 떠나 결국 우리 둘이 사랑에 빠지게 된다는 짧은 이야기를 썼다. 물론 어디까지나 판타지였다. 나는 우리 둘 사이에 만灣이 놓여 있다는 걸, 내가 아무리 스페인어를 배워도 태평하게 그 만을 건널 수는 없다는 걸 곧 깨달았다. 내가 주변 환경에 녹아들려고 아무리 애써봤자 여전히 나는 미국인 방문자였고, 우리엘 또한 그의 감정이 어떻든 그 사실을 잘 알고 있었다. 우리가 서로 대화를 할 때면 우리엘은 여느 때와 다름없이 예의를 갖추었다. 내가 자기에게 반했다는 걸 알았다 해도 그는 아무 말도 하지 않았을 것이다. 당시 우리 사이의 계급 차이가 언어보다 더 큰 장벽이라는 걸 나는 아직 이해하지 못했다. 그의 감정이 어떻든 그는 나에게 깍듯하게 대해야 했다.

나는 더 많은 걸 물어보고 싶었다. 밤이면 디스코 클럽에서, 나중엔 집에서, 내 방에서 나는 종종 나도 모르는 사이에 우리엘을 생각하곤 했다. 우리엘도 이 집에서 자고 있을까, 아니면 어디에서 잠을 잘까? 우리엘의 집은 어디이고 어떻게 살고 있을까? 그리고 당연히, 우리엘은 지금 무슨 생각을 할까? 그도 날 생각할 거라고 기대할 수 있는 방법은 그것뿐이었기에.

*
**

내가 가장 생생하게 기억하는 현장 학습은 팔렝케에 갔을 때였다. 당시 우리 가이드의 말에 따르면 팔렝케는 고고학 유적지로, 상당히 외딴 지역에 위치하며 전갈이 우글우글한 곳이었다. 그리고 또 이 가이드 말에 따르면 주변에 식인종도 있었다. 우리가 탄 버스는 몇 시간 동안 셀 수 없이 많은 급커브를 돌고 돌아 산을 몇 개씩 넘었다. 버스 창밖으로 낭떠러지 아래를 내려다보면서 곧 죽을 것만 같은 오싹한 두려움을 느꼈던 기억이 난다. 버스가 달리는 길마다 십자가와 촛불이 즐비하게 늘어서 있었는데, 사람들이 사고로 죽은 장소를 표시한 것이었다.

팔렝케는 멕시코 열대 우림 한가운데에 있는 마야 유적지였다. 우리는 이곳의 위치가 전략적으로 중요하게 평가된다고 배웠다. 그곳 돌멩이들은 흰 여름 하늘 색깔을 띠었다. 우리는 버스에서 내렸다. 가이드가 유일하게 발굴된 사원 지하실로 우리를 안내했을 때 나는 울창한 열대 우림 정글에 경외감을 느꼈다. 다른 미국인 학생들은 사진을 찍었는데, 우리와 유적들 사이에 설치된 플렉시 유리에 빛이 반사되어 카메라 플래시가 오로라처럼 보였다. "우리는 마야에 대해 거의 아는 바가 없습니다." 가이드가 그렇고 그런 이야기를 내내 장황하게 늘어놓았던 기억이 난다. 가이드는 우리가 아는 팔렝케는 현재 남아 있는 유적의 일부이며, 이것은 또한 과거에 존재했던 모습의 일부에 불과하다고 말했다. 다시 말해, 우리가 보고 있는 유적은 아직 정글 안에 묻혀 있는 전체 유적 중 10퍼센트에 불과한 것으로 추정된다는 얘기였다. 나에게 이 사실은 새롭고도 아득해서 흥분으로 가슴이 뛰었다. 아직 어린 나는 여전히 세계가 완전히 드러나지 않았다는 사실에 조바심이 났다. 유적들이 그토록 오랜 세월 주변에 널려 있었건만, 왜 우리는 아직도 마야에 대해 제대로 알지 못한단 말인가?

여름 프로그램 전체가 마치 게슈탈트 심리 치료에서 행해지는 체험 교육 같았다. 완전히 생소한 장소에 아이들을 데리고 가서, 그들보다 아주 조금 더 아는 다른 사람들과 주변을 둘러보게 하는 식이었다. 나는 이런 식의 현장 학습이 점점 지겨워졌고, 여전히 스페인어에 유창한 유일한 학생이었다. 지금 그 여행들을 생각해보면, 미국인들과 함께 몰려다닌 것이 나를 지치게 만들었던 것 같다. 내가 듣기에 스페인어는 더 조용했고 어조와 볼륨도 다양했던 반면, 내 머릿속에서 울리는 미국인 친구들의 영어는 귀에 거슬렸고 소리도 너무 강했다.

툭스틀라로 돌아오는 길에 닉은 고개를 뒤로 젖히고 입을 벌린 채 잠에 곯아떨어졌다. 닉의 옆에 앉은 나는 그와 가까이 있다는 사실에 가슴이 설렜고, 수영장에서 함께 시간을 보내면서 알게 된 그의 몸을 떠올리며 깨어 있었다. 당장이라도 그의 입술에 키스하고 싶은 마음이 간절했지만, 그건 순전히 욕정일 뿐 애정이 아니었고, 내 머릿속에 그려진 그 장면은 우리가 다시 도로의 위험한 커브들을 지나올 때 마치 걱정 돌멩이(긴장을 이완하거나 걱정을 덜기 위해 엄지손가락으로 문지르는, 윤이 나는 보석 — 옮긴이)처럼 내 불안을 잠재워주었다.

이루어질 수 없는 것들을 바라던 여름이었다.

*

학생으로서 도대체 수업이 없다는 사실이 당황스러웠지만, 사실이 프로그램은 하나의 방법으로 추천해도 좋을 만큼 상당히 효과적이었다. 덕분에 나는 스페인어를 열심히 배워 제법 유창해졌다. 읽을거리들이 바닥나면 시간을 재미있게 보내기 위해 직접 이야기를 썼다. 그 이야기들이 나름대로 눈에 띄게 중요한 단계에 이르는 건 훨씬 나중의 일이었지만. 아무튼 그 이야기들은 나 자신을 위해, 나 자신의 즐거움을 위해 쓴 내 초기 작품들이었다. 나는 뭔가 느끼고 싶은 것이 있었고, 글을 쓰고 있을 때만 그걸 느낄 수 있었다. 지금 생각해보면 이것은 내 글쓰기 훈련에서 가장 중요한 부분 중 하나였던 것 같다. 딱히 읽을거리 없이 혼자 남겨졌을 때, 내가 읽고 싶은 이야기를 나 자신에게 이야기하는 것 말이다.

그리고 나는 이 이야기 안에 살고 있었다. 내 행동을 관찰해보면, 모든 행동에서 다른 사람들과 같은 태도를 취함으로써 스스로를 잃어버리는 한 소년이 보인다. 함께 여행한 우리 반 친구들은 내가 1학년 때 이 지역에 이사 온 후로 죽 함께 자란 아이들이었다. 나는 이 친구들에게서 벗어나길 간절히 바라는 동시에 나 자신에게서 혹은 내 문제에서 벗어나길 간절히 바랐다. 가능한 일은 아니었지만, 그러려고 애썼다.

아무튼 그래서 그해 여름의 마지막 교훈은 이렇다.

여름이 끝날 무렵 우리는 축하 행사를 준비하기 위해 아주 열심이었다. 홈스테이 가족들과 가장 친한 친구의 25회 결혼기념일을 축하하기 위해 사흘 동안 파티가 열렸다. 그들을 마르케스 가족이라고 부르겠다. 대대적인 행사를 위해 세계 각지에서 손님들이 날아왔다. 홈 스테이 어머니 첼라는 내 앞으로 달려와 즉석에서 춤을 추면서 춤에 대해 설명해주었다. 첼라는 나에게 살사와 메렝게를 가르쳐주었고, 나는 여름 동안 이따금씩 첼라에게 이끌려 함께 춤을 추곤 했다. 춤 출 생각에 즐거워하던 첼라의 눈빛이 기억난다. 첼라의 다리는 우아 했고, 엉덩이는 굉장히 빠르게 흔들렸다. 내가 그 움직임에 놀라자 첼 라는 웃음을 터뜨렸다. "메렝게, 살사, 메렝게, 살사." 첼라는 구두 굽 으로 타일 바닥을 울리면서 엉덩이를 흔들며 식당의 테이블 주위를 돌았고, 케이크를 구워달라고 조르는 어린 소녀처럼 읊조렸다. 미겔 은 줄곧 얼굴을 붉혔고, 첼라의 남편은 적당한 때에 두 손을 올려 아 내의 허리를 잡았다.

첼라는 파티에서는 춤을 추어야 한다고 고집하면서 나에게 몇 차 례 춤을 가르쳐주었다.

마침내 파티가 열리는 날, 우리는 마르케스 씨 집에 도착했고 지붕 에 빨간 리본을 매단 하얀 재규어를 발견했다. 설명할 필요도 없이 남 편이 부인에게 주는 선물임이 분명했다. 마르케스 씨는 마을에 화려 한 자동차 대리점을 소유하고 있었으니 말이다. 나는 미겔과 함께 도 착했고, 미겔의 친구이자 오늘 축하받을 부부의 아들인 하비에르가 우리를 맞았다. 하비에르의 표정은 경직되어 있었는데, 지금 생각하 면 부모의 부모 역할을 하는 자식들에게 으레 드러나는 표정이었다. 이제 하비에르의 어머니가 밖으로 나올 차례였다. 그녀가 손으로 입 을 가리며 기뻐서 소리를 지를 때 손가락에 낀 다이아몬드 반지가 반 짝였다. 나는 그렇게 큰 반지는 처음 보았다. 혹시 사막에서 길을 잃는 다면 구조를 요청하기 위해 사용해도 좋을 것 같았다.

¿Qué onda?(잘 지냈어?) 미겔과 하비에르는 남자아이들끼리 하는 인사말로 서로에게 인사를 했다. 나도 똑같이 인사하자 미겔이 곁눈질로 나를 보며 미소를 지었다. 준비해, 그가 말했다. 준비해. 미겔이 이 말을 뱉자 하비에르의 눈이 반짝였다. 나는 오악사카에서 온 그들의 친구들이 나를 멕시코 사람으로 착각하도록 속이기로 했다. 성공하면 맥주 한 상자를 받는 조건이었다.

하비에르는 웃음을 터뜨렸다. 그래, 넌 메스티소(mestizo, 스페인과 북아메리카 원주민의 피가 섞인 라틴아메리카 사람 — 옮긴이)가 될 수 있어. 그가 말했다.

나는 이 말을 듣는 순간, 그것이 무슨 의미인지 알아차렸다. 혼혈 mixed이라는 의미였다. 나는 그 단어가 미국 대륙 — 남북아메리카 전체 대륙의 비밀스러운 모습 — 을 표현하는 멕시코 단어라고 생각했다. 그리고 나에게는 내 정체성을 말하는 것 같았다. 미국에서 혼혈이라는 말은 내가 의식하지 못하는 아주 많은 걸 의미했다. 복잡한mixed 감정은 혼란스러운 감정을 뜻하지만, 나는 혼란스럽지 않았다. 왜들 그렇게 내 존재를 이해하길 힘들어하는가 하는 의문이 들었을 뿐. 이런 식으로 사는 건 마치 신발 한 짝이 못으로 바닥에 고정된 걸 발견하지만, 나머지 한 짝만 신은 채 가능성이라는 원 주변을 줄곧 서성거리는 기분이었다. 그것도 남들의 제한된 상상력으로 만들어놓은 원을.

나는 애정 어린 눈빛으로 하비에르를 응시했다. 그의 둥근 머리통, 검은 바가지 머리, 엷게 짓는 은밀한 미소. 그는 나를 집 안으로 안내해 궁금해하는 친구들에게 소개했다.

미겔이 갈색 머리카락, 초록색 눈동자, 순혈 스페인계 멕시코인인 그들이 형제자매 사이라고 말해주었다. 그들이 나보다 더 미국인 같았다. 그들의 이름은 기억나지 않는다. 우리는 악수를 했고 서로를 소개한 다음, 이야기를 나누기 시작했다.

나는 티후아나(멕시코와 미국 국경에 인접한 도시 — 옮긴이)에서 지낸 적이 있다고 말을 지어냈다. 티후아나는 미국에서 가깝지만 미국은 아니다. 그 뒤로 사흘 동안 어떤 대화를 나누었는지는 기억나지 않는다. 단지 내 억양이 용케 철저한 검열을 통과했다는 것만 기억에 남는다. 그들은 나를 조금도 의심하지 않았다. 마침내 미겔이 사실을 밝혔을 때 모두들 정말로 깜짝 놀라며 웃음을 터뜨렸고, 그것이 나에겐 진짜 상금이었다. 미겔과 나는 맥주 한 상자를 받아 남자아이들, 파티에 온 모든 사람들과 함께 마셨고, 그걸로 끝이었다. 나는 맥주 한 병을 마셨을 것이다.

그 며칠 동안 '티후아나 출신의 알레한드로'는 실재했고, 행복했다. 그는 나와 비슷했지만 세상 안에서 나보다 편안했다. 나보다 밝았다. 다른 사람들이 자기를 누구로도 여기지 않아 곤란해지길 기다리며 며칠을 보내지도 않았다. 사실 그것이 내기의 조건이었지만. 이 내기에는 미국에서 산다는 배경이 아무런 상관이 없었다. 메인주에서 내 배경, 그러니까 반은 백인 반은 한국인이라는 배경은 줄곧 외계인 같다, 외국인 같다, 왠지 사람 같지가 않다는 식이었다. 그러나 멕시코에서 나는 한눈에도 평범한 메스티소일 뿐이었다. 사람들은 나를 보면서 나를 보았다. 모두가 백인이고 모두가 메인주의 같은 소도시 출신인 미국의 우리 반 친구들이 그랬던 것처럼, 그들은 나를 물건 쳐다보듯 쳐다보지 않았다.

미겔과 내기에서 이긴 후로 여름이 가버린 것 같았다. 멕시코시티에서 내 가족과 일주일을 보내고 나면 여행도 끝이 날 터였다. 이곳에서 나는 신선한 과일과 툭스틀라 길거리에서 파는 타코를 쉴 새 없이 먹고 또 먹으면서 여름을 보내다가 결국 탈이 났다. 나는 침대에 누워, 우리가 멕시코시티를 건너뛰었더라면 좋았을걸, 이렇게 탈이 나기 전에 이 나라를 떠났더라면 좋았을걸, 하고 한탄하는 것밖에 달리 할 일이 없었다. 이것은 내가 미국인 체질을 지닌 사람이라는 마지막 증거였다. 내가 떠날 사람이며 이곳 사람이 아니라는 결정적 신호였다. 사실 나는 멕시코인을 사칭한 사기꾼일 뿐이었다. 이 삶은 결코 내 것이 될 수 없을 터였다. 내가 살고 있는 삶 외에 다른 어떠한 삶도 내 것이 될 수는 없었다. 미국은 이제 나의 유배지가 되었다.

# 의뢰인

1980년에 심령술사 알렉스 태이너스Alex Tanous 박사가 우리 7학년 학생을 대상으로 초능력을 테스트한 일은 지금도 내 마음속에 아주 선명하게 남아 있다. 나에게는 너무나 중요한 사건이어서, 실제로 일어난 일이 맞는지, 혹은 내가 그를 만들어낸 건 아닌지 아직도 의심스러울 정도다. 그러나 태이너스 박사는 정말로 진짜였고, 내가 자란 약 1만 1,000명의 인구가 살고 있던 매우 아름답고 보수적인 메인주의 마을만큼이나 확실히 실존하는 인물이었다. 나는 한때 케이프 엘리자베스가 약간 시골 분위기가 나는 교외 지역이라고 불리는 걸 들은 적이 있는데, 여전히 오해의 소지가 있지만 이 지역을 제대로 묘사했다는 생각도 들었다. 공공 해변과 개인 해변, 등대 두 개, 농장, 골프장, 난파선으로 만든 작은 박물관, 해체된 해군 기지 안 텅 빈 건물들이 온통 뒤죽박죽 섞여서 이 마을을 부유하게 보이게 하는 동시에 귀신이 나올 것처럼 느끼게 한다.

우리가 다닌 공립학교는 훌륭했다. 우리는 수영과 연극에서 각각 뛰어난 성과를 올렸고, 주 챔피언 대회에도 정기적으로 출전했다. 그리고 적어도 이 시기에는 심령술에도 두각을 나타냈다. 옛 동창들에게 당시에 우리가 받은 테스트를 기억하느냐고 물었더니, 그들은 기억하는 건 물론이고 그 전에 실시했다는 다른 테스트까지 설명해주었다. 그것은 처음 들어보는 테스트였고 내가 경험한 것과 달랐다.

태이너스 박사는 자신의 연구를 바탕으로 《당신의 자녀는 초능력이 있습니까? Is Your Child Psychic?》라는 책을 막 발표한 참이었다. 그래서 한동안 자신의 이론을 테스트하기 위해 우리 중학교를 활용하기로 했던 모양이다. 누가 그런 아이디어를 냈는지 지금도 모르겠다. 당시에 CIA가 초능력을 군사적 도구로 개발하려는 시도에 관여했기 때문에, 공화당 지지자들에게 이 능력이 상당히 훌륭하게 평가되었다는 사실을 나중에 알게 되었을 뿐이다. 초능력에 대해서는 아직도 제대로 설명되지 않았지만 말이다. 그날 박사가 방문할 거라는 발표가 있었고, 학생들에게 이 방문에 진지하게 임해달라는 부탁이 이어졌던 것으로 기억한다. "태이너스 박사는 모든 아이들이 선천적으로 초능력을 지니고 있다고 믿는단다." 담임 선생님은 이렇게 말했다. "훈련만 하면 누구든지 이 능력을 가질 수가 있지. 누구나 할 수 있는 테스트와 게임이야."

나로서는 꿈이 이루어지는 것만 같았다. 나만의 은밀한 믿음, 그리고 실제로 내가 오랫동안 간직해온 꿈은 내가 다름 아닌 초능력자라는 것이었다. 우리 모두에게 초능력이 있고, 우리 가운데 어떤 사람은 다른 사람들보다 그 능력이 좀 더 탁월하다는 생각은 내가 기꺼이 환영할 만한 소식이었다. 나는 공부도 잘했다. 나는 태이너스 박사를 기다리는 오전 내내 꿈을 꾸었다. 내가 초능력 영재라는 사실이 발견되어, 귀중한 영적 자산으로서 교실을 떠나 초능력자 모임에 합류하고, 그들에게 훈련을 받아 만화책《엑스맨》에서처럼 내 능력을 펼치는 꿈을. 물론 우리는 다 함께 힘을 합쳐 범죄와 싸울 것이다. 아니, 어쩌면 내 초능력이 주체할 수 없을 정도로 너무 강력해서 내가 좋아하는 스티븐 킹Stephen King의 소설《방화범Firestarter》에서처럼, 마을의 보호를 위해 끌려가 연구 대상이 될지도 몰랐다.

다시 말해, 나는 발견될 준비가, 그리고 내 이야기를 시작할 준비가 되어 있었다.

당시 내 공상의 대부분은 떠나는 것에 관한 것이었다. 혹은 비밀스러운 능력에 대한 것이거나. 나는 이 마을에 갇힌 기분이었고, 온통 백인 천지에 '괌'이라고 발음할 줄도 모르는 우리 반 아이들에게 진절머리가 났다. 우리 가족은 6년 전에 괌에서 이곳으로 이사를 왔다. 나는 언젠가는 괌으로 다시 돌아갈 거라는 희망을 여전히 품고 있었다.

태이너스 박사가 도착했다. 그는 잘생긴 남자였다. 다정하고 카리스마도 있었지만, 이상하게도 태도는 굉장히 평범했다. 블레이저 차림에 넥타이를 맸는데 매듭이 조금 컸다. 아무리 봐도 우리 학교 선생님들하고 비슷했다. 하지만 그는 결코 비슷하지 않았다.

가장 또렷하게 기억나는 테스트는 박사의 안내에 따라 명상을 하는 것이었다. 우리는 눈을 감고 물속으로 점점 더 깊이 가라앉고 있다는 상상을 한 다음, 물에서 올라와 햇살을 가득 받는 상상을 하라는 지시를 받았다. 그리고 이제 박사는 잡지를 펴서 평평하게 펼치고 우리가 양쪽 페이지에 어떤 내용이 있는지 볼 수 없도록 엎어놓은 다음, 우리에게 의식을 내보내라고 했다.

　박사는 우리 각자에게 무엇을 보았는지 물었고 그런 다음 그 페이지를 뒤집었다.(나는 강 위에서 사람들이 카누를 타고 있고 그들 뒤로 희고 거대한 기둥들이 솟아 있는 장면을 보았다.) 그건 담배 광고였다. 내가 본 하얀 기둥은 담배였는데, 거대한 담배들이 강 위 카누 너머로 솟아 있었다.

　반 아이들은 몸을 돌려 의심스러운 눈초리로 나를 보았다. 이 테스트를 제대로 해낸 사람은 나뿐이었다. 더구나 내가 본 환영은 간신히 알아맞힌 정도가 아니라 굉장히 정확했다. 태이너스 박사는 기뻐하며 미소를 지었다. 그는 다른 잡지를 펼쳐 우리 모두에게 같은 테스트를 다시 요구했다.

　그날에 대한 내 기억은 내가 척척 잘 해냈다는 것이다. 나는 세 번 이어진 잡지 테스트 가운데 두 번을 통과해, 이러다가는 당장이라도 정부 재정 지원 초능력 전투 프로그램에 투입되는 보상을 받게 될 거라고 믿을 정도였다. 아니면 뭐가 됐든 7학년 과정보다는 흥미진진한 일을 하게 될 거라고. 하지만 태이너스 박사는 그냥 가버렸다. 그 대신 가기 전에 우리에게 초능력을 키울 수 있는 카드 게임을 가르쳐주었다. 박사는 우리에게 먼저 카드 한 장을 떠올리라고 했다. 그런 다음 손끝으로 카드 한 벌의 옆면을 훑다가 뜨거운 느낌이 드는 카드를 떼어놓으라고 지시했다. 그 카드가 우리가 마음속으로 생각한 카드가 맞는가? 대체로 그랬다. 나는 흥미를 잃을 때까지 몇 년 동안 이 놀이를 계속했다.

내가 꿈꾸었던 이야기는 첫 페이지도 열지 못했다. 그 대신 다른 이야기가 시작되었다.

결국 나는 아이였다. 그리고 대부분의 아이들이 그렇듯이, 나를 둘러싼 세상보다 내가 더 강해지길 바랐다. 나는 남녀 마법사들, 용을 타고 다니는 영웅들, 왕국을 잃어버린 왕이 나오는 소설을 읽었다. 왕은 적들의 눈에 띄지 않는 곳에 숨어서 자신을 보호하기 위해 평민으로 성장했다. 내가 그들 중 하나일 거라고 상상했다. 마을과 학교의 도서관에서 제일 먼저 신화 코너에 꽂힌 책들을 읽어치웠고, 어느새 마법에 관한 유명한 인류학적 작품인, 제임스 조지 프레이저 경Sir James George Frazer의 《황금 가지The Golden Bough》를 대출하고 있었다. 나는 이 책이 마법서일 거라고 기대했다. 하지만 막상 책을 열어보니 드루이드(고대 켈트족 종교인 드루이드교의 성직자 — 옮긴이)들이 휘파람으로 바람을 부르는 법에 관한 설명서 같았다. 지금 내가 휘파람을 불 때 어떤 요령이 있다면 그때 배운 것이다.

태이너스 박사가 방문한 후로 초심리학에 관한 책도 대출하기 시작했다. 스코틀랜드에 있는 에든버러 대학교에 가서 초심리학을 공부하겠다는 계획도 세웠다. '혜안'을 지닌 것으로 보이는 할머니들을 연구하겠노라는 발상은 내 평생에 가장 근사한 생각이었다. 아, 그리고 당연히 나 자신에 대해 연구할 터였다.

그러던 어느 날, 내 세계가 와장창 부서져 사방으로 흩어져버렸다. 아버지가 자동차 사고로 중상을 입은 것이다. 정면충돌이 일어났을 때 자동차의 전면 안전유리가 깨지면서 그 파편들이 바깥이 아니라 안쪽으로 날아 들어왔다. 이 사고로 아버지는 몸 한쪽이 마비되고 장기가 손상되었다. 아버지가 탄 자동차의 운전자가 입은 부상은 덜 심각했지만 그는 사망했다.

지금은 알 수 있다. 내가 견디려 애쓰고 있었다는 걸. 어딘가에 다른 현실이 있다면 나는 그 현실에 충성을 맹세할 준비가 되어 있었다. 사고 당시 나는 열세 살이었고, 아버지가 부상과 관련된 합병증으로 돌아가셨을 땐 열여섯 살이었다. 나는 스스로에게 왜냐고 물었고, 당시 내가 찾은 모든 주술 형태 가운데 관심을 가장 크게 끈 건 타로였다. 지금은 왜 그랬는지 알겠다. 아버지의 사고 이후 나는 미래를 보는 법을 알고 싶었다. 다시는 불행으로 충격을 받고 싶지 않았다. 모퉁이 주변을 보기 위해 이용할 수 있는 거울 하나를 갖고 싶었고, 내 일생 동안 그 역할을 할 수 있는 것이 다름 아닌 타로라고 믿었다. 나의 초심리학 테스트 결과를 고려해볼 때, 다음 단계는 그냥 타로카드 한 벌 — 태이너스의 카드 게임과 같지만 보다 더 특색 있는 — 을 구하면 될 것 같았다. 그래서 나는 타로카드를 구했다.

우리 가족이 행운을 대하는 방식은 좋게 말하면 조금 엉뚱하다는 인상을 주었다. 다시 말해, 가족에게 행운은 진지하게 여길 만한 것이 안 되었거나, 조금 희극적인 방식으로 진지하게 받아들여졌다. 예를 들어 아버지가 로터리 클럽 모금 행사를 위해 집시 복장을 하고 사람들 손금을 봐주던 기억이 난다. 아버지는 천막 밖으로 고개를 내밀고, 우스꽝스러운 반다나를 머리에 두르고 한쪽 귀에 귀고리를 매달고서 나에게 윙크를 했다. 북한에서 발명가로 일하던 고모부는 고액 연봉을 받던 화학공학 연구직을 때려치우고 포춘 쿠키 굽는 기계를 완성하겠다는, 실패할 게 빤한 시도를 해서 고모가 격분을 참지 못하고 엉엉 울었다. 고모와 고모부가 우리 집에 방문할 때면 고모부는 우리에게 시험 삼아 만든 쿠키를 쓰레기 봉지에 한가득 담아서 주었는데, 어떤 쿠키에는 행운 쪽지가 세 개나 들어 있었고 어떤 쿠키에는 하나도 들어 있지 않았다. 내 친구들은 처음엔 신나서 쿠키를 먹었지만 차츰 그 맛에 물렸고, 그러다 보니 쿠키에서 점점 퀴퀴한 냄새가 났고, 결국 쿠키를 담은 쓰레기 봉지는 쿠키를 뱉어내는 용도로 사용되었다.

웃기는 복장은 그렇다 치고, 아버지는 정말로 손금을 읽을 줄 알았다. 내 손금은 절대로 봐주지 않았지만. 아버지 자신의 손금은 읽은 적이 있을까? 아버지는 내게 당신이 아는 걸 가르쳐줄 만큼, 혹은 내가 아버지에게 가르쳐달라고 요구할 만큼 오래 살지 못했다. 아무튼 내가 직접 점을 보게 되었을 때, 나는 진지했다. 너무 진지해서 어리석어 보일 만큼.

결국 나는 에든버러 대학교가 아닌, 메인주에서 남쪽으로 몇 시간 떨어진 코네티컷강 계곡에 위치한 웨슬리언 대학교에 갔다. 그곳에서 초심리학을 전공할 수는 없었지만, 그럴 필요를 느끼지 않았다. 웨슬리언에는, 예를 들어 타로카드를 읽을 줄 아는 사람이 사방에 널려 있었다. 모든 걸 믿는 사람들로 넘쳐났기 때문이다. 가톨릭 미사와 유대교 유월절에 참석하고, 밤을 꼬박 새워 점괘를 상담하고, 타로카드를 읽고, 위카Wicca(1954년 영국에서 시작된 마법 숭배 종교 — 옮긴이)의 달빛 의식을 하러 가고, 자고 일어나서 영성체를 하는 이 모든 일이 일주일 안에 가능했고, 누군가 의심스러운 눈초리로 쳐다봐도 신경 쓰지 않았다. 모순되는 주장들이 당당하게 옹호되었기에 나는 이 의식들에 참여했다. 아버지가 돌아가신 후였기 때문에 나는 여전히 비통함을 가득 안은 채 대학으로 향했다. 무감각과 충격이 사라지자 모든 감정이 한꺼번에 밀려들었다. 주에서 나에게 설정한 신탁 자금으로 — 아버지는 유언을 남기지 않았다 — 제일 먼저 한 일은 알파로메오 자동차 대리점으로 가서 수표로 신형 세단 한 대를 뽑아 학교까지 몰고 간 것이었다. 그런 다음, 이 세단을 나의 이탈리아 거룻배라고 불러주었다. 나는《다시 찾은 브라이즈헤드Brideshead Revisited》(에벌린 워Evelyn Waugh의 작품 — 옮긴이)의 등장인물처럼 돈 따위 가볍게 무시하는 척했다. 비록 속으로 크게 뉘우치고는, 캠퍼스 아파트 근처 음식점에서 일주일에 두 번씩 아침 일곱 시에 샌드위치 만드는 일을 시작했지만. 웨슬리언 학생 누군가 내 차를 보고 이른바 신고식을 한답시고 집안이 특권층이라도 되냐며 귀찮게 굴면, 나는 어깨를 으쓱해 보이며 이렇게 대꾸했다. "맞아. 우리 집 특권층이야. 특권이 너무 많아서 아버지가 돌아가셨어." 그러면 누구든 꽁무니를 뺐다.

누가 이런 식으로 괴롭히면 나는 가만있지 않았다.

나의 첫 타로카드는 20세기 초 유명한 주술사인 앨레이스터 크롤리Aleister Crowley와 프리다 해리스Frieda Harris 여사가 창안한 크롤리 덱이었다. 크롤리는 양성애자이고, 아편을 이용해 사람을 매혹시킨 치명적인 매력의 소유자였고, 음산하고 어딘가 현실과 거리가 먼 듯한 분위기를 자아냈으며, 축 늘어뜨린 머리 모양을 했다. 해리스는 그의 연인이었다. 당시 나는 크롤리 같은 남자들 때문에 늘 곤란에 처했는데, 크롤리 역시 다르지 않았다. 지금 생각해보면 이 카드는 내가 이용하기엔 너무나 완벽해서, 고가의 스포츠카를 구입해놓고는 담배에 불을 붙일 때나 쓰는 것과 아주 비슷했다. 크롤리와 해리스는 수세기에 걸친 심원하고 초자연적인 가르침들을 시도하면서 그것을 카드 한 벌에 담아냈다. 이 카드를 정기적으로 사용하면 숙련자의 경우 일종의 기억 훈련도 됐다. 카드를 읽는 동안 우리는 고대의 신들과 여신들, 점성술의 별자리, 행성, 연금술의 부적들 사이의 관계도 배우게 될 터였다. 각각의 카드는 허공 저편 어딘가에, 혹은 존재의 외피 아래 어딘가에 숨어 있는, 세상의 비밀스러운 삶 속으로 들어가는 일흔여덟 개 창문 가운데 하나인 것만 같았다.

내가 문학에서 사랑하는 많은 요소들은 타로에서 사랑하는 요소들이기도 하다. 극의 원형, 감춰진 힘들, 폭로되는 비밀들이 그렇다. 타로카드를 산 건 자동차를 샀을 때와 같은 이유에서였다. 나는 잔인하게 돌아서는 운명과 싸우는 소설 속 인물에게 너무도 깊은 동질감을 느꼈다. 나는 내 운명에 직면하고 강인함을 느끼고 싶었다. 인생의 꼭대기에서 아래를 내려다보며 무엇이 다가오고 있는지 알고 싶었다. 이 이야기의 주인공이 되고 싶었고, 지은이가 되고 싶었다. 그리고 나와 닮은 누군가에 관한 소설을 쓴다면, 그 주인공은 바로 이것 때문에 방황하게 될 터였다.

크롤리와 해리스의 바람대로 그들의 타로카드는 사후에야 공개되었다. 소설 《모리스Maurice》를 자신이 살아 있는 동안에 친구들에게만 공개하고 사후에 출간하도록 한 E. M. 포스터E. M. Forster의 유명한 결정과 조금 비슷한 데가 있다. 포스터는 자신의 성적 취향을 숨기려 했다. 크롤리와 해리스가 무엇을 숨기려 했는지는 알아내지 못했다.

*
**

타로카드는 다른 사람에게 얻어야 하는 법이라고들 말하지만, 나는 그런 카드가 생길 때까지 기다릴 수 없었다. 그래서 대학교 2학년 어느 날, 나의 크롤리 카드를 손에 넣기 위해 마술 가게에 들어섰다. 마술 가게는 내가 일하던 음식점에서 멀지 않은 작은 보라색 집이었다. 가게 안으로 들어서자 악몽을 물리치는 드림캐처들이 문을 두드렸고, 때마침 카드 선물을 사달라고 내가 데려왔을 법한 한 친구가 뒤따라 들어왔다. 나는 꼭 필요한 순간에 선물을 받고 싶었는데, 바로 그 순간이 그때였다. 그 친구가 타로카드를 건네주었을 때 나는 기뻐서 어쩔 줄 몰랐다. 그토록 바라던 힘을 얻은 것만 같았다. 하지만 반칙을 범했다는 기분도 들었다. 타로카드를 들고 집에 와서 완벽하게 익히길 간절히 바라며 펼쳤을 때, 이 두 가지 감정이 나를 떠밀었다. 두 감정은 그 이후로도 계속 이어지고 있다.

타로의 역사를 살펴보겠다는 생각은 한 번도 한 적이 없었다. 타로에 기원이 있었어? 타로는 그냥 처음부터 죽 존재해온 것 같았다. 하지만 그렇지 않다.

많은 주요 타로 연구 웹사이트에 소개된 전통적인 역사에 따르면, 타로는 15세기 이탈리아 귀족들 사이에서 유행하던 카드놀이인 트리운포Triunfo에서 시작되었다고 한다. 타로는 심원한 주술적 정보라고 알려졌지만, 운수나 이단 신앙과는 관련이 없었다. 지금 우리가 알고 있는 타로가 된 건 20세기 초 무렵, 황금새벽회Society of the Golden Dawn의 노력에 의해서다. 황금새벽회는 크롤리와 해리스가 속한 심령술사들의 집단으로, 이들은 심원한 지식을 성문화하고자 했다. 그뿐만 아니라 자신들의 타로카드를 이집트 신화에서부터 점성술, 카발라 신비주의에 이르기까지 모든 분야에서 학생들을 교육하기 위한 수단으로 보았다.

이와 같이 타로는 고대의 가설이라고 알려져 있지만, 고대의 가설 자체라기보다는 고대의 가설을 아는 방식이라고 하는 편이 더 정확할 것이다. 지금은 많은 종류의 타로카드가 있으며, 현대식 타로카드가 사용된 지는 약 백 년에 불과하다.

*

처음 며칠 동안 카드를 읽을 땐 기본적인 내용, 특히 아마도 가장 일반적인 배열인 켈트 십자(십자의 교차 부위 주위로 원이 둘러져 있고 십자의 줄기가 나머지 세 가지보다 긴 형태의 상징물 — 옮긴이) 배열로 열 장의 카드 읽는 법을 익히려 애썼다. 먼저, 운명의 위기에 놓인 의뢰인querent, 즉 카드의 해석을 듣는 사람에게 카드를 보여주는 것으로 시작한다. 각각의 카드는 의뢰인, 의뢰인의 상황, 그를 거스르는 문제, 그를 영예롭게 하는 것, 그의 토대를 이루는 것, 가까운 과거, 가까운 미래, 장애물, 적, 희망, 최종 결과를 나타낸다. 십자가 모양을 만들기 위해 먼저 카드를 섞어 몇 뭉치로 나눈 다음, 위에 놓인 카드를 몇 장 빼내거나 부채 모양으로 펼친다. 이제 의뢰인에게 카드를 고르게 하고, 이렇게 고른 카드를 건네받으면 그것들을 배열한다.

내 타로 덱에는 신통치 않은 안내서 한 장이 들어 있었는데, 차분한 상태에서 카드를 손에 쥐고 의뢰인에게 상담하려는 내용을 물은 뒤에 카드를 뽑도록 권했다. 나는 잠시 망설이다가 눈을 감고 안내서의 지시대로 했던 기억이 난다. 처음엔 이런 동작이 불편했는데, 아마도 동작 탓이라기보다 당시 나 자신 탓이었을 것이다. 지금은 이런 과정에서 위안을 얻는다.

일상생활에서와 마찬가지로 주술에서도 예절이 중요하며 어쩌면 훨씬 더 중요할지 모른다.

한 벌의 타로카드는 두 종류, 그러니까 메이저 아르카나Arcana와 마이너 아르카나로 이루어져 있다. 메이저 아르카나는 0(바보)부터 21(세계)까지 스물두 장으로 이루어져 있으며, 전체 스물두 단계로 이루어진 이른바 '바보의 여정'을 따라 단계별로 과정을 밟는다. 바보는 첫 번째 카드인 '순진함' 카드에서 출발해 마지막 '세계' 카드로 표현되는 승리와 해방을 향해 이동한다. 메이저 아르카나 카드는 대개 마이너 아르카나 카드보다 해석에 더 치중한다. 메이저 아르카나는 신으로, 마이너 아르카나는 인간으로 여겨지기도 한다.

마이너 아르카나는 네 묶음으로 나뉘는데, 별, 칼, 지팡이, 컵이 일반적인 유형이다. 별은 돈, 분명하게 드러남, 아이디어를 물리적 방식으로 세상에 가지고 옴, 노동에 대한 대가를 받음을 의미한다. 칼은 정신, 지적 능력, 과학, 계획을 의미한다. 지팡이는 불같은 영혼, 말하자면 창조력, 창작을 향한 열정, 영감을 의미한다. 컵은 감정, 무의식의 깊이, 슬픔과 기쁨을 측정하는 방법을 의미한다. 각각의 묶음은 1부터 10까지 번호가 매겨져 있고, 각각 네 개의 코트, 즉 시종 혹은 공주, 기사 혹은 왕자, 여왕, 왕으로 이루어져 있다. 마이너 아르카나는 총 쉰여섯 장이다.

카드를 한 장씩 앞면을 뒤집어 모두 펼친다. 이때 각각의 상징뿐 아니라 카드를 손에 쥘 때 느끼는 순간의 느낌을 숙고한다. 각각의 카드는 하나의 커다란 이야기 안에 속하는 독립된 장면 또는 장章과 같은 역할을 하며, 우리가 카드를 해석할 때는 그 장면 또는 장 사이의 관계를 창조해낸다. 그런 점에서 타로의 해석은 타로가 말하는 진실이 무엇이든 훌륭한 이야기 훈련이 된다.

모든 카드는 파괴, 창조력, 일, 연인, 금발 남자, 검은 머리 남자, 이동 등 표준적인 의미 혹은 함축적인 의미를 지닌다. 그러나 세계 안에 또 세계가 있고, 배워야 할 패턴들도 있다. 다시 말해, 어떤 묶음은 다른 묶음에 적대적이고, 모든 카드는 위치에 따라 다양한 의미를 지니며, 카드의 숫자에도 나름의 의미가 있다. 카드가 거꾸로 놓일 경우에는 거꾸로 놓인 카드에 해당하는 의미도 있다.(해석하는 사람에 따라 그럴 수도 있고 아닐 수도 있다.)

나에게 타로카드를 사준 친구는 대학 룸메이트이자 나와 가장 친한 친구였던 에런이다. 우리가 집에 도착했을 때, 에런은 나에게 타로점을 봐달라고 했다. 나는 그러겠다고 했다. 나는 카드 해석을 위한 안내서에 설명된 대로 카드 위에 손을 얹고 눈을 감은 다음, 고요히 진실과 보호를 요청했다. 내가 다시 눈을 떴을 때 에런은 가만히 기다리고 있었다. 나는 카드를 섞어 부채 모양으로 펼친 다음, 평소 사용하지 않는 손으로 열기가 느껴지는 카드를 짚으라고 말했다.

이 방법은 오랫동안 소식을 듣지 못한 초심리학자 태이너스 박사의 카드놀이 중에서 아직도 기억하는 지시 사항을 내 식대로 만든 것이었다.

우리는 카드를 펼쳤고, 나는 최선을 다해 그것을 해석했다. 테트라그라마톤Tetragrammaton이 나왔다.

"와우!" 에런이 평소와 달리 비꼬는 기색 없이 말했다.

테트라그라마톤은 신을 믿는 사람들이 신의 이름을 언어로 말하거나 쓸 수 없기에 네 가지 히브리어 자음인 YHWH를 따서 만든 기호다. 카드는 빨간색과 검정색으로 표현되어 극적이고 심지어 강력해 보이기까지 했다. 크롤리 타로카드 덱에만 유일하게 이 카드가 포함되어 있다. 카드 덱에 딸려온 책자에 따르면 이 카드에는 아무런 의미가 없으며, 따라서 해석에도 아무런 의미를 갖지 않는다. 그렇지만 엄연히 카드 덱 안에, 그리고 여기 펼쳐진 카드 안에 포함되어 있지 않은가. 뭔가 의미가 있을 것 같은 느낌이 강하게 들었다.

무엇보다 장난을 치는 것 같았다.

그 밖에 뭐라고 해석했는지 자세한 내용은 기억나지 않는다. 결국 에런이 이렇게 말했던 것만 기억난다. "재미 삼아 한 번 더 해보자. 이번엔 어떤 카드가 나오는지 보자고."

"같은 카드가 나오는지 확인해보려고?"

"응." 그는 이렇게 말하며 미소를 지었다.

나는 힘차게 카드를 섞은 뒤에 테이블에 내려놓고 길게 펼쳤다. 내가 카드를 배열하기도 전에 에런이 카드를 뽑았다.

해석해야 할 열 개의 카드 중 일곱 개가 같았고, 그중 다섯 개는 테이블 위에 놓인 위치까지 정확히 일치했다. 그 가운데 테트라그라마톤이 포함되었는데, 신의 이름이 아니라면 신의 목소리가 이렇게 말하는 것 같은 기분이 들기 시작했다. '더는 이 길로 가지 마라.'

"제기랄." 에런이 말했다.

나도 기분이 '제기랄'이었다. 우리는 카드를 치웠다.

나는 나중에 한참 뒤에야 카드를 다시 꺼내보았다. 그리고 처음으로 나 자신을 위해 타로점을 보았다.

*
**

무언가가 들어맞는 느낌, 무언가가 카드를 통해 말을 하는 것 같은 느낌은 어쩌면 타로 해석에서 가장 어려운 부분일 것이다. 타로를 보는 이유는 나 자신보다 더 위대한 무언가와 접촉하고 싶은 소망 때문이다. 우리는 질문을 품고, 카드가 질문에 답을 하길 원한다. 문제는 카드가 답을 할 때 찾아온다.

대체로 마음속에 숨겨둔 양면성이나 두려움, 다시 말해 평소에는 속에 잘 감추어두었다가 카드를 펼치는 동시에 드러나는 것들을 설명할 때 해석이 가장 잘 들어맞는 것 같다. 신통력은 필요 없다. 신통력은 오히려 방해가 되거나 핵심에서 비껴가게 할 수도 있다. 카드를 읽을 때 의뢰인은 자신이 무엇을 추구하는지 말할 필요가 전혀 없으며, 점술사가 해석을 말할 때 가령 그저 고개만 끄덕이고 있어도 된다. 대개는 의뢰인이 아무 말도 하지 않는 편이 더 좋다. 의뢰인이 개인적인 정보를 생략하면 점술사는 상대방에 대해 짐작하지 않으므로 해석에 방해를 받지 않을 수 있다. 의뢰인이 제공하는 정보에 의해 해석에 나름의 견해가 생기고, 그러다 보면 정확한 해석이 흐려진다. 의뢰인이 자기 나름의 경험을 이야기하면, 점술사는 그 이야기를 바탕으로 의뢰인을 위해 의미를 만들어내기 때문이다. 타로에서 진정한 힘은 의뢰인에게 있다.

그렇기 때문에 내 경험으로 볼 때, 될 수 있으면 사랑하는 사람을 대상으로 타로를 읽어서는 안 된다. 그들에 대해 내가 아는 내용과 바라는 소망이 바탕에 깔려 있어, 해석에 내 견해가 개입되지 않을 수 없기 때문이다. 그리고 그들을 위해서라도 이런 거리를 유지할 필요가 있다. 그들을 진심으로 사랑한다면 더더욱.

에런의 두 번째 타로점에서 카드 일곱 장이 반복해서 나온 걸 보았을 때, 우리는 둘 다 기절할 만큼 놀랐다. 나는 카드 덱을 완벽하게 섞었고, 에런이 직접 카드를 골랐으며, 카드는 새 것이라 특정한 카드를 알아볼 수 있는 흔적 같은 건 있지도 않았다. 사실 그런 일은 있을 수도 없을 것 같았다. 반복되는 메시지처럼 같은 카드가 반복해서 나오는 것은 단순한 우연을 넘어서는 일이었고, 통계적으로 보더라도 거의 불가능한 일이었다. 나는 이 메시지가 거의 고함같이 느껴졌다. 두 번째 타로점에서 천진난만하게 조언을 구했을 때, 카드는 내가 어떤 요청을 하든 그 요청을 듣는 순간 우리의 테스트를 조롱하기로 작정한 것 같았다. 나는 카드를 정리하면서 덜컥 겁이 났다. 질문을 던지자 무언가가 대답을 하다니, 어떻게 그럴 수가 있지? 그러나 마침내 다시 카드를 꺼냈을 때, 나는 카드가 나에게 어떤 답을 주든 그 답을 기꺼이 받아들일 준비가 되어 있었다.

시간이 지나면서, 타로점을 볼 때 같은 카드가 반복해서 나오는 일에 익숙해졌고, 나중엔 계절이 바뀌면 날씨가 돌아오듯 반복되는 일이려니 여기게 되었다. 그리고 나올까봐 조마조마했던 카드들을 더는 두려워하지 않게 되었다. 주로 헤어짐이나 배신을 의미하는 검 3번 카드, 종종 이동수를 뜻하는 컵 8번 카드, 급격한 상황 변화(대대적인 실패, 강력한 손실)를 나타내는 탑 카드, 정신적 고통을 의미하는 검 9번 카드, 총체적 패배를 의미하는 검 10번 카드 등이 그런 카드였다. 물론 이런 설명은 대략적인 것이다. 여기에는 타로를 읽을 때의 뉘앙스가 빠져 있는데, 타로는 많은 부분이 뉘앙스와 관련이 있다.

하지만 나는 조바심이 나서 걸핏하면 타로점을 보았고, 내가 해석한 대로 일이 흘러가지 않으면 실망했다. 그래서 어느 날엔가 타로점을 본 후에 카드를 치웠고, 그런 채로 몇 년이 흘렀다. 뉘앙스가 너무 많았기 때문이었을까, 나를 안내해야 할 이 도구는 툭하면 나를 혼란에 빠뜨렸다. 다시 카드를 꺼냈을 때, 카드를 보고 놀라면서도 아무런 흥미를 느끼지 못했던 기억이 난다. 하지만 어쨌든 카드를 보관해

두었다.

그러던 어느 날, 나는 전문 타로점술사가 되었다.

**
**

1999년에 나는 맨해튼 남쪽 소호 지역에 위치한 한 스튜디오에서 요가 강사로 일하고 있었다. 직원 회의 시간에 원장이 타로점 볼 줄 아는 사람이 있냐고 물었다. 고객들에게 점을 봐주면 좋겠다면서. 나는 손을 들었다. 그리고 덕분에 지금까지 해본 것 가운데 가장 흥미로운 돈벌이를 시작하게 되었다.

나는 뉴욕주에서는 점을 보는 것이 불법이며 B급 경범죄라는 걸 알게 되었다. 뉴욕주 형법 165조 35항에 따르면, 타로점은 의뢰인에게 그냥 재미로 보는 거라고 명시하는 경우에 한해서만 합법적이다. 웬만한 사법 제도에는 관심도 없는 것 같던 서글서글한 인상의 콜롬비아 신비주의자인 요가원 원장은 내가 점을 보겠다고 자진해서 나서자, 나에게 이런 사항을 일러주었다. 그는 말했다. "우리를 곤란하게 만들면 안 돼." 믿을 수 없었지만, 법을 찾아보니 사실이었다. 그래서 고객들에게 어떻게 말해야 할지 곰곰이 생각해보았다. "그냥 재미로 하는 거예요"라는 말은 도무지 적절한 말 같지 않았다. 이 상황을 모면하기 위한 내 방식은 빈정거리는 것이었다. "그런데 재미있으세요? 주에서 고객들에게 그냥 심심풀이로 하는 거라고 말하라고 했거든요."

심심풀이니 뭐니 하는 말로 모면하는 걸 차치하고라도, 다른 사람의 카드를 해석하는 건 까다로운 일이다. 돈을 받고 해석을 할 땐 훨씬 까다로워진다. 나는 여유 자금이 필요했던 터라 재미 삼아 슬렁슬렁 카드점을 보기로 했던 거다. 그런데 이내 다른 사람의 인생에 너무 깊숙이 관여하고 있는 내 모습을 발견했다. 그들의 고통, 그들의 야망, 권력과 성취, 돈, 사랑을 향한 탐욕……. 이런 것들은 의뢰인이 뽑은 카드에서보다는, 해석을 묻는 그들의 질문이나 카드를 해석할 때 짓는 그들의 표정에서 드러날 수 있다. 의뢰인의 가면은 대개 그들이 대답을 좇을 때 벗겨지는데, 그럴 때면 그들이 평소 다른 사람들 앞에서 드러내지 않는 표정을 보게 된다. 그리고 돈을 지불하는 그들의 표정을 보면서 이 일이 장난으로 할 일이 아니라는 걸 알게 된다. 그들은 진짜 답을 원한다. 그들이 돈을 지불하는 것은 이 행위가 시시한 충고와 진지한 조언 사이의 차이를 보여주길 바라거나, 심지어 그렇다고 믿기 때문이다. 따라서 내가 생각하기에 우리가 할 수 있는 최선의 방법은 사람이 아니라 카드에 집중하는 것이다. 타로카드가 원형이, 비인격적 메타포가, 비인격적인 종류의 은밀한 경험이 되도록 하기 위해서 말이다.

나는 차츰 현재의 가능성을 설명하는 식으로 타로를 해석하려 애를 썼다. 그리고 나 역시 그런 방식으로 해석을 받아들이려 한다.

내가 봐준 타로점을 자세하게 설명하는 건 비윤리적인 행동일 것이다. 다행히 나는 내용을 기억하지 못한다. 간혹 친구들이 내가 그들에게 봐준 점의 내용을 떠올려보라고 요구하고, 특히나 내 예측이 적중하면 한층 더 강하게 조르지만, 나는 기억이 나지 않는다. 왜 그런지 모르겠다. 심지어 내 타로점도 기억이 안 난다. 지금은 사진을 찍어 남겨둔다. 내가 말할 수 있는 건, 대부분의 의뢰인이 궁금하게 여기는 사항은 사랑과 돈에 관해서라는 것이다. 이 주제는 대다수 사람들이 궁금하게 여기는 전부인 것 같다. 누가 날 사랑할까요? 사랑이 끝날까요? 애인이 바람을 피우나요? 돈을 벌게 될까요? 계속 벌게 될까요? 사기를 당하지는 않을까요? 새 직장을 얻게 될까요? 승진을 할까요? 내 책이 팔릴까요? 이것은 모든 키스와 모든 지폐 위에 드리워진 그림자이고, 내일이면 사라져버릴지 모른다. 혹시 점술사가 타로를 읽을 때 악마가 숨어 있다면, 사랑이나 돈에 대해 묻는 의뢰인 안에 숨어 있을 것이다. 그리고 타로를 읽는 점술사 안에도.

요가 강사가 되기 위해 훈련을 받을 때 나는 '싯디스siddhis' — 대충 재능 정도로 해석할 수 있을 것이다 — 에 대해 배웠다. 싯디스는 교재의 번외 편에서 소개되었는데, 요가 수련을 통해 몸을 정화하면 텔레파시, 예지력, 공중부양 같은 능력까지도 경험할 수 있다는 내용이었다. 같은 교재에서는 이런 재능들이 오히려 깨달음이나 도전에 장애가 될 수 있다고 경고하기도 했다. 재능이 수행자를 신이 된 것처럼 느끼게 할 수 있기 때문이다. 심지어 요가 강사가 되는 것조차 깨달음에 장애가 될 수 있었다. 다시 말해, 다른 사람들에 비해 내가 상당한 능력이 있다는 걸, 어떤 식으로든 내가 남들보다 낫다는 걸 은연중에 비친다면, 그것이 바로 장애가 된다.

내가 점술의 어두운 면이라고 여기게 된 것은 바로 이런 관점에서 비롯되었다. 나는 사랑과 돈에 관해 알고 싶은 마음에서 벗어날 수가 없었다. 내 타로점이 큰 도움이 되었다고 말하는 사람들이 늘어날수록, 내가 점을 봐준 사람들로부터 내 점술이 실제로 이루어졌다는 — 책을 계약하고, 새 직장을 구하고, 새로운 연인을 만나게 됐다는 — 말을 들으면 들을수록, 나는 더욱더 나 자신을 알고 싶어졌고, 나를 대상으로 점을 보고 싶어졌다. 이 악마는 너무나 평범해서 도무지 악마 같지가 않다. 이 악마는 너무나 인간적인 우리 자신의 일부였다.

나는 비범한 사람이 되고 싶었지만, 나에게 점을 의뢰한 이들과 다르지 않았다. 당시 첫 번째 소설을 여러 출판사에 보내던 때라, 나는 내 책이 팔릴지 알고 싶었다. 5년 만에 처음으로 진지한 느낌을 갖게 된 남자와 데이트를 하던 중이라, 이 관계가 어떻게 될지 확인하는 데 집착했다. 소설이 정말 팔릴까? 그는 전 남자 친구와 정말 끝냈을까? 지난밤에 내 집에 오려고 하지 않던데, 그럼 어디에 있었던 거지? 나는 마음의 안정을 위해 카드를 꺼냈을지 모르지만, 남자 친구가 바람을 피우는지, 그가 아직도 예전 애인을 사랑하는지 의심이 들 때, 자정이라는 시간은, 흐음, 카드를 꺼내기에 적당한 시간이 아니다. 카드 때문에 나는 상황을 있는 그대로 바라보기만 했을 때보다, 일반적으로 사람들이 세상을 경험하는 테두리 안에 머무르기만 했을 때보다 질투나 걱정이 더 커졌고, 그 바람에 오히려 엉뚱한 방향으로 행동했던 것 같다. 그와 다시 이야기할 때까지 나는 말도 안 되는 생각을, 우리에게 일어날 일과는 아무런 상관이 없는 생각을 하곤 했다. 돌이켜 보면, 당시 나는 내 불안과 관련된 질문은 하지 않은 채, 답을 알 수 있는지 없는지에만 온 관심을 쏟았다. 기본적인 관계에 대해 감정적인 위생 점검을 하기보다 ― 이 관계가 당신에게 도움이 되는가? 이 관계가 나에게 도움이 되는가? ― 타로에 손을 뻗어 마음을 허구로 가득 채운 채 돌아왔다. 점괘가 좋으면 나태해졌고, 점괘가 나쁘면 잠을 이룰 수 없었다.

그렇기 때문에 자기가 자기 타로를 해석하는 건 당연히 절대로 해서는 안 되는 일이다. 우리는 자기 자신에게 필요한 객관적인 해석을 할 수가 없다. 이는 에세이나 소설을 쓰면서 자전적 내용을 포함시킬 때도 마찬가지다. 제대로 쓰려면, 자기 자신과 자신의 상태를 냉정하고 객관적으로 바라볼 수 있어야 한다. 자신이 보고 싶은 것에 시야가 가려져, 있는 그대로의 사실을 흐리게 만들지 않으려면 말이다. 자신이 자기 삶 속에서 어느 위치에 있는지 제대로 알 수 있는 사람은 거의 없을 것이다. 우리는 스스로를 소설 속 인물을 볼 때와 같은 정도로 거리를 두고 평가하면서 볼 수가 없다. 다시 말해, 우리는 내가 마술 가게에 들어가 내 타로카드를 샀던 그날 내가 원했던 것처럼 우리 자신을 볼 수가 없다. 우리는 이건 이런 의미고 저건 저런 의미라고 생각한다. 그러는 사이에 진정한 의미는 어딘가 다른 곳으로 내동댕이쳐지고, 전조前兆는 벙어리처럼 입을 다문 채 바닥에 널브러져 있다. 점술사가 자리에 앉아 앞에 놓인 카드를 보면서 자기 점괘를 보겠다고 애쓰는 동안, 그의 삶은 그가 볼 수 없는 방향으로 흘러가고 있다는 얘기다.

할 수만 있다면 나는 과거로 돌아가 나 자신에게 이렇게 말하고 싶다. "점괘는 이렇게 나오는군요. 당신은 공포로 온몸이 마비된 채 여기 당신 아파트에 혼자 앉아서 타로점을 보게 될 겁니다"라고.

내가 이 에세이를 쓰기로 결정했을 때, 편집자는 타로점을 한번 보는 게 어떻겠냐고 제안했다. 마침 나는 휴가차 스페인에 있었던 터라, 고생스럽지만 유명한 갈리시아 마녀(갈리시아는 스페인 북서부의 자치주로 마녀와 마법으로 유명한 지역이다 — 옮긴이)가 거처하는 곳을 알아볼까 진지하게 고민했다. 그러나 갈리시아는 너무 멀었고, 스페인 사람 모두가 깊이 신뢰하는 마녀들만큼 스페인에서 위협적인 존재도 없었다.

대신 친구인 레이철 폴랙Rachel Pollack에게 편지를 썼다. 레이철은 세계 최고의 타로 전문가 중 한 사람이며, 살바도르 달리와 하인들 타로 덱Haindl Tarot deck(이집트인, 인디언, 켈트족의 전설과 신화를 소재로 한 카드. 점성학, 주역, 히브리어, 룬 등 많은 상징 체계를 담고 있다 — 옮긴이)에 관해 쓴 권위적인 글들을 비롯해, 이 주제에 관해 열일곱 권의 책을 출간한 작가였고, '샤이닝 트라이브Shining Tribe'라는 타로 덱을 직접 제작하기도 했다. 게다가 매우 뛰어난 소설가이기도 하다. 레이철의 소설《꺼지지 않는 불Unquenchable Fire》은 내가 무척 감탄하며 읽은 책으로, 조너선 프랜즌Jonathan Franzen의 《자유Freedom》처럼 마법과 미국 변두리 지역에 대한 풍자뿐 아니라 푸른 잔디밭을 위한 주술도 담겨 있다. 나는 고더드 대학의 로레지던시low-residency(캠퍼스에는 짧은 기간만 출석하고 주로 원격 교육으로 실시되는 프로그램 — 옮긴이) 미술 대학원 프로그램에서 1년 동안 강의를 한 적 있었는데, 그때 동료로 레이철을 만났다. 우리는 매 학기 일주일 동안 학생들과 함께 보내면서, 낮에는 학기 과정의 일부인 대면 수업을 했고 점심 땐 버몬트 숲에서 함께 쭈그리고 앉아 카페테리아 음식을 먹었다. 점심을 먹으면서 레이철은 타로가 창조적인 글쓰기 도구라고 우아하게 말했다. 예를 들어 소설의 인물에 관해 생각하는 방식으로 켈트 십자 카드를 이용할 수 있다는 것이었다. 우리가 타로카드에 묻는 것들 — 질문자의 삶에서 무엇이 떠나고 있는가, 조만간 무슨 일이 닥칠까, 이 상황의 뿌리는 무엇인가, 절정이 되는 사건은 무엇인가, 다른 사람들은 그를 어떻게 생각하는가, 그는 무엇을 희망하고 무엇을 두려워하는

가 — 은 전부 소설에서 묘사하는 인물에 관해 묻기 좋은 질문들이다. 그러나 레이철이 졸업 연설을 준비하기 위해 도움을 얻고자 타로를 뽑는 걸 보고, 나는 그녀가 무척 특이하게, 그러면서도 굉장히 효과적으로 타로를 이용한다는 걸 알았다. 레이철은 미래가 아닌 지금 이 순간의 느낌을 엮어 다양한 생각을 위한 도약대로 타로를 이용하여 연설문을 작성했다. 그녀는 기본적으로 졸업반 전체를 대상으로 타로점을 본 것이고, 그들은 그녀에게 기립박수를 보냈다.

레이철의 연설을 들으면서 나는, 미래로 향하는 모퉁이 주변을 보고 싶겠지만 우리가 원하는 거울은 결코 있을 수 없다는 사실을 이해했다. 타로에서 발견하는 거울은 미래의 확실한 일들이 아니라 오직 현재의 가능성들만을 보여줄 수 있었다. 레이철이 타로를 다루는 수준은 나와는 완전히 차원이 달랐다. 레이철은 예술가였고, 나는 주정뱅이였다. 레이철은 자신과 세상에 영적 깊이와 통찰력을 드러내 타로의 수준을 넘어서서 타로의 상징을 통해 말할 수 있었다면, 나는 앞으로 일어날 일에 대한 저급한 수준의 사실, 직접적인 사실을 엿볼 수 있으리라는 생각에 중독되어 있었다.

레이철과 함께 두 번째 레지던시 프로그램을 마치고 돌아온 후, 나는 내 인생의 위기 상황에서 또 다른 남자를 만나게 될지, 캘리포니아로 이사를 해야 할지 말아야 할지를 두고 오랜 기간에 걸쳐 예측하려 애쓰다가, 결국 카드를 없애고 타로점을 보지 않은 채 거처를 옮기기로 결정했다. 레이철과 같은 영혼으로 타로를 보기 전까지는 다시는 타로를 소유하지 않겠노라고 스스로에게 다짐했다. 그러므로 이 에세이를 위해 타로점을 본다면 레이철에게 보고 싶었다. 그래서 나는 레이철에게 편지를 써서 내 타로점을 봐주겠느냐고 물었고, 레이철은 그러겠다고 답했다.

**
*

나는 레이철에게 내가 에세이를 다 쓰기 전에 카드를 해석해달라고 제안했다. 레이철은 내가 직접 카드를 뽑을 건지, 혹은 그녀가 카드를 뽑아야 할지를 물었다. 나는 내가 직접 카드를 뽑아 그녀에게 보내주기로 했다.

다시 카드 덱을 갖게 되었다. 솔직히 말하면 친구에게 선물로 받은 것이었다. 그 친구와 다른 친구들과 함께 어느 음식점에 들어갔는데, 메뉴판 뒷면이 다양한 타로카드로 꾸며져 있었다. 저녁을 먹는 동안 나는 각자가 받은 메뉴판 뒷면의 타로카드로 간단히 점을 봐주었고, 그녀는 내가 해준 말에 깊은 인상을 받았다면서 나에게 카드 덱을 사주었다.

그 카드 덱은 블레이크 타로카드로, 윌리엄 블레이크의 삽화와 새롭게 정의된 그의 철학이 인쇄되어 있다. 나는 카드를 섞어 과거, 현재, 미래를 보여주는 석 장을 뽑아, '운명의 세 여신'이라고도 불리는 아주 단순한 배열로 펼쳤다. 첫 번째 카드: 과학 10번 — 보다 일반적인 카드 덱에서는 검 10번이라고도 한다. 두 번째 카드: 실수 혹은 악마. 세 번째 카드: 별들 혹은 별.

'좋은' 카드가 나왔다. 카드를 보면서 처절한 패배 상태에서 벗어나 상승 기운을 타고 있다는 걸 알아차렸다. 그리고 이것은 많은 개인 에세이의 관습적인 서사와도 유사하다는 데 주목했다. 다시 말해, 저자는 과거의 실패로 인해 굴레에 갇혀 몸부림치다가, 세계 안에서 자신의 현재 위치를 보다 잘 이해함으로써 그 상태에서 벗어난다. 나는 왠지 이 해석이 내가 기댈 수 있는 내 미래라는 생각이 들지 않았다. 오히려 내 소망이 이런 방식으로 드러난 것 같았다.

나는 레이철에게 카드를 보냈다. 그리고 레이철이 나와 타로의 관계를 이해할 수 있도록 내가 묻고 싶은 것을 말했다. 며칠 후 레이철은 다음과 같은 내용을 적어서 나에게 보내주었다.

알렉산더 지를 위한 타로 해석: 그와 타로의 관계는 서서히 발전하고 있음.
과학 10번(패배)
실수 15번
별 17번

알렉스는 구체적인 질문이 아닌 전반적인 질문을 생각하며 이 카드를 뽑았다. 그러나 이 카드를 발전적인 상태라고 보기는 어렵다. 패배와 실수 카드는 일종의 막다른 길 혹은 적어도 제한된 방향을 의미하며, 별은 일종의 영적·형이상학적 돌파구로서 타로에 대한, 그리고 어쩌면 더 큰 사안에 대한 알렉스의 시각을 열어준다.

과학 10번
윌리엄 블레이크 타로에서 볼 수 있는 카드. 블레이크는 과학을 기계론적 세계관의 결과물로 간주하며, 잘못된 것일 뿐 아니라 사람들을 불행과 억압으로 이끈다고 믿었다. 그러므로 이 묶음의 최종 숫자가 매겨진 이 카드는 신들의 기분을 상하게 한 죄로 뱀에게 목이 감겨 죽은 라오콘과 그의 아들들을 연상시킨다. 아주 극적으로 해석하면, '패배'로 이끌 뿐인 타로에 대해 알렉스는 거리를 두고 분석하거나 연구하려 애쓰고 있음을 보여준다.

실수 15번

대부분의 카드 덱에서 이 카드는 '악마'로 불리며, 실제로 우리는 일종의 끈끈한 거미줄로 몸을 감싼 것 같은, 루시퍼처럼 생긴 형상을 보게 된다. 이 카드는 첫 번째 카드에서 제시된 한계들을 강조한다. 어떤 이유에서인지 실수는 타로를 향해 접근하며, 아마도 영적인 가이드보다는 정보나 분석을 위해 거듭 실수를 이용하는 것 같다. 주로 생각 쪽에서 실수가 일어나고 있음을 앞의 카드가 제시하는 것으로 보아, 알렉스는 지금까지 타로를 어떻게 생각해왔는지 스스로에게 묻는 것 같다. 하지만 명심할 것. '루시퍼'는 '빛을 가지고 오는 자'를 의미하며, 희망의 상징인 샛별, 즉 금성과 관련이 있고, 이 내용이 다음 카드에서 제시된다는 것을. 15번 카드는 어둠 속에 갇힌 사랑의 빛이다. 그러나 그 안에는 그 자체의 해방 에너지가 씨앗처럼 함께 담겨 있다.

별 17번

이 카드의 중심에 있는 형상은 어둠에서 나와 빛으로, 경이로운 마법 세계라는 더 큰 환상 속으로 들어간다. 앞의 두 카드만큼 극적인 이미지를 지닌 이 카드는(이 카드의 해석은 물론이고 블레이크 카드가 전반적으로 미묘한 이미지를 드러내려 하지 않지!) 알렉스가 타로를 이해하는 데 획기적인 돌파구를 보여준다. 실수 카드에 갇힌 형상들이 이 별 카드에서 하늘을 향해 해방되는 것으로 볼 수 있다. 혹은 타로를 통해 알렉스는 사람을 보는 방식이 달라진다. 탁자 위에 펼쳐진 커다란 책은 아마도 타로일 테고, 그 수수께끼들은 이제 알렉스의 더 큰 의식을 향해 열린다. 별 17번 카드의 원래 이름은 아마도 앞의 실수 카드에서 해방된 샛별, 즉 비너스의 사랑의 빛과 관련이 있을 것이다.

레이철의 해석은 맞는 것 같았고, 세 번째 카드의 경우 내가 바라던 바를 정확하게 맞춘 느낌이었다.

*
**

세상에는 두 종류의 사람이 있는 것 같다. 미래를 알고 싶은 사람과 미래를 알고 싶지 않은 사람. 이런 문제에 양면적인 태도를 보이는 사람을 한 번도 본 적이 없다. 그렇지만 나는 미래를 알고 싶기도 하고 알고 싶지 않기도 하다. 현재로서는 어느 쪽이 더 좋을지 알 것 같지만, 언제든 마음을 바꿀 준비가 되어 있다. 어쩌면 지금 나는, 알아서 술을 조절할 줄 안다고 큰소리치는 주정뱅이와 비슷할지 모른다. 그러나 내가 사람들에게 미래를 내다볼 줄 안다고 말한다면, 다들 나를 비웃을 것이다. 나도 나를 비웃을 것이다.

2006년에 미래를 안다는 것과 관련해 한 가지 교훈을 얻었다. 당시 내 아버지의 큰형인 빌 삼촌이 서울에서 뉴욕을 방문했다. 삼촌은 뉴욕에 머물 때면 항상 뉴욕 코리아타운에 있는, 작지만 깔끔한 호텔에서 지냈다. 그날 밤 나는 삼촌에게 가서 내가 동성애자라고 밝히고 나의 첫 번째 책을 드렸다. 지금까지 온 세상이 내가 게이라는 사실을 모를 수 없도록 행동했지만 삼촌에게는 예외였고, 그러다 보니 삼촌에게 내 경력도 숨겼다. 내가 작가로서, 공개적인 동성애자 남자로서 잘나가고 있다는 걸 삼촌에게 알려주고 싶었다. 삼촌이 나를 실패자로 여기지 않길 바랐고, 내 모습을 있는 그대로 알아주길 바랐다. 게다가 한국과 미국에서 내 책이 한국어로 홍보되고 있어서 지금쯤 혹시라도 삼촌이 나에 관한 기사를 읽을 수도 있는데, 그런 식으로 나를 알리고 싶지는 않았다.

한국 사람들이 역사적으로 동성애자의 존재를 부인한다는 사실을 감안한다면, 대화는 그럭저럭 잘 이루어졌다. 그러나 삼촌은 국제적으로 자신의 경력에 전념해온 법학 교수로, 세상 물정에 밝은 사람이며, 내가 아는 남자들 중 처음으로 술 달린 로퍼를 신고도 주책맞기는커녕 품위 있게 보이는 남자였다. 우리는 삼촌이 묵는 호텔 방의 묵직한 초록색 안락의자에 앉아 있었고, 이제 작별 인사를 할 시간이 다가오고 있었다. 아까 저녁 식사 후에 삼촌에게 내 책을 드렸던 터라, 이제 우리는 내가 동성애자로서 가정을 꾸릴 가능성이 있는지 이야기하고 있었다.

"이런 아이들을 갖고 싶지 않니?" 삼촌은 내가 드린 조카들 사진을 열정적으로 가리키며 물었다.

나는 다른 남자와도 가정을 꾸릴 수 있고, 동성애자도 얼마든지 가정을 만들 수 있다고 설명했다. 빌 삼촌은 그에 대한 대답인 것처럼 이런 이야기를 들려주었다.

삼촌은 대학원을 다니기 위해 미국으로 떠나기 전에 한국에서 점쟁이를 찾아갔다. 점쟁이는 동생이 젊은 나이에 죽을 것이고 삼촌에게는 자식이 없으니 동생의 아이들을 자식으로 받아들이게 될 거라고 말했다. 그리고 삼촌이 결혼하는 일은 없을 거다, 하더라도 결혼을 유지하지는 않는다는 말도 덧붙였다.

빌 삼촌은 여기까지 말하고 잠시 멈춘 뒤에 나를 바라보았다. 삼촌의 표정에서 자기 삶에 맞서 버텨온 사람, 이 운명이 비껴가도록 전 생애를 걸고 싸운 사람의 모습이 보였다. 수십 년 전 한 통의 전화를 받고 아버지의 자동차 사고 소식을 듣는 삼촌의 모습, 사십 대의 늦은 나이에 결혼한 뒤 이혼한 삼촌의 모습이 보였다.

그날 밤으로부터 27년 전, 내 아버지의 죽음이 예견된 이후로 빌 삼촌은 아버지 쪽 가족을 통틀어서 우리와 가장 자주 연락을 유지해왔다. 명절에 카드를 보내오고, 3년에 한 번씩 우리를 방문하는 등, 연락 횟수가 잦은 건 아니었지만 삼촌의 연락은 우리에게 무척 소중했다. 동생의 자식들을 자기 자식으로 받아들이게 될 거라는 점괘가 맞을까 봐 몹시도 두려웠을 텐데도, 긴 세월 동안 전화기를 바라보며 우리에게 전화를 걸 생각을 했을 때 삼촌은 어떤 마음이었을까?

나는 삼촌을 포옹하며 안녕히 주무시라고 인사하면서, 삼촌과 함께 있고 싶다고 생각했다. 할 수만 있다면 삼촌 인생에서 며칠을 뒤로 돌려 운명의 긴 그림자를 걷어내, 삼촌이 자신의 미래를 알기 전으로, 그 모든 일이 실현되기 전 순간으로, 최소한 삼촌이 나의 두 번째 아버지가 된다는 점괘가 현실이 되기 전으로 삼촌을 돌아가게 하고 싶었다. 이루어지지 않은 많은 일들 중에서, 아마도 이것이 삼촌과 작별 인사를 할 때 내 마음을 가장 아프게 했던 것 같다. 그렇지만 나는 알고 있었다. 적어도 여기에는 삼촌의 선택이 있었다는 것을. 왜 그런지 알 수 없지만, 그 선택이 삼촌을 가장 자유롭게 만든 방법이었다는 것을.

집으로 가는 지하철 안에서 내가 아기였을 때 서울에서 점쟁이를 찾아갔던 이야기가 생각났다. 점쟁이가 한 말은 "이 아이는 할 일이 많겠어"가 전부였던 모양이다. 다른 말도 했는지 모르겠지만 아무도 기억하지 못한다. 한번 찾아가서 물어볼까, 하는 생각이 들 때도 있는

데, 삼촌의 이야기를 듣고 난 지금은 미래를 알게 될 때까지 그저 알고 싶다는 생각만으로 충분할 것 같다. 미래를 안다는 건 몇 년 뒤에 총 알이 내 옆으로 날아오길 기다리고, 다가오는 걸 지켜보고, 언제 나를 뚫을지 알지만 움직일 수 없는 기분과 같지 않을까.

어쩌면 운명을 피하는 유일한 방법은 운명을 모르는 것일지도 모른다. 미래를 모른다는 것에 대해 생각할 때면 요가 수업이 떠오른다. 요가 강사는 수업을 시작할 때마다 우리에게 두 눈을 감고 최대한 오래 태양 경배 자세를 유지하게 했다. "눈에 보이지 않는 걸 어떻게 신뢰할 수 있을까요?" 우리가 서서히 움직이다가 쓰러지지 않으려 애쓰면서 점점 동작을 빨리 할 때 그는 이렇게 묻곤 했다.

눈에 보이지 않는 걸 어떻게 신뢰할 수 있을까?

 쓰는 삶

1

애니 딜러드 선생님께

제 이름은 알렉산더 지이며, 영문학과 4학년입니다. 필리스 로즈 선생님의 '소설 I' 수업과 킷 리드 선생님의 '소설 심화' 수업을 수강했고, 지난여름, 메리 로비슨, 토비 올슨과 함께 베닝턴 작가 워크숍에 참가했습니다. 동봉한 단편들은 제 지도교수님인 빌 스토 교수님의 지도하에 최근 작업하고 있는 창조적 글쓰기 논문에 실은 것들입니다. 그러나 이 수업을 신청하려는 진짜 이유는 제가 웨슬리언 대학교에 다닌다고 말할 때마다 사람들이 저에게 선생님 수업을 들어봤느냐고 물어보기 때문입니다. 저는 아니라는 말보다는 좀 더 괜찮은 답을 하고 싶습니다.

바쁘신 가운데 제 편지를 읽어주셔서 감사합니다.

알렉산더 지 드림

이 편지는 1989년에 웨슬리언 대학교에 다닐 때 애니 딜러드Annie Dillard가 가르치는 문학적 논픽션 수업에 수강 신청을 하면서 보낸 편지다. 영문학과 4학년 마지막 학기를 남겨둔 때였다. 나는 원래는 조형 예술을 전공하려 했지만, 낙제하는 바람에 자연스럽게 영문학으로 갈아탔다.

보나마나 거절당할 거라고 생각하면서 결정을 기다리는 동안, 크리스마스 선물을 사러 쇼핑몰에 갔다가 애니 딜러드 전집 박스 세트 ―《자연의 지혜Pilgrim at Tinker Creek》《어느 미국인의 어린 시절An American Childhood》《신성한 무리들Holy the Firm》― 와 애니 딜러드가 편집한《최고의 미국 에세이들 1988 The Best American Essays 1988》이 잔뜩 쌓여 있는 서점 안을 둘러보았다. 왠지 이 책들이 그녀의 책이 아니라 그녀 자신인 것 같아 책들 주변을 서성거리다가 빈손으로 서점을 나섰다.

그녀가 나를 받아들이지 않으면 이 책들이 집에 있는 걸 견디기 힘들 것 같아서 차마 책을 살 수 없었던 것이다.

딜러드의 첫 수업 시간에 나는 그녀의 책을 사는 것이 시기상조라는 걸 알게 됐다. 딜러드는 우리에게 수업을 듣는 동안은 자기 작품을 읽지 말라고 했다.

이 수업만으로도 여러분에게 충분히 많은 영향을 줄 겁니다, 라고 딜러드는 말했다. 내가 여러분의 선생이라는 이유만으로 여러분은 나를 기쁘게 하고 싶겠지요. 그렇기 때문에 나는 여러분이 나를 흉내 내려 애쓰는 걸 원치 않습니다. 여러분이 나처럼 쓰길 바라지 않아요. 그리고 이쯤에서 잠시 숨을 돌린 다음 이렇게 말했다. 나는 여러분이 여러분처럼 쓰길 바랍니다.

딜러드가 이렇게 말할 때 몇몇 사람은 죄지은 사람 같은 표정을 지었다. 나도 죄책감을 느꼈다. 나는 그녀의 작품을 몰랐다. 그저 작품이 그녀를 유명하게 만들었다고만 알고 있었다. 나는 그녀에게 반항하고 싶을 만큼 나에게 감각이 있으면 좋겠다고 생각했다. 나는 스스로가 참 얄팍한 사람처럼 느껴졌지만 그대로 앉아 있었다. 아버지가 항상 이렇게 말씀하셨기 때문이다. 뭘 하려거든 그 일을 가장 잘하는 사람을 찾아서, 그 사람이 널 제대로 가르칠지 확인해보아라.

이미 웨슬리언에서 웬만한 선생들은 전부 거쳤다. 이제 다음 차례는 그녀였다.

**

지금도 딜러드의 말이 들리는 것 같다. 죽음, 사고, 질병은 도입부에, 글을 시작할 때 드러내세요. 가능하면 말이지요. '가능하면'은 그녀의 입버릇이었다. 우리는 글쓰기에 필수라는 이유로 규칙이나 지침을 따르는 것이 불가능할 수 있음을 항상 명심했다.

이 글의 도입부에 드러내야 할 사고는 2학년 봄에 일어났다. 나는 미대 학장이 가르치는 데생 수업 시간에 잠이 들었다가 그녀가 내 어깨를 꽉 붙드는 바람에 번쩍 눈을 떴다. 미대 학장은 짧은 검정색 곱슬머리에 우아하지만 오만하고 엄격하지만 따뜻한 태도를 지닌 여성이었으며, 구름을 소재로 한 회화로 유명했다.

그녀가 나를 끌어올리면서 말했다. 지 군, 이건 집에서 해야 할 행동인 것 같은데.

뺨 한쪽이 축축했고 그 밑으로 종이가 들러붙은 게 느껴졌다. 나는 서둘러 가방을 챙겨서 강의실을 나왔다.

그 전까지만 해도 그녀는 내 작품을 무척 마음에 들어 해서 학생들 앞에서 종종 칭찬을 했다. 하지만 그날 이후로 일은 꼬여만 갔다. 그녀는 내 작품을 칭찬했던 기억조차 지워버린 것처럼, 이미 나에게 돌려준 과제를 누락으로 평가하기 시작했다. 나는 사실을 입증하기 위해 그녀가 선명하게 쓴 평가 내용과 함께 내 그림들을 그녀의 우편함에 넣었지만 소용없었다. 나는 전공에 필요한 평균 학점보다 낮은 B 마이너스를 받았다. 그리고 낙제했다.

3학년이 되기 전 여름에 뭘 할지 궁리하다가, 채식주의자가 되고, 하루에 30킬로미터 남짓 되는 거리를 자전거를 타고, 집에서 운영하는 해산물 식당에서 어머니를 도와 야간에 매니저로 일하고, 체중을 75킬로그램에서 65킬로그램으로 줄였다. 관광객들을 위해 바다가재와 튀김의 주문 가격을 찍으며 딸기 팝시클(직접 만들어 먹는 커스텀 아이스바의 일종 — 옮긴이)을 먹는 동안, 나는 차츰 갈색 선묘화처럼 변해갔다. 이윽고 8월 말이 되었을 무렵, 옆 동네에 사는 학교 친구가 집으로 전화를 했다.

너, 타자기 있냐? 그가 물었다.

응. 내가 대답했다.

좀 빌릴 수 있을까? 그가 물었다. 필리스 로즈 강의 신청하려면 이 이야기를 타이핑해야 하거든. 오늘 오후에 너희 집에 가지러 가도 되냐?

그러든지. 내가 말했다.

전화를 끊고 그가 도착할 때까지 네 시간 동안, 나는 그 타자기로 단편 소설을 한 편 썼다. 지금도 내용이 기억나는데, 한편으로는 글이 단숨에 쓰였기 때문일 것이다. 그렇게 빨리, 자신 있게 글을 쓴다는 건 무척 드문 일이라는 걸 지금은 잘 아니까. 내 성취에 대해 나는 거의 기억상실증 환자에 가까웠다. 고등학교 때 제럴딘 R. 닷지 재단으로부터 시 부문의 상을 받았고, 내가 쓴 희곡이 메인주 영재 프로그램의 주선으로 포틀랜드 스테이지 컴퍼니 소속 배우들에게 낭독되는 영광도 누렸다. 하지만 그런 일들은 우연히 벌어진 일, 옆집 사람에게 일어난 일처럼 여겨졌다. 그런데 웬일인지 이 첫 번째 단편 소설을 쓰는 동안 다른 것들로부터 얻어본 적 없는 확신을 얻었다. 그러니까 내가 어느 정도 글을 쓸 수 있겠구나 하는 확신을.

나는 데생 시간에 세 가지 정물 습작을 합쳐서 단일한 가상의 장면을 묘사하는 연습을 할 때처럼, 내 인생의 몇몇 조각을 재배치해서 새로운 무언가를 만들었다. 소설은 자전거를 타면서 여름을 보내는 소년(나)에 대한 이야기였다. 소년은 자동차에 치여 혼수상태에 빠지고, 깨어날 때까지 계속해서 자신이 사고를 당한 꿈을 꾼다.(내 아버지에게 일어난 일이기도 하지만, 돌이킬 수 없는 미술 수업을 빗댄 것이기도 하다.) 소년은 깨어날 때 한 사제의 방문을 받는데, 사제는 소년이 신앙을 잃지 않았다는 걸 확인하고 싶어 한다.(아버지의 사망 후 내 담당 목사도 나에게 그랬다.)

그날 내가 느낀 감정을 작가 로리 무어Lorrie Moore는 '가면이 주는 위안'이라고 부른다. 가면을 쓸 때 우리는 실제 삶이 만들어내지 못하는 다른 삶을 위해 자신의 삶에 존재하지 않는 공간, 즉 기억의 유배지를 만든다는 것이다. 그러나 당시에는 이런 내용을 알지 못했다.

그 순간 내가 말할 수 있는 것은 마침내 내가 나 자신에게 감명을 받았다는 것이다. 그리고 소설을 쓰면서 내가 했던 모든 행동을 다시 반복하고 싶었다.

마침내 친구가 왔다. 나는 타자기 뚜껑을 닫고 친구에게 건네주었다. 내가 무얼 했는지는 말하지 않았다. 왠지 내가 소설을 쓰고 있었다는 걸 아무에게도 말할 수 없었다. 그 대신 친구가 떠난 뒤, 무슨 잘못이라도 저지른 사람처럼 약간의 죄책감을 안고 우체국으로 가서 그 소설을 발송했다.

명단에서 네 이름 봤어. 몇 주 후에 웨슬리언으로 돌아왔을 때 친구가 약간 상처를 받은 듯한 목소리로 말했다. 축하한다.

명단을 보니 친구 이름은 없었다. 마치 내가 타자기에서 아주 중요한 무언가를 빼내고 난 뒤 친구에게 그것을 준 것 같아 사과라도 하고 싶은 심정이었다.

내가 쓴 글 때문에 내가 명단에 올랐다는 생각이 들지 않았다.

그러더니 그 수업에서 A를 받았다. 같은 수업을 듣는 친구가 자기는 B를 받았다고 말했을 때조차 내 점수가 실감이 나지 않았다. 내가 뭘 하고 있는지 감도 잡히지 않는데 무슨 실감이 났겠는가. 나는 다음 학기에 킷 리드 교수의 소설 심화반에 신청해서 등록을 했고 — 2주에 한 번씩 20페이지 분량의 소설을 써야 했다 — 그녀의 다른 수업에서도 신기하게 A를 받았다. 다음 학기에는 베닝턴 글쓰기 세미나에 지원해 합격했다. 이 세미나에서 메리 로비슨, 토비 올슨과 함께 공부했고, 제인 스마일리의 크노프 출판사 편집자인 보비 브리스톨도 만났다. 그녀는 내 소설을 읽어보겠다고 제안했고, 중편 소설로 고치면 사겠다는 쪽지를 첨부해 돌려주었다.

나는 중편 소설이 뭔지, 어떻게 써야 하는지도 몰랐고, 그녀의 쪽지를 받고 처음엔 흥분하다가 이내 혼란스럽더니 다음 순간 슬퍼졌다.

모두가 부러워할 만한 대단한 일이 나에게 일어나고 있었다. 이런 상황에서 다른 학생이라면, 메리 로비슨이나 킷 리드를 찾아가 스물한 살 나이에 중편 소설을 써서 책을 출판할 계획인데 이게 무슨 상황인지 내가 이해하게 해달라고 요구했을지 모르지만, 그건 나다운 행동이 아니었다. 나는 운명을 선택할 수 있을 거라고 생각했다. 제인 스마일리의 편집자가 나에게 이렇게 말하길 바랐다. 이봐요, 가서 시각예술가가 되도록 해요. 이런 글쓰기 같은 건 잊어버리고. 나는 길을 밟고 서 있으면서 길 찾는 법을 몰라 헤매는 사람이었다.

그렇기 때문에 우리에겐 선생이 필요한 것이겠지.

2

그녀에 대해 가장 선명하게 남아 있는 기억은 이렇다. 때는 봄. 그녀는 미소를 지으며 나를 향해 다가온다. 얼굴에 미소를 띠었는데, 립스틱 때문에 그 미소가 깔끔하게 오려진 것처럼 보인다. 나는 그녀에게 왜 그렇게 미소 짓느냐고 결코 묻지 않는다. 내가 강의실 건물 앞에 서서 담배를 피우고 있을 때면, 모르긴 해도 그녀는 나를 향해 웃는다. 그녀는 애니 딜러드이고, 나는 그녀의 글쓰기 수업 학생이다. 검은색 옷, 신중하게 무스를 바른 머리카락, 담배, 워크맨에는 어두운 대중음악이 담겨 있는 평범한 스물한 살. 그녀는 강의실이 있는 건물에서 몇 블록 떨어진 곳에 자리한 아름다운 집에서 남편, 딸과 함께 살았기 때문에 걸어서 수업에 온다. 나는 학교에서 그 집을 지나갈 때마다, 공기 중을 흐르는 진동처럼, 저곳에 그녀가 있겠지, 하고 생각한다. 몇년 뒤, 그녀가 더는 그 집에 살지 않고 내가 그곳에서 학생들을 가르치고 있을 때, 나는 이제 그런 생각을 할 수 없다는 사실에 아쉬워한다.

그녀의 뒤편에 짙은 초록색 나무들이 서 있어서 그녀의 윤곽이 더욱 선명해 보인다. 그녀는 옅은 색 옷을 입고, 진주 목걸이와 진주 귀고리를 했다. 키가 크고 건강하고 활기차다. 피부는 빛난다. 그녀가 손을 내민다.

지, 그녀가 말한다, 담배가 떨어졌어, 한 모금만 줘.

그녀는 우리를 성姓으로 부른다.

그녀는 연기를 동그랗게 만들어 살짝 뿜어낸 다음, 한 번에 훅하고 내뿜는다. 고마워, 그녀는 이렇게 말하며 담배를 건네주고, 다시 미소를 지으며 건물 안으로 들어간다.

황금색 말보로 담배 필터에 동그랗게 립스틱 자국이 남는다.

나는 이것이 5분 후에 수업이 시작된다는 의미라는 걸 이내 알아차린다. 담배를 비벼 끄면서, 그녀가 피우고 남은 필터를 보관했을 사람들을 생각한다. 적어도 하나쯤은 간직하지 않았을까. 나는 그것을 발로 차 배수로 안으로 밀어 넣고 우쭐한 기분을 느낀다.

그 첫 강의에서 그녀는 진주 목걸이와 진주 귀고리를 하고 스웨터 위로 셔츠 옷깃이 살짝 드러나는 차림새였지만, 예의를 갖추지 않으면 한방 날릴 기세였다. 그녀는 카우걸처럼 강의실 안을 성큼성큼 걸어 들어가, 메모를 잔뜩 끼적인 리걸 패드(법률 용지철), 커피를 담은 보온병, 그리고 하나씩 포장된 브래치스 캐러멜 한 봉지를 가방에서 꺼낸 뒤 자리에 앉았다. 그런 다음 보온병 뚜껑을 신속하게 돌려 열고 뚜껑 겸 컵에다 커피를 붓고는, 한 모금 마시면서 우리에게 환하게 미소를 지어 보이며 강의실을 둘러보았다.

안녕. 그녀는 뭐랄까 미소 같은 걸 **지으면서** 인사했다. 130명이 수강 신청을 했고 그 가운데 열세 명을 선정했습니다.

정체불명의 탈락자들이 환영 같은 모습으로 잠시 우리 주변에 머물렀다. 자칫하면 우리 역시 그들 무리에 속했을 거라는 공포감이 스쳤다.

청강생은 받지 않아요. 그녀가 말했다. 어떠한 경우에도. 누구든 예외 없이.

강의 방식은 주기적으로 바뀌었는데, 그녀가 새 남편을 기쁘게 하기 위해 담배를 끊은 것이 변화에 영향을 주었다. 우리는 장거리 연애를 했어요. 언젠가 평소보다 길게 쉴 때 담배를 피우며 그녀가 말했다. 학회에서 만났지. 동거할 때까지 그이는 내가 얼마나 골초인지 몰랐거든. 그녀는 이렇게 말하면서 웃음을 터뜨렸다. 개구쟁이처럼.

수업을 시작할 때 그녀는 커피를 담은 가늘고 긴 보온병을 열고, 낱개로 포장된 브래치스 캐러멜 — 가운데가 하얀 걸로 — 봉지를 뜯곤 했다. 메모를 잔뜩 써놓은 리걸 패드를 내려놓고, 커피를 따르고, 커피를 마시면서 캐러멜 포장을 벗기고 먹었다. 책상 위 그녀의 왼손 옆에는 비닐 포장지가 소복이 쌓였다. 그녀가 리걸 패드 페이지를 앞뒤로 획획 넘기면서 글쓰기에 관해 경구처럼 간결하고 날카롭게 말하면 비닐 포장지들이 가볍게 팔락거렸다. 그녀의 경구는 짧은 강의로 이어졌지만 이따금 목록으로 열거되기도 했다. '영혼'이라는 단어는 절대로 사용하지 마세요, 가능하면 말이에요. 요약한답시고 절대로 대화를 인용하지 마세요. 사람이 모여 있는 장면 묘사는 피하세요, 특히 파티 장면.

그녀는 거의 졸린 듯 입을 열었다가 이내 난폭한 속도로 질주했다. 미친 듯이 내달리는 게 아니라 오페라처럼. 그런 뒤에 숨을 돌리며 잠시 고요히 자신의 노트를 확인하고, 그사이 우리가 필기를 마치느라 글씨 쓰는 소리가 잦아들면, 다른 주제로 강의를 이어 나갔다.

우리는 그 주의 과제를 받으면 2행간씩 띄워서 쓴 원고 일곱 장을 제출해야 했다.

2행간씩 띄우라고요? 그런 요구는 처음이라 첫 시간에 우리는 정확히 들었는지 귀를 의심하며 물었다.

여러분이 쓴 문장 사이에 내가 메모할 자리가 있어야 하지 않겠어요? 그녀가 말했다.

모두들 속으로 이 말을 곰곰이 생각하느라 강의실 안은 침묵이 감돌았다. 설마 쓸 말이 그렇게 많겠어?

하지만 그녀는 벌써 칠판 앞에 서서 교정 부호집의 내용을 적고 있었다. 'Stet'은 라틴어로 살리라는 의미이며…… 선을 그어 내용을 지우고 그 위에 작은 돼지꼬리 표시를 하면 그 내용을 삭제하라는 의미다.

행간에는 엄청나게 많은 메모가 끼적여 있었다. 우리는 매주 화요일에 과제를 제출해 목요일 수업 때 돌려받았는데, 2행간씩 띄운 자리는 물론이고 그 옆 여백에까지 연필로 쓴 그녀의 메모들로 빽빽하게 채워졌다. 학생은 놀라운 문장을 쓰는군. 때때로 그녀는 내 글에 대해 이렇게 썼다. 그러나 때로는 이런 메모도 남겼다. 학생이 문장을 쓸 줄 안다는 사실이 놀랍군. 그녀는 화살표로 놀라운 문장과 실망스러운 문장을 가리켰다. 그녀에게 내가 쓴 글을 돌려받는 건, 마치 댄스 플로어에 서서 나이트클럽의 검은 조명을 받으며 좋아하는 검은 셔츠를 보는 것과 같았다. 늘 잔뜩 들러붙어 있지만 보이지 않던 머리카락이며 먼지가 비로소 한눈에 들어왔다.

그녀의 수업을 들으면서 나는 평생 영어를 말했지만 정작 영어를 거의 알지 못했다는 걸 깨달았다. 영어는 저지 독일어Low German(독일 북부와 네덜란드, 벨기에 등의 지역에서 사용하는 방언 — 옮긴이)에서 시작되었다. 저지 독일어는 분류하기 좋은 언어였고, 그리스어, 라틴어, 앵글로색슨어(고대 영어 — 옮긴이)로 채워졌으며, 나중엔 아시아 언어에서 유래한 말들을 야금야금 침범했다. 라틴어에서 유래한 단어는 다음절多音節로 되어 있는 반면, 앵글로색슨어에서 시작된 단어는 길어야 2음절로, 짧다. 좋은 작가는 두 요소를 이용해 문장의 리듬에 변화를 줄줄 알아야 했다.

그녀는 내 글에서 이른바 '특이한 문법 구조'를 매우 빨리 알아보았다. 애니가 내 원고에 동그라미 친 부분들로 짐작건대 내 문제에 대한 한 가지 분명한 답은 메인주 태생이라는 내 출신에 있었다. 나는 어떤 사실을 자세하게 묘사하는 재능뿐 아니라 — 외삼촌 찰스는 지독한 짠돌이라서 아무리 배가 고파도 자기 돈으로 햄버거 두 개를 사는 일이 없다 — 수동태로 문장을 어수선하게 늘어놓는 재능까지 모두 외가에서 물려받았다 — I was writing to ask if you were interested. (당신에게 의향이 있는지 묻기 위해 쓰고 있습니다.) 메인주에서는 흔히들 수동태를 사용하는데, 수동태는 모든 공격성과 직접적인 질문은 물론이고 묘사를 죄다 약화시키는 표현법이다. 게다가 스코틀랜드 토착민들이 영국 통치자에 의해 메인주로 이주하고 정착하면서 어쩔 수 없이 그들의 퇴화된 문법이 따라 들어와 간접 화법을 사용하게 되었다. 그뿐만 아니라 내 무의식에는 진부한 표현들이 박물관처럼 자리 잡고 있었다. 나는 진 켈리Gene Kelly(1912~1996, 미국의 배우이며 영화감독 — 옮긴이) 영화를 보면서 혼자 영어를 배운, 길을 잃은 스코틀랜드 식민지 출신 아이가 된 것 같았다.

무엇보다 골칫덩어리는 수동태였다. 'was'는 무언가가 존재한다는 사실만 말하면 그만이었다. 그뿐만이 아니었다. 이 주제에 관해 나는 애니가 푸가처럼 반복한 내용 중 하나를 거의 정확하게 기억한다.

여러분은 생생한 글을 원하지요. 어떻게 하면 생생한 글을 쓸 수 있을까요? 먼저 동사를 생각해봅시다. 동사를 정확하게 사용해야 합니다. 원고에 묘사된 모든 행동, 일어나는 모든 일은 동사의 형태로 일어나지요. 어떤 일이 일어나게 할 때 수동태를 쓰면 동명사가 필요합니다. 그런데 한 페이지 안에 동명사를 너무 많이 사용하면 이명증이 생겨요. running(러닝), sitting(시팅), speaking(스피킹), laughing(래핑), inginginginging(잉잉잉잉잉). 이런 식으로 쓰면 안 됩니다. 동사는 과거에 무슨 일이 일어났는지, 지금도 계속해서 일어나고 있는지, 무엇이 움직이는지, 무엇이 정지하는지 읽는 이에게 말해줍니다. 동명사는 게을러요. 우리는 결정할 필요가 없어요. 조만간 모든 일이 한꺼번에, 급하게, 허둥지둥 일어날 테니까. 그렇게 쓰면 안 됩니다. 또 하나, 동사를 잘못 선택하면 부사가 따라와요. 하지만 대개 부사는 필요하지 않습니다. 그는 빨리 달렸을까요, 전력질주를 했을까요? 그는 천천히 걸었을까요, 혹은 서성거리거나 어정거렸을까요?

이때쯤이면 그녀의 리걸 패드와 캐러멜 포장지로 책상은 혼돈의 도가니가 되고, 열정적인 감정은 설탕과 카페인의 도움으로 최고조에 이르렀다. 이럴 때 찾아오는 잠깐의 침묵이 기억난다. 그녀는 중간쯤 되는 거리에 시선을 던진 다음, 다시 자신의 리걸 패드를 바라보며 말했다. 그러니까, 여러분의 글 안에서 **정확히** 무슨 일이 일어나고 있는 거지요?

소설이 가면의 위안을 제공한다면, 애니의 견해에 따르면, 비소설은 무엇으로도 대체할 수 없으며 어쩌면 대단히 가치 있는, 가면 아래에 놓인 감성을 제공한다. 애니는 문학적 에세이는 외국 문명에 대해서든 우리의 마음에 대해서든, 잘 모르는 분야에 직접 참여하게 하는 도덕적 활동이며, 여기에서 중요한 것은 우리 자신이라고 생각했다.

여러분은 여러분에게 유일한 존재입니다, 라고 그녀는 말했다. 중요한 것은 튀니스에 관해서 쓰든 창밖의 나무들에 관해서 쓰든, 우리 시대에, 그리고 지금 이 순간에 존재하는 여러분만의 독특한 관점입니다. 독창적인 글쓰기에 대해서는 걱정하지 마세요. 그녀는 무시하듯 말했다. 그래요, 이미 모든 것이 글로 쓰였어요. 하지만 여러분이 쓰고 싶은 것은 여러분이 쓰기 전에는 글로 남겨지는 게 불가능해요. 그렇지 않다면 이미 그 글이 존재했겠지요. 여러분이 글로 써야만 그것이 가능해집니다.

3

서사적 글쓰기는 읽는 이에게 작가의 경험을 재현할 수 있도록 질서 정연하게 세부 사항들을 기술한다, 라고 그녀는 말했다. 이 말은 빤하면서도 도발적으로 들렸다. 이렇게 솔직하게 말한 사람은 지금까지 아무도 없었다. 그녀는 종종 '일'에 대해 말했다. 우리가 일을 제대로 수행하면, 독자는 우리가 느낀 그대로 느낄 것이다. 독자에게 어떻게 느끼라고 말할 필요가 없다. 무엇을 어떻게 느껴야 한다는 얘기를 듣고 싶은 사람이 누가 있겠는가. 만일 의심스럽다면 정말로 그렇게 해봐라. 독자에게 어떻게 느껴야 하는지를 직접 말해봐라.

우리는 감정적인 언어를 피해야 했다. 그런 언어를 사용하면 글이 따분해진다고 그녀는 말했다. 누가 행복한지 슬픈지 독자에게 말하는 것은 금물이다. 그러면 독자는 아무것도 볼 수가 없게 될 테니. 그 여자는 화를 내지 않아요, 라고 애니는 말했다. 그 여자는 남자의 옷을 창밖으로 내던지는 거죠. **구체적으로 묘사하세요.**

글을 덜어내고 또 덜어낸다. 이 부분은 이쪽으로 옮기고, 저 부분은 첫머리에 두며, 이 내용은 6쪽에 가져다놓는다. 이런 과정을 거치면서 나는 원고의 첫 세 쪽은 주로 목청을 가다듬고, 대략 4쪽쯤에서 발단을 드러낸다는 것을 배웠다. 이쯤에서 발단이 드러나지 않으면, 때로는 끝까지 가서야 드러나는데, 결국은 발단에 이르기 위해 내내 매달린 셈이 된다. 첫 쪽과 마지막 쪽을 바꾸면 그렇지 않을 때보다 더 괜찮은 결과를 얻을 수도 있다.

어느 날 오후, 우리는 애니가 지시한 대로 종이와 가위, 테이프, 그리고 우리가 여러 가지 버전으로 다루면서 씨름했던 에세이의 초안 몇 개를 가지고 왔다.

그녀는 우리에게 각 초안에서 가장 잘 쓴 문장들만 오려서 백지 위에 테이프로 붙이도록 했다. 그리고 다 붙이면 그 문장들 주위에 글을 써넣으라고 했다. 그렇게 놓친 부분을 채우고 지금까지 쓴 에세이 중 가장 잘 쓴 글이 되도록 만들라고 했다.

나는 중요하지 않은 문장들이 떨어져 나가는 걸 지켜보았다.

작가로서 자기 목소리가 어떠한 도움도 받지 않고, 자연스럽게, 저절로 드러날 거라고 생각할 수도 있다. 하지만 그건 잘못된 생각이다. 그 백지 위에서 내가 확인한 것은 갇히고, 불안해하고, 게으른 목소리였다. 심지어, 그리고 내 경우엔 특히, 기억상실증에도 걸려 있었다.

이런 부분은 과감하게 잘라내야 한다.

동사에 관한 강의가 끝난 뒤, 우리는 각 페이지에서 동사의 수를 세고, 동사에 동그라미를 치고, 페이지 옆에 숫자를 기록한 다음, 평균을 냈다. 페이지당 동사의 평균 개수를 늘릴 수 있겠어요? 그녀가 물었다. 나는 새뮤얼 존슨Samuel Johnson(1709~1784, 영국 시인 겸 평론가. 17세기 이후의 영국 시인 52명의 전기와 작품론을 정리한 열 권의 《영국 시인전》으로 특히 유명하다 — 옮긴이)의 작품으로 이 훈련을 했다. 그녀는 우리에게 새뮤얼 존슨은 생생한 글을 좋은 글이라고 생각했고, 자신의 글에서 동사의 개수를 세곤 했다고 말했다. 이제 자신의 글을 봅시다. 동사를 제대로 사용하고 있습니까? 정확한 내용을 위해 동사를 정확하게 사용했나요? 부사는 동사를 잘못 사용하고 있다는 증거라는 걸 기억하세요. 동사는 독자의 마음에서 무언가가 일어나는 때를 통제합니다. 신중하게 생각하세요. 그 상황과 관련해서 이 일이 언제 일어나게 할지, 그 일을 어떤 식으로 묘사할지를.

나는 그녀의 말을 이해하면서 내 원고에 쳐놓은 동그라미들을, 그 주변과 안에 있는 잘못된 선택들을 물끄러미 바라보았다.

중요하지 않은 내용을 자세히 묘사하기도 하지요, 라고 그녀는 말했다. 지엽적인 부분에서요. 그러면 정작 중요한 내용을 자세하게 묘사할 수가 없어요.

그럼 이제 중요한 내용을 자세하게 묘사해보겠다. 그해 봄이 한창 무르익던 어느 목요일 아침, 수업에 들어가기 전, 내 원고를 가지러 학교 우편함으로 향하던 것을 나는 선명하게 기억한다. 나는 이 에세이를 여태 써온 그 어떤 에세이보다 열심히 정성을 다해 썼다. 내가 하는 일이 무엇인지 마침내 알 것 같았다. 즉, 한 줄 한 줄에 어떤 결정을 하느냐에 따라 글이 더 좋거나 나빠질 수 있다는 것을. 1년 이상 방향을 잃고 헤맨 끝에 처음으로 느껴보는 이 기분은 마치 검은 물속에서 두 발이 바닥에 닿을 때의 기분 같았다. 그럴 때 우리는 이런 생각이 든다. 그래, 이거야. 이제 앞으로 나아가면 돼.

봉투를 열었다. 안에는 원고가 있었고, 평소보다 많은 메모가 빽빽하게 여백을 메웠다. 메모를 하나하나 주의 깊게 읽었다. 원고를 뒤집어 뒷장에 이어진 메모를 읽다가 끄트머리에 다음과 같은 추신을 발견했다. 이 글에 대해 생각하느라 밤을 꼬박 새웠음.

내가 쓴 글로 그녀가 꼬박 밤을 새웠다니, 그 말이 너무나 중요했고 내 관심을 사로잡았다. 나는 속으로 이런 생각을 했던 기억이 난다. 좋았어, 내가 쓴 글로 그녀가 밤을 새게 만들 수 있었다면, 나한테 정말로 그런 능력이 있는지도 몰라.

나는 재능이 있다, 없다 하는 생각에 분개했다. 그런 생각은 존중할 수가 없었다. 내 경험상 재능 있는 사람은 없었다. 학교에서는 재능 있다는 말을 들어봤자 놀림감이 되었을 뿐이다. 나는 노력을 하고 싶었다. 노력은 존중할 수 있었다. 애니도 같은 생각이었다.

재능으로는 충분하지 않습니다. 애니는 우리에게 말했다. 글쓰기는 노력이에요. 누구든지 노력할 수 있고, 노력하는 법을 배울 수 있습니다. 이건 고도의 지능을 요하는 게 아니에요. 마음의 습관이고 노력하는 습관인 거죠. 나는 나보다 훨씬 재능 있는 사람들과 함께 출발했습니다. 그들은 죽었거나, 감옥에 있거나, 이제는 글을 쓰지 않아요. 나와 그들과의 차이는 내가 쓰고 있다는 겁니다.

재능은 아무것도 주지 않을지 모른다. 노력하지 않으면 재능은 재능이 아니다. 장담컨대 그런 재능은 아무런 성과를 낳지 않는다. 나는 어쩌다 우연히 글을 쓰게 되었다가 어떻게 해야 작가가 되는지 배우고 싶어졌고, 그녀에게 그 방법을 배웠다.

4

애니와의 수업이 끝날 무렵, 나는 애니가 되고 싶었다.

하퍼콜린스 출판사에서 발행하는 박스 전집, 잘생긴 교수 남편, 딸, 대학에서 제공하는 집, 1년에 수업 하나만 가르치고 나머지 시간엔 글을 쓰는 생활을 원했다. 심지어 낡은 사브 자동차도, 케이프 코드의 집들도 원했다. 종강 후 바비큐 파티 때 캠퍼스의 그녀 집에 서서, 나는 이런 삶이야말로 작가가 누릴 수 있는 최고의 삶이라고 생각했다. 나는 4학년이었고, 졸업은 곧 삶과 현실에 대한 내 감각이 완전히 소멸되는 걸 의미했다. 그런데 방금 버거를 먹느라 — 채식주의자의 길은 진작 포기했다는 걸 말해두어야겠다 — 얼룩이 묻은 종이 접시를 떨어뜨리지 않도록 잡고 있는 바로 지금, 한 가지 분명한 목표가 생겼다.

마지막 수업에서 그녀는 말했다. 내가 제대로 가르쳤다면, 여러분은 앞으로 10년 동안은 자신의 글에 만족하지 못할 겁니다. 여러분이 글을 잘못 써서가 아니라 내가 여러분을 위해 여러분의 수준을 높여놓았기 때문이지요. 여러분들끼리 비교하지 마세요. 콜레트나 헨리 제임스, 이디스 워튼과 자신을 비교하세요. 최고 수준의 작가들과 비교하세요. 그들을 목표로 삼으세요.

그녀는 잠시 말을 멈추었다. 기억상실증이라도 걸린 것처럼 잠시 뜸을 들인 뒤, 이윽고 미소를 지었다. 우리 모두는 그녀의 말이 옳다는 걸 알았다.

서점에 가서 여러분의 책이 꽂힌 책장을 향해 다가가세요. 그녀가 말했다. 곧장 걸어서 책장 위에 자신의 책이 놓인 위치를 찾으세요. 그 자리에 손가락을 넣으세요. 시간이 날 때마다 그곳에 가세요.

수업 시간에는 이 생각이 우스꽝스러웠다. 그러나 학기가 끝난 후 어느 순간, 나는 그녀의 말대로 하고 있었다. 서점의 책장을 향해 다가 갔다. 마이클 셰이본, 존 치버. 그들 사이에 손가락을 집어넣고 공간을 만들었다. 얼마 후부터는 서점에 갈 때마다 그렇게 했다.

그로부터 몇 년이 지난 지금, 나는 내 학생들에게 똑같이 말한다. 언젠가 애니는 소로를 크게 예찬했는데, 한때 소로는 이런 글을 썼다. "결국 우리는 우리가 목표한 것에 반드시 도달한다." 그녀는 우리에 게 그곳을 알려주었다.

 1989년

제일 먼저 기억나는 건 우리들의 손이다. 공중에 번쩍 들어 올려 물살 속에서 흔들리는 해초처럼 흔들다 허공을 향해 주먹을 찌르는 손들. 에이즈나 에이즈 합병증으로 건강이 상한 사람들을 위해 천천히 움직이던 행진도 기억난다. 그들 중에는 휠체어를 탄 사람들도 있었다. 가두 행진 초반, 시청을 지나 아래로 내려가고 있을 때였다. 경찰의 움직임을 전달하는 우리 측 연락 담당자가 경찰에게 신분증을 보이려는데, 경찰이 그를 도로에 내동댕이치고 수갑을 채웠다. 조금 전에 그가 보도에서 행진을 개시해 도로를 향해 방향을 돌렸을 땐, 헬멧을 쓰고 오토바이를 탄 경찰들이 팔 자형과 타원형으로 대형을 지어 도로를 질주했다. 나중에 우리는 그에게 자초지종을 듣게 될 터였다. 경찰은 그가 아지도티미딘(에이즈 치료제 ─ 옮긴이)을 복용하기 위해 물을 달라고 한 요구를 거절했으며, 우리 중 몇 사람이 총에 맞았다는 소식을 전하며 조롱했다는 것을. 지금 우리는 보도에 갇히고, 그는 폭동 진압용 방패들이 일으키는 자욱한 먼지구름 뒤로 사라진다.

우리는 가두 행진이 해산되지 않길 간절히 바라며 계속해서 앞으로 나아간다. 우리가 위협할 방법은 이것뿐이니까. 우리는 에이즈가 확산되는데도 아무런 대책을 마련하지 않는 정부에 항의하기 위해 결국 교통을 차단하기로 계획한다. 1989년 10월 6일. 샌프란시스코의 춥고 우중충한 날씨. 독감 증상과 유사한 증상. 더우면서도 춥고, 땀이 나면서도 오한이 드는. 해는 가려져 보이지 않고. 지나가는 사람들 눈에 우리는 일찌감치 표를 사려는 열성적인 관객처럼 보일지도 모른다. 라텍스 장갑을 착용하고 무장을 한 채 우리를 따라오는 경찰 무리만 없다면.

경찰들은 금요일에 시내를 오가는 관광객들이 무사히 지나가도록, 우리를 줄곧 연석 쪽으로 밀어붙여 정지 신호를 지키게 한다. 초반부터 누군가 체포되고, 날씨는 꾸물거리는 데다, 경찰이 밀고 들어와 기세가 누그러진 우리는 아주 작은 소리로나마 구호를 외친다. 우리가 계산한 바로는 시위자 한 명당 경찰 두 명이 붙어 있다.

조폐국 건물 앞에 도착했을 때, 우리는 빨갛게 색칠한 페니스들을 담장 측면 너머로 던진다. 처음엔 피 묻은 돈을 던지기로 했다. 순진하기 짝이 없는 이런 몸짓이 나는 가슴 아프다. 각자의 예술과 재주를 동원해 이런 경찰들과 맞서려는 건 미친 짓이 아닐까. "우리가 낸 세금, 우리를 보호하는 데 써라!" 문득 자신의 분노가 기억났다는 듯 내 옆의 행진 참가자가 외친다.

카스트로(샌프란시스코에 위치한 주거 지역으로, 동성애자 집단 거주지로 유명하다 — 옮긴이)에서 마침내 차량들이 경찰 저지선 안으로 마치 갈라진 잎맥처럼 틈을 만들고, 우리는 사거리를 가로질러 원형 교차로를 향해 모여든 다음, 양옆으로 팔짱을 끼고 사방의 교통을 차단

한다. 이제 구호는 분명하고 힘이 있다. "우리는 무엇을 원하는가? 의료 관리! 언제 원하는가? 바로 지금!" 경찰은 호각을 불며 갑자기 속력을 내면서, 교차로에서 즉시 해산하지 않으면 체포하겠다는 의미로 요란하게 경적을 울려댄다. 우리의 다급한 어조는 한층 고조된다. 우리는 경찰들과 떨어진 로터리 뒤편에 앉기 시작한다. 경찰은 아직 우리를 볼 수 없지만, 오토바이를 탄 경찰들이 급히 방향을 틀어 옆길로 길을 돌아서 로터리 뒤편으로 가는 고전적인 전략을 취한다. 18번가 모퉁이와 카스트로는 이제 지하철에서 나오는 사람들로 인파가 더욱 늘어나고, 그들은 길을 건널 수 없다는 걸 알게 된다. 그들 중 일부는 우리들 가운데에서 친구를 발견하고 손을 흔들며 같이 앉는다. 해질 녘 러시아워가 시작되는 시간. 나는 문득 보도의 모퉁이가 몹시 혼잡해지겠구나, 생각한다.

우리 주변의 경찰들은 우리를 양쪽 모퉁이로 내몰고, 앉아 있는 사람들을 끌어내기 시작한다. 경찰봉을 꺼내 들어 팔 길이만큼 늘려서 사람들 손을 내려쳐 사람들을 해산시키거나 거리의 출구를 차단한다. 내가 경찰들 밖으로 빠져나가려는데, 경찰 하나가 나에게 계엄령이 선포되었다고 말한다. "그건 대통령이 선포하는 거 아니야?" 내가 묻는다. 그는 거짓말이 들켜서 부끄러운지 더는 아무 말 없이 아래를 내려다본다. 우리 뒤편 지하철에서 나온 사람들은 이내 자신들이 시위대에 섞여 있다는 걸 알게 된다. 나는 이곳을 빠져나갈 수가 없어서 신문 가판대 위로 올라가 가로등 기둥에 기대어 균형을 잡고 있다가, 때마침 맨 뒤편 시위대가 도로 한가운데에서 끌려 나오는 모습을 목격한다.

폭동 진압 경찰은 두 개조씩 나뉘어 거리 위아래로 행진하고 있다.

그 모습이 코믹하기도 하고 애처롭기까지 하다. 그들은 강해 보이려 애쓰고 있다. 그들이 차량을 통과시키기 시작한다. 그런데 다른 시위대가 차량을 막아설 준비를 한다. 이들은 도로를 향해 달려와 앉아서 서로 팔짱을 낀다. 오토바이를 탄 남자가 문득 자신이 경찰을 향해 바싹 다가섰다는 걸 깨닫는다. 그를 향해 몸을 돌린 경찰이 호루라기를 불자, 다른 경찰 두 명이 남자를 오토바이에서 끌어내린다. 첫 번째 경찰이 오토바이를 갓길 쪽으로 걷어찬다. 오토바이 주인이 고개를 살짝 숙인 채 무릎을 꺾고 쓰러지며 몸을 웅크리자, 첫 번째 경찰이 그를 주먹으로 치더니 곧이어 허공을 가르며 경찰봉을 휘두른다. "죄목이 뭐죠?" 근처에 있던 여자가 소리친다. 사람들은 다시 구호를 외치기 시작한다. "죄목이 뭐냐, 죄목이 뭐냐, 죄목이 뭐냐!" 여자는 체구가 작다. 붉은 머리카락은 텁수룩해서 공중으로 흩날리면 경찰이 움켜잡기 쉽다. 경찰은 휘두르던 경찰봉을 거두고 여자의 머리카락을 잡아당겨 얼굴부터 바닥으로 내동댕이친다.

이제 시위대 전체가 달려오고, 사방에서 경찰봉이 올라온다. 거리에는 비명이 높이 치솟고, 위아래 음식점들은 스크린 도어를 잠그며 식사 중인 손님들에게 안내한다. 불편을 끼쳐서 죄송하지만 지금은 나가실 수가 없습니다. 내가 올라서 있는 신문 가판대 위 공기는 마치 정지한 것처럼 느껴진다. 하지만 내가 아는 소년이 반대 방향으로 걸어오는 모습이 보인다. 소년이 허공으로 손을 올려 막 엑스 자 표시를 하려 할 때, 사람들은 연석을 향해 달려오고, 브이 자 대형을 이루며 그들에게 접근하던 경찰은 대형을 흩트리며 그들에게 돌진한다. 선두에서 지휘하던 경찰이 몸을 홱 돌려 경찰봉으로 소년의 팔을 스쳐 이마를 친다. 얼굴에는 벌써 피가 흐른 채 소년은 보도를 향해 힘겹게 걸음을 옮긴 뒤, 마침내 그 위에 고꾸라진다. 소년을 쓰러뜨린 경찰은 계속해서 시위대를 쫓고, 뒤에 온 다른 경찰 둘이 소년의 다리 바로 옆에 놓인 신문 가판대를 발로 찬다. 일제히 천천히 다리를 들어 올리는 그들의 모습은 흡사 쇼걸들 같다.

나는 가판대에서 뛰어내린다. 소년이 밟힐까 걱정된다. 그는 의식이 없다. 공황 상태에 빠진 군중 때문이 아니다. 나는 그의 곁에 가서, 이미 누군가가 그를 위해 가판대를 밀어내는 모습을 발견한다. 나는 몸을 숙여 나직하게 그의 이름을 말한다. 마이크, 내가 말한다. 그가 눈을 뜬다. 그리고 벌써부터 울기 시작한다. 이것은 그가 처음 겪은 경찰 진압 현장이며, 나 역시 그렇다. 나는 말한다. 원래 머리에 상처가 나면 피가 많이 나. 나는 그를 진정시키려 애쓰면서 아무 말이나 내뱉던 기억이 난다. 그리고 내 티셔츠를 죽 찢어서 그의 머리를 누른다.

우리 주변으로 사람들이 모여들고, 잠시 후 의사가 다가온다. 그들이 내 친구를 구급차로 데리고 갈 때 나도 그들을 따라간다. "같이 가시겠어요?" 그들이 나에게 묻고, 나는 그러겠다고 말한다. 그것이 내가 할 수 있는 최선이니까. "구급차에 손을 대세요." 그들이 나에게 말한다. "그래야 경찰이 당신을 체포하지 않아요." 나는 그들이 시키는 대로 한다.

내가 구급차에 손을 댄 채 그곳에 서 있을 때, 텔레비전 뉴스 관계자들이 도착해 나에게 목격한 상황을 설명해달라고 요청한다. 나는 상황을 설명하는 내내 구급차에 손을 대고 있다. 그들이 떠난 후 생각한다. 여태 나는 지금과 전혀 다른 나라에서 산 줄 알았다고. 그리고 손에 닿는 금속의 촉감을 느끼며 혼잣말을 한다.

그러나 내가 사는 나라는 이거라고.

 아가씨

머리카락

　때는 1990년. 장소는 샌프란시스코 카스트로. 시간은 핼러윈 데이 밤이다. 나는 친구 존의 집 욕실에서 검정 터틀넥과 레깅스 차림으로 거울을 마주보고 혼자 서 있다. 100와트 전구 열두 개가 자아내는 불빛에 비친 내 얼굴은 발갛게 상기되어 있다. 고등학교 때 공연을 하기 위해 분장하는 법을 배운 적이 있다. 가짜 콧수염과 속눈썹을 붙인 다음 멍 자국, 상처 자국, 문신을 그렸다. 당시 나는 이 모습으로 다니고 싶다는 유혹을 늘 느꼈고, 늘 포기했고, 나중에 꼭 해봐야지 하고 늘 생각했던 기억이 난다.

　마침내 오늘이 그날이다.

　막 분장을 마친 내 얼굴은 성공적이다. 툭 튀어나온 광대뼈, 넓은 눈꼬리, 커다란 입, 작은 턱, 둥그스름한 턱선이 메이크업 베이스, 파우더, 아이라이너, 립스틱, 눈썹 펜슬을 거치며 다른 모습이 되었다. 이런 도구들만 있으면 내 얼굴 위에 몰라볼 정도로 새로운 얼굴이 만들어졌고, 나는 이 얼굴에 벌써부터 적응하고 있다. 어쩐지 나는 이런 얼굴 만드는 법을 예전부터 줄곧 알고 있었던 것 같다. 이런 동작이 일상이 되리라고 서서히 확신하며, 내 두 손은 조금의 망설임도 없이 움직인다.

나는 미소를 짓는다.

검정색 아이라이너 펜슬을 집어 눈꼬리에 대고 사선으로 그린 다음, 손가락 끝에 침을 묻혀 이 선을 길게 펴서 끝을 날카롭게 만든다. 까마귀 발이 아니라 날개 모양으로.

얼굴에 있는 아홉 개의 점 모두를 메이크업 베이스와 파우더로 가린다. 윗입술 오른쪽에 한 곳을 정한다. 모두들 이곳에 미인점을 그려넣는다. 나에게는 이미 미인점이 있다. 마치 앞을 내다보기라도 한 것처럼. 나는 펜슬로 그곳을 진하게 칠한다.

립스틱을 집어 오(O) 자 모양으로 입을 벌린다. 나는 돌려서 밀어 올리는 립스틱을 사랑하고, 립스틱 끝이 반짝거리며 드러날 때마다 짜릿한 흥분을 느낀다. 펄이 들어간 연보라 색상을 한 번 바른 다음, 다시 덧바른다. 그렇게 하면 내 얼굴이 환하게 빛난다. 하얀 하늘에 까만 행성 같은 점, 큰언니들처럼 동그래진 두 눈으로. 입술을 서로 부딪쳐 누르며 아직 립스틱이 발라지지 않은 곳에 색깔이 펴지는 걸 느낀다.

어깨까지 오는 금발 가발이 부자연스러워 보인다. 바비 인형 같은 인형의 머리카락을 만드는 다이넬 소재로, 내가 이 가발을 선택한 이유다. 가발 캡이 싸구려 가발임을 말해주는데, 그래서 티셔츠 소매를 머리띠 모양으로 잘라서 캡에다 단을 댄다.

화장의 마지막 순서는 가발을 쓰는 것이다. 가발을 쓰지 않으면, 머리가 살짝 벗겨져 브이 자형이 된 내 남자 같은 이마선이 드러나, 내가 금발 여자도, 백인 여자도, 아니 그냥 여자조차도 아니라는 게 들통 난다. 이것은 발키리의 투구다. 나는 가발에 젤을 발라 머리에 고정시킨다. 가발을 쓰면 정전기가 일어나 머리카락이 가닥가닥 허공 위로 뻗친다. 한 시간쯤 지나면 곱슬곱슬한 머리카락이 희미한 후광처럼 뻗치고, 사람들을 만지면 나에게서 푸른 불꽃이 튈 것이다.

존이 욕실 문을 두드린다. "아가씨!" 존이 문틈으로 말한다. "아직 준비 안 됐냐?" 스웨터에 까만 미니스커트, 앞머리를 가지런히 자른 단발 스타일에 핑크색 나비 리본이 달린 가발. 존은 벌써 준비를 마쳤다. 립스틱으로 광대뼈에 하이라이트를 주었는데, 나도 해보려다 말았다. 그는 하이힐을, 나는 컴뱃 부츠를 신었다. 나는 감각적인 신발을 신으려고 했지만, 존이, 젠장, 굽 높이 7.7센티미터짜리 펌프스를 신는다. 여장女裝은 이번이 처음이다. 오늘은 카스트로 거리에서 핼러윈 나이트가 열리는 날. 우리는 '진짜'로 인정받으려고, 그렇게 되려고 애쓰는 중이다. 실은 우리와는 전혀 다른 여자들을 흉내 낼 뿐이지만.

나는 어떤 종류의 여자일까? 가발을 고정시키면서 나는 그냥 아가씨가 아니라 백인 아가씨로 여장을 할 수 있을 거라고 생각한다. 하다못해 백인 아가씨로 행세하려 애쓰는 누군가든지.

"들어와!" 나는 소리친다. 거울 속에서 내 어깨 위로 존의 모습이 보인다. 이건 뭐, 망가진 치어리더라고 해야 할지, 반항아의 오토바이 뒤에 탄 아가씨라고 해야 할지. 하늘 높은 줄 모르고 치솟은 눈썹은 또 뭐람.

"하느님 아버지, 이게 웬일이야." 존이 말한다. "아가씨, 너무 아름다우세요. 믿을 수가 없어요."

"믿어." 나는 그의 눈을 바라보며 말한다.

나는 고개를 뒤로 젖히며 오른쪽 어깨 너머로 조신하게 머리카락을 넘긴다. 여동생이 그렇게 하는 걸 본 적이 있다. 이렇게 하고 나니 전보다 여동생에 대해 한 가지 더 알게 되었다는 걸 깨닫는다. 이런 행동이 어떤 느낌이고 왜 자꾸 그런 행동을 하는지. 마치 자기만의 작은 천둥소리 같다.

"무서운 자식." 존이 말한다. "영락없이 여자잖아."

"너도 그래." 내가 말한다. "프레드는 어디 있어?" 프레드는 새로 사귄 내 남자 친구다. 그와 함께 이런 짓을 해도 좋을지 자신은 없지만, 우리는 함께 있다.

"너 괜찮아?" 욕실에 뭔가 문제라도 생긴 것처럼 프레드가 묻는다. "웬일, 너무 아름답다." 현관에 서 있던 프레드는 멍한 표정으로 걸음을 옮긴다. 그는 아직 원래 모습처럼 보인다. 큰 귀에 긴 속눈썹, 1인치 길이(2.54센티미터)의 검은 머리카락을 지닌 깡마른 백인 소년. 아직 옷을 갈아입지 않았다.

그런데도 그는 너무나 매혹적이고, 지금까지 이렇게 황홀한 모습은 처음이다. 한 남자에게 이토록 강렬한 인상을 받은 적도, 이토록 완벽하게 매료된 적도 처음이라, 나는 지금까지 하지 못했던 걸 이제 그가 해줄 수 있을지도 모른다고 생각한다. "자기야." 그가 탄복한 목소리로 말한다. 그는 고개를 숙인 채 나를 쳐다보며 천천히 내 곁으로 다가온다. 나는 내 안의 해묵은 구석 어딘가에서, 어쩌면 내 나이보다 오래된 그곳에서 차츰 미소가 피어오르는 걸 느낀다. 나는 이 장면을 안다. 이 장면을 천 번은 꿈꾸었지만, 내가 이 장면의 주인공이 되리라고는 한 번도 생각하지 못했다. 이것은 바로 아름다운 여자가 남자에게 흠모의 대상이 되는 장면이며, 내가 그 여자다.

이 순간, 일생 동안 날 따라다니던 혼란이 물러났다. 아무도 나에게 백인인지 아시아인인지 묻지 않을 것이다. 아무도 나에게 남자인지 여자인지 묻지 않을 것이다. 아무도 나에게 왜 남자를 사랑하느냐고 묻지 않을 것이다. 잠시 동안 나는 프레드가 오늘밤 내 남자로 있어주길 바란다. 여기에 용기는 필요하지 않다. 이 나라에서, 이 세계에서 어떤 남자와 여자도 괴롭힘 당하는 일 없이 함께 걷고 사랑할 수 있지 않은가. 그리고 잠시 동안 나는 오늘 밤, 화장이 진한 그의 여자친구로 있길 바란다. 그가 과묵하고 강한 내 남자가 되길 바란다. 나는 밤새도록 그의 손을 잡고 그저 이대로 있어주길 바란다. 정치적이지도 위험하지도 않게 그냥 이대로. 나는 수세기 동안 대중에 의해 합법화된 오랜 확신들을 원한다.

그는 나에게 팔을 두르고 나는 고개를 뒤로 젖힌다. "와우." 그는 말한다. "훨씬 가까워졌는걸."

"여자한테 키스한 적 있어?" 내가 묻는다.

"아니." 그는 이렇게 말하고 웃는다.

"그럼 지금 기회를 줄게." 내가 말하자 그는 고개를 기울이고 미소를 지으면서 천천히 내게 키스한다.

내 나라

나는 반은 백인이고 반은 한국인이다. 아니, 더 구체적으로 말하면, 스코틀랜드계 아일랜드인, 아일랜드인, 웨일스인, 한국인, 중국인, 몽골인의 피가 섞여 있다. 내 정체성에 대한 이런 의문은 살면서 심심하면 떠올리는 주제다. 내 첫 번째 샌프란시스코 미용사처럼 사람들은 심지어 이렇게 말할 것이다.

"아가씨, 혼혈 맞지? 하지만 아가씬 봐줄게." 그는 마치 선심이라도 쓰는 것처럼 말했다. 마치 내가 변장이라도 하고 들어온 것처럼 나를 보더니, 거울로 유심히 뜯어보며 이렇게 말하는 것이었다.

"뭘 봐준다는 거예요?" 내가 물었다.

"백인으로 봐줄게. 백인처럼 생겼네."

사람들이 인종에 대해 말하면서 '봐준다'는 말을 사용할 때, 그들이 의미하는 건 하나뿐이지만 나는 꿋꿋하게 그들에게 그것을 말하게 한다. 미용사는 나에게 자기는 필리핀 사람이라고 말했다. "우리나라 사람 같기도 한데." 그가 말했다. "그렇진 않네."

그렇다. 나는 그런 것 같기도 하지만 아닌 사람이다. 이런 기분에 익숙하다.

어릴 때 나는 한국 할아버지 댁에서 살았는데, 어른들은 내가 혼자서 밖에 나가 놀지 못하게 했다. 아시아인과 미국인 사이에서 태어난 아이들은 일반적으로 밖에서 놀 자격이 없었는데, 대개 아버지가 누군지 모르고, 따라서 가정부나 매춘부로 혹은 둘 다로 매매될 수 있었기 때문이다. 내가 그 아이들과 다른지 어떤지 누가 확인하려 하겠는가.

"언젠가는 모든 사람이 너처럼 생기게 될 거야." 사람들은 항상 나에게 말한다. 나는 나중에야 존재하게 될 나라, 누가 누군지 헷갈려서 민족주의 따위 개나 줘버릴 나라의 시민이다. 누군가 나에게 '혼혈치고 괜찮다'거나 '훌륭하다'고 말할 때마다 나는 위축된다. 그렇지 않으면 어쩔 건데?

나는 에두아르도 갈레아노Eduardo Galeano의 《불의 기억Memory of Fire》에서, 아이티에서 흑인과 백인 사이에서 태어나, 프랑스가 섬을 탈환한 뒤 그 존재가 지워진 해방된 노예들이 가장 기억에 남는다. 메스티소인 그들은 아르헨티나의 창녀가 되어, 백인 여자들에게는 건방지게 자기들처럼 비싼 가발을 쓴다고 미움을 받고, 멕시코 노예들에게는 창녀 주제에 비싼 가발을 쓰고 거들먹거린다고 미움을 받았다. 갈레아노의 이 3부작은 서정시풍으로 묘사된 미국 역사로 여겨지지만 오히려 혼혈 인종의 역사로 읽힌다.

나는 이 책에서 모든 문화에 감춰진 혼혈인 역사의 패턴을 발견했다. 역사적으로 우리에게는 지배 계층의 특권도 피지배 계층의 공동체도 허용되지 않는다는 것을. 우리는 우리를 부인하는 양쪽 모두가 갖지 않은 모든 것을 대표한다. 우리는 가치 있는 존재로 여겨져야만 살아남을 수 있다. 우리는 힘이나 아름다움, 간혹 지성이나 교활함을 지녀야만 가치 있게 여겨진다. 살아남은 사람들과 그렇지 못한 사람들에 관한 이야기를 읽고, 나는 내가 이 모든 조건 속에서 살아남았다는 걸, 이러한 조건들은 지금까지 나를 살아남게 한 유일한 수단이라는 걸 알게 된다.

그러니까 내가 여장을 할 때 발견하는 이 아름다움은 이런 능력과, 적어도 두 문화의 자기혐오 사이에서 균형을 잡는 요령과, 내 얼굴을 지렛대 삼아 내가 평생 해온 행동이라는 이런 부적들로 이루어진 것이다. 그날 밤 나는 이 미모가 지금까지 내가 지닌 그 어떤 미모보다 강력한 것 같아서, 이 아름다움이 오래도록 지속되길 바란다는 걸 깨닫는다. 이렇게 예쁜 모습이라니, 지금까지 시도해본 어떤 마약보다 강력하다.

하지만 나는 금발 가발을 쓰고 스스로에게 묻는다. 과연 이 모습이 먹힐까? 어차피 밤이라 캄캄해서 사람들은 자기들이 보고 싶은 대로 보지 않을까?

그럼 넌 정확히 어떤 모습으로 보이고 싶은 건데? 그리고 우리 여기서 정말 뭐 하고 있는 거지?

그날 밤 한 걸음씩 뗄 때마다 내 걸음은 이런 의혹에 대한 승리를 말해준다. 정말이지 아편을 빠는 것 같다. 인어들처럼 금발을 한 나는 동화 속 주인공이 된 기분이 되어 잠에서 깨어도 이것이 현실이길 바란다.

천사들

존과 나는 인내심을 가지고 프레드에게 화장을 해준다. 아이라인을 그리고 아이섀도우를 바르려 할 땐 그의 눈꺼풀이 파닥파닥 떨린다. 립스틱을 바르는 동안 그가 말을 한다. 그는 이런 행위에 해방감을 느끼는지, 화장을 하는 건 난생처음이라며 했던 말을 하고 또 한다. 나는 그가 내 앞에서 화장을 하는 게 처음이라는 의미라는 걸 안다.

"눈 감아." 나는 프레드에게 말한다. 그는 눈을 감는다. 나는 그의 큰언니가 된 기분이다. 반투명한 파우더를 퍼프에 묻히고 그의 얼굴 앞에 댄다. 그런 다음 크게 심호흡을 한 다음 그를 향해 퍼프를 훅 하고 분다. 파우더 가루가 그의 주위를 자욱하게 에워싼 뒤 이내 피부 전체에 사뿐히 내려앉는다. 보송보송한 파우더가 메이크업베이스의 번들거리는 유분기를 잡아준다. 그가 키득키득 웃는다.

존은 프레드의 뒤에서부터 가발을 잡아당긴 다음 이리저리 비틀어 제 위치에 고정시킨다. 존은 내 옆으로 돌아오고, 우리는 고칠 데가 없는지 프레드를 신중하게 살펴본다. 완벽하다. 프레드는 눈을 뜬다. "나 어때?"

"똑똑한 국민 언니, 케이트 잭슨(드라마 〈미녀 삼총사〉의 주연 배우 — 옮긴이) 저리 가라다." 존이 이렇게 말하고 나를 향해 돌아서며 미소를 짓는다. "난 예쁘고 여성스러운 언니, 파라 포셋(〈미녀 삼총사〉의 주인공 — 옮긴이)이야. 넌 뭐 할래, 아가씨?"

나는 고개를 저으며 내 가죽 트렌치코트의 옷깃을 잡아당긴다. 〈미녀 삼총사〉의 인물 중에서는 되고 싶은 사람이 없다. 아무도 닮지 않은 걸 아니까. 차라리 〈더 빨리, 푸시켓! 죽여라! 죽여! Faster, Pussycat! Kill! Kill!〉(러스 메이어 감독의 1965년 코미디 영화로, 사막에서 카레이싱을 펼치고 하이힐로 남자를 때려눕히는 행동을 하는 등 과격한 여자들이 주인공이다 — 옮긴이)에 나오는 패거리 중 제일 과격한 여자를 더 닮았다. 아마 이 영화의 주인공 튜라 사타나와 금발의 조수 사이에서 아이가 생겼다면, 그 아이와 비슷하지 않을까. 아니면 언젠가 자동차 경주를 할 때의 그녀의 머리카락만 그대로 뒤집어써도 꽤나 닮았을 것 같다.

"넌 못된 언니를 해라." 존이 웃으면서 말한다. "인형을 죄다 망가뜨려서 울리는 언니 있잖아."

존의 아파트 밖 18번가는 자동차로 가득 차 있고, 초저녁 자동차 헤드라이트 불빛은 마치 보도 위에 펼쳐진 무대를 비추기 위한 각광 같다. 내 머리카락이 어둠 속에서 불빛을 받아 내 주위에서 반짝이는 게 보인다. 핼러윈 밤에 카스트로 거리에서 여장을 하는 건 아마추어 경기로 치면 수준 높은 경쟁 스포츠다. 이 스포츠에 참가한다는 건 거의 1년 365일 여장을 하면서 사는 사람들 앞에 꾸미고 나가는 걸 의미한다. 더구나 이들 중 몇몇은 내 친구들이라, 나는 그들을 보게 될 거라는 생각에 몹시 긴장된다. 친구들과 비슷한 수준은 돼야 할 텐데.

다음 날 신문 기사에 따르면, 오늘 밤 40만 명이 우리를 보러 카스트로에 올 것이다. 그들은 모두 이 도로를 차를 타고 지나가려 할 테고 대부분은 무난하게 지나갈 것이다. 야구 방망이, 맥주병, 총을 가지고 오는 사람도 있을 것이다. 그들 중 어떤 이들은 여장 남자, 성전환자, 젠더 퀴어gender queer(남성이나 여성이 아닌 제3의 성을 지닌 사람 — 옮긴이) 들을 혐오한다. 그들은 당신에게 자기들이 만나는 여자는 진짜 여자이길 바란다고 말할 것이다. 그들은 당신을 꼬여낸 뒤 당신의 정체성을 알고 나면, 당신을 때리거나 어쩌면 죽일지도 모른다. 바로 이런 이유 때문에 내 친구들 중 일부는 구강 섹스를 잘 하는 것이 생존 기술이 되기도 한다. 어차피 남자들은 종잡을 수 없는 인간들이지만.

"대부분의 남자들은 너한테 페니스가 달려 있다는 걸 알게 되면 말이지, 흠, 곧장 등을 돌려버릴 거야." 내가 한창 젊은 시절이던 당시에 여장 남자인 친구가 나에게 해준 말이다. "그러니까 자기야, 솔직하게 밝혀. 그들은 평생 섹스를 받기만 원할 뿐, 섹스를 하자고 부탁할 용기는 눈곱만큼도 없으니까."

나는 이 말을 자주 생각한다. 지금도 낯선 모습으로 거리에 서서 나도 모르는 사이에 이 말을 생각하고 있다.

존과 프레드, 나는 멈춘 자동차들 앞으로 걷는다. 자동차 안에는 내가 다시는 볼 일 없는 사람들로 가득 차 있다. 존은 뒤로 돌아서더니 걸으면서 빙그르르 돌고, 미소를 짓고, 손을 흔든다. 그는 사람들이 교외에서 이곳까지 찾아오는 이유가 바로 자기 때문이라는 걸, 그들이 보러 오는 사람이 바로 자기라는 걸 안다. 나는 자동차 핸들 뒤에서 나하고 눈이 마주친 소년을 향해 미소를 짓는다. 소년은 잔뜩 흥분해서 경적을 울리고 소리를 지른다. 나는 머리카락을 뒤로 넘기고 한껏 우쭐거리며 계속 걷는다. 2학년 때, 남자아이들은 나를 복도에 세워놓고 내가 여자아이처럼 걷는다고 말하곤 했다. 내가 엉덩이를 실룩댄다나. 지금 나는 이 도로를 건너며 자동차 안에 빽빽하게 앉아 있는 사람들 시선을 의식하면서, 내가 늘 느끼던, 내 엉덩이가 원하는 방식으로 조금도 거리낌 없이 걸음을 옮긴다. 나는 늘 이렇게 걷고 싶었지만, 이 길을 이렇게 걷는 건 생전 처음이다.

자동차에서는 계속해서 고함을 지르고, 소년의 친구들은 창문 밖으로 몸을 내밀며 큰소리로 나를 환호한다. 존은 웃고 있다. "헐, 아가씨, 조심하는 게 좋을 거야. 내가 아가씨를 계속 지켜볼 거라고." 프레드는 우리 앞으로 조용히 걷고 있다. 그의 위장용 재킷 때문에 뒤에서 보면 머리 긴 남자처럼 보인다. 그의 두 다리는 비쩍 마른 엉덩이에서부터 일직선으로 곧게 움직이고, 걸음을 옮길 때 고개를 까딱거려 가발이 어깨 부근에서 부드럽게 넘실거린다. 나는 그도 늘 이렇게 걸어왔다는 걸 짐작할 수 있으며, 이것이 우리가 다른 점이다. 오늘 밤 그가 다치지 않길 바라지만, 그런 일은 언제든 생길 수 있다. 충분히 여자로 보이지 않아서든, 너무 여자처럼 생겨서든, 소년으로 보이지 않아서든.

자동차에서 쏟아지는 야유에 처음엔 기운이 난다. 아름다움은 강한 것 아닌가? 나는 늘 아름다움은 강하다고 생각해왔고, 그래서 아름다워지고 싶었다. 거리에서 우리를 응원하는 사람들은 마치 역도 선수의 벤치 프레스 기록 같다. 황금색 머리카락은 깃발 같고, 한밤에 내 주위에 모인 사람들은 선수 팀 같다. 그러나 어디선가 고함이 들리면, 이 흥분이 언제 폭력과 피와 상처와 죽음으로 바뀔지 모른다는 위기의식을 느낀다.

우리는 존의 아파트에서 몇 블록 떨어진 카페 플로르에 도착한다. 그곳에서 사진 기자인 친구 대니 니컬래타와 마주친다. 대니는 우리를 보지만 나를 알아보지 못한다. 나는 매일 이 카페에서 그를 보고, 그를 위해서 포즈를 취해준 적도 있다. 그런데도 그는 내가 누군지 알아보지 못한다. 나는 그를 향해 손을 흔든다. 그가 나를 바라보며 자기 앞에 있는 흰색이 살짝 섞인 금발의 아가씨를 자세히 뜯어보는 걸 느낀다. 이제 나는 머리카락을 뒤로 넘긴다. 머리카락으로 나의 도착과 존재를, 바뀐 기분을 강조할 수 있다니, 나는 벌써부터 이 느낌이 너무 좋다.

"안녕, 대니." 마침내 내가 말한다.

그는 비명을 지른다.

"세상에, 아기 때 날 돌봐주던 여자하고 완전 똑같아." 그가 말한다. 그는 카메라를 꺼내 붐비는 카페 한복판에서 내 사진을 찍는다. 플래시가 내 망막에 부딪칠 때마다 짧은 키스를 받는 것 같다.

우리는 카페를 나온다. 그리고 나는 마치 세상의 모든 헤드라이트와 모든 불빛이 내 안에 보관되어 있는 양 발갛게 홍조를 띠며 핼러윈 나이트 사이를 지나간다. 잠시 멈추어 상점 유리를 자세히 들여다보다 얼핏 내 모습을 본다. 사람들이 내 사진을 찍도록 걸음을 멈추고, 그들이 소리 지르면 손을 흔들어준다. 카페 밖에 설치된 무대 옆에는 스피커 몇 대가 높이 솟아 있고, 이 스피커에서 흘러나오는 음악에 맞추어 친구들과 춤을 춘다. 근처 체육관에서는 무도회의 여왕들인 듯 번쩍거리는 드레스를 입고 싸구려 장신구를 걸친 건장한 근육질 사람들의 행렬이 거리로 쏟아져 나온다. 그들의 모습이 무대 조명 아래에서 눈부시게 빛난다. 어깨와 가슴의 털은 매끈하게 면도되었고, 가슴 근육은 가슴골로 안성맞춤이다. 그들은 거리에 늘어선 사람들을 보면서 작은 일에도 깜짝 놀라는 여자들 몸짓을 흉내 내며 킥킥거리고 웃고 달콤하게 속삭이거나, 여왕들처럼 손을 흔들며 한껏 뽐내며 걷는다. 우리 쪽으로 다가왔을 땐 한눈에 우리를 알아보고 계속해서 걸음을 옮긴다.

오늘 밤 내가 느낀 이 힘이 무엇인지 이제 나는 안다. 우리가 '퀸(여왕이라는 의미와 함께 여자 같은 남자 동성애자라는 뜻이 있다 — 옮긴이)'이라고 말할 때 그것이 어떤 의미인지를.

여자

나는 어릴 때부터 화장에 매료되었다. 사람들 앞에서 처음으로 립스틱을 바르던 때가 기억난다. 일고여덟 살 때였나, 어머니와 함께 사우스 포틀랜드에 있는 메인몰의 조던마시 화장품 매장에 갔을 때다. 우리는 크리스마스 쇼핑 중이었던 것 같고 — 어쨌든 겨울이었다 — 어머니는 매장에서 화장품 샘플을 발라보고 있었다.

메인주 농부 집안 출신인 우리 어머니는 미인이다. 어머니 쪽 집안의 남자들과 여자들도 거의 다 키가 크고, 허리가 길고, 마르고, 예쁜 편이다. 어머니의 눈은 대서양처럼 파랗다. 농부 집안의 딸인 만큼 실용주의적인 면이 있고, 대개는 그런 면이 어머니를 지배하지만, 유행과 화려함도 사랑한다. 젊은 시절엔 단순하면서도 세련된 옷에 종종 칵테일 반지를 끼고, 무릎까지 오는 검정색 가죽 부츠를 신고, 하얀 테의 검정색 선글라스를 끼고 다녔다.

나는 엄마에게 들키지 않고 조용히 비밀을 간직했다. 아니, 적어도 그렇게 생각했다. 어머니의 욕실에 들어가 어머니의 화장품을 발라보고 거울에 비친 내 모습을 보곤 했다. 거울 앞에서 이렇게 저렇게 표정을 지어보며 몇 시간을 보냈다. 변화라고는 없는 내 얼굴은 이런 표정을 짓든 저런 표정을 짓든 도무지 답이 없어 보였다. 이따금 내 얼굴을 골똘히 바라보면서 좀 더 백인에 가깝거나 좀 더 아시아인에 가까운 얼굴을 상상하기도 했다. 그러다가 화장의 세계를 알게 됐다. 어머니가 화장을 할 때 얼굴에 생기는 변화를 관찰하면서, 나도 나 자신을 위해 변화를 주고 싶어졌다. 그래서 어머니가 화장품 매장에서 바쁘게 물건을 고르는 틈을 타 립스틱에 손을 뻗어 그것을 바른 다음, 미소를 지으며 어머니를 돌아보았다.

내 모습을 보면 어머니가 깜짝 놀랄 거라고, 재미있어할 거라고 생각했다. 지금 생각하면, 붉은 빛이 도는 오렌지색 립스틱을 바른 내 작은 얼굴은 광대처럼 보였거나 심지어 무서워 보였을 게 분명하지만.

"알렉산더." 어머니는 크리니크 화장품 매장 의자에서 내려와 나를 안아 올리며 이렇게만 말했다. 그러고는 내 머리에서 스키 마스크를 잡아 내리고 백화점 밖으로 자동차까지 나를 끌고 나갔다. 마치 내가 물건을 훔치기라도 한 것처럼. 우리는 자동차를 타고 아무런 말 없이 집에 왔고, 일단 집에 도착하자 어머니는 내 얼굴에서 립스틱을 지운 뒤 다시는 그러지 말라고 단단히 주의를 주었다.

어머니는 화가 났고, 속이 상했고, 나한테 배신감을 느꼈다. 선 하나가 있었고, 나는 그 선을 넘어 왔다 갔다 해도 된다고 생각했지만, 그래서는 안 되는 모양이었다.

내가 그럴 수 있을 때까지는. 내가 그렇게 할 때까지는.

나는 어릴 때 다른 인종으로만 오해받은 게 아니었다. 여자아이로도 자주 오해를 받았다. 어린 딸이 정말 예뻐요. 여섯 살, 일곱 살, 여덟 살 때, 어머니하고 식료품 가게에 가면 사람들은 어머니에게 이렇게 말하곤 했다. 어머니는 내 머리카락을 길게 길러주었다.

저 남잔데요, 그럴 때마다 나는 이렇게 말하곤 했다. 그러면 사람들은 얼굴이 빨개지거나 말을 더듬거리며 사과하거나, 아이고, 뭘 남자애 머리카락이 이렇게 길어, 라고 말했고, 그러면 나나 어머니가 무슨 잘못이라도 저지른 것 같은 기분이 들었다.

내가 정말로 남자아이라는 걸 납득시키기 위해 너무 오랫동안 애를 썼기 때문인지, 더는 애쓰지 않고 반대로 움직이는 편이 마음이 편하다.

핼러윈 나이트 전까지 나는 여자가 되는 것이 어떤 건지 안다고 생각했다. 여자 선생님들에게 배웠고, 여자 작가들의 글을 읽었다. 성장하면서 가장 친한 친구들은 여자들이었다. 하지만 그날 밤, 나는 내 세계 옆에 놓인 다른 세계를 들여다보았다. 여장은 나름의 경험 세계다. 현실을 초월하여 여자 역할로 무대에 서는 것이다. 트랜스젠더가 되는 것과도 다르다. 여자에 대해 생각할수록 여자는 여자라는 존재를 제외한 다른 어떤 것과도 같지 않다. 복장이나 환상, 타인과 자기 자신에게 거는 주문 따위로 여자가 되는 것이 아니다.

여자는, 여자는 뭔가 다른 존재다.

이 무렵 샌프란시스코에 살던 내 친구들은 서로를 '언니'라고 불렀다. 동성애자 남자치고 상당히 거칠게 생겼다고 생각되는 친구들은 제외되기도 하지만, 사실 우리는 그들을 무엇보다도 '언니'라고 여긴다. 내 여자 친구들도 서로를 '언니'라고 부르는데, 때로는 자기들이 이 말을 굉장히 좋아한다는 사실에 조금 놀라는 척하며 그렇게 부른다. 내 경우 '언니'라는 말은 액트 업ACT UP('Aids Coalition To Unleash Power'의 줄임말로, 정부의 에이즈 대책 강화를 요구하는 미국의 단체 — 옮긴이)과 퀴어 네이션Queer Nation(1990년에 뉴욕시에서 설립된 게이·레즈비언 활동 단체 — 옮긴이)을 위한 모임에서 당시 서로를 부르는 애칭으로 시작되었다. 우리가 서로를 언니라고 부를 때, 이 단어는 서로에게 건네는 돌맹이가 되기도 하지만, 모두를 향해 던지는 돌맹이가 되기도 한다. 우리가 이 돌맹이를 쥐고 서로에게 건네면, 그럴수록 서로에게 상처를 덜 줄 것 같다. 그럴수록 이제 누가 우리의 새 식구인지, 누가 우리를 알고 누가 우리를 모르는지 더 잘 알 것 같다. 총알과도 같은 무언가가 자랑스러운 훈장으로 변한다.

그날 늦은 밤, 우리는 클럽 우라누스에 간다. 존과 프레드는 가발을 벗고 화장을 지웠다. 나는 그러지 않기로 했다. 프레드는 불편해했고 — 가발은 뜨겁다 — 존은 한 인간으로서 남자 옆에 눕고 싶어 했다. 나는 지금 이 모습에서 떠날 준비가 되어 있지 않았다. 우리는 클럽에 가는 길에 거리에서 이성애자 연인을 지나쳤다. 나는 프레드와 팔짱을 끼고 걸으며 지나가는 남자들이 나를 여자처럼 대하는 걸 알아차렸다. 여자들도 마찬가지였다. 딱 한 사람이 나를 알아본 티를 냈는데, 신호등이 빨간 불일 때 한 남자가 자동차 창문 밖으로 고개를 내밀고 이렇게 소리쳤다. "어이, 로라, 자기, 돌아와! 자길 사랑해!"

내 친구 대런도 클럽에 있다. 깡마른 금발 소년인 대런은 거의 30센티미터 정도 올림머리 모양을 하고, 전문 복장 대여점에서 후프 스커트까지 포함해 드레스를 대여해 마리 앙투아네트처럼 꾸몄다. 발에는 컴뱃 부츠도 신었다. 대런은 수시로 스커트를 들어 올려 아래에 아무것도 입지 않았다는 걸 보여준다.

나는 이내 바 옆에 마련된 고고 스테이지로 향한다. 온몸을 면도하고 강력 접착테이프로 끈 팬티를 만들어 입은 비쩍 마른 백인 남자애가 내 등 뒤에서 나를 성가시게 한다. 우리는 둘 다 땀에 젖어 있고, 축축하고 환한 열기 위로 조명이 비친다. 음악은 시끄럽고, 너무 빠르고, 나는 사자처럼 머리를 돌리고, 그 바람에 찬 공기가 들어오면서 별안간 가발이 벗겨진다. 사람들이 무대 옆으로 비집고 들어와 우리를 빤히 쳐다봤다가 못 본 척했다가 한다.

거의 주변이 보이지 않지만 나는 이내 프레드를 발견한다. 프레드는 한 손을 들어 올려 자신이 선 곳에서 나를 향해 작게 손을 흔들고 있다. 나는 내 뒤에 있는 남자애는 내가 아는 애라고, 그러니 전혀 걱정하지 않아도 된다고 프레드에게 말하고 싶지만, 그는 이미 그런 줄 아는 것 같다. 프레드가 질투를 할지 궁금하지만, 그는 그러지 않을 거라고, 내가 스테이지에 올라갈 거라는 걸 이미 알고 있었다고 속으로 생각한다. 우리가 처음 만났을 때, 프레드는 주변의 다른 클럽 무대에서 나를 본 적 있다고 말했으니까. 오늘 밤은 내가 아무런 사전 경고도 받지 못한 채 새로운 모습과 형태로 빠르게 성장하고 달라졌던 많은 밤 중 하나다. 나는 이 변화가 어디로 향할지 모른다.

그 순간 샌프란시스코도 이 세상도 아닌 바로 나 자신 안에서 그 어느 때보다 편안함을 느낀다. 나는 무언가의 반대편에 있으며, 그것이 무엇인지는 모른다. 그것을 알아내기 위해 기다린다.

진짜

그날 밤 내가 진짜 여자로 보였다는 사실에 나는 몇 년 동안 뿌듯하다. 내가 진짜 여자인 줄 알던 남자들, 자동차 안에서 나를 향해 고함을 지르던 이성애자 사내들, 그리고 내가 "얘들아, 고마워"라고 말했을 때 그들의 표정을 잊지 못한다. 내 목소리, 빌어먹을 그 목소리를 듣는 순간 서서히 일그러지던 그 얼굴들.

당신들, 날 원했잖아. 그렇게 말하고 싶었다. 당신들은 여전히 날 원할지도 몰라.

진짜는 좋다. 우리가 원하는 건 진짜다. 그렇지만 아무도 진짜 여자가 되기 위해 여장을 하지는 않는다. 여장은 진짜와 같지 않다. 여장은 진짜와 다르다는 걸 안다. 하지만 여장을 해서 진짜로 받아들여질 수만 있다면, 그 자체로 금메달 감이 아닐까.

그러나 무엇보다 그날 밤 처음으로 내 얼굴을 편안하게 받아들였다는 걸 지금도 아주 잘 알고 있다. 그 사실에 나는 신중해지고 심지어 혼란스럽기까지 하다. 내가 힘을 지니길 갈망한다는 게 느껴진다. 나는 코카인에 중독되듯 그것에 중독된다.

거울을 보며 온갖 표정을 지어 보이던 어린 소년이었을 때 나는 행복했다. 하지만 그 과정에는 들여야 하는 수고로움이 너무나 컸다. 날마다 그러는 여자들을 알고 있지만, 날마다 그럴 수는 없는 노릇이다. 그리고 그것이 내 불행에 대한 해결책은 아니며, 나도 그걸 안다.

친구 대니가 그날 밤에 찍은 사진 한 장을 건네주었을 때, 나는 당시에 미처 알지 못했던 것들을 알아본다. 사진 속 나는 엄마하고 약간 닮았다. 그날 밤 대니를 위해 안경을 썼는데 — '안경 낀 여자들'에 대해 농담을 하느라 — 그 한 장의 사진 안에 모든 것이 담겨 있다. 가발

밖으로 삐져나온 내 진짜 까만 머리카락, 가발의 싸구려 티, 부드러우면서도 당당하게 마무리 지은 표정.

나는 같은 사진을 한 장 더 인화해서 다음과 같은 메모와 함께 여동생에게 보낸다. 내가 네 언니였다면 아마 이렇게 생겼을 거야.

화장을 하고 외모를 꾸미는 것으로 이 얼굴을 사랑하기 위해 내가 해야 할 일을 생략할 수는 없다. 그날 밤 내가 느꼈던 힘을, 사람들이 원하는 모습과 비슷하게 나를 바꿈으로써 마침내 지금의 모습에 이르게 됐다는 찰나의 감각을 좇을 수는 없다. 진짜가 된다는 건 이 얼굴을, 아침에 자고 일어났을 때의 표정 그대로를 편안하게 여긴다는 걸 의미한다.

그날 밤 처음 나타난 그 사람은 내가 아니다. 진짜 나는 나만 볼 수 있다. 나는 줄곧 그를 거부했지만 진작 보았어야 했고, 거의 모든 치장을 걷어낸 뒤에야 비로소 그를 마주볼 수 있다. 그의 얼굴은 이렇게 생겼다거나 저렇게 생겼다고 말할 수 없는, 전혀 다른 무언가다.

때로 우리는 가면을 쓰기 전까지 자신이 누구인지 모른다.

핼러윈이 지나고 몇 달 뒤에 한 친구가 내 가발을 빌린다. 그는 정기적으로 여장을 하고 공연을 하기 시작했다. 나는 더는 여장을 하지 않는다. 나는 우리 둘이 함께 일하는 서점에 가발을 가지고 와서 그에게 준다. 가발은 긴 밤을 보낸 후 타버린 양초 심지처럼 지쳐 보인다.

나는 친구가 그 가발을 쓰고 공연하는 모습을 보러 간다. 친구는 각각 세 개의 가발을 이용해 거대한 포니테일 모양을 만들었다. 말도 안 되는 엄청난 크기의 가발에 후프 스커트를 입고, 얼굴은 하얗게 화장을 하고, 입술 위에 미인점으로 포인트를 준 그는 절세미인 저리가라다. 윗입술에 미인점을 찍은 최초의 금발 미인이 누구였을까? 그를 찾아내려면 얼마나 오래전으로 거슬러 올라가야 할까? 마치 가발 속 영혼이 이동해 그에게로 들어간 것 같다.

그는 결코 나에게 가발을 돌려주지 않고, 나 역시 돌려달라고 말하지 않는다. 그 가발은 한 번도 내 것이었던 적이 없었다.

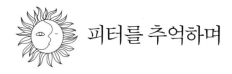

피터를 추억하며

피터 데이비드 켈로런을 기리며

1961년 12월 17일~1994년 5월 10일

나는 잠들었으나 마음은 깨어 있으니.

— 〈아가서〉 5:2

피터의 이야기에서 나는 단역일 뿐이다. 피터 데이비드 켈로런 Peter David Kelloran — 본인은 피터 D. 켈로런으로 소개되길 좋아했다 — 은 화가였다. 그는 도시 외곽에 위치한 자신의 아파트에서 더는 스스로를 돌볼 수 없다는 결정을 내린 후, 샌프란시스코 마이트리 호스피스 병원에 입원했고, 1994년 5월 10일 오후, 33세를 일기로 사망했다. 그날은 일식이 있었고, 그의 죽음은 일식이 진행되는 동안 일어났다. 그날 아침 그는 어머니와 전화로 이야기를 나누었다. 지금까지는 치매 증상 때문에 어머니에게 사랑한다는 말을 제대로 할 수 없었다. "그런 다음 피터는 떠날 준비를 했습니다." 그의 친구 로라 리스터는 말한다. 병실은 피터의 여자 친구들로 가득 찼고, 그들은 둥글게 둘러서서 그의 몸에 손을 올렸다. 로라는 전화가 울려 그의 몸에서 두 손을 거두고 수화기를 들던 일을 회상한다. "피터는 벌떡 일어나 침대 밖으로 몸을 쑥 내밀었어요." 그는 천천히 몸을 움직였다. "나는 피터에게 그만 돌아가라고 간청했어요. 제발 제자리로 돌아가라고 말이에요. 피터는 안정을 취해야 했거든요. 하지만 한사코 말을 듣지 않더군요." 로라가 말한다. "곧이어 남자 자원 봉사자 한 명이 들어와 피터의 손을 잡았어요. 그 순간 어떤 변화가 느껴졌어요. 마치 한 줄기 빛이 그를 덮치는 것 같았지요. 그리고 그는 세상을 떠났습니다."

"그곳에서 피터의 마지막을 함께한 모든 이들에게 어떻게 고마움을 표현해야 할지 모르겠습니다. 모두들 정말 아름답고 무척 강한 사람들이었어요." 피터의 어머니 질 켈로런은 시카고에 있는 그녀의 집에서 이렇게 말한다. "내가 실질적으로 할 수 없는 일들을 그들이 해주었어요. 나는 피터의 죽음으로 가슴이 찢어질 것 같아서 도저히 그 자리에 있을 수가 없었거든요. 그들은 피터를 끝까지 돌봐주었어요. 나는 그 일에 대해 늘 그들에게 고마워할 겁니다."

"우리는 피터의 몸이 차갑게 식을 때까지 그곳에 있었어요." 그 자리에 있었던 친구 페기 수가 말한다. "마이트리는 불교 신자들을 위한 호스피스 병원이고 이곳에 시신이 안치되지요. 그래서 우리는 그와 함께 있었어요."

*

나는 카스트로에 있는 '다른 빛A Different Light' 서점에서 일할 때 그를 처음 보았다. 이곳은 게이와 레즈비언을 위한 서점으로, 당시엔 자료실과 지역 문화 센터로도 사용되었다. 그때 나는 스물두 살이었다. 스물여덟 살의 피터는 키가 크고 마르고 어깨가 넓었다. 아일랜드인답게 떡 벌어진 체형에 주로 가죽 재질의 모터사이클 재킷을 입고 부츠를 신었으며, 파란색으로 염색한 머리카락이 앞이마를 가지런히 덮었다. 나는 그가 카스트로 거리를 걷는 모습을 보았고, 시위 현장에서도 몇 차례 그를 보았다. 그가 나에게 말을 걸어 그의 목소리를 듣게 된 건 1년쯤 지난 뒤였을 것이다.

그 서점은 미국에서 처음으로 에이즈/인체면역결핍바이러스AIDS/ HIV 주제에 관한 전문 코너를 마련했다. 이 코너는 서점 앞 계산대 옆에 있다. 피터를 처음 본 날, 나는 그가 최근에 혈청 변환이 일어났거나 혈청 변환 때문에 뭔가 방법을 취하기로 결정한 지 얼마 안 되었을 거라고 짐작했다. 나는 처음 보는 손님이 들어오면 그들을 대개 이런 식으로 짐작했고, 그들에 관한 이야기를 끝도 없이 만들어내고 있었다. 물론 그저 시간을 때우기 위해 누군가에게 이런 이야기를 한 적은 없다. 나는 대개 그들이 진단을 받은 후 상대하게 되는 첫 번째 사람이었고, 서점 직원으로서 매주 권수를 늘리고는 있지만 여전히 부족한, 헐렁한 책장을 그들에게 소개했다.

그날 피터는 서점 안으로 다급히 뛰어 들어와 면역 체계 강화에 관한 책 몇 권을 고른 다음, 다른 직원이 계산대에 있을 때 책을 계산하고 나갔다. 나는 피터가 나가는 모습을 보았다. 그의 푸른 눈동자에는 마치 고광도 탐조등이 내장된 것 같아서, 그가 무엇을 보고 무엇을 보지 않았는지 단박에 알 것 같았다. 그는 나를 보지 않았다. 그런데도 어쩐지 당장 나를 불러 지시할 것만 같은 기분이 들었다. 왜 그런 기분이 들었는지 지금도 알 수 없지만, 아무튼 그가 당장, 오로지 나만 찾을 것 같았다. 그리고 내가 무척이나 그의 눈에 들고 싶어 한다는 걸 깨닫고 깜짝 놀랐다.

그날 서점에서 피터는 나를 보지 않았고, 책을 계산한 뒤 인파로 북적이는 보도를 향해 서둘러 걸음을 옮겼다. 오후 햇살이 길고 혼잡한 그림자를 만들고 있었다. 그가 숨이 멎을 것처럼 잘생겼다는 것, 서둘러 사라지고 있다는 것 외에 나는 그의 이름도, 그에 관해 아무런 정보도 알지 못했다. 그리고 그가 어쩌면, 정말 어쩌면 에이즈 양성 판정을 받았을지 모른다는 사실도.

사실 내가 피터를 처음 보았을 때, 그는 이미 3년 전에 양성 판정을 받은 상태였다. 로라는 1986년 그가 여행했을 당시를 이야기한다. "그는 모로코에서 나에게 편지를 썼어요. 굉장히 아팠다고만 간신히 썼더군요. 돌아와서 검사를 받았는데 양성 반응이 나왔어요. 우리는 그때 그 사실을 알게 됐고, 그렇게 그의 병이 시작됐지요."

그는 몇 해 동안 이 사실을 비밀로 했고 로라 외에 누구에게도 말하지 않았다. 로라 역시 그의 비밀을 지켜주었다. "그 이유로 많은 사람들이 나에게 화를 냈어요." 그녀가 말한다. "하지만 미리 말했다면, 사람들은 그의 죽음을 기정사실로 만들어 벌써부터 그를 무덤 속으로 떠밀었을 거예요. 게다가," 그녀는 덧붙인다. "죽음을 앞두고 자신이 해야 할 일을 제대로 처리하지 않으면 그건 결국 자기 잘못이 되잖아요. 우리에게는 그 전에 처리해야 할 일상이라는 게 있으니까요."

피터가 사망했을 때, 그 소식을 들은 사람들 가운데 나는 없었다. 나는 그가 사망한 지 석 달 뒤 뉴욕에서 내 친구 콰이어와 함께 그 사실을 알게 되었다. 그 무렵 콰이어가 동부로 이사를 와서 우리는 샌프란시스코 시절 친구들에 대해 이야기했고, 그러다가 콰이어가 이렇게 말하는 것이었다. "그래서 피터가 죽은 후에……."

나는 그가 총을 손질하다가 나를 향해 총알을 겨눈 것 같은 기분이 들었다.

"미안." 콰이어가 말했다. "아는 줄 알았어. 사람들이 몰랐다고 할 때마다 기분이 엿 같다니까."

내가 샌프란시스코에 도착했을 때, 지도 어디에서도 카스트로를 찾을 방법이 없었다. 사람들은 계속해서 서점에 전화를 걸어서 카스트로에 가는 길을 문의했다. 내가 속한 집단에서는 우리가 동부 해안을 떠나 서부 해안에 도달한 물결이라는 자각이 자리 잡고 있었다. 대학을 갓 졸업한 우리는 구제 운동복 티셔츠, 청바지, 플란넬 셔츠 같은 우리가 환장하게 좋아하는 옷들이 잔뜩 쌓인 중고용품 매장과 월세가 싼 아파트가 수두룩하게 널린 천국을 찾고 있었다. 나는 하찮은 옷들을 구해다가 휑한 아파트에 채워 넣던 일을 기억한다. 햇살이 화창한 어느 평일 오후, 일을 하러 가는 길이었다. 담요 위에는 검정 가죽 안전화 한 켤레, 열두 개 구멍에 끈을 묶는 운동화 한 켤레가 놓여 있었다. 방금 깨끗하게 닦아놓은 이 신발들이 아침 햇살처럼 환하게 빛났다. 언덕의 경사로를 느끼며 신발을 향해 다가갔고, 좀 더 가까이 다가가 늘어놓은 다른 물건들을 자세히 들여다보았다. 퀸과 실베스터의 옛날 앨범 몇 장, 청바지 세 벌, 가죽 손목 밴드 두 개, 구제 티셔츠 한 상자, 아직 바늘이 움직이는 낡은 손목시계 하나, 프레스기로 재단한 웨스턴 스타일의 가죽 벨트 하나, 안전화와 같은 크기의 카우보이 부츠가 있었다. 안전화를 신어보았다. 발에 꼭 맞는 걸 느끼며 그 자리에 서서 판매자를 한참 쳐다보았다.

깡마른 사내였는데, 어쩐지 그 마른 몸집이 단박에 눈에 익었다. 퀭한 얼굴. 벌건 피부. 화창한 오후 하늘에서 내 위로 번개라도 내려친 듯 나를 살펴보는 갈색 눈동자. 안전화 가격으로 20달러를 지불하면서 알았다. 안전화의 주인이 최근에 세상을 떠났다는 사실을. 얼마 전 사망한 이의 신발을 신고 총총히 사라지는 내 모습을 그가 지켜보고 있었다는 것을. 그리고 이 모든 일들이 한동안 계속해서 일어나고 있었다는 것을.

나는 1989년에 대학을 졸업한 직후 샌프란시스코에 왔고, 2년 동안 이곳에서 살았다. 내가 어느 집단의 구성원이었다고 말할 때, 그 말은 수많은 조직과 친목 집단에 시간과 에너지를 바친 한 무리의 활동가들 중 한 명이었다는 의미다. 그곳에서 많은 일이 일어났고, 지금도 일어나고 있으며, 액트 업과 퀴어 네이션은 그 많은 일들의 씨앗이었다. 우리는 직접적인 행동으로 시위에 참여했고, 과거 시위들이 어떻게 인식되었는지, 새로운 시위 방법은 무엇인지에 대해 토론하면서 여가를 보냈다. 우리에게는 정치가 전부였기에, 개인적인 것이 곧 정치적인 것이라고 할 정도로 정치에 대해, 그리고 정치와 사생활의 관계에 대해 고민했다. 극심한 불화와 분쟁이 있었고, 회의를 하다가 격분했으며, 그러다가도 떠들썩하게 축하 인사를 나눴다. 농성을 벌이고 파티를 열었고, 실수를 하고 그것을 바로잡았다. 스물세 살, HIV-음성, 백인, 대학 졸업자, 대체로 게이나 레즈비언, 타 지역 출신이 구성원의 평균 상황이었다.

나는 스물두 살, HIV-음성, 아메라시언, 대학 졸업자, 그리고 타 지역 출신이었다. 당시 내 사진들에는 마른 체형의 검은 머리 청년이 있다. 죽고 싶다는 생각으로 대부분의 시간을 보내던 누군가를 위해 과장되게 행복한 모습을 보이는. 모든 사진이 나에게 미소를 짓는다. 과거의 나인 이 청년은 오토바이를 탔고, 서점에서 일했고, 어떤 종류의 모임에도 참석하지 않는 여장 남자들과 어울려 다녔고, 한두 군데 바에서 춤을 추는 것으로 알려졌다. 그는 액트 업 샌프란시스코 지부가 극심한 불화로 해체되기 전, 이 집단의 회원이자 퀴어 네이션의 회원이었으며, 동성애자 학술지 《아웃/룩Out/Look》의 성가신 수습사원이었다. 그는 액트 업의 미디어 위원회에 소속되었고, 처음엔 아무하고도 데이트하지 않는다는 평판을 듣다가 나중엔 아무하고나 데이트를 한다는 평판을 들었다. 누군가는 간절히 살고 싶은데도 죽어가고 있다는 사실로 죽고 싶은 열망을 억눌렀고, 이것은 그가 에이즈 행동주의라는 직접적인 시위에 참여하는 단 하나의 강력한 동기였다. 활동가가 된다는 것은 무엇보다 결코 혼자가 아니라는 걸 의미했고, 혼자라는 건 곤경에 처한다는 걸 의미했다. 그러므로 그는 결코 혼자가 되지 않기로 다짐했다.

**

이 무렵 샌프란시스코에서 바라본 세상은 아예 다 타서 사라지거나, 상상을 초월한 치유가 이루어져야만 회복될 것 같았다. 세상을 바로잡고 구조해야 할 때가 다가온 것 같았다. 20년이 지난 지금 돌이켜보면, 이 느낌이 늘 옳았을지 모른다는 생각이 든다. 액트 업과 퀴어 네이션에 가입한 우리들은 당시 '게이 시오니즘'이라며 비난을 받았다. 그 주장이 옳다면, 유대인과 유사한 사고방식으로, 함께 지내고 함께 일함으로써 우리가 세상을 바로잡을 수 있고 또 그렇게 하고 있다고 믿는다는 점에서만 옳다고 생각한다.

그런데 왜 내가 이런 이야기를 하는 거지? 앞에서 말한 것처럼 나는 이 서사에 어울리지 않는 단역일 뿐이지만, 이 유행병이 돈 지 첫 10년 동안 일어난 모든 이야기의 주인공들은 전부 세상을 떠나고 없다. 내가 훗날 따르고 싶었던 사람들은 모두 죽었다. 그들을 찾는 과정이 나를 살고 싶게 만들었다. 그로 인해 나는 살았고, 또 살고 있다. 내 생존은 그들 덕분이라는 생각이 든다. 어쩌면 세상은 과거보다 친밀해졌는지 모르지만, 여전히 바로잡히지 않은 채이고, 여전히 치유는 꿈도 꿀 수 없다. 당분간은 단역들이 남아서 자신을 소개하고 이야기를 끌고 갈 것이다.

**
*

다음으로 피터에 대한 선명한 기억은 샌프란시스코 시내 한복판, 마켓 스트리트에 있는 세이프웨이 마트의 거대한 간판 아래에서 새벽 다섯 시에 그를 본 일이다. 우리 액트 업 활동가 친목 단체는 '비非-액트 업 관련 활동'을 위해 그곳 주차장에 모였다. 액트 업 활동가들 중 일부는 액트 업과 관련이 없는 활동을 위해 다른 이름으로 활동하기도 했다. 다시 말해, 모종의 활동을 하기로 합의를 보지 못할 경우, 단체에서 하지 않는 활동을 친목 단체가 할 수 있었다. 나는 이런 종류의 활동 가운데 극히 일부에만 참여했다. 이날 아침 우리는《샌프란시스코 크로니클》1,000여 부를 가짜 신문 1면으로 덮을 계획이었다. 우리가 만든 가짜 신문 1면 헤드라인은 "시내에서 9,000명 사망"이었다. 단체의 똑똑한 회원들은 서체와 레이아웃을 똑같이 모방했고, 가짜 신문 1면에 《거짓말 샌프란시스코 크로니클》이라고 신문 이름을 달았다. 신문을 자세히 읽는 사람이라면 9,000이라는 숫자가 지금까지 에이즈로 사망한 사람 수라는 걸 알 수 있었을 것이다. 표지 사진으로는 상공에서 찍은 도시 전경을 실었는데, 자연재해나 테러리스트에 관한 뉴스 기사를 연상시키고, 우리에게 에이즈에 의한 사망자 수를 다룬 기사는 이런 기사들만큼 충격적이라는 걸 호소하려는 의도였다. 우리의 활동 목적은 언론이 에이즈에 관한 정확한 보도를 늘리도록 하려는 것이었다.

우리 30명 내지 40명이 그곳에 모여 가짜 신문 1면을 몇 뭉치씩 나눈 다음, 그것을 가지고 몇 개 조씩 흩어졌다. 각 팀이 인근 지역 하나씩을 맡았다. 우리 계획은 진짜 신문을 몰래 우리 차로 가져다 놓은 다음, 그 위를 가짜 신문 1면으로 덮는 것이었다. 자동차 한 대에 세 명씩 탔다. 한 사람은 동전으로 신문 자판기를 열고, 다른 한 사람은 운전을 하고, 나머지 한 사람은 망을 봤다. 각각의 자판기에서 신문 꾸러미를 들고 올 때 우리는 뭔가 위험한 짓을 저지르는 기분을 느꼈다. 신문 1면을 가짜 신문으로 덮을 땐, 그저 지루하거나 바보 같거나 웃기는 짓을 하는 것 같았다. 우리 팀은 마지막 신문까지 전부 덮은 다음, 노력의 결과를 확인하기 위해 20분 동안 앉아서 기다렸다. 마침내 지나가던 행인이 신문 가판대로 다가와 신문을 펼친 다음 헤드라인을 읽었다. 이 사람은 기사 내용을 골똘히 생각하더니 열차를 타기 위해 걸음을 옮겼다.

우리의 모든 행위가 기껏 저런 어리둥절한 표정을 보기 위해서였던 거야? 새벽 어두움 속에서 우리의 행동은 우스꽝스럽기 짝이 없지만 불가피하다고 생각했다. 효과가 있을 성싶은 일은 뭐든 해야 해, 달리 방법이 없잖아, 라고 그날 아침 나는 혼잣말을 했다. 그 즈음에 그렇게 종종 속으로 중얼거리곤 했다. 이런 종류의 행동들은 오랫동안 굳어진 틀을, 우리 혹은 우리의 죽음을 도외시한 세상을 보는 방식을 다시 짜 맞추는 것과 관련이 있었다. 우리는 사람들이 우리를 무시할 수 없다는 확신을 가져야 했다. 우리는 교통 통제, 행진, 체포 같은 일반적인 시위 방법들이 언론에서 종종 잘못 전달되고, 납세자들의 세금이 경찰의 초과 근무 수당으로 사용되며, 그 결과가 전과 기록과 경찰의 잔혹한 행위로 이어질 수 있다는 걸 알았다. 하지만 우리는 가령 그날 아침 신문 자판기를 파손하지 않았고, 심지어 신문을 펼치기 위해 돈도 지불했다. 목소리를 크게 내기 위해 조용히, 제법 합법적인 방법을 사용했다. 효과적인 방법을 몰랐던 탓에 생각할 수 있는 방법이란 방법은 전부 시도했다. 누군가 이 가운데 일부 혹은 전부를 시도하려 하지 않았다면, 당시 나에게는 오히려 그게 더 이상해 보였을 것이다.

*
**

그날 아침에 나는 피터를 만나지 못했다. 만나기는커녕 그가 주차장을 걸어오면서 나를 알아보지 못하자 마음이 아팠다. 그의 가죽 재킷이 어둠 속에서 빛났고, 파랗게 물들인 머리카락이 새하얀 두피 위에서 때때로 반짝거렸다. 나는 친구 콰이어에게 그에 대해 물었다. 이 남자 누구냐?

피터 켈로런, 그가 말했다. 엄청나게 매력적이지. 제이슨 남자 친구야.

제이슨은 활동가 모임의 회원이자 우리 친구였다. 그도 이번 신문 작전에 가담했다. 이 세상 사람 같지 않은 그의 잘생긴 외모가 1차 세계대전 포스터 속 병사를 연상시켰지만, 실은 완전 날라리였다. 제이슨은 성적인 면에 관한 한 언제나 모두가 부러워할 만한 성과를 거두었지만, 그날만큼 그가 부러운 적은 없었다. 나에게 그는 언제나 감히 상대할 수 없을 만큼 아름다운 금발의 소년 같았고, 그 때문에 그가 원망스럽기까지 했다. 어쨌든 나는 그때 피터의 관심을 얻을 수 있으리라는 희망을 완전히 포기했다.

*
**

제이슨이 아니더라도 피터는 여러 가지 이유로 내가 가까이 갈 수 없는 사람처럼 느껴졌다. 내가 원하기엔 그는 굉장히 잘생겼고, 무척 어른스러웠으며, 너무나 차가워서 도무지 가까이하기 어려웠다. 그러나 피터의 상대가 될 리 없다고 아무리 믿으려 애써도, 그를 향한 내 욕망은 마치 은밀한 수평선처럼 그날 아침 내가 본 모든 광경 안에 숨어 있는 것 같았다. 그리고 그날 이후 가는 곳마다 그가 보이는 것 같았다. 강청색으로 물들인 모호크족 헤어스타일, 전구처럼 반짝이는 푸른 눈동자, 그 눈동자가 내 눈동자와 마주칠 때마다 나를 스치는 눈길. 친구의 오토바이 뒷좌석에 앉거나 자신의 폭스바겐을 운전하는 모습, 고개를 낮게 떨군 채 차를 몰고 지나가는 모습.

다음에 그를 보았을 때, 우리는 영화 〈원초적 본능〉 촬영장에서 시위를 하고 있었다. 시위가 촉발된 이유는 유출된 대본이 레즈비언에 반대하는 여성 혐오 내용을 담고 있었기 때문이었는데, 그런 사실은 널리 기억되지 않고 있다. 나중에 이 영화가 컬트적인 레즈비언 영화의 고전이 될 줄, 샤론 스톤의 명성을 높여줄 수단이 될 줄 당연히 우리는 알 리 없었다. 피터는 나와 당시 내 남자 친구인 파우스티노 쪽으로 합류해, 영화 촬영 중이던 고가 도로 아래에서 세 가지 음으로 불협화음을 만들어 울부짖었다. 피터와 나는 둘 다 소년 성가대에서 활동한 적이 있었다. 파우스티노는 음치였지만 소리가 엄청나게 컸다. 그렇게 해서 만들어진 소리는 결코 잊지 못할 만큼 기괴했지만 우리를 한껏 즐겁게 해주었다. 우리의 화음이 고가 도로의 불룩 솟은 지점까지 올라갔다가 주변 사방으로 퍼지던 샌프란시스코에서의 그날 밤에 피터가 지었던 미소가 기억난다.

마이클 더글러스가 자동차 헤드라이트로 길게 빛을 내뿜는 장면을 찍는 중이었는데, 우리가 하도 비명을 질러대서 촬영이 크게 방해를 받은 모양이었다. 그는 아무런 피해를 입지 않았지만 촬영이 중단되었다. 며칠 뒤에는 영화 촬영이 진행되는 동안 내가 속한 또 다른 친목 단체가 가짜 통행증을 이용해 세트장에 난입했다. 그러자 안에서 잠복해 있던 폭동 진압 경찰이 나타나 우리에게 수갑을 채웠고, 우리는 전원 경찰서에 끌려가 갇히는 신세가 됐다. 내가 기억하기로 피터와 파우스티노는 둘 다 체포를 면했던 것 같다. 두 사람은 엄밀히 말해 법적 참관인이 되었고, 우리가 경찰서 주차장을 나오길 기다렸다. 나를 기다리던 친구들의 고함과 휘파람 소리에 한껏 으스대며 주차장을 빠져나오던 기억이 난다. 아마 피터가 나를 제대로 본 건 그때가 처음이었을 것이다. 피터는 노면에 서서 제이슨과 이야기를 하고 있었다. 그러나 나는 그의 눈동자가 나를 찾고, 나에게 미소를 짓고, 다시 미소를 거두는 걸 보았다.

몇 주 뒤, 우리가 걸프전 반대를 위한 거리 시위를 벌이다 체포될 뻔한 위기를 모면한 다음 날 아침, 바그다드 카페에서 브런치를 먹고 있을 때였다. 피터가 내 자리로 다가와 내 전화번호를 물었다. 그는 엷게 웃음을 지으며 내가 번호를 적는 걸 기다렸다. 내가 그에게 전화번호를 건네자 그는 자리를 떠났고, 나와 함께 식사하던 친구들을 거의 무시한 채 자신의 어깨 너머로 나를 바라보면서 나에게 손을 흔들었다.

그는 원래 사람들 전화번호 절대 안 물어보는데, 라고 내 친구 미겔이 말했다. 아직 옛날 애인한테 집착하고 있거든.

사람은 변하는 법이야, 내가 말했다.

나는 당시 종종 그랬던 것처럼 허세를 부리며 이렇게 말했다. 그리고 피터가 매우 차분하게, 내 반응과 전혀 상반된 태도로 전화번호를 물었던 것으로 보아, 어떤 욕정 같은 걸 느낀 것 같지는 않았다. 그의 태도는 정중하고 침착했다.

피터가 나를 어떻게 보았는지는 알 수 없다. 앞으로도 결코 알지 못할 것이다. 나는 그를 어떻게 보았을까. 카페 플로르의 햇빛 비치는 창가에서 친구들에게 둘러싸여 앉아 있는 피터, 밀가루 풀을 담은 양동이를 손에 들고 어두운 보도를 걸으며 전단지를 붙이는 피터, 회의를 할 때 방 뒤편에 서서 살짝 눈을 흘기는 피터, 침대에 다가갈 때 그의 아파트 거울에 비친 반짝이는 알몸의 피터.

첫 데이트 때 피터는 나를 데리고 공연을 보러 갔다. 그는 나를 데리러 마켓 스트리트에 있는 내 아파트에 왔다. 우리는 시내 공연장에 갔다가 나중에 차를 몰고 다시 우리 집으로 왔다. 그날 연주된 음악은 기억나지 않는다. 나는 그날 밤 내내 온통 피터에게만 정신이 팔려 있었다. 피터에게 들어오겠느냐고 물었고, 그는 좋다고 말했다. 그가 내 방에 들어와 내 침대에 앉았다. 판자와 콘크리트 블록으로 친구와 함께 만든 침대였다. 나는 불을 켜지 않았다.

샌프란시스코의 밤은 언제나 낮보다 강렬하다. 햇살이 그토록 투명하고 생기로 가득하지만, 오히려 이 도시가 환상이라는 느낌만 더할 뿐이었다. 모든 것의 본질, 진짜 모습을 드러내는 때는 밤이 아닐까. 그날 밤 피터는 나보다 훨씬 나이가 많다고 느꼈다. 그는 가죽 재킷을 입었다. 나는 그 외투가 무척 마음에 들었다. 그날은 그의 머리카락이 금발이고, 그가 거의 모자를 쓰지 않는다는 걸 알게 되는 몇 안 되는 날 중 하나였다. 그는 밤새 황기 달인 물을 마셨고 내 침대에 함께 앉아 있을 때도 마셨다.

아무튼, 그는 가죽 재킷 속에 점적기를 집어넣으며 말했다. 난 보통은 남자아이들을 집에 데리고 가서 꽁꽁 묶고 채찍을 휘둘러. 그는 이렇게 말하면서 미소를 지었다.

나도 집에 데리고 가서 꽁꽁 묶고 채찍을 휘두르고 싶어? 내가 물었다.

왜, 꽁꽁 묶여서 채찍으로 맞고 싶어? 그가 물었다.

아니, 그럴 리가, 내가 말했다. 나는 한편으로는 그가 농담을 하는 거라고 생각했다. 하지만 다른 한편으로는 그에 관한 소문을 익히 알고 있었다.

그가 내 옆에 누웠다. 우리 둘은 외투를 입고 부츠를 신은 채였고, 처음으로 그와 단둘이라고 느꼈다. 좋아, 우린 그럴 필요가 없지. 그가 말했다. 그리고 나에게 팔을 둘렀다.

내 부탁 하나 들어줄래? 한참 동안 말없이 가만히 누워 있다가 내가 물었다.

그래, 그가 말했다.

내 위에 누워볼래? 그러니까, 그냥, 여기에 누울 수 있겠어?

그가 몸을 굴려 내 위에 올라와 가볍게 포옹하자 그의 무게로 숨이 뱉어졌다.

이러다 찌부러지는 거 아니야? 그가 물었다.

아니야. 내가 말했다. 나는 정말 괜찮았다. 그의 무게가 나를 눌렀다. 나는 무언가에 감싸인 안전한 느낌이 들었다. 내 안의 어두운 무언가가 걷히는 기분이었고, 남자의 품에 처음 안긴 것 같은 느낌 때문인지 안심이 됐다. 나는 여전히 나였다. 스위치가 눌리지도 않았고, 당시 나를 사로잡고 있던 끔찍한 기분도 더는 다가오지 않았다. 사랑을 하면 이런 기분이 드는 걸까. 피터는 한참 동안 그대로 있었다. 어느 순간 잠이 들었는지도 몰랐다. 그래서 그가 무척 여위었다는 말을 들으면, 나를 꼼짝 못하게 누르던, 내가 세상에 애착을 갖게 한 내 안의 그곳을 느끼게 해준 그 몸의 무게와 어떻게 조화를 이루어야 할지 모르겠다.

마침내 그가 집에 가기 위해 일어났다. 우리는 다시 만날 계획을 세웠다. 나는 그와 함께 있기 위해 누구와도 함께하지 않았고, 내가 알기로 그도 마찬가지였다. 누군가와 사랑에 빠져서만은 아니었다. 우리는 거의 고치처럼 이제 곧 서로가 펼쳐 보일 새로운 모습을, 새 외피를 인정했다. 이상하게도 우리는 우리 자신과 서로에게 방의 느낌, 방의 고요만이 친숙했다. 샌프란시스코 전역에서 사람들이 슬링(진이나 위스키 등에 과즙이나 향료 등을 가미한 술 — 옮긴이)에 취하고, 탁자 위에서 춤을 추고, 낯선 사람을 따라 골목을 걸어 내려가는 동안, 우리는 내 집 현관 앞에서 1950년대 드라마 〈즐거운 나날 Happy Days〉에 나오는 우유처럼 순한, 젊은 연인이 된 기분이었다. 나는 그가 가는 모습을 지켜본 뒤, 돌아서서 위층 침실로 향했다.

그가 어머니에게 자신의 병에 대해 말했다는 걸 나는 몇 년이 지난 뒤에야 알았다. 머리를 기르고 다녔던 그는 누나의 결혼식에서 돌아와 이발을 했다. 그날 찍은 사진들을 보면서 그의 어머니는 말한다. "참 잘생겼네." 하지만 그의 할머니 파울라 모건은 달리 생각했다. 할머니는 그를 보고 나서 이렇게 말했다. "걔가 어디 아픈가 보다." 피터가 가족들에게 문제가 생겼다고 말하기 전에 할머니는 이미 알고 계셨던 것이다. "그 아이는 아주 특별한 젊은이였다오." 지금 할머니는 피터에 대해 이렇게 말한다. "특별한 젊은이들에겐 이런 일이 일어나는 것 같구려."

**
*

피터를 만날 즈음, 나는 파우스티노와 갈라서려던 참이었다. 아니, 사실 우리 사이는 이미 무너지고 있었다.

나는 과거에 다른 사람을 사랑했던 것처럼 파우스티노를 사랑했다. 한번은 내가 잠을 잘 못 잔다고 말했더니, 파우스티노는 테두리에 'zzzzzz'라는 글자를 새긴 반지를 만들어주었다. 그는 금속 세공사였다. 누가 나를 위해 무얼 만들어준 건 그때가 처음이었다. 우리는 밤이면 함께 오토바이를 타고 한참 동안 거리를 돌아다녔고, 그러고 나면 함께 집에 돌아와 둘의 오토바이를 세워놓았다. 하지만 일단 집 안에 들어와서 옷을 벗고 침대에 누우면, 마치 스위치가 눌려 불이 전부 꺼져버린 것만 같았다. 나는 경직되었고, 방에만 들어오면 다른 사람으로 바뀌는 것 같았다. 나에게 일어나는 이런 일을 어떻게 멈추어야 할지 몰랐다. 문제가 무엇인지 알 수가 없었다. 나중에야 알게 되었다. 어린 시절 성적 학대와 관련된 기억과 감정은 대개 돌아오기 마련인데, 그때가 바로 그런 시기였다는 걸. 나는 유독 나만 그런 줄 알았는데 상당히 일반적인 현상이었다. 그러나 아무도 나에게 그런 말을 해주는 사람이 없었다.

아무튼 나는 파우스티노에게 문제를 파악할 때까지 잠시 떨어져 있자고 부탁했다. 그 기간 동안 그는 제이슨을 알게 됐다.

이 일은 나에게 또 하나의 실패처럼 느껴졌다. 활동가들 안에서 우리가 유일하게 유색인 남자 커플이라는 사실은 나에게 별 도움이 되지 않았다. 우리 활동가 모임에서 다른 유색인 동성애자 남자들은 모두 백인과 사귀었다. 모두 백인과 데이트를 하는 경향이 있었고, 심지어 그런 경향을 서로 비판하기도 했다. 어느 활동가 파티 때 젊은 백인 남자가 나에게 다가오더니 자기 미래의 남편과 데이트하는 기분이 어떠냐고 물었던 일이 아직도 기억난다.

그가 나한테 만들어준 반지 한번 볼래? 나는 이렇게 말하고 그에게 반지를 휙 내보였다.

파우스티노는 자신의 오토바이를 타고 서부 텍사스에서 샌프란시스코를 향해 달려왔다. 그의 말에 따르면 샌프란시스코에 도착하자마자 곧장 내가 일하는 서점으로 왔다고 했다. 나는 그날을 또렷하게 기억한다. 그의 다리 뒤로 햇살이 비쳤고, 그는 얼굴에 수줍게 미소를 지었고, 우리는 서로에게서 눈을 떼지 못했고, 서로 사랑에 빠졌다. 우리의 첫 키스는 시내의 어느 이성애자 술집에서였다. 동성애자 반대에 항의하는 표시로 퀴어 네이션 회원들이 단체로 키스를 했을 때였다. 그 전까지 우리가 나눈 이야기는 꿈의 실현, 정의 구현에 관해서가 전부였다. 나 역시 첫눈에 그를 사랑하게 됐지만, 그도 나에게 푹 빠졌다. 나는 이 사랑을 잃고 싶지 않았다. 하지만 나에게 일어나고 있는 일을 어떻게 멈추어야 하는지 도무지 알지 못했고, 어떻게 설명해야 할지도 알지 못했다.

어쩌면 그날 피터가 나에게 다가온 건, 제이슨이 파우스티노를 만나기 시작했다는 걸 알았기 때문인지도 모른다. 이런 식의 드라마는 전혀 그답지 않았지만, 아주 틀린 가정은 아닐 것이다. 그는 나를 잠시 지나가는 사람으로 여겼을 수도 있다.

피터를 만났다는 사실을 제외하면, 제이슨과 나는 완전히 다른 부류의 사람이었다. 그가 빛이라면 나는 어둠이었고, 내가 경험한 바에 따르면, 그는 어디에서나 돋보이는 사람인 반면 나는 좀처럼 눈에 띄지 않는 사람이었다. 웃기는 일이지만, 결국 우리는 하나도 아니고 두 남자를 공유하게 되었다. 그리고 나는 두 남자 모두를 제이슨에게 빼앗긴 기분이 들었고, 이것은 내 인생에서 늘 되풀이되던, 내가 항상 두려워하는 일이었다. 금발의 백인 남자와의 사랑은 언제나 그렇게 실패로 끝났다.

파우스티노는 결국 나에게 반지를 돌려달라고 요구했고, 나는 뉴욕으로 떠난 후에 그것을 돌려주었다. 그 무렵 나는 다른 사람을 사랑하고 있었다. 그리고 제이슨과 피터는 다시 합쳐서 언약식을 올렸고 그 뒤로 다시 결별했다.

나중에 그들이 다시 헤어진 뒤, 피터는 치매에 걸렸다. 제이슨이 그를 정기적으로 방문했는데, 피터는 죽기 직전까지 이따금 그를 여전히 자기 남자 친구라고 믿었다. 내가 친구 미겔에게 했던 말과 달리, 피터는 변하지 않았다. 그는 여전히 제이슨을 사랑했고, 죽을 때까지 그랬을 것이다.

피터가 먼저 죽었다. 제이슨은 내가 이 글을 쓰기 위해 그를 취재한 직후 사망했다. 파우스티노는 살아 있지만 우리는 더는 서로 말하지 않는다. 언젠가 그럴 수 있길 바란다.

나는 이 얽힌 관계에서 떠났고, 피터의 이야기는 나 없이 마지막까지 계속되었다.

＊＊

지금부터 하는 모든 이야기는 내가 알지 못했던 피터에 대해서다.

피터는 뉴멕시코주 앨버커키에서 태어나 워싱턴주에서 성장했다. 처음엔 머서 아일랜드에서 살다가 나중에 벨뷰로 이사했고, 이곳 뉴포트 고등학교에 다녔다. 고등학교에서 스키 선수와 수영 선수로 활동했지만, 그의 어머니 질의 말에 따르면 "사람들이 운동선수에게 기대하는 것처럼 유능하지는 않았다." 똑똑하고 두뇌 회전이 빨라서 열심히 공부할 필요가 없었고 수월하게 학교생활을 했다. "날 괴롭히는 걸 엄청 좋아했어요." 피터의 누나 리사는 그에 대해 이렇게 말한다. 그녀의 기억에 따르면, 그녀가 아침에 아래층에 내려올 때 그가 보기에 어울리지 않는 옷을 입고 있으면, 그녀를 위층으로 데리고 올라가 다른 옷으로 갈아입게 했다. 그는 온갖 짓궂은 짓을 잘도 하고 다녔다. "피터는 늘 아무에게도 들키지 않고 조용히 집을 나갔어요." 질이 회상한다. "그 애가 밤마다 자기 방 창문을 통해 밖으로 나갔다는 걸 몇 년이 지난 뒤에야 알았답니다. 어릴 때부터 그랬더군요."

그는 워싱턴 주립대학교에서 그래픽 디자인을 전공했고, 졸업 후에 유럽으로 떠나 스페인과 포르투갈에서 1년 동안 생활했다. 어릴 때부터 미술 분야의 영재였고, 도자기, 데생, 디자인에 탁월한 재능을 보였다. 대학에 다닐 때 엄청나게 큰 도자기에 부조 장식을 새겼는데, 그것을 구울 큰 가마가 없어서 아버지 톰이 집을 팔 때까지 워싱턴 집에 보관했다. 질은 피터가 만든 물고기 모양 접시 세트를 지금도 가지고 있다. 그녀는 어느 해 크리스마스에 피터가 구리 촛대를 보내주었는데, 옛날에 쓰던 탁자의 다리를 떼어서 촛대로 만든 다음, 하나하나 갈색 포장지로 싸서 별 모양으로 배치했다고 회상한다. "포장을 뜯고 싶지 않았어요." 그녀는 말한다. "그 자체로 선물 같았고, 사실 그랬거든요. 정말 아름다웠죠."

피터는 샌프란시스코에 있는 파라다이스 라운지에서 바텐더로 일했고, 곧 그곳의 트레이드 마크가 된 사이키델릭한 서체를 사용해 라운지 바의 이벤트 포스터를 만들었다. 그가 만든 포스터들은 몰래 떼어다가 집에 가져가고 싶을 정도였다. "정말 근사했어요." 그곳에서 그와 함께 바텐더로 일했던 그의 친구 로라는 말한다. 피터는 액트 업의 말보로 불매 운동을 위한 이미지를 만들었고, 불매 운동을 시작한 분기의 수익 보고서에서 말보로 회사가 손해를 보았다는 걸 확인하고 뿌듯해했다. 그는 음악가가 되길 원해서, 몸을 움직이지 못할 만큼 병이 깊어지기 전에 음반 녹음 계획도 세워놓았다. "목소리가 아름다웠어요." 리사가 말한다. "맞아요, 목소리가 정말 아름다웠어요." 그의 어머니가 말한다.

피터는 그를 아는 모든 사람에게 일관된 사람으로, 모두에게 한결같은 사람으로 기억되지만, 모순 덩어리의 완벽한 예이기도 하다. 그는 자기에 관해서 지독할 정도로 입을 다물면서도, 괜히 아무한테나 "나 호모야"라고 말하곤 했다. 진지하고 근엄한 반면, 이따금 약간 촐

싹대는 춤인 지그를 추기도 했다. 무척 조용하지만, 원하면 사람들의 주목을 한몸에 받을 줄도 알았다. "5학년 때 교장 선생님이 학교에 오라고 부른 적이 있었어요." 그의 어머니가 회상한다. "공연을 보라고 말이에요. 학생들이 하는 장기 자랑이었어요. 글쎄, 이 어린아이가, 내 아들이 무대에 나왔는데, 세상에 그렇게 침착할 수가 없는 거예요. 그런데 공연 전체를 처음부터 끝까지 사회를 보지 뭐겠어요. 어린 조니 카슨처럼 완전히 자신만만하게 말이에요." 피터가 고등학교 무도회에 참석했을 때, 그는 자신의 데이트 상대가 입은 분홍색 드레스에 맞추기 위해 검정 턱시도에 강렬한 분홍색 페인트를 흩뿌리고 이 턱시도에 어울리는 분홍 셔츠를 입었다.

대학 졸업 후 피터는 샌프란시스코에서 '멍청한 녀석'이라고 불리는 장소를 중심으로 한 펑크록 현장에 모습을 드러냈다. 이곳에서 화가인 파스칼 세미옹Pasquale Semillion과 친구가 되었고, 그가 에이즈로 사망할 때까지 피터와 로라가 그를 간호했다. 피터는 사진 촬영으로 직업을 바꾸었지만 여전히 유화로 추상화를 그렸다. 지금은 누가 그의 어떤 작품을 소장하고 있는지 아무도 알지 못한다. 그의 누나가 파라다이스 라운지의 포스터 석 점을 액자에 끼워 자신의 집에 보관하고 있고, 그의 어머니가 그가 만든 접시와 그림들, 그리고 실제로는 개 네 마리가 그려져 있지만 제목은 〈세 마리 개와 한 마리 돼지〉인 스케치 한 점을 소장하고 있다. 어머니 질은 이것이 그의 유머 감각을 보여주는 예라고 기억하고 싶어 한다. 로라는 그림과 사진, 녹음테이프 들을 가지고 있다. 제이슨의 기억에는 피터가 죽기 전 병을 앓던 모습들만 남아 있다. "아프기 전 피터의 모습이 도무지 기억이 안 나. 그의 작품이 하나도 기억나지 않는다고." 그가 말한다. "너무 끔찍하지 않아?"

피터가 가장 좋아하는 음악가는 옐로Yello(스위스의 전자음악 밴드 — 옮긴이), 애덤 앤트Adam Ant(영국의 펑크 뮤지션 — 옮긴이), 아인스튀어첸데 노이바우텐Einstürzende Neubauten(독일의 아방가르드 밴드, '무너지는 새 건물들'이라는 뜻 — 옮긴이)이다. 피터가 가장 좋아하는 의류 소품은 총알 모양의 벨트 버클이다. 피터가 가장 좋아하는 작가는 커트 보니것Kurt Vonnegut Jr.이며, 그의 작품 중에서 특히 단편집 《몽키 하우스에 오신 것을 환영합니다Welcome to the Monkey House》를 가장 좋아하고, 그중에서도 섹스에 관심 많은 천하태평 삼류 시인 빌리가 섹스를 거부하는 현재의 미국인들이 섹스를 즐기게 만들겠노라는 계획을 품고 미래의 미국에 몰래 접근하는 내용을 가장 좋아한다.

질은 피터의 사진을 액자에 끼워놓고 수시로 들여다본다. 포르투갈 해변에서 피터가 깃발, 낡은 청바지, 돛 같은 잔해물을 이용해 만든 천막 앞 모래 위에서 손을 흔드는 모습이다. 피터는 인생의 좋은 시절을 이곳에서 살았다. 그의 아버지는 피터가 이 포르투갈 천막에서 보낸 다섯 쪽 분량의 편지를 액자에 넣어 보관한다.

예술가가 젊은 나이에 세상을 떠나면 우리는 그가 그리지 않은 그림들, 쓰지 않은 책들에 대해 말하곤 한다. 그것들은 세상에 빛을 보지 못한 어떤 상상 속 보물을 암시하지만, 훨씬 값비싼 보물인 상상력 자체를 가리키지는 않는다. 세상에 나오지 못한 모든 작품은 뒤에 자취를 남기고, 시간을 가로질러 길을 놓아, 태양이 바다 위에 황금빛을 뿌리는 것처럼 남겨진다. 우리는 그것을 볼 수 있을 뿐 손에 쥘 수는 없다. 저마다의 죽음으로 우리가 잃는 것은 오히려 하늘에서 떨어져 바닷속으로 사라지는 별 같은 것이다. 세상에서 빛을 보지 못한 작품들, 영원히 완성되지 않을 작품들을 생각하노라면 언제나 견디기 힘들다.

기회는 영원히 사라졌다. 아예 없는 것보다 조금이나마 남아 있는 것이 나을 터이지만, 그러나 손실은 한없이 크다.

나는 지금도 피터가 몹시 그립다. 내가 사랑의 열병을 앓던 젊은 시절, 내 눈에 별이었던 그가 너무나 보고 싶다. 그 별 맨 위 귀퉁이는 파랗게 물이 들어 있었지. 그때부터 나의 영웅들, 피터, 데릭 저먼 Derek Jarman(영국의 퀴어 영화 감독 ― 옮긴이), 데이비드 보이나로비치 David Wojnarowicz(1954~1992, 미국의 동성애자 예술가, 작가, 인권 운동가. 사회적 정의, 섹스, 빈곤, 에이즈, 동성애 등 논쟁적 이슈에 목청을 높였다 ― 옮긴이)를 모신 나만의 사원은 나에게 예술가가 되라고, 저항하라고, 내가 원하는 만큼 괴상하게, 당당하게, 그리고 솔직하게 살라고 나를 격려했다. 에이즈로 인한, 정부의 고의적인 태만함 ― 우리는 구할 가치가 있는 사람들로 여겨지지 않았다 ― 으로 인한 그들의 죽음은 나에게서, 우리 모두에게서 너무나 일찍 그들을 데리고 갔다. 그들은 여전히 나를 격려한다. 그리하여 나는 이곳에 서서, 20년 된 내 열병 같은 사랑의 끝에서, 유일하게 소통이 가능한 그곳에서 그들에게 배운 것으로 균형을 잡으며 살아간다.

내 다른 영웅들보다 더, 내 다른 남자 친구들보다 더, 피터와 나는 조금 이상한 면에서 닮았다. 둘 다 집안의 맏아들이고, 둘 다 집안에 돈이 좀 있고, 둘 다 정치적 책임감이 강했다. 우리 둘 다 어릴 때 온갖 짓궂은 짓은 다 하고 다녔고, 우리 둘 다 옷차림으로 사람들을 깜짝 놀라게 만들길 좋아했으며, 우리 둘 다 에스에프 소설을 좋아했다. 우리 둘 다 어릴 때 소년 성가대에서 노래를 불렀다. 우리 둘 다 대학에서 도예를 공부했다. 우리 둘 다 스키를 탔고, 수영을 했고, 팀 스포츠나 흔히 하는 경쟁적 행동을 멀리했다. 그러나 결국 잃어버린 것을 그리워하는 건 잘못인지도 모르겠다. 차라리 그가 내게 남긴 것을 생각하는 편이 더 나을지도 모른다.

**

피터를 사랑할 때, 나는 미래에 되고 싶은 내 모습과 사랑에 빠졌다. 피터는 '바트 나인BART 9'이라는 익살스러운 이름으로 처음 알려진 어느 모임의 회원이었다. 아홉 활동가로 이루어진 이 모임 회원들은 바트 고속 열차(샌프란시스코만 근교 열차 이름 — 옮긴이)가 역에서 정차해 문이 열리면 열차 중앙의 기둥에다 스스로 수갑을 채웠다. 이들은 샌프란시스코 오페라 개막일 밤을 훼방 놓았고, 금문교를 차단하는 등 수년 동안 이런 식으로 무수한 시위를 벌였다. 이들 대다수가 액트 업에 속했으며, 이 시위는 전 세계적으로 확산된 전염병인 에이즈에 대해, 그리고 여러 제약 회사들이 죽어가는 이들을 착취하는 다양한 방식들에 대해 사람들의 관심을 모으기 위해 계획한 일련의 시위들 중 하나일 뿐이었다. 바트 나인의 시위는 참가자들이 체포되고 흩어지는 바람에 금세 끝났다. 열차는 운행이 지연되었지만, 어쨌든 무사히 출발했다. 피터는 체포되어 그날치 약을 복용하지 못했다고 로라는 회상한다. "악몽 같았어요." 에이즈에 걸린 활동가들은 약을 거르면 병이 재발할 위험이 있었다. 교도소에서 지켜야 하는 규칙 운운하며 그들에게 약을 주려 하지 않은 경찰들은 살인자나 다름없었다.

피터는 이 위험이 가치 있다고 생각했다. 우리는 잃을 게 없어. 그 당시 HIV 양성 확진을 받은 액트 업 회원들은 이렇게 말하곤 했다. 우리는 잃을 게 없어, 전부 잃었거든. 1989년에는 아지도티미딘이 있었지만, 기본적으로 그게 치료의 전부였다. 샌프란시스코에서 살던 나와 같은 세대의 사람들은, 우리 같은 활동가들은 지금까지 존재한 적 없다는 잘못된 인식을 극복해야 했다. 우리가 등장했을 때 그들은 이미 세상을 떠나 우리를 맞이할 수 없었을 테니 그럴 수밖에. 우리에게는 용기의 모델이 될 만한 인물이 없었고, 그래서 그런 모델을 만들려 애썼다. 마찬가지로 우리는 사랑의 모델, 활동주의의 모델도 만들었다. 나는 사랑과 HIV에 관한 글을 쓰면서 많은 동성애자 청년들을 인터뷰했는데, 그들은 자신이 나이 든 모습을 상상할 수 없다고 말하곤 했다. 그들에게 동성애자의 삶이 어떤지, 마흔 살, 마흔다섯 살엔 어떤 식으로 살아갈지 보여줄 수 있는 사람들은 대부분 죽었다. 나에게 일어났던 일은 10년 뒤에도 다시 일어난다.

《오디세이아》에서 호메로스는 지진의 신 포세이돈을 파란 머리카락으로 묘사한다. 그는 '길고 숱 많은 파란 머리카락의 포세이돈' '파란 눈썹의 포세이돈'이라고 번갈아 묘사된다. 이제 바다로 돌아간 피터는 나에게 이 묘사를 떠올리게 한다. 이마에 가지런히 내려온 그의 파란 머리카락은 고대 신으로부터 물려받은 표시가 아니었을까.

피터 D. 켈로런은 지진의 지배를 받는 도시, 고대 그리스 신들이 우리를 위해 남겨준 것의 가치를 얼마간 이해하는 사람들이 살고 있는 도시, 샌프란시스코의 거주자였다. 길고 숱 많은 파란 머리카락을 흩날리던 피터는 이제 지진의 신 포세이돈의 품에 안겼다. 우리가 이미 겪었음에도 상상할 수 없는 시간 속에, 약은 한 가지뿐이고 희망은 죽지 않으려 숨어 지내던 그 시간 속에 그가 있었다.

나는 그가 좋아했던 에스에프 소설의 등장인물 중 하나로 그를 상상하길 좋아한다. 비행기를 타고 하늘을 가로지르는 그, 푸른빛의 후광에 둘러싸여 밤을 배회하는 그, 미소 짓는 떠돌이 펑크록 천사, 두

날개는 후광의 색깔에 맞추어 파랗게 물을 들이고. 그가 사는 천국은 모두들 옷을 잘 차려입고, 자비는 곧 사랑을 의미하며, 우리가 죽으면 모르는 이들이 우리를 위해 손을 잡아주는 곳. 세상 어딘가에서 누군가는 부당함을 느끼고 있다는 걸 알기에, 부당한 일이 생기면 사슬로 열차에 몸을 묶는 곳. 영혼과 영혼이 하나로 연결된다는 세계정신, 오버소울oversoul(랠프 왈도 에머슨은 인간 안에 우주 전체를 끌어안는 영혼이 있으며, 이 영혼이 오버소울이라고 말한다 — 옮긴이)로 향하는 길 어딘가에 있는 곳. 도의심 같은 건 없다고 생각했을 세상의 누군가도 우리가 열차의 흐름을 막아설 만큼 얼마나 애쓰는지 마음으로 느끼는 곳.

어릴 때 우리는 열차를 막은 슈퍼맨을 용감하다고 생각했다. 하지만 그건 용감한 게 아니다. 슈퍼맨은 자신을 파괴하면서까지 열차를 막아서지 않았다. 하지만 피터는 그랬다.

**
*

피터는 마지막 2년 동안 건강이 크게 나빠져 바지가 헐렁헐렁할 정도로 야위었다. 그에게 치매 증상이 오락가락 나타나면서 점점 퇴행하고 있었다. 담배도 다시 피우기 시작했다. 제이슨에게는 "우리 사귀는 거, 우리 아빠가 아셔?"라고 묻곤 했다. 혹은 "내가 널 만난 게 고등학교 때 맞지?"라고 물었다. 호스피스 병원에서 지내던 어느 날, 담배와 버거를 사기 위해 친척 아주머니인 재닛과 외출했을 때, 피터는 거리에서 주변을 둘러보며 이렇게 말했다. "이 사람들 있잖아, 전부 동성애자들이야! 전부 다!" 그 무렵 피터는 어찌나 말랐는지, 피폐한 모습에 익숙한 카스트로에서도 사람들의 눈길을 끌었다.

"피터는 마이트리 호스피스 병원에서 지내고 싶어 했어요." 재닛이 말한다. "그래서 우리는 마이트리에 갔지만 빈 병실이 없었죠. 다른 곳이라도 가야 할 것 같아서, 나는 전화로 피터가 머물 곳을 알아보았고 마침내 괜찮은 곳을 찾았어요. 피터가 원하던 곳이었어요." 재닛은 피터와 크리스마스를 함께 보내기 위해 캘리포니아주 카멀에 아파트를 미리 임대해두었다. 그러나 피터는 그곳에서 지낸 지 얼마 되지 않아 곧바로 재닛에게 전화를 걸어 이렇게 말했다. "이제 가야겠어요. 때가 된 것 같아." 그때까지 피터는 집에서 음식을 배달해 먹고, 자택 요양보호 서비스를 이용하며 지냈지만, 그날 재닛에게 전화를 걸어 이렇게 이유를 말했다. "더는 나 자신을 돌볼 수가 없어요. 이제 때가 됐나 봐요."

살아온 날들이 나를 관통하기라도 하듯 무수한 빛과 소리가 내 안을 획획 지나간다고 상상해보라. 그 빛과 소리가 몇 번이고 되풀이해서 내 안을 지나간다고. 때때로 살아온 모든 나이를 뒤죽박죽 순서 없이 겪는다. 시간이 내 안으로 지나간다. 내가 살아온 시간들, 세월의 흐름들이. 이것이 피터가 겪은 치매 증상이었다.

"나는 늘 피터가 어느 시기에 있는지 알았어요." 로라가 피터의 치매 증상에 대해 말한다. "맙소사, 피터가 뭔가 말을 하면, 사람들은 '그가 미쳤다'라고 말하곤 했어요. 하지만 피터는 미친 게 아니었어요. 전혀요. 사람들은 피터가 그렇게 된 걸 안타깝게 여겼고, 사실 안타까운 일이기도 했지만, 그런 피터의 모습은 정말 아름다웠어요. 피터는 아주 순식간에 자신이 사랑했던 시절로 돌아갔거든요. 한번은 피터가 이런 말을 했던 기억이 나요. '로라에게 아기를 주어야 하는데!'라고 말이에요. 호스피스 병원 사람들은 정말로 피터가 아기를 잃어버린 줄 알았지만, 난 그가 왜 그런 말을 하는지 알았어요. 우리는 한때 아기를 갖는 문제에 대해 이야기한 적이 있었죠. 그런데, 흠, 그가 에이즈에 걸리게 됐고, 다시는 아기 이야기를 꺼내지 않았어요. 그런데 그가 다시 아기에 대해 언급하기에, 내가 말했죠. '어머, 기억 안 나? 너 아팠잖아. 그래서 우리는 아기를 갖지 않은 거야', 그랬더니 피터는 다시 조용해지더군요."

제이슨은 피터가 했던 말을 기억했다. "너에게 뭔가 말을 해야 해, 제이슨. 사람들은 내가 너에게 말하길 바라거든." 그래서 제이슨은 기다렸고, 피터가 다시 말을 이었다. "사랑에 대해서야. 나는 너에게 말을 해야 하고, 사람들은 내가 너에게 말을 하길 바라고 있어. 사랑에 대해서 말이야."

"피터는 마지막 무렵에 굉장히 화를 냈어요." 로라는 회상한다. "크리스마스 전에 우리는 피터의 생일을 맞아 외식을 하러 나갔어요. 피터는 초콜릿을 먹었는데, 당시 설탕을 전혀 먹지 않은 상태에서 아주 오랜만에 초콜릿을 먹어서인지 완전히 흥분한 거예요. 그래서 우리는 그를 집에 데리고 갔고, 제가 그와 함께 있었어요. 그때 알았지요. 우리는 곧 피터를 잃게 되리라는 걸. 그가 곧 우리 곁을 떠나리라는 걸. 그때 피터는 정신이 아주 또렷한 상태여서 자기 자신에게 크게 실망했어요. 자기는 남자에게 한 번도 제대로 된 사랑을 받아본 적이 없다고, 지금도 그럴 거라고 말하더군요. 그는 앞으로 더는 할 수 없는 일들에 대해서 말했어요. 음악도 또 다른 일들도 할 수 없을 거라고 말이에요. 그가 이런 말을 하는 걸 들으면서 오래 버티지 못할 거라는 걸 알았어요."

*
**

전에 피터는 적어도 1995년까지는 살고 싶어 했다. 그와 로라가 점성술에서 알아본 바에 따르면, 1995년은 중요한 해가 될 터였고, 실제로 그랬을 것이다. 1995년은 프로테아제 억제제(에이즈 치료제 — 옮긴이)가 출시된 해이자, 많은 사람들이 죽음을 담보로 한 해였다. 로라는 밀스 칼리지에서 전액 장학금을 받고 미생물학을 공부할 정도로, 피터를 살리기 위한 연구에 엄청난 노력을 기울였다. 피터가 사망한 후 월요일, 로라는 그의 사망을 알리는 편지를 받았다. "그 편지를 받고 침대에서 벌떡 일어났어요." 그녀가 말한다. 피터가 사망한 후 일주일 동안 로라는 몸져누웠고, 1년이 지난 뒤엔 심각한 우울증으로 2주일간 병원에 입원했다. "그 이후로도 여러 차례 신경쇠약을 앓았어요." 그녀가 말한다. "피터를 위해 아무것도 해준 게 없다는 생각이 들었지요. 그를 살리지 못했다고 말이에요. 그 생각을 하면 너무너무 마음이 아파요."

그 이후 로라는 남편과 이혼했다. 한편으로는 피터가 없는 상황에서 결혼 생활이 아무런 의미가 없다는 생각이 들었기 때문이다. 연구도 포기했다. 로라는 에이즈로 인해 피터 외에도 많은 친구를 잃었지만, 무엇보다 사랑하는 한 사람을 잃은 것이다. 그녀는 말한다. "다시 누굴 그렇게 사랑할 수 있을지 잠시 생각해보면……." 한때 그녀의 어머니와 피터의 어머니는 두 사람이 결혼했으면 하는 소망을 굳이 감추지 않았지만 — 로라는 리스테린 회사의 리스터 가문이고, 피터는 어머니 쪽이 은행가 모건 가문이었다 — 결국 두 어머니 모두 상황을 받아들였다.

로라와 피터가 결혼했다면 아마 두 사람은 더 가까워졌을 것이다.

그들은 각자의 점성술 차트에서 몇 가지 중요한 내용이 서로 일치하리라는 걸 직감했다. 로라가 가장 중요하게 여기는 것은 피터의 별자리가 양자리 달 27도이고 그녀의 별자리는 양자리 태양 27도라는 점이었다. "달 별자리는 자기 자신과 어떤 식으로 관계를 맺는지, 자기 자신에게 어떻게 말을 거는지 보여줘요." 로라가 말한다. "피터가 자신에게 말을 거는 방식은 곧 나에게 말을 건네는 방식과 같았어요. 그리고 태양 별자리는 세상을 어떻게 받아들이는지 보여주지요."

피터는 묘지에 묻히지 않았다. 우리는 피터를 화장한 뒤, 어느 화창한 날 쌍동선을 타고 금문교 아래에 그의 재를 뿌렸다. "묘비는 따로 없어요." 질은 말한다. "우리의 마음이 있잖아요. 우리는 피터가 어디에 있는지 알아요."

나의 퍼레이드

모임에서 내가 소설가라는 게 밝혀지면 곧바로 질문이 날아온다. "그럼 학교에서 소설을 배웠어요?" 어떤 사람은 이렇게 묻는다. 나는 그렇다고 대답한다. "어디에서요?" 그들은 또 묻는다. 나는 대체로 출신 학교를 밝히지 않기 때문이다.

아이오와 작가 워크숍에 다녔어요, 나는 말한다.

내가 이렇게 말하면, 몇 년째 보통 두 가지 반응이 나왔다. 하나는 믿을 수 없다는 반응이다. 이 경우, 사람들은 아주 희귀한 생물체 보듯 나를 본다. 심지어 나에게 이의를 제기하는 사람도 있다. 흔히들 그런 거짓말을 하고 다닌다고 말이다.(슬픈 일이지만, 간혹 그런 경우가 있는 모양이다.) 어떤 사람은 내가 다닌 학교가 작가를 양성하는 그 유명한 학교가 맞느냐고 묻는다. 아이오와주에는 다른 훌륭한 글쓰기 프로그램들이 있지만, 나는 사람들이 작가 워크숍을 말하는 거라는 걸 알기 때문에 그렇다고 말한다. 그래놓고 곧장 마치 위대한 인물의 옷 속에 숨은 사기꾼이 된 것 같은 기분이 들지만.

또 한 가지 반응은 자비를 베푸는 척하는 것이다. 마치 내가 끔찍한 죄라도 자백한 것처럼. 이 경우 사람들에게 나는 실패자일 뿐이다. 내가 아무리 성과를 거두어도 나를 보는 그들의 시선은 바뀌지 않는다. 내가 성공하면 그건 순전히 '연줄' 덕분일 것이다. 내가 실패하면 가방끈 긴 사람들이 맞이할 운명을 입증하는 것이다. 혹시라도 내 책을 좋아한다 해도 그들은 이렇게 말할 것이다. "예술학 석사 학위자 소설치곤 괜찮네."

어쩌면 이건, 전부 헛소리라고 믿었던 의심 많은 부류이던 과거의 나에 대해 치러야 할 대가 중 일부에 불과할지 모른다.

대학 졸업 후 샌프란시스코로 거처를 옮겼을 때 처음으로 아이오와 시티를 스치듯 보았다. 당시 나는 함께 차를 운전한 친구에게 I-80 고속 도로를 타고 아이오와 시티 출구로 나가자고 했고, 우리는 화물차 휴게소에 들어갔다.

"잠깐 둘러보기만 하자. 혹시 누가 아냐. 여기 학교에 다니겠다고 할지." 내가 말했다. 빈정대는 투로 말하는 편이 안전할 것 같았다. 마치 언젠가 대통령이 될지 모르니까 백악관을 한번 보고 싶다고 말하는 것처럼. 나는 차에서 내려 주유를 하고, 화물차 휴게소 주변을 둘러보면서 그녀에게 말했다. "별로다. 가자." 그런 다음 우리는 웃으면서 차를 몰고 그곳을 떠났다.

그렇지만 무언가를 알리는 희미한 노크 소리가 계속해서 나를 따라다닐 것 같은 예감이 들었다. **언젠가 그 말을 취소하게 되리라**는. 하지만 무시했다. 내가 아이오와에 가다니, 그럴 리가. 절대 못 가, 그 사람들이 날 들여보낼 리가 없잖아, 하고 속으로 생각했다.

나는 웨슬리언 대학교에서 소설 작법과 에세이를 공부하면서 세 분 선생님에게 내 장래를 의논했다. 그들은 모두 저마다 확고한 의견을 제시했다. 메리 로비슨은 내가 작법 공부를 너무 많이 한다고 경고했다. "아무도 학생처럼 공부하지 않네." 그녀는 말했다. "수업을 너무 많이 듣고 있잖아. 그러느라 오히려 공부를 망치고 싶지는 않겠지?" 킷 리드는 딱 잘라 거절했다. "시간 낭비야. 글을 써야지 글쓰기 프로그램이 무슨 소용인가. 거기엔 학생한테 필요한 게 아무것도 없어. 열심히 쓰기나 해."

단 한 사람, 애니 딜러드만이 예술학 석사 과정에 찬성했다. "현실 세계를 최대한 오래 미루고 싶은 거로군." 그녀는 말했다. "그 학교에 가면 다른 진지한 젊은 작가들 속에서 쓰고 읽게 될 거야."

2 대 1.

내가 옮겨간 현실 세계는 에이즈 위기를 겪고 있는 샌프란시스코였다. 대학을 졸업한 활동가 친구들은 모두 샌프란시스코 만안灣岸의 대도시권으로 거처를 옮겨, 가까운 아파트에 모여 살면서 집회, 시위, 가두 행진, 직접 행동, 거리 공연을 함께 하고 있었다. 나는 에이즈 행동주의와 동성애자 정책에 관한 운동이 내 세대가 투쟁에 부응하는 방식이라고 생각했으며 투사와도 같은 비장함으로 그들과 함께했다. 내 친구들과 나는 에이즈가 우리 모두를 죽일 수 있다는 사실을 아는 사람들이었고, 우리는 에이즈가 동성애자들만 죽인다고 믿는 사람들에게 맞서 싸우고 있었다. 지금도 나는 우리가 그들에게 상기시키려 한 바가 우리의 인류애인지 그들만의 인류애인지 잘 모르겠다. 그곳에서 내 시간은 차라리 세상의 종말에 관한 시사회 같았다.

나는 그곳에서 2년을 머물렀다.

＊
＊＊

1991년 여름에 나는 뉴욕으로 이사했다. 뉴욕을 사랑하는 어떤 남자를 사랑했기 때문이다. 내가 오길 기다리는 일자리도 있었다. 카스트로에서 일했던 LGBT 서점 '다른 빛'의 배려로 뉴욕 지점으로 전근할 수 있게 되었다. 상사들은 나에게 퀸즈 창고에 있는 책들을 분류하는 작업을 맡겼다. 이 창고는 한때 게이와 레즈비언을 위한 통신 판매 서점이었는데 '다른 빛'에서 경매로 얻었다. 샌프란시스코에서 그 난리를 겪었는데 뉴욕도 그리 조용한 도시는 아니었다. 하지만 이 일은 달랐다. 이 일은 매일 완충재로 채워진 방, 그러니까 책으로 푹신하게 채워진 방에 앉아 있는 것과 같았다.

샌프란시스코에 갈 땐 투사의 비장함 같은 걸 품었다면, 떠날 때 느낀 건 군인의 비통함이었다. 나는 경찰들에게 두드려 맞아 병원에 입원한 친구들, 불법 약물을 복용하고 있다는 이유로 체포된 후 에이즈 약물 치료를 거부당한 친구들을 보았다. 경찰은 내 신원을 확인했고, 아무런 근거도 없으면서 내가 정부에 반대하는 음모를 꾸민다는 혐의를 두었다. 내가 속한 단체 중 하나는 당시 내 남자 친구가 경찰의 끄나풀이 아닌지 알아보라고 나에게 요구했고, 그 바람에 우리 관계는 서둘러 끝나버렸다. 내 생각에 그는 자신이 의심받고 있다는 걸 몰랐을 테지만 — 적어도 나를 통해서는 알지 못했다 — 나는 그를 떠나고 싶어 한다는 걸 알았다.

그런 일을 겪고 나니, 매일 조용한 방에서 책에 둘러싸여 혼자 앉아 있는 것이 좋았다. 더구나 난생처음 보는 책들과 함께 익히 아는 책들 수천 권이 책장 밖으로 비어져 나오고 상자 밖으로 쏟아졌다. 페이퍼백으로 나온 저속한 포르노물에서 비타 색빌웨스트Vita Sackville-West(1892~1962, 영국 시인 겸 소설가. 친구인 버지니아 울프의 소설《올랜도》의 모델이라고 전해진다 — 옮긴이)의 초판 소설, 바이올렛 퀼Violet Quill(1980년과 1981년에 뉴욕시의 남자 동성애자 작가 일곱 명으로 이루어진 모임 — 옮긴이)의 작품들까지 종류가 다양했다. 문학에서 내가 존경하는 인물들은 대개 여성 작가와 사상가들 — 조이 윌리엄스, 조앤 디디온, 앤 색스턴, 준 조던, 세라 슐만, 오드리 로드, 셰리 모라가, 크리스타 볼프 — 로 문학뿐 아니라 정치에도 관심을 가진 작가들이었다. 이 창고 안에 그들의 작품은 물론이고 그들의 선배들과 스승들의 작품도 함께 있었다. 가령 나는 바로 이 창고에서 뮤리얼 러카이저를 발견했고 지금도 그의 시를 사랑한다. 나도 그들처럼 더 나은 세상, 더 근본적으로 개혁된 세상이 가능하리라는 신념을 내 작품에 결합할 방법을 찾고 싶었다.

창고에서 보내는 이 시간은 시, 소설, 에세이 등 모든 장르를 잘 쓰고 싶은 젊은 게이 작가인 나를 위해 두 번 다시 되풀이할 수 없는 훈련임을 나는 서서히 깨달았다. 그리고 내가 만들고 있는 도서 목록은 동성애자 작가의 작품 가운데 성공한 작품과 실패한 작품, 즉 문화적으로 허용된 작품과 그렇지 못한 작품에 대한 목록이었다.

고어 비달, 거트루드 스타인, 제임스 볼드윈, 수전 손택 같은 작가들이 있는가 하면, 아무도 모르는 작가들도 수두룩했다. 유명 작가들의 명성은 공허함으로부터 나를 지켜주는 보호물 같았고, 그래서 연구할 가치가 있다는 생각이 들었다. 무수한 작품들이 별의별 이유로 사라지는 동안 이 작품들은 어떻게 용케 살아남았을까? 내 문학의 영웅 두 사람을 꼽자면 예술가인 데이비드 보이너로비치와 영화감독 데릭 저먼을 들 수 있다. 그들은 당시 에이즈 때문에 그야말로 공개적으로 죽어가고 있었고, 그 과정에서 또 다른 새로운 종류의 소멸을 받아들여야 했다. 나는 후대 사람들이 아니면 아무도 그들을 구할 수 없으리라는 생각에 목록 작업을 하면서 점차 두려워졌다. 그들이 에이즈로 죽음을 목전에 둔 일은 어떤 면에서 정부가 바라지는 않았더라도 달갑게 여길 만한 결과였다. 에이즈는 신이 내린 형벌이 아니었다. 정부는 에이즈에 방관하는 태도를 취함으로써 명백히 처벌을 가한 것이다. 정부는 보수주의자들로 이루어진 사실상의 암살단이었다. 이 같은 공공 의료에 관련된 결정을 담당하는 쪽은 의료 기관이 아니라 놀랍게도 이들 보수주의자들이었기 때문이다. 물론 의료 기관도 영리 목적의 의료 서비스라는 형태를 갖추고 있어 나름대로 문제가 없지 않았지만 말이다. 우리를 구하기엔 너무 많은 비용이 들었기 때문에, 이런 식이면 우리와 접촉한 사람들, 접촉할 위험에 처한 사람들은 모두 죽음을 맞을 것 같았다.

이것은 명백히 구조적 죽음이었고, 보수주의자들이 향후 30년 동안 취할 접근법을 예고하는 것이었다.

내가 샌프란시스코에 있을 때, 서점 뒤편 시 코너에서 자기 시집들을 빼내 앞쪽 신간 테이블에 옮겨놓곤 하던 어떤 비트 시인이 있었다. 그가 가고 나면 우리는 그 시집들을 다시 제자리에 옮겨놓았다. 나는 그 시집들을 한동안 그냥 내버려둘 때도 있었지만, 어느 땐 그의 행동이 쩨쩨하게 여겨져 화가 나기도 했다. 하지만 이곳 창고에서 일하면서 그를 이해할 수 있었다. 명성을 바라는 건 끔찍할 뿐 아니라 어리석은 짓이라고 생각했지만, 명성은 우리를 영원히 사라지지 않도록 보호하는 역할도 했다. 특히 출판에 관한 한 후세에 이름을 남기는 건 고사하고 이미 가뜩이나 불리한 입장에 처해 있는 동성애자 작가라면 더욱 그럴 것이다. 명성은 내가 있든 없든 내 책을 서점 앞쪽 테이블에 모셔둘 터였다.

언제나 그렇듯, 문제는 도대체 어떻게 해야 유명해지느냐였다.

내가 생각하기에 가장 명예로운 단 한 가지 방법은 사람들이 읽고 싶은 걸 쓰는 것이었다. 뉴욕에 도착한 이후 나는 서점의 앞쪽 테이블을 향해 가기까지 약간의 진전을 보였다. 한 출판사 편집자가 나에게 점심을 함께 하자고 요청한 것이다. 그는 내가 어느 잡지에 기고한 여행 특집 기사를 보고 혹시 써놓은 소설이 있는지 관심을 가졌다.

써놓은 소설이 있느냐는 질문에 나도 관심이 생겨서, 한껏 건방을 떨며 점심 식사 자리에 나타났다. 파랗게 염색한 머리를 제임스 딘처럼 올백으로 올리고, 찢어진 까만 티셔츠에 까만 진을 입었다. 트위드 재킷을 걸친 내 모습을 보고 나의 새 친구는 어두컴컴한 술집에서 물 한 모금을 마시며 미소를 지었고, 이런저런 이야기를 나누던 중에 우리는 그가 졸업한 아이오와 작가 워크숍을 화제에 올렸다. 샌프란시스코의 동성애자 펑크족 차림으로 온갖 건방을 다 떠는 와중에도, 그가 내가 존경하는 몇 안 되는 남자 작가 중 한 명인 마이클 커닝햄 Michael Cunningham에 관한 일화를 이야기할 땐 한마디 한마디 놓치지 않고 머릿속에 집어넣었다. 《뉴요커》에 소개된 그의 단편 〈하얀 천사White Angel〉는 장편 소설 《세상 끝의 집 A Home at the End of the World》 (우리나라에서는 《세상 끝의 사랑》이라는 제목으로 출간되었다 — 옮긴이) 가운데 한 장章으로, 나 자신의 야망을 평가하는 엄격한 기준이었다. 이날 대화에서 나는 지금까지 보물처럼 여기는 섹시한 이야기 한

편을 들었다. 커닝햄이 아이오와에서 종종 달리기를 했는데, 뛰고 나면 트랙 옆에서 골루아즈 담배를 피워서 다른 학생들에게 '프랑스 담배'라는 별명으로 불렸다는 일화였다.

"우리는 졸업한 후에 모두 뉴욕으로 돌아왔어요." 편집자는 말했다. 내가 특히 중요하게 기억한 대목이 바로 이 부분이었다. 아, 그러니까 뉴욕 출신의 이 작가들이 전부 글쓰기를 배우려고 중서부로 향했다가 졸업하면 다시 돌아오는구나. 나는 서점 창고에서 내 눈에 너무나 분명하게 보였던 동성애자들의 유리 천장에 커닝햄이 구멍을 냈다는 걸 알았다. 그가 아이오와에 간 것은 그런 유리 천장 뚫기 작업의 일부가 아니었을지 궁금해지기 시작했다. 만일 그랬다면 그 방법이 나에게도 도움이 될지 몰랐다.

그건 커닝햄 이전에 《뉴요커》에 글을 발표한 게이 작가들이 있었다는 사실을 아직 몰랐던 젊은 남자의 계산이었다. 그것이 아무것도 보장하지 않았다는 걸 그는 아직 알지 못했다. 글을 써서 적어도 한 사람 이상의 다른 사람들에게 그 글을 보인다 해도, 가능성 있는 글이 아니면 아무것도 보장되지 않는다는 걸. 하지만 그땐 모든 것이 가능해 보였다.

예술학 석사 과정에 지원한다는 생각을 몇 년 동안 비웃어왔지만, 그날 점심때 이후로 내가 왜 입학 준비를 하지 않는지 곰곰이 생각해보았다. 나는 어느 누구도 나에게 상투적인 방식으로 글을 쓰도록 강요할 수 없다며 여전히 신랄하게 비판했다. 세계를 모르고, 세계에 대해 아무런 말도 하지 않는 소설은 쓰고 싶지 않다고 여전히 떠들어댔고(모든 예술학 석사 과정 학생들처럼, 이라는 말은 하지 않았지만), 그래서 세계 밖을 빈둥거렸다 — 차라리 그게 더 낫잖아? 레이먼드 카버 Raymond Carver를 흉내 내며 2년을 허송세월하고 싶지 않다고, 기회만 되면 강조하고 다녔다.

카버에 관한 이런 농담은 아이오와 출신 중 가장 큰 범죄자에게 가하는 혹평이었을 것이다. 이 비난이 익숙하게 들린다면, 예술학 석사 과정, 특히 아이오와를 조롱하는 판에 박힌 말이 지난 20년 동안 크게 달라지지 않았기 때문이다. 이 과정을 비방하는 사람들은 이 과정에 대해 독창성을 제거하는 기계라고 상상한다. 자기만의 고유한 모습으로 들어갔다가 매력적인 미국 미니멀리스트가 되어 우르르 쏟아져 나오는 무리들, 부자연스럽고 매끈하고 잘 팔리는, 바비 인형의 글쓰기 버전 같은 꼴로 나오는 무리를 상상하는 것이다.

당시 나는 예술학 석사 학위가 없는 상태에서 소설을 쓰고 있었고, 학위 없이도 잘만 지냈으며, 지금까지 내가 쓴 소설 중에 단언컨대 최고의 작품이라고 할 만한 소설을 막 완성했다. 물론 이 소설이 결코 출간될 리 없다고 확신했다. 생소한 요소가 너무 많이 뒤섞인 데다 등장인물 몇몇은 동성애자이기 때문이다. 뉴욕에서 생활하고 글을 쓰면서도 어쩐지 뉴욕 작가라는 생각이 들지 않았고, 더 별로인 건 뉴욕에서 생활하려면 일을 많이 해야 했다. 서점 월급은 쥐꼬리만 해서 어느 땐 지하철을 타느냐 밥을 먹느냐 둘 중 하나를 선택해야 했다. 지하철 승차권 가격이 베이글 하나 혹은 치즈 피자 한 조각 가격과 같았기 때문에, 무얼 선택할지가 늘 문제였다. 정기적으로 만나는 대학 친구 몇 명은 내 능력으로는 힘에 부칠 것 같은 분야에서, 나에게는 없는 자신감을 가지고, 사회생활을 척척 해나가고 있었다. 뉴요커, 파리리뷰, 그랜드스트리트 등 다양한 출판사에서 직장을 얻으려면 그들처럼 연줄이 있어야 하는데, 나는 그런 연줄도 없지 않냐며 속으로 투덜거렸다. 그 친구들을 알고 있으니 나 역시 연줄이 있다는 걸 미처 깨닫지 못하고서. 나는 웨슬리언에 의해 이 세계에 발을 들이게 되었지만, 그 친구들은 18년 전에 이 세계에 들어와 있다가 이곳 뉴욕이나 근처 도시로 진출했다. 나는 메인주 출신이었다. 메인주라 함은 삼삼오오 모여 야영을 하러 떠나는 곳이었지만, 정작 나는 한 번도 그런 야영을 해본 적이 없었다. "그럼 사실상 그곳 출신이 아닌 거네, 안 그래?" 그들은 의심스럽다는 듯 묻곤 했다. 아니, 그럼 나무로 카누를 만들어 타고 코네티컷강을 건너서 대학을 다녀야 했다는 거야?

그런 순간이면 아주 어렴풋이 사회 계급에 눈을 뜨게 되었고, 그럴 땐 대개 당혹감을 숨기느라 바빴다. 나에게는 그들과 같은 배경이 없는 반면, 이런 사회적 환경에서 내가 가진 거라고는 내 외모, 예리한 눈빛, 더 예리한 혀, 그리고 나 자신을 구경거리로 만들려는 경향이었다. 나는 나를 대하는 사람들의 반응을 관찰했고, 그러면서 그들과 나에 대해 배웠다. 나는 관찰하고 배웠고, 이런 나를 대부분의 사람들은 신경 쓰지 않는다는 것으로 충분히 즐거웠다. 게다가 모든 학생이 서로 잘 아는 사이인 다른 학교들에도 주변에 나 같은 사람이 적어도 몇 명은 있었다. 그러니까, 나처럼 게이이며 정치에 관심 많고 시위에 몸 바치는 사람이.

내가 가진 줄도 몰랐던 이 연줄들이 나에게《아웃 Out》이라는 신생 잡지사의 보조 편집자 일을 제안했을 때 나는 냉큼 받아들였다. 이 일은 내가 대학원 과정을 밟을지 말지에 대한 강박적인 고민에 신경을 끄게 만들기에 가장 좋은 방법이었다. 왜냐하면 그 무렵 나는 이미 예술학 석사 과정에 지원했기 때문이다.

**

 딱히 무슨 고상한 이유가 있어서 대학원에 지원한 건 아니었다. 남자 친구 때문에 뉴욕으로 이사했는데, 그가 대학원에 원서를 넣어서였다. 우리는 샌프란시스코에 있을 때 퀴어 네이션 모임에서 만났고, 열심히 편지를 주고받기 시작하다가 결국 사랑에 빠지게 되었다. 그도 작가여서, 나는 젊고 재능 있는 게이 작가인 우리 단둘이 힘을 합해 제도권 바깥에서 살아간다는 생각이 마음에 들었다. 하지만 재능 있는 남자 친구는 좋아하지 않는 임시직 일을 하고 있었고, 나보다 수입이 많은데도 내 생각과 달리 자신이 유능하지 않다고 여겼으며, 공부를 더 해야 한다고 생각했다. 그는 나처럼 영문학이 아닌 커뮤니케이션을 전공했기 때문에 소설, 시, 서사에 대해 더 알고 싶어 했다. 그는 글쓰기 수업을 한 번도 들어본 적이 없었다. 그래서 관련 프로그램이 도움이 될 거라고 생각했다. 당시 나는 내 아파트까지 지하철도 타고 밥도 먹을 수 있는 여유를 갖기 위해 그의 아파트 아래층 바에서 일을 하고 있었다. 어느 날 밤, 교대 시간을 마치고 위층에 올라갔더니, 그가 침대 위에서 예술학 석사 과정 안내 책자들 속에 파묻혀 있었다.
 "이게 다 뭐야?" 내가 물었다. 배신감이 느껴졌지만 그런 감정을 말하고 싶지는 않았다. 나는 그것들이 뭔지 알았다.
 그는 방어적으로 대답했고 ― 내가 예술학 석사 과정은 전부 쓰레기라고 말하는 걸 들어왔으니까 ― 짧은 대화를 통해 나는 우리가 스스로를 그리고 서로를 얼마나 다르게 바라보는지 알게 되었다. 그의 눈에 비친 나는 예술학 석사 학위 없이도 미래가 창창했지만, 자신은 그럴 확신이 없었다.

　나는 그가 이런 식으로 나를 떠나겠다고 말하는 건 아닌지, 이것이 은밀한 불만의 표현은 아닌지 두려웠다. 결국 나는 지원할 학교 세 곳을 골랐다. 그도 안내 책자에 소개된 내용을 바탕으로 교수진이 가장 훌륭하고, 졸업 후 취업률이 가장 좋은 학교 세 곳에 지원한 상태였다. 이 세 학교는 애리조나 대학교, 아이오와 대학교, 매사추세츠 대학교 애머스트 캠퍼스였다.

　나는 내 최고의 작품이라고 확신한 소설, 그렇지만 결코 출간될 리 없을 거라고 장담한 소설을 제출하면서, 절대 합격될 리 없다며 냉소적인 태도로 지원서를 넣었다. 나는 말했다. "학교가 날 받아줄 생각이라면, 내가 얼마나 변태 같은 인간인지 알아둘 필요가 있을 거야." 내 소설에서는 신통력 있는 젊은 한국인 입양아가 경찰을 도와 미아들을 찾아준다. 그는 임시 마녀 집회에서 사실상 유일한 심령술사다. 비공식 엑소시즘 의식이 치러지는 동안, 역시나 마녀 집회 소속인 그의 고등학생 남자 친구와 삽입 섹스를 하다가 유령에 홀린다. 내 계획은 이랬다. 어차피 대학원 과정이라는 게 미니멀리즘과 리얼리즘 창작에 전념할 테니 나를 불합격시킬 게 뻔하다, 그러니 내가 쓰고 싶은 대로 쓰고 내 확신이 맞는다는 걸 보여주자. 그런데 일이 뜻대로 되지 않았다.

　첫 번째 합격 통지서는 매사추세츠 대학교 애머스트 캠퍼스에서 날아왔다. 장학금 제의와 함께 존 에드거 위드먼John Edgar Wideman (미국의 유명 저술가이자 문학 교수 ― 옮긴이)의 편지가 동봉되어 있었다. 다음 날은 직장에서 전화를 받았다. 여자였는데 모르는 목소리였다. "아이오와 작가 워크숍의 코니 브라더스입니다." 그녀가 말했다.

"합격 통지서는 발송했지만, 가을 학기 아파트와 장학금을 제안하려고 전화 드렸습니다." 그녀가 장학금 액수를 말했다.

나는 정신이 멍해졌다.

"정말 좋군요." 그날 주고받은 말을 떠올려보면, 나는 이렇게 말하고는 불쑥 다음과 같이 내뱉었다. "그런데 매사추세츠 애머스트에서도 같은 금액을 제안하던데요."

"아직 아무 말씀 안 하셨죠?"

"네." 내 경솔한 행동에 깜짝 놀라며 나는 말했다.

"그럼 우리한테 하루 더 시간을 주세요." 그녀는 이렇게 말하고 전화를 끊었다. 타협할 생각 같은 건 추호도 없었다. 타협이 가능한지조차 알지 못했다. 그저 사실 그대로를 말하려 했을 뿐이다. 장학금 액수가 같은데 이럴 땐 어떻게 결정하면 좋겠냐고 말이다. 다시 전화를 걸어 사과하고 싶었지만, 다음 날 그녀는 전화로 전혀 개의치 않는다는 말투로 두 배의 액수를 제안했다.

"감사합니다." 나는 전화로 말했다. "곧 연락드리겠습니다." 전화를 끊고 이 소식을 알리자 동료들이 환호하며 악수를 했다.

*
**

《아웃》에 결정을 통보하기 전, 밤새도록 이스트 빌리지를 걸으며 내 결정을 두고 고민했다. 마침내 이스트 빌리지의 명소인 라이프 카페에 도착해 아몬드 밀크 라테와 채식 부리토를 주문하며 돈을 펑펑 썼다. 사실 아스파라거스 요리법에 관한 원고도 교정해야 했다. 뉴욕을 떠나야 할지 말지 아직 확신이 없었다. 만일 내가 아이오와로 거처를 옮긴다면, 나 자신도 다른 사람도 알지 못하게 영원히 사라져버릴 거라고 생각했다. 그 정도 장학금 액수면, 심지어 두 배나 많은 액수를 받으면, 충분히 먹고살고도 남겠지? 한편 지금은 뉴욕 생활이 넉넉하지 않지만, 잡지사에서 계속 일하면 그럭저럭 생활할 정도는 벌 것 같았다. 예를 들어 지금 먹고 있는 이런 음식을 살 형편은 될 터였다. 뉴욕 잡지계의 사다리를 차근차근 밟고 올라갈 수도 있을 터였다. 그런 생각을 하니 금세 허기가 졌다.

옆 테이블에서는 베르사체 신상 가죽 치마에 관한 대화가 한창이었다. 모든 사람이 서로에게 똑같은 말을 하는 걸 대화라고 한다면, 그들은 쉴 새 없이 말을 했지만, 그들의 대화는 무척 따분했다. **이렇게 따분할 수가.**

밖으로 나가고 싶다는 생각을 하는 순간, 나는 깨달았다. 나는 싼 집세와 장학금을, 그리고 소설에 대해 말하고 생각하는 사람들을 원한다는 걸. 언젠가 사람들이 다시 베르사체에 대해 이야기하는 걸 못 견디게 듣고 싶을 날이 또 올지 모르지만, 그때는 아니었다. 내 글이 아닌 다른 글을 다루면서 내 글을 쓴다고 할 수는 없었다. 뉴욕은 글 쓸 기회를 많이 제공했지만, 쓰지 않을 기회 혹은 잘못된 글을 쓸 기회도 많이 제공했다. 나는 가령 보조 편집자나 편집장이 아닌 객원 편집자 같은 걸 하고 싶었다. 객원 편집자는 승진한다고 되는 게 아니다. 객원 편집자는 하늘에서 내리는 존재, 자기 글을 쓰지 않지만 다른 사람들 글을 발굴하며 그렇게 해서 완성시킨 책들로 전설이 되는 존재다.

내 남자 친구는 아이오와에 합격하지 못했다. 이 사실은 우리 둘을 크게 실망시켰지만, 1순위로 지원한 학교였던 만큼 나보다 그의 실망이 훨씬 컸다. 그 대신 그는 애리조나 대학교에서 장학금을 받았다.

이 학교는 내가 1순위로 지원한 곳이자 내가 존경하는 인물 조이 윌리엄스가 가르치는 곳이어서, 사실 나는 그곳에 다니는 내 모습을 상상하곤 했다……. 그쪽에서 나를 거절할 때까지는. 둘 다 매사추세츠 애머스트에 합격했지만 남자 친구에게는 아무런 혜택이 주어지지 않았다. 우리는 자동차로 애머스트로 향하면서 이 문제에 대해 생각했고, 존 에드거 위드먼과 점심도 먹었다. 존 에드거 위드먼은, 그러니까, 존 에드거 위드먼이었다. 엄청나게 지적이고 괜찮은 남자였으며, 그야말로 전설적인 인물이었다. 하지만 우리는 그곳을 떠날 무렵 어떤 결정을 내릴지 알았다.

우리는 전에도 장거리 연애를 한 적이 있었고, 다시 그럴 각오가 되어 있었다. 우리는 함께 있기보다 각자의 경력을 선택했는데, 그 선택이 우리의 미래뿐 아니라 우리 관계를 위해서도 최선인 것 같았다. 우리는 각자의 작은 아파트 짐을 꾸린 뒤 마지막 만찬을 들었다. 친구들은 웨스트 빌리지의 메리 베이커리에서 사 온 케이크를 먹으며 우리에게 〈그린 에이커스Green Acres〉(부부가 뉴욕시에서 시골의 농장으로 이사하면서 일어나는 에피소드로 이루어진 1960년대 미국 시트콤 — 옮긴이) 주제곡을 불러주었다. 우리는 I-80 웨스트 방향으로 고속 도로를 탔고, 내가 먼저 차에서 내렸다.

그해 나는 시 외곽의 공동묘지와 힐톱 바 옆에 위치한 아파트에서 혼자 지냈다. 한때 기혼 장교를 위한 예비 장교 훈련단 사택으로 지은 곳이라, 아파트 단지 전체에 쇠망한 군사 시설 분위기가 물씬 풍겼다. 바닥은 리놀륨이었고, 소파, 책상, 탁자까지 임대 조건에 포함되었다.

내가 본 아이오와 대학교는 편집자 친구가 설명한 것보다 온화했다. 옛날엔 학생 라운지에 1등부터 50등까지 학생 명단이 붙어 있었다는데, 내가 도착했을 땐 학과장 프랭크 콘로이Frank Conroy의 지시로 제거되고 없었다. 이 명단을 게시하는 바람에 학생들 간의 반목이 장난이 아니었다고 한다.

콘로이는 진정한 천재는 대개 처음엔 거절당한다고 믿기 때문에, 처음에 거절된 소설들을 다시 읽는다고 했다. 나는 나중에 이 소문을 듣고서 그를 높게 평가했지만, 당시엔 그저 앉은 자세가 특이한 전설적인 인물일 뿐이었다. 그는 신입생들로 가득 찬 교실에 책상다리를 하고 앉아서 매년 같은 연설을 되풀이했다.

"여러분 가운데 소수만이 책을 내게 될 겁니다." 그가 말했다. "아마 두세 명쯤 되려나."

나는 강의실을 둘러보며 '절대 그럴 리 없어'라고 생각했던 기억이 난다. 내가 앞일을 무슨 수로 알겠는가만, 내 예측이 맞았다. 우리 과 학생 25명 가운데 절반 이상이 장편 소설을 출간하거나 단편집을 냈다. 하지만 그의 말은 우리를 기죽이려는 의도가 아니었다. 혹시 무슨 의도가 있었다면, 고도의 예술적 기교를 발휘해 우리를 자극하려는 것이었으리라. 명상을 하다 조는 사람을 깨우기 위해 선승이 그의 어깨 위에 죽비를 내려치는 것처럼.

나는 콘로이의 수업을 들은 적은 없지만, 그가 나에게 가르쳐준 한 가지 교훈을 지금도 기억한다. 그해에 나는 떠오르는 시인으로 《인터뷰》지에 실렸고, 해당 페이지를 그에게 보여주었다. 얼굴은 대문짝만 하게 나오고 시는 깨알만큼 작게 나왔는데, 그나마도 내 짧은 머리카락에 거의 가려졌다. 콘로이는 미소를 지으며 축하 인사를 한 다음, 이렇게 말했다. "성공을 하고, 축배를 들고, 그러고 나면 더는 글을 쓰지 않지. 실패하고, 좌절하면, 그래도 글쓰기를 중단해. 그냥 계속 쓰게. 성공이나 실패 때문에 멈추지 말고. 아무 생각 없이 그냥 계속 쓰라고."

*

이제 나는 아이오와 시티에 대해 제법 알게 되었다. 화물 자동차 휴게소는 도심에 위치하지 않고, 도심은 고속 도로에서 떨어진 예쁜 대학가이며, 대학가에는 샌프란시스코에서 전달한 계획에 따라 빅토리아 시대 양식의 주택들을 많이 지어놓았다는 걸. 워낙 인기 있는 지역이라 이 지역 집들에 대해 익히 알고 있었지만, 그 앞을 지날 때면 이따금 묘한 느낌이 들었다.

아무도 나에게 레이먼드 카버처럼 쓰라고 강요하지 않았다. 아무도 나에게 누구처럼 쓰라고도 강요하지 않았다. 심지어 쓰라는 강요조차 없었다. 실제로 내가 해야 할 일은 내 아이디어가 나에게 흥미 있는지 파악하는 것이었고, 그런 다음 이 아이디어가 워크숍에서 다른 사람들에게 흥미를 주는지 확인하는 것이 전부였다. 나는 수업 출석이 의무가 아니라는 걸 알고 신기해하고 놀랐다. 이것은 워크숍에서 간혹 논란을 불러일으키는 부분이었다. 하지만 이 방침은 더 심오한 사실을 드러낸다. 즉, 당신이 작가가 되길 원하지 않으면, 아무도 당신을 작가로 만들 수 없다. 과정을 마치기 위해 출석 규정이 필요하다면, 나가라 — 수업에 들어오지 않는 게 아니라, 나가서 돌아오지 마라. 글쓰기는 억지로 강요하기에는 너무 힘든 작업이다. 당사자가 원해서 뛰어들어야 한다.

그해 워크숍은 727명이 지원해 25명이 합격했다. 최근엔 매해 1,100명 이상이 꾸준히 지원하고 있다. 2001년 가을엔 지원자 수가 급격하게 늘었고 — 전국적으로 예술학 석사 과정 지원자가 크게 늘었다 — 그 이후로 한 번도 줄지 않았다. 이 사실은 여전히 나를 매료시킨다. 9월 11일에 일어난 사태가 사람들로 하여금 제도권에서 소설을 공부하고 싶다는 자극을 주었으리라는 생각이 든다.

일단 학교에 들어가면 자신의 입학을 둘러싼 뜬소문에 귀를 기울이지 않을 수 없다. 자신이 합격할 가능성이 엄청나게 낮을 거라고 생각하기 때문이다. 아무래도 나는 여기에 있을 자격이 안 되는 것 같다는 의심, 혹은 같은 강의실에 앉아 있는 저 누구누구는 여기에 있을 실력이 아니라는 의심이 든다. 하지만 처음에 어떤 생각을 했든 그런 건 중요하지 않다. 어느 시기가 되면 예상이 확 뒤집어지니까. 처음에 다른 이들의 재능을 의심했다면 이젠 자기 재능에 의구심이 들거나 그 반대가 된다. 마침내 이 상태를 극복할 때까지는 계속 그렇다. 아니면 극복하지 못한 채 끝나거나.

얼마 후 나는 거의 모르는 사람들과 마치 평생 알고 지낸 것처럼 도심을 돌아다니고 있었다. 우리는 길고 열정적인 대화를 나누다 지치면 진한 커피와 신기하리만치 폭신하고 커다란 중서부식 베이글을 먹었다. 나는 읽고, 썼고, 엄청나게 마셔댔다. 술이 굉장히 쌌다. 작가들이 수십 년 동안 수시로 드나들던 아이오와 시티 술집들에서는 우리 역시 작가였다. 우리 모두에게 무언가가 일어나고 있었고, 우리 모두, 심지어 서로 말 한마디 할 일 없을 사람들까지도 그 무언가의 일부가 된 것 같았다. 모두가 약간, 아니 제법 가족 같았다.

내 첫 번째 교수는 데버러 아인스버그Deborah Eisenberg다. 종종 그녀는 내가 뉴욕시에서 생활했을 때 익숙하게 보았던 머리부터 발끝까지 검정색 차림에, 그녀가 좋아하는 아찔하게 높은 하이힐을 신고서, 플립플랍을 신은 대학원생 무리에 둘러싸여 학교 교정을 지나갔다. 데버러는 내가 뉴욕에서 우상으로 여기던 유형의 여성이어서, 그녀가 이 학교에 있다는 사실을 알았을 때 내가 선택을 제대로 했다는 기분이 들었다. 그녀는 내가 두고 온 삶에 대한 살아 있는 추억이자 내가 원하는 삶의 이상형이었기에, 나는 그녀에게 푹 빠져버렸다. 첫 수업이 끝난 후 나는 그녀에게 집까지 차로 모셔다주겠다고 자원했다. 내 강아지 같은 애교를 발산해 그녀에게 깊은 인상을 남기고 싶었다. 데버러는 나에게 언제부터 글을 쓰기 시작했느냐고 물었고, 나는 뒤늦게 대학 시절부터 쓰기 시작했다고 대답했다. 내가 이렇게 말하자, 그녀는 자동차 문을 열고 들어가면서 살짝 웃은 뒤에 자세를 바로잡고 앉았다. "난 삼십 대 후반에 쓰기 시작했어." 그녀가 말했다. "그 정도면 일찍 시작한 거라고 생각하는데."

데버러를 자동차로 데려다주는 일은 우리에게 정해진 일상이 되었고, 나를 황홀하게 만들었다. 나는 애리조나에 입학하지 못했다는 안타까움을 날려버렸고, 우선 단편 소설 — 그녀의 단편집 두 권(지금은 네 권이지만) — 을 통해 최대한 그녀의 정신 속으로 뛰어들었다. 데버러의 세미나에도 참여했고, 엘프리데 엘리네크에서 제임스 볼드윈, 마비스 갈랑에 이르기까지 그녀가 추천하는 작품은 모조리 읽었으며, 다른 학생들처럼 그녀의 한마디 한마디에 귀를 기울였다.

데버러와의 첫 번째 워크숍은 일종의 계시였다. 나는 입학 지원 서류를 낼 때 제출한 소설을 발표했는데 — 대부분의 학생들이 첫해 혹은 대개 첫 학기에 그렇게 했다 — 내가 생각해낸 최고의 아이디어를 여전히 우려먹고 있었다. 데버러는 내 소설을 꿰뚫어 보고, 내 소설이 자전적 요소(나는 고등학교 때 정말로 내 고등학생 남자 친구와 마녀 집회에 가입했었다.)와 환상적 요소(예지몽으로 경찰의 미아 찾기를 도운 적은 없었다.)가 혼합되었다고 지적했다. 나는 고등학교 시절에 가입했던 던전스 앤드 드래곤스 모임에서 무언가를 끌어내 보려고 조잡한 시도를 했지만, 나의 전부인 동시에 나와 독립된 서술자를 만들어내지 못했다. 데버러는 내가 창작한 부분과 그렇지 않은 부분에 가느다란 연필로 선을 그었고, 우리가 무엇을 창작하고 통제해야 하는지, 무엇은 창작하지 않고 통제하지 않아야 하는지, 그리고 그것이 어떤 식으로 드러나야 하는지 참을성 있게 설명해주었다. 우리가 삶에서 빌려오는 소재가 가장 문제적이기 쉽다는 것, 우리는 인정하지 않지만, 그 문제는 우리 자신에 대해 알고 있다고 생각하는 많은 것들을 이야기로 만드는 기존의 방식에서 기인한다는 사실도 알려주었다.

데버러는 간혹 수업을 시작할 때 자리에 앉아 우리를 둘러보고 미소를 지으며 이렇게 말하곤 했다. "어떻게들 그렇게 해내는지 모르겠어요. 난 절대로 견디지 못했을 거예요." 우리와 달리 그녀는 예술학 석사 과정 수업에 한 번도 출석한 적이 없었다. 또한 그녀는 성적을 기반으로 학자금을 지원하는 대신 무작위로 제비뽑기를 한다든지, 모든 학생에게 동일한 액수의 장학금을 지원하는 등 이 프로그램을 근본적으로 개혁하기 위한 아이디어를 갖고 있었다. 수업 시간에 데버러는 소설에 관한 우리 각자의 생각에 주의 깊게 귀를 기울인 다음, 아주 신중하게 자신의 의견을 말하는 것으로 토론을 마무리했다. 마치 모두가 크리스마스 전구를 어떻게 켜야 하느냐를 놓고 언쟁을 벌이고 있을 때, 그녀가 문제의 전구를 향해 뚜벅뚜벅 걸어와 전구를 간단히 손

보고 나면 환하게 불이 켜지는 것과 같았다. 그녀는 또 우리에게 수업에서 배운 내용을 바탕으로 어떤 식으로 작업해야 하는지도 알려주었는데, 내가 들은 최고의 조언이었다. 대략 이런 내용이었다.

같은 과 사람들의 비평에 귀를 기울이세요. 그들이 돌아가면서 하는 말을 주의 깊게 들으세요. 어떤 사람들은 당신에게 6쪽의 어느 부분만 수정하면 글이 좋아질 거라고 주장하고, 어떤 사람들은 아니다, 13쪽에 신경을 써야 한다고 주장할 거예요. 그런데 당신이 10쪽 내용을 수정해서 그들에게 돌려주면 다들 이렇게 말할 겁니다. "거 봐라, 훨씬 낫지 않냐, 내 말이 바로 그거다." 문제는 사람들이 말하는 곳에 있지 않습니다.

이 말은 나에게 귀중한 교훈을 주었다. 내 글을 읽은 사람들이 노골적으로 던지는 말들을 집에 가서 조목조목 곱씹는 건 신입생이 워크숍에서 곧잘 하는 실수로, 워크숍 프로그램에 어떤 문제가 있다면 바로 몇몇 사람들이 자신에게 가한 논평을 곧이곧대로 받아들여 그대로 수정에 들어간다는 것이다. 읽는 이가 인물에 공감하지 못한다면, 정보 제공에 문제가 있을 수 있다. 즉, 인물의 성격, 장소, 상황 등 이야기를 이해하는 데 도움이 되는 정보가 부족할 수 있다. 플롯에 문제가 있는 경우, 거의 항상 시점 선택에서 문제가 시작된다. 나는 같은 과 사람들의 비평을 원고의 깊이를 재는 수단으로 이용하는 법을 배웠고, 그 결과 워크숍에 대해 전반적으로 훨씬 좋은 경험을 하게 되었다.

워크숍에 관해 공통적으로 갖는 불만이 하나 있는데, 결국 어떤 면에서 학생들 글이 비슷해지고, 수업이 서로의 글이 비슷해지도록 강요한다는 것이다. 그러나 내 경험에 따르면 결코 그렇지 않다. 오히려 나는 데버러의 단편 소설에서 훌륭한 문장 하나를 떠올린다. "가족이 아니었다면 결코 마주치지 않았을 이들을 가족 안에서 만난다." 이 문장은 가족을 대상으로 하는 말이지만 워크숍에 해당하는 말이기도 하다. 우리는 워크숍이 아니었다면 결코 만날 일이 없는 사람들을 만난다. 그뿐 아니라 그들에게 내 작품을 보여주어야 하고, 내 스토리나 소설에 대해 그들이 하는 말을 귀담아들어야 한다. 그들 자체는 나에게 이상적인 독자가 아니지만, 우리가 살면서 결코 독자를 선택할 수 없다는 점에서 그들은 이상적인 독자이며, 이 프로그램은 그런 환경에 익숙해지는 좋은 방법이다. 그들의 비평에 귀를 기울이다 보면 나 자신이 지닌 상상력의 한계를 넘어서지 않을 수 없고, 따라서 공감 능력의 한계도 넘어서게 되며, 그럼으로써 작품을 쓸 때 혼자 힘으로 도달할 수 있는 한계의 폭을 넓힐 수 있다. 소설가의 작품은 그 자신의 현실 감각에 의해 제한된다. 그러므로 나는 지속적으로 워크숍에 참석해 다른 사람들과 대화를 통해 그들의 현실을 접했고, 그런 식으로 내 세계를 확장할 수 있었다.

나는 워크숍에서 내 소설에 대해 말했던 동기생을 결코 잊지 못할 것이다. "내가 왜 이런 난잡한 동성애자들 생활에 관심을 가져야 하지?" 나는 이 말에 화가 났지만 스스로에게 자문해보았다. 내 이야기가 동성애자들을 탐탁지 않게 여기거나 그들의 이야기에 귀 기울이길 꺼려하는 누군가에게, 그러니까 그 동기생 같은 누군가에게 동성애자들에 대해 관심을 갖게 만들지 못했다면, 그렇다면 혹시 인물 설정에 실패한 게 아닌가 하고. 그날 나는 그 친구의 말을 들으면서 마음속으로 다짐했다. **네가 관심을 갖게 만들겠어.** 그 다짐은 일생 동안 계속되고 있다.

글쎄, 그의 반응이 꽤나 거칠게 여겨질 수도 있겠다. 그러나 앞으로 작가 생활을 하며 듣게 될 비평 역시 그보다 친절하다고 말할 순 없을 것이다. 당시 나는 수업 시간에 모욕적인 말이나 인종 차별, 동성애 혐오와 관련된 발언을 들으면 절대로 참지 않았다. 첫해에 코니 브라더스의 연구실에 꽤 자주 찾아갔는데, 그녀는 나에게 워크숍 과정 전체를 감수성 훈련이라고 생각하는 게 어떻겠느냐고 제안했다. 나는 이 제안을 딱 잘라 거절했다. 나에게는 수업에 참여하는 보수적인 사람들이 인종 차별이나 동성애 혐오 대신 나를 표적으로 삼는 것처럼 여겨졌다. 나는 그런 태도를 발견하는 족족 집중적으로 그들에게 맞서기로 결심했다.

지금 생각해보면, 예술학 석사 과정은 내 글이 사람들에게 다가갈 수 있을지 20년 동안 고민하던 문제의 답을 2년 동안 알아가는 과정이었던 것 같다. 나는 예술학 석사 과정은 현실 세계로부터의 도피가 아니라 그것과의 대결이라고 생각한다. 내 경우, 데버러 아인스버그뿐만 아니라 메릴린 로빈슨, 제임스 앨런 맥퍼슨, 마고 리브시, 엘리자베스 베네딕트, 데니스 존슨과 함께 공부하는 행운을 누려 마치 꿈을 꾸는 것 같은 기분도 들었지만. 어쨌든 나는 그곳에 다니기 위해 일을 그만두었고, 나를 사랑하고 내가 사랑한 사람과도 헤어졌다. 그러니까 이 과정은 더할 나위 없이 현실인 것이다.

그와의 관계는 내가 아이오와에서 공부를 마친 1994년에 결국 끝났다. 그는 우리가 서로 떨어져 지낸 첫해에 작가 워크숍에 다시 지원했고, 두 번째로 불합격 통보를 받자 초조해져서 나에게 몹시 화를 냈다. 그는 여름에 함께 지내기로 한 우리의 계획을 취소하면서 이렇게 말했다. "넌 모든 사람이 기억하는 유명한 작가가 되겠지." 나는 그가 마음껏 좌절감을 표현할 수 있게 애썼지만, 어쩐지 그에게 벌을 받고 있다는 기분이 들었다. 그 이후 그는 작가로서 큰 성공을 거두었으므로, 그런 점에서 그가 틀렸다. 나는 좌절과 그 좌절에 복수하리라는 열망이 큰 원동력이 될 수 있다고 생각한다. 예술학 석사 과정 프로그램에 불합격된 일은 합격 못지않게 우리를 발전시킬 수 있다.

**

예술학 석사 과정을 마쳤을 때, 내가 이 과정에서 맨 처음 발견한 의미는, 내가 다른 일에는 부적합한 인간이 된 것 같다는 것이었다. 물론 이 생각이 착각이라는 게 드러났지만.

글쓰기와 가르치는 일이 내 적성에 맞았다. 익히 알고 있었지만 말이다. 가르치는 일 중에서도 내가 원하는 일은 책을 출간해야 할 수 있는 것뿐이었다. 다시 혼자가 됐으므로, 그리고 뉴욕은 독신 게이이자 젊은 작가가 살기 좋은 장소 같았기에 나는 다시 뉴욕으로 돌아왔고, 그 편집자처럼 나도, **졸업 후 우리는 모두 뉴욕으로 돌아왔다**, 라는 말을 앵무새처럼 되풀이했다.

졸업 후 첫해 여름에 출판사에서 자리를 구하기 위해 여러 군데 면접을 보았다. 그런데 내가 아이오와에서 갓 졸업했다고 말하면 면접관마다 자기네 출판사에서 일하고 싶지 않을 거라고 장담하는 것이었다. "작가들은 출판사 측에서 자기들에 대해 어떻게 말하는지 안 듣는 게 좋거든." 출판사에서 일하는 한 친구가 충고랍시고 말했다. "월급도 얼마나 짠데." 그 뒤로 나는 출판사에서 경력을 쌓은 성공한 작가들을 여러 명 알게 되었다. 그러나 출판사에서 일하면서 작가가 되는 데 관심 없는 척하려면 어떤 노련함이 필요했고, 나는 그런 재주가 없었다.

결국 작가가 되었지만, 초기엔 웨이터로 일하면서 시내 스테이크 하우스에서 음식 서빙을 했다. 데버러 아인스버그도 웨이트리스로 일한 적이 있었지. 나는 언젠가 나에게 때가 오리라 속으로 생각하면서, 데버러가 종종 들려주던 그녀의 웨이트리스 시절 일화를 떠올렸고, 심지어 그 일화를 일종의 지침으로 삼았다. 어느 날 뉴욕 공립 극장의 조지프 팹이 데버러에게 다가와 희곡 한 편을 의뢰했는데, 놀랍게도 그녀는 일을 그만두길 주저했다. 급여가 꽤 센 일자리를 놓치고 싶지 않았기 때문이다. 조지프는 데버러에게 웨이트리스 일로 얼마를 버는지 물었고, 그녀의 대답은 의뢰한 원고료 책정에 얼마간 반영되었다.

나도 그렇게 살 수 있어, 라고 나는 속으로 생각했다. 그리고 실제로, 처음으로 웨이터 일을 시작한 지 몇 달 후 편집자와 신입 보조 편집자를 위해 음식을 나르다가, 그들이 책 홍보에 대해 논의하면서 원고료 책정하는 걸 엿듣게 되었다. 내 연 수입의 거의 절반이었다. 나는 당시 우리가 말한 것처럼 부자 웨이터였고, 첫 책을 쓰는 4년 동안 그 일을 계속했다.

수년 동안 웨이터 일을 하면서 불안한 마음이 들 때면 아이오와 출신이라고 신나게 떠벌렸고, 그러고 나면 어김없이 스스로를 나무랐다. 흰 셔츠, 까만 나비넥타이, 앞치마는 소설이나 작가 혹은 둘 다를 위한 고치처럼 느껴졌다. 나는 출퇴근길에 지하철에서 소설을 썼고, 어느 땐 일하면서도 썼다. 담당 테이블에 손님이 오길 기다리는 동안 머리에 떠오른 구상을 끼적인 계산서를 지금도 보관하고 있다.

소설이 출간된 지 1년 후, 웨슬리언에서 학생들을 가르치라는 권유를 받았다. 강의 첫날, 나는 계획이 이루어진 걸 자축했다. 한때 웨이터 일을 했었다고 말하면 내 앞에서 잘난 척하는 사람들이 있다는 걸 알지만, 나는 그 일을 한 걸 결코 후회하지 않을 것이다. 레스토랑에서 식사 시중을 드는 일은 벌이도 쏠쏠했지만 사람 공부를 하기에도 그만이었다. 상상도 하지 못한 일들을 보았고, 내가 속한 사회 계층의 범위를 넘어선 다른 세계의 삶을 경험했다. 이 세상만큼 희한한 경지를 이해하려면 상상이 깨질 필요가 있다고 생각한다.

**

　모교에서 학생들을 가르치는 건 이상한 일이다. 나는 그 이상한 일을 두 번 경험했다. 웨슬리언에서, 그리고 아이오와 대학교에서. 그런 곳에서는 학생과 교수가 일종의 내부자들이지만, 각 영역 안에서 서로가 서로에게 감추는 게 있다는 걸 알게 된다. 그래서 졸업생으로서 학생들을 가르치면 해묵은 전설들이 금세 퍼진다. 교수들 사이에서만 돌던 소문이 내가 학생이었을 때 우리들 사이에서만 돌던 소문과 합해지고, 여기에 지금 내가 가르치는 학생들 사이에서 도는 소문이 더해지는 식이다.

　아이오와에서 나는 레이먼드 카버에 대해 어떻게 말해야 하는지 알게 됐다. 아이오와에 다닌다고 하면 사람들이 그에 대해 너무 자주 물어보기 때문이다. 카버는 전설적인 인물이지만, 모두가 상상하는 것처럼 이른바 미니멀리즘의 대사제는 아니다. 그는 그런 사람이 아니고, 아니었다. 우리가 학교에 다닐 때 들은 바에 따르면, 카버는 워크숍에서 공부하던 당시 특별히 글로 두각을 나타내지는 않았다고 한다. 그리고 그의 유명한 미니멀리즘은 담당 편집자 고든 리시Gordon

Lish와의 관계를 기반으로 발전한 것으로, 그의 소설은 다분히 뉴욕 스타일이지 결코 중서부 스타일이라고 볼 수 없다. 리시가 카버의 작품에 어느 정도 개입했느냐 하는 이야기는 이제 농담의 소재인 동시에 정곡을 찌르는 말이기도 하다. 아무튼 내가 더 관심을 갖는 것은 카버의 진정한 유산으로서 면모, 즉 교수로서의 면모다. 적어도 내가 들은 바에 따르면 카버는 거의 온종일 술을 마시는 것으로 유명했다. 그에게 글쓰기를 가르친 교수 세대 — 대개 작품을 출간했다는 이유만으로 직업을 갖게 된 문학 작가들 — 는 **작가는 원래 그런 거야!** 라는 평판을 만들어냈다. 그런 분위기가 현재 학계에 있는 모든 작가에게 그대로 이어진 것이다.

사람들은 어떻게 생각하는지 모르겠지만, 간혹 주변에서 말하는 것과 달리, 예술학 석사 과정의 인기가 치솟은 이유는 젊은 작가들이 카버의 작품을 모방하고 싶어서가 아니었다. 많은 젊은 작가들이 카버의 삶을 모방했기 때문이고, 학생들을 가르치도록 고용된 작가가 실제로 학생들을 가르칠 수 있는 기술과 의지가 있는지, 그가 동료로서 학과의 일에 참여할 기술과 의지가 있는지에 관해 어느 정도 입증할 근거를 학교 측에서 요구하기 시작하면서 이 과정을 찾는 이들이 늘어났기 때문이다. 책 한 권이면 충분히 자격증이 되지 않느냐며 얼마든지 콧방귀를 뀔 수도 있겠지만, 그런 사람들은 아마 학장을 만나본 적이 없을 것이다. 자격을 갖추지 않은 훌륭한 작가들 때문에, 남아 있는 우리들은 이제 학위를 제시하도록 요구받고 있다.

희한한 일은 이처럼 인기가 높아질수록, 심지어 우리의 악행이 줄어들고 있다며 불만이 제기된다는 사실이다. 우리가 바르게 처신할수록 길들여진 인간들이니 매끈한 소설만 쓰는 것 아니냐며 항의를 받는다. 예술학 석사 과정 또한 이런 환경을 조성했다며 비난을 받는다. 정작 이런 환경을 조성한 장본인은 이 과정을 밟지 않은 작가들이면서.

많은 사람들과 마찬가지로, 우리는 소설 쓰기는 배울 필요가 없다고 생각할지 모른다. 그뿐 아니라 배운다고 좋아지는 게 아니라고 생각할지도 모른다. 탁월한 재능. 작가가 되기 위해 필요한 건 이것뿐이라고 말이다. 나는 주변에서 재능 있다는 말을 듣곤 했다. 그러나 재능은 내가 더 노력해야 할 때 오히려 나를 나태하게 만들 뿐, 나에게 얼마나 큰 도움이 되었는지 잘 모르겠다. 나는 재능 있는 많은 사람들이 어쩌면 재능 있다는 말에 게으름을 피우다 결국 작가가 되지 못하는 경우를 보았다. 작가에게 재능 있다는 말을 하는 건 심지어 그들을 도태시키는 방법이 될 수도 있다. 나는 재능이 없지만 작가가 된 사람들, 글을 뛰어나게 잘 쓰는 사람들을 알고 있다. 재능이 있다 해도 인내하지 못하면, 노력하는 법을 배우지 못하면, 자신의 최악의 성향과 편견에 대항하는 법을 배우지 못하면, 낯선 이들의 비평이나 스스로 느끼는 불안을 견디지 못하면, 작가가 될 수 없을 것이다. 박사 학위를 받든, 예술학 석사 학위를 받든, 독학을 하든, 작가가 되기 위해 갖추어야 할 요소는 지속적으로 글을 쓰는 지구력, 곤경과 실패와 성공 앞에서 교활하리만치 신중을 기하는 마음이다.

"길 한복판에서 이런 퍼레이드를 하는 중이야." 아이오와에 도착하자마자 샌프란시스코에 사는 친구에게 편지로 이렇게 썼다. 나는 미국 전통 내부에 있는 어떤 장소를 제공받은 느낌이 들어, 이 기회를 최대한 이용하리라 결심했다. 망쳐버리기 일쑤였지만.

나는 아이오와 학생 시절에 찍은 사진 중에 핼러윈 파티 사진을 가장 좋아한다. 나는 짧은 반바지에 망사 스타킹, 검정 모터사이클 재킷을 입고, 거의 1미터 길이의 금발 가발을 쓰고서, 카메라가 나를 향하고 있는 걸 알면서도 일부러 딴 곳을 쳐다보며 렌즈 앞에서 립스틱을 바르고 있었다. 아이오와 작가 워크숍 무도회 땐 마침내 여왕 자리에 올랐다. 이 행사에서는 같은 가발을 쓰고, 양 옆이 길게 트인 빨간 가죽 코트형 드레스를 입고, 화장을 하고, 힐을 신고서 '해외 참전 용사 홀'에 모습을 드러냈다. 참전 용사들이 앉은 바를 향해 걸음을 옮길 때 일순간 감돌던 침묵, 술집 화장실의 여닫이 문, 어느 쪽 화장실을 이용할지 결정해야 한다는 걸 알아차리며 주저하던 시간이 기억난다.

나는 생각한다. 나는 여전히 출입문에 갇힌 무도회의 여왕이라고.

아이오와에 다닌 건 작가 생활을 위해 내 인생에서 가장 잘한 일 중 하나였다. 세간에 떠도는 말에 따르면 워크숍이 모든 학생을 똑같이 만들려고 한다는데, 내 경험으로 말해본다면, 워크숍은 나를 누구보다 나다운 작가가 되도록 장려했다. 무엇을 하든 나에게 달렸다. 나는 어쨌든 이미 잃어버린 걸 또 잃을까봐 두려워서 지원했고, 입학 허가를 받기 때문에 다녔다. 나는 사람들에게 잊히지 않는, 나 자신의 결점을 보완해줄, 나 같은 사람들에 관한 소설에 가하는 무차별적인 문화적 공격으로부터 지켜줄 보호막 같은 걸 찾고 싶었다. 그걸 찾았는지, 앞으로 찾을 수 있긴 할지, 잘 모르겠다. 나는 여전히 그러한 것들이 두렵다. 여전히 그것들에 대항한다. 그리고 당분간은, 여전히 이곳에 있다.

 B부부

어떻게 그럴 수가 있냐? 친구들에게 말하면 그들은 이렇게 따지곤 했다. 어떻게 그런 인간을 위해서 **일**을 할 수가 있어? 혹시 칼로 그 인간 목을 찌르려는 거야? 아님 음식에 독이라도 타려고?

넌 크게 될 녀석이야, 한 친구는 이렇게 말했다.

나는 그를 찌르고 싶지도 않았고, 독을 먹이고 싶지도 않았다. 우리의 첫 만남 때부터 그는 눈에 띄게 쇠약해지고 있었다. 그리고 **어떻게 그럴 수가 있냐**는 물음에 답을 해보자면, 그게 그러니까, 대부분의 사람들이 그렇듯이 나도 돈이 필요했기 때문이다.

더구나 사실 그는 안중에도 없었다. 내 눈에는 **그녀**만 보였으니까.

나는 윌리엄 F. 버클리William F. Buckley(미국의 언론인이자 작가.《내셔널 리뷰》의 발행인으로 보수주의를 전파한 미국 보수주의의 정신적 지주 ─ 옮긴이)와 팻 버클리를 위해 웨이터로 일하기 전부터, 많은 사람들이 그렇듯이 그들을 알고 있었다. 《뉴욕 포스트》 가십난과 사설을 통해서, 《보그》와 《뉴욕 타임스》에서, 그리고 《인터뷰》의 인물 동정 기사를 통해서 말이다. 내가 처음 뉴욕으로 거처를 옮긴 1991년에 팻 버클리는 밖에서 들여다보면 — 나는 정말로 들여다봤다 — 매우 유명한 사교계 인사였다.

아심만만한 대다수 젊은 뉴요커들과 마찬가지로 나 역시 말도 안 되는 환상들을 품고 있었다. 이를테면 어느 날 사진에서만 보던 방에서 팻 버클리와 마주친다든지 하는. 일하러 가는 길에 열차에서 《타임스》를 읽을 땐 불빛이 이슴푸레한 살롱으로 걸어 들어가는 상상을 했다. 그곳에서는 부자들과 권력자들이 만나 세계까지는 아니더라도 문화의 운명을 결정하고 있고.

내가 윌리엄 F. 버클리에 대해 사실상 관심을 갖지 않았다는 말은, 이따금 《뉴욕 포스트》지에서 그가 쓴 칼럼의 일부 혹은 전부를 읽긴 했지만, 그들 부부의 파티에서 팻 버클리의 친구들이 '그의 잡지'라고 언급하는 《내셔널 리뷰》는 읽지 않았다는 의미다. 하지만 그의 글을 읽을 때면 제대로 읽으려고 노력했다. 왜냐하면 나는 그를 반대 측 사람이라고 생각했고, 반대 측 사람들이 무슨 말을 하고 무슨 생각을 하는지 알고 싶었거나, 그래야 한다고 생각했기 때문이다. 하지만 글이 아주 형편없고, 읽다 보면 너무 화가 나서 도중에 집어치우는 일이 허다했다. 모름지기 교양인이라면 자신과 의견이 다른 사람들의 견해도 읽을 줄 알아야 하며, 적어도 그런 견해에 대해 생각할 줄 알아야 한다고 알고는 있었다. 그런 점에서 나는 별로 교양인답지 않았다.

마침내 윌리엄 버클리를 만났는데, 그는 부인만큼 활력이 넘치지 않았다. 아마도 술이나 담배 혹은 둘 다 즐겨서 그랬을 텐데, 엄청나게 마시고 피워대긴 그녀도 마찬가지였다. 윌리엄은 어느 날 피곤에 지친 이후 한 번도 제대로 쉬지 못한 사람처럼, 키는 더 작아졌고 머리는 더 산발이 되었다. 팻 버클리는 키가 상당히 컸고, 피부는 햇볕에 그을렸으며, 정성 들여 부분 염색한 헤어스타일로 강렬한 효과를 주어 무척 생기발랄해 보였다. 색조 화장을 한 그녀의 얼굴은 어느 땐 그들의 집에 걸린 그녀의 초상화와 닮아 보였다. 그녀는 집에 사람들을 잔뜩 초대하는 습관이 있었고, 그럴 때면 집 안 어딘가에서 조용히 사람들을 응대하는 그녀의 남편을 발견할 수 있었다. 남성적이진 않지만 잘생긴, 타고난 지도자였을 과거 그녀의 모습을 쉽게 상상할 수 있었다. 부부의 집에서 일하는 입장에서 우리가 지켜보는 대상은 언제나 그녀였다. 무슨 문제가 생기면 우리는 언제나 그녀에게 상황을 설명했다.

**

1997년에 버클리 부부의 저택에서 일을 시작했을 때, 나는 그야말로 뉴욕 연회장 웨이터의 표본이었다. 키 177센티미터, 몸무게 75킬로그램, 25세의 용모 단정한 청년. 나는 연회장 웨이터 일이 좋았다. 턱시도를 입은 내 모습은 근사해 보였고, 소설을 쓰는 게 아니면 사무직은 생각만으로도 끔찍했다. 이 일은 아이오와 작가 워크숍에서 예술학 석사 학위를 받은 후 뉴욕으로 돌아왔을 때 돈 문제를 가장 손쉽게 해결해준 방법이기도 했다. 연회장 웨이터 일은 시간당 24달러에 팁을 추가로 받았고, 세계금융센터 윈터가든에서 열리는 어마어마한 행사에서부터《피플》지 점심 행사, 구겐하임 미술관 개관식에 이르기까지 온갖 굵직굵직한 행사에서 일할 기회를 주었다. 턱시도에 풀 먹인 하얀 셔츠를 입고 있으면 ― 게다가 주로 상류층 사람만 받는 다양한 장소에서 각각의 임무가 주어질 때면 — 내가 약간 제임스 본드가 된 것 같은 기분이 들었다. 이런저런 장소에 가서 그곳을 청소하고, 근사하게 꾸미고, 파티를 열고, 떠나는 우리 일을 동료 웨이터들과 나는 이따금 게이 평화 봉사단이라고 불렀다. 퇴근하면 일에 대해 생각하지 않는 것도 마음에 들었다.

연회장 웨이터 일은 나에게 작가 교육의 일부였다. 이 일은 지금까지 내가 관계를 맺어온 사람들과 전혀 다른 방식으로 사는 사람들의 세계를 들여다보게 해주었다. 대부분의 의뢰인들은 웨이터를 가구처럼 취급한다. 그 덕분에 무방비 상태로 있는 그들의 모습을 볼 수가 있었고, 나는 그런 순간이 좋았다. 어느 크리스마스 뷔페 만찬에서는 파티를 주최한 부부가 초대한 가족들에게 와인을 대접했는데, 보아하니 친구들에게서 받은, 보관할 가치가 없는 와인이었다. 어느 크리스마스 파티에서는 주인이 자기 친구를 드레스룸에 데리고 가서는 아무도 모르게 흠씬 두드려 팼는데,(어찌나 심하게 팼는지 결국 그 친구는 파티를 떠나야 했다.) 그 친구가 우리 웨이터들한테 재수 없게 구는 걸 보고 그런 식으로 응징한 것이었다. 나중에 주인은 우리에게 그 친구가 남기고 간 시가를 건네며 말했다. "내 친구가 미안하다고 전해달라더군." 어퍼 이스트 사이드에서 열린 파티에서는 우리가 '아빠의 오락실'이라고 농담 삼아 부르던 빈 아파트에서 턱시도를 갈아입었다. 이 아파트가 그런 별명을 얻은 이유가 있었는데, 사방 벽이 회색 플란넬 천으로 덧대어졌고, 창문은 서리로 뒤덮여 있어서, 주인이 그 안에서 무슨 짓을 하는지 아무도 안을 들여다보거나 사진을 찍을 수 없었기 때문이다. 아무튼 어퍼 이스트 사이드에서 열린 파티에는 자신의 성적 취향을 숨긴 돈 많은 게이, 레즈비언들이 모였다. 그들은 성적 취향을 감추고 재산을 보호하기 위해 서로 짝을 맺어 결혼했기 때문에, 겉으로 보기엔 이성애자 커플과 다르지 않았다. 자녀들은 대부분 공개적인 게이와 레즈비언으로 동성 연인들과 함께 참석했고, 부모들은 절망과 행복이 차분히 교차된 심정으로 그런 자기 자녀들을 지켜보았다.

웨이터로서 스스로 가장 잘했다고 생각한 일은 이 일을 시작하자마자 우리 모두가 입어야 하는 싸구려 폴리에스터 재질의 턱시도를 맞춘 것이었다. 나는 곧바로 개인 고객 팀장의 눈에 들었는데, 나를 버클리 부부 댁에 보낸 장본인이 바로 그 사람이다. 그는 재미있고 소년 같은 분위기를 지닌 나이 지긋한 게이였는데, 온화한 미소를 짓다가도 순식간에 싸늘한 눈빛으로 바뀌었다. 얼굴과 안색은 영락없는 영국인이지만, 성姓은 전혀 영국인답지 않았다. 나는 그에게 면접을 보았는데, 나오면서 떨어졌다고 확신했다. 설사 나를 마음에 들어 했더라도 곧바로 말할 사람이 아니었으니까.

그는 뉴욕시에서 가장 부유한 고객들을 상대로 일했다. 나는 연예계 전문 변호사 앨런 그럽맨Allen Grubman의 집에서 패션 디자이너 베라 왕, 토미 힐피거가 지켜보는 가운데 마사 스튜어트가 가장 마음에 드는 프티 푸르(식후에 커피와 함께 제공되는 작은 케이크 — 옮긴이) 고르는 걸 도왔던 기억이 난다. 파티가 끝나고 설거지를 하면서 접시 한 세트 가격이 3,000달러라는 걸 알게 됐다. "떨어뜨리면 안 돼." 팀장이 말했다. "너보다 비싼 접시들이야." 나는 5번가와 파크 애비뉴 위아래에 위치한 유명한 저택들 뒤편 계단을 꽁지 빠지게 올라가서 내 1년 치 집세보다 비싼 접시와 컵을 설거지하는 데 도가 텄다.

지금 묘사하려는 순간은 처음엔 다른 집에서 하던 준비 과정과 별

반 다를 게 없었지만, 메조네트 주택이라는 단어 때문에 기억에 남아 있다. "파크 애비뉴에 있는 어디어디로 와. 메조네트 주택이야. 앞문으로 말고 빙 돌아서 옆으로 들어와. 벨 누르지 말고. 내가 앞에 나와서 종업원 전용 출입문으로 데리고 갈게. 턱시도, 단색 셔츠, 나비넥타이 준비하고. 깔끔한 셔츠로 준비하면 좋겠어. 소매와 옷깃이 새틴 소재가 아닌 걸로. 아, 구두를 반드시 닦도록 해. 부인이 알아볼 테니까."

그러고는 잠시 뜸을 들인 뒤에 이렇게 말했다. "방금 부인이 알아볼 거라고 말했는데, 바로 팻 버클리 여사를 말한 거야. 그러니까 자넨 **버클리 부부 댁**에서 일하게 되는 거지. 최대한 단정하게 하고 와."

나는 내 세대의 모든 동성애자 남자들과 같은 방식으로 윌리엄 F. 버클리를 알게 되었다. 그러니까, 나쁜 놈으로. 1986년 3월, 《뉴욕 타임스》는 에이즈 환자의 엉덩이와 손목에 문신을 새기자는 방침을 옹호하는 버클리의 글을 칼럼난에 게재했다. 처음에 그는 더 확실한 방법을 제시하더니 곧이어 그건 사생활 침해라며 철회했다.

내가 살아온 삶의 한 부분 때문에 나는 버클리의 저택에서 별종이 되었다. 나는 한때 액트 업 샌프란시스코 지부의 회원으로 있으면서, 1991년에 수천 명의 다른 시위자들과 함께 자동차를 몰고 메인주에 와서 케네벙크포트에 있는 조지 H. W. 부시 대통령의 집 앞 도로에 드러누웠다. 죽은 것처럼 누워서 에이즈에 관한 그의 무대책에 항의하는 시위를 벌이기 위해서였다. 또 1989년에 샌프란시스코에서 시위에 가담했다가 경찰들에게 폭행을 당한 이후로 아직도 경찰만 보면 외상 후 스트레스 장애 증상을 일으키는 상태였다. 당시 나는 그곳 미디어 위원회의 열성적인 회원으로서 이따금 텔레비전에도 출연했고, 세상을 황폐하게 만들 것이 분명한 이 질병과 맞서 싸워 세상을 변화시킬 인물이 되기로 결심했다. 당시는 미국인 1만 명이 에이즈에 감염되었다는 말에 여전히 충격을 받던 때다. 하지만 부시의 집 앞에 드러누워 시위를 하던 날과 내가 버클리의 저택 출입문을 향해 걸어 들어간 날 사이의 불과 6년이라는 시간 동안, 나는 에이즈 감염자 수가 상상조차 할 수 없을 만큼 매해 기하급수적으로 증가하는 것을 지켜보았다. 1997년 세계보건기구 보고서에 따르면, 이 이야기에서 소개하는 행사들이 있던 당시 미국인 HIV 보균자는 86만 명이고, 전 세계 HIV 양성 반응 환자는 3,060만 명으로 추정되었다.

그러므로 내가 윌리엄 F. 버클리를 적대적으로 생각하는 이유를 구체적으로 말한다면, 에이즈가 기본적인 인간의 속성을 저버렸다는, 그리고 이제는 속수무책인 상태로 만들었다는 대중의 믿음에 그가 기름을 부었기 때문이다. 그가 문신을 새기자고 제안한 것은 사람들이 그걸 보고 에이즈 환자인지 알아보게 하기 위해서였다. 내 친구들은 나에게 농담 삼아, 그 자식 죽여버려, 라고 말했는데, 사람들은 그런 말을 어떻게 생각할지 모르겠지만, 에이즈 환자들을 사람으로도 보려 하지 않는 그의 태도에 대해 그런 식의 정서가 있었다고 이해해주면 좋겠다.

어깨에 웨이터 턱시도를 걸치고 파크 애비뉴에 있는 메조네트 주택의 종업원 전용 출입구에 도착한 그날, 나는 인간이 된다는 것은 무엇인가 하는 문제에 대해 우리가 의견이 크게 다르다는 걸 알아차렸다. 윌리엄 F. 버클리를 만나는 건 상상조차 한 적이 없어서, 버클리 저택에서의 첫날이 시작되었을 땐 당장 내 앞에 놓인 현실적인 문제들이 걱정이 됐다. 지하철에서 나와 파크 애비뉴까지 걸어간 다음, 거대한 돌과 벽돌로 이루어진 탑을 불안한 마음으로 올려다보았다. 혹시 그들이 웨이터들의 신상을 조사하지는 않았을지, 내 과거에 대해 아는 건 아닌지, 나 같은 사람도 정말로 그 집에서 일할 수 있는 건지 잠시 의심이 들었다. 나는 숨을 고르며, 그런 생각들을 머리에서 걷어내려 애썼다.

그러고는 문을 열고 안으로 들어갔다.

나는 메조네트 주택이 뭔지 몰랐다. 혹시 모르는 사람들을 위해 설명하면, 메조네트 주택은 고급형 빌라 단지 내에 있는 일종의 복층 주택이다. 거주자는 공동 주택의 서비스를 공유하는 동시에 자기 집 문은 따로 설치되어 있다. 버클리의 메조네트 주택 현관에는 갈색 나무와 금으로 만들어진 아주 우아하고 작은 하프시코드가 놓여 있었다. 아들 크리스토퍼의 하프시코드 연주 솜씨가 매우 훌륭하다는 말을 들었다. 현관 근처 오른쪽 벽에는 버클리의 젊은 시절 초상화가 걸려 있었는데, 초상화 속 모습이 마치 요정의 아들인 양 초자연적이라고 할 만큼 아름다웠다. 하프시코드 옆 낮은 화병 주변에는 다소 거친 돌멩이들이 깔려 있었고, 그 안에 금속으로 만든 나무 한 그루가 컷글라스나 준보석으로 보이는 나뭇잎들을 단 채 꽂혀 있었다. 아래층으로 내려가는 계단에는 가슴 높이 정도 되는 이런 나무들이 죽 늘어서 있어서, 마치 마법에 걸린 숲으로 들어가는 것 같은 기분이 들었고, 초상화 속의 요정을 닮은 아이가 나타나 노래를 연주할 것만 같았다. 이 숲에는 고가의 양탄자, 재떨이, 램프, 친츠(꽃무늬가 날염된 면직물 — 옮긴이)로 덮개를 씌운 의자들도 있었다. 저택은 과거에 특정한 스타일로 꾸민 이후로 한 번도 실내 장식을 바꾸지 않았다는 인상을 주었다. 사방 벽의 짙은 빨간색과 반짝이는 보석으로 만든 나무들 사이에서는 온기와 냉기가 동시에 느껴졌다.

팀장은 이번 일이 나에게는 오디션이나 다름없다고 말했다. 이번 일은 그가 맡은 몹시 까다로운 임무로, 내가 이번 일을 성공적으로 해내면 정식 직원으로 채용하겠다고 했다. "버클리 부인은 매의 눈으로 널 지켜볼 거야." 그가 말했다. "보통 때도 그렇지만 오늘처럼 첫날은 더 그래. 그러니까 이 집에서 다시 요청을 받고 싶으면 최대한 신중하게 행동해야 해." 그런 다음 문을 닫으며 이어서 말했다. "우린 그들을 B부부라고 불러."

곧이어 나는 어느 친절한 노신사에게 소개되었는데, 내 기억에 그들의 집안일을 관리하는 사람이었다. 그의 정확한 호칭이나 이름은 기억나지 않지만, 그곳이 궁정이었다면 그는 아마도 시종쯤 되지 않았을까 싶다. 풍성한 백발에, 마티니를 볼 때나 웨이터를 볼 때나 눈동자에는 한결같이 씁쓸한 눈빛을 담았는데, 나는 그를 보자마자 지금까지 내가 만나본 사람들 중에 가장 다정하고 가장 품위 있는 남자라는 인상을 받았다. 그는 주방의 요리사들을 소개하느라 분주했다. 웨이터들은 주방으로 이어지는 뒤편 계단을 올라가 위층으로 안내되어 입구 근처 복도 끝에 위치한 작은 방에서 옷을 갈아입었다. 방에는 낡은 침대보가 덮인 싱글 침대 하나, 철사 옷걸이와 책들로 뒤덮인 러닝머신 한 대가 있었다. 먼지 쌓인 책장에는 먼지가 앉은 스포츠 트로피가 늘어서 있었다.

"여긴 누구 방인가요?" 나는 팀장에게 물었다.

"B씨의 방이야." 팀장이 말했다.

나는 팀장이 웃음을 터뜨리길 기다리며 그를 빤히 쳐다보았다.

팀장이 말했다. "오, 이봐, 정말이야. 뭐 어쨌든 부인이 엄청난 부자잖아. 캐나다 목재timber로 돈을 쓸어 담았다나 봐. 그런 이유도 있고, 키가 큰 데다 취하면 신발을 신으려고 하질 않아서 자꾸 넘어지는 바람에 친구들은 부인을 팀베르Timberrr(목재를 베어 쓰러뜨릴 때 외치는 소리 — 옮긴이)라고 불러." 나는 〈티파니에서 아침을〉에 나오는 매그 와일드우드(영화 〈티파니에서 아침을〉에서 주인공 할리의 친구인 정신없고 산만한 모델 — 옮긴이)를 떠올렸다. 나는 웃었고, 그도 웃었다. 그러다 문득 그의 표정이 진지하고 단호하게 바뀌었고, 우리는 동시에 웃음을 그쳤다.

"이곳에서 본 내용을 하나라도 쓰기만 해 봐." 그가 말했다. "그랬다간 내가 널 끝까지 쫓아가 죽여주겠어. 맨주먹으로 말이야. 나는 이 부부를 끔찍이도 사랑하거든."

**
*

버클리 부부가 뉴욕에서 여는 파티에는 일반적으로 부인의 친구들과 남편의 친구들이 함께 참석해 희한한 광경을 연출했다. 가령 내가 베이컨으로 감싼 가리비 요리를 사교계의 유명 인사인 낸 켐프너Nan Kempner(뉴욕 사교계를 대표하는 패션 디자이너 — 옮긴이)와 보수주의자 작가, 타키 테오도라코풀로스Taki Theodoracopulos(그리스의 저널리스트이며 작가 — 옮긴이) 앞에 내놓으면, 두 사람은 쟁반 위에 곤충이라도 올라가 있는 양 요리를 빤히 쳐다만 볼 뿐이었는데, 잡지계 사람들에게 요리를 내밀었을 땐 서둘러 쟁반을 향해 모여들어 삽시간에 요리를 먹어치웠다. 버클리 부인이 초대한 엄청나게 부유한 상류 사회 사람들과, 버클리 씨가 키우는 젊은 작가들이 뒤섞여 있었다. 양쪽은 결코 적대적이지는 않았지만, 대체로 서로 다른 방에서 서성거리며 거의 대화를 나누지 않았다.

젊은 작가들은 내 앞에서 잘난 체했지만, 나는 그들보다 내가 돈을 더 많이 번다는 걸 알고 있었다. 하지만 그게 무슨 대수인가. 그래봤자 나는 그들이 먹을 음식을 나르고 있는걸. 음식은 하나같이 다른 시대에서 온 것 같았다. 예를 들어 테린(잘게 썬 고기나 생선 등을 다져 차게 식힌 다음 얇게 썬 전채 요리 — 옮긴이)이라는 음식은 다른 곳에서 일할 땐 듣도 보도 못한 것이었다. 베이컨으로 감싼 가리비 요리, 멜바 토스트(바삭하게 구운 얇은 토스트 — 옮긴이) 위에 얹은 그라블락스(연어를 소금, 설탕, 향신료에 숙성시킨 노르웨이 식 연어 요리 — 옮긴이)도 있었다. 버클리 부부는 최근에 유행하는 요리에는 관심이 없었다. 가령 속살을 분홍빛으로 남겨둔 채 숯불에 살짝 구운 참치를 접시에 올리는 일은 결코 없을 것 같았다. 식탁에서 볼 수 있는 유일한 분홍색은 애피타이저로 나오는 로스트비프뿐이었다. 새우 코코넛 튀김이 식탁에 오를 일도 없을 터였다. 디저트는 종종, 아니 어쩌면 매번, 그들이 가장 좋아하는 럼 건포도 아이스크림이었다. 나는 그게 무척 귀한 음식이라는 걸 알게 됐다.

절대 실수해서는 안 되는 그 저택에서의 첫날, 나는 기어이 실수를 하고 말았다. 그날 다이닝룸에서 테이블 주변에 어지럽게 늘어선 의자들 사이를 헤치고 지나가던 내 모습이 생생하게 떠오른다. 음식 접시가 교체되고 있을 때, 무슨 이유에서인지 누군가가 방에 모인 사람들에게 이야기를 하고 있었고, 그동안 우리 웨이터들은 접시 하나를 들여오면서 다른 접시를 내가는 식으로 아주 신속한 속도로 일사불란하게 접시를 교체해야 했다. 그런데 이런 상황에서 나는 반대 방향으로 접시를 내갔고 역시나 반대 방향으로 접시를 들여왔다. 손님들은 알아차리지 못한 것 같았지만 나는 쩔쩔매면서 고개를 들어 올렸고, 바로 그때 나를 노려보는 버클리 부인을 보았다. 부인은 마치 내가 그녀의 기분을 망치려고 일부러 그러는 거라고 생각하는 것 같았다. 눈가가 굵게 주름진 부인의 검은 눈동자는 간신히 분노를 참고 있었다.

나는 즉시 팀장을 찾아갔다. 팀장은 도끼눈을 하고 나를 노려보면서 욕을 퍼부었다. "지……." 갑자기 그의 목소리가 잦아들었다. 그러고는 이렇게 말했다. "그래, 좋아. 죽기밖에 더하겠냐. 하지만 네가 할 일이 하나 있긴 하지."

알고 보니 그 한 가지 일은 바로 이어지는 파티에서부터 시작되었고, 그 일을 무사히 해내야 다음에도 이 부부가 나를 부를지 여부가 결정되었다. 나는 음식이나 음료를 나르는 대신 부인의 시중을 들었다. B부인은 주로 자리에 앉아서 누군가와 활발하게 이야기를 나누었는데, 나는 그 옆에 작은 테이블을 놓고 그 위에 담배, 라이터, 립스틱, 안경, 칵테일을 챙겨드려야 했다. 부인이 마시는 키르 로열 칵테일은 색이 살짝 발그레한 정도여야지 너무 진해서는 안 되었다. 부인은 신발을 벗어 옆에 두곤 했는데, 그러다가 저쪽에 누군가 아는 사람이 보이면, 그와 대화를 나누기 위해 모든 걸 팽개치고 그를 향해 서둘러 달려갔다.

나처럼 한 번 일을 망친 사람이라면 이런 순간에 어떻게 행동할까. 나는 곧장 뒤편 주방에 가서, 부인이 원할 때를 대비해 방금 만든 키르 로열을 가지고 나왔다. 부인이 팽개친 물건들을 부인에게 덥석 건네는 건 절대 안 될 일이었다. 그럴 땐 한 손에 립스틱과 안경과 담배와 라이터를 고이 쥐고, 몸을 숙여 부인의 신발을 거두어, 지금쯤 부인이 다시 대화를 나누는 곳으로 향해야 했다. 나는 대화를 방해하지 않되 부인이 나를 볼 때까지 기다린 다음, 이렇게 말했다. "B부인, 이것들을 두고 오셨습니다." 그러면 부인은 놀란 듯 크게 소리치며 나에게서 물건을 받아들었는데, 말할 필요 없이, 키르 로열의 빛깔이 알맞고, 내 태도가 적당히 세련되면, 그리고 부인이 이동할 때마다 이 모든 일을 정확히 똑바로 수행하면 비로소 살아남을 수 있었다.

부인에게 처음 신발을 건넸을 때, 나는 얼굴이 조금 붉어졌다. 마치 사랑에 빠진 사람처럼.

**
*

미스터 B의 파티에서 일하기 전에는 에이즈 문신에 관한 그의 유명한 칼럼을 읽지 않았다. 그의 파티에서 일을 한 후에도 여전히 그 칼럼을 읽지 않았다. 왠지 읽지 않는 편이 안전할 것 같았다. 지난번에 친구가 나에게 버클리의 목을 찌르는 상상을 한 적이 있느냐고 물어본 후로, 그 집에 갈 때마다 자꾸만 그 말이 머리를 스쳤기 때문이다. 그의 식사 시중을 들면서 테이블에 접시를 내려놓으며 그의 목을 쳐다보던 기억이 난다. 생각하지 않기로 한 한 가지가 이제는 도무지 머리에서 지워지지 않게 되어버렸다. 나는 적수인 정치인의 아들 집에서 일하기 위해 농노인 척하는, 체호프의 단편소설 〈어느 모르는 사내의 이야기〉의 화자가 된 것 같은 기분이 들었다. 이 작품은 아무것도 알아내지 못한 정치 스파이의 이야기로, 화자는 곧 자신의 행동에 절망하다 결국 고용주가 버린 정부와 함께 달아난다.

내가 그랬다는 건 아니고.

윌리엄 F.가 에이즈 환자들의 상황을 악화시키기 위해 활동했다면, 팻은 그 못지않게 그들의 이익을 위해 활동했던 것 같다. 윌리엄의 유명한 칼럼이 발표된 지 1년 후인 1987년 한 해만 예를 들면, 팻은 뉴욕 에이즈의 진원지인 세인트 빈센트 병원에서 에이즈 관리 프로그램에 사용할 수 있도록 190만 달러를 모금했다. 지금이야 그 정도 활동을 쉽게 과소평가할지 모르지만, 당시엔 에이즈 환자와 관련된 활동을 하려는 사람이 아무도 없었다. 팻은 뉴욕에서 가장 영향력이 큰 자선 기금 모금자 가운데 한 사람이었고, 남편 때문에 오랜 세월 재정적 위기에 처했을지라도 그 이상의 돈을 모은 것으로 보인다. 에이즈 환자를 위한 기금 모금 행사가 화려했다면, 부분적으로 그녀의 지원이 있었기 때문이다. 한편 그들의 가계 재정 상황을 아는 사람은 그들뿐이었지만, 내가 보기에 버클리 씨는 부인의 기부 형태를 결코 용납하지 않았을 것 같았다. 하지만 누구 돈으로 기부를 했느냐 하는 문제가 제기된다면, 증거는 분명해 보인다. 그녀는 그의 의견에 반대할 만큼 재력이 있었다.

미국에서 가장 유명한 동성애 혐오자 중 한 사람이 많은 게이 남자들의 영웅인 여자와 결혼한 것이 이상해 보인다면, 그가 자신의 신념을 발표했음에도 불구하고 그녀와 함께 생활하는 가정에는 때때로 게이 남자들이 그녀의 손님들에게 음식과 음료를 대접하는 것이 이상해 보인다면, 그래 뭐, 이상하긴 했다. 이런 상황이야말로 우리가 복잡하다고 부를 만한 상황이었다. 하지만 때가 때이니만큼, 그녀의 웨이터인 우리에게는 운명에 내맡겨진 사람들을 위해 그녀가 모금한 수백만 달러가 일종의 보호물이자 애정으로 느껴졌다. 에이즈 환자를 위해 모금된 돈이 우리 자신을 위해 사용된 것은 아니지만, 다음엔 얼마든지 우리 차례가 될 수 있었다. 1990년대 동성애자 남자라면 그런 생각이 한시도 머리에서 떠나지 않았다. 그렇기 때문에 우리는 그를 죽여버리겠다는 농담을 할 수 있었을 것이다. 하지만 그녀에게 털끝만큼이라도 상처를 주겠다는 생각은 절대로, 추호도 하지 않았다.

＊

버클리의 리무진 뒷좌석에 탔던 기억이 난다. 코네티컷주에 있는 그들의 집에서 파티가 열려서 우리는 그곳으로 향했다. 팀장이 나에게 말한 바에 따르면 부부의 운전기사는 항상 바지 속에 권총을 넣어둔다고 했다. 폭스바겐 카브리올레 컨버터블이 감히 리무진을 앞지르자, 운전기사는 우리의 관심을 끌기 위해 짧게 세 번 경적을 울렸다. 목에 두른 스카프로 머리카락을 뒤로 고정시킨 낸 캠프너가 여학생처럼 신나게 손을 흔들며 지나갔고, 곧이어 컨버터블의 지붕이 내려졌다. 그녀가 사망하기 불과 몇 년 전이었다.

"그녀는 우리가 그들인 줄 아나봐." 웨이터 한 명이 말했다.

나는 그렇게 생각하지 않았다. 분명히 그녀는 우리가 웨이터라는 걸 알고 있었다. B부부는 이미 코네티컷에 가 있다는 걸 그녀가 모를리 없었다. 요컨대 그녀는 괜찮은 여자였다는 말이다. 그리고 당연히 말이 안 되는 소리지만, 자신이 평소에 쳐다보지도 않는 음식을 남자들이 열심히 나르는 모습을 보면서 그녀가 즐거워하지 않았을까 하는 생각이 들었다.

코네티컷 파티에 초대된다는 것은 손님들과 웨이터들 모두 자신의 분야에서 성공했음을 나타내는 표시였다. 코네티컷에서 일해달라는 요청을 받는다는 것은 그들이 당신을 가장 신뢰한다는 의미였다. 그 파티에 관해 주로 기억나는 것은 사방에 피어 있는, 세심하게 관리된 장미들이었다. 나는 브루클린에서 장미 정원을 가꾼 적이 있어서 잘 가꾸어진 장미를 보면 언제나 깊은 인상을 받았다. 처음엔 B부인이 장미를 기르는 모습을 상상했다가, 이내 부인이 그럴 사람이 아니라는 걸 인정하고, 정원사가 장미를 손질하는 모습으로 이미지를 대체했다. 코네티컷 저택은 넓었고, 버클리 부부의 집처럼 바닷가 집들앞에 나 있는 길 전체에 사방으로 갱단이 설쳐대서 순식간에 악명이 자자해진 도시 스탬퍼드에 얌전하게 자리 잡았다. 아까 낸 캠프너가 속력을 내며 달릴 때, 나는 컨버터블에 탄 채로 차량을 탈취당할 수도 있다는 걸 그녀가 알고 있는지 궁금했다. 어쩌면 그녀도 좌석 밑에 총을 두었을까.

우리는 이번엔 뜰과 수영장이 보이는 다락방에서 웨이터 복장으로 갈아입은 다음, 서둘러 아래로 내려가 잔디밭에 모인 100여 명의 손님들 시중을 들었다. 늘 그랬듯이 북적이는 가운데 시간은 흘렀고, 파티는 우리가 위층으로 올라가 퇴근하기 위해 옷을 갈아입는 저녁까지 아무런 특별한 일이 없었다. 나는 창문 밖으로 버클리 씨가 검은 머리카락의 청년과 함께 수영장으로 향하는 모습을 보았다. 우리는 그들의 뒷모습만 볼 수 있었다. 내가 눈썹을 치켜올리자 웨이터 한 명이 말했다. "원래 그래. 여기에서 파티를 할 땐 그는 항상 늦은 밤에 남자 직원 한 명을 불러내서 알몸으로 수영을 해."

"웬일." 내가 말했다.

우리는 첨벙거리는 물소리를 들었다. 내 동료는 미소를 지었다. "웬일은. 예일에 다닐 때부터 그렇게 수영을 해왔는걸." 그가 말했다.

내가 그의 말을 제대로 이해하기도 전에 버클리 부인이 다락방 문 앞에 나타났다.

앞에서도 말했지만 부인은 키가 굉장히 커서 마치 유령처럼 불쑥 그곳에 모습을 드러냈다. 우리는 모두 놀라서 몸이 굳어버렸다. 우리는 저마다 다양한 단계의 탈의 상태였다. 나는 셔츠와 재킷을 옷걸이에 걸어놓고 바지만 입은 상태에서 이제 막 브이넥 내의를 입으려던 참이었다. 부인이 우리가 옷을 갈아입는 방에 온 건 이번이 처음이었다. 부인은 반쯤 눈을 감은 채로 나를 내려다보았다. 나는 웨이터들 중에서 문에서 가장 가까운 곳에 있었는데, 부인이 나를 오래, 아주 오래 쳐다보더니 천천히 앞으로 걸음을 옮겨 내 바로 앞에 멈춰서는 모습을 모두가 빤히 쳐다보았다. "고마워." 부인이 말했다. 아주 나직이, 나를 바라보면서. "정말, 정말 고마워." 부인은 이렇게 말하면서 그녀의 긴 손가락들을 내 가슴털에 대는 것이었다.

"감사합니다." 내가 말했다. 부인은 나를 제대로 볼 수 없는 게 분명했다. 부인은 안경을 끼지 않았고, 술에 취해 있었다.

내가 고작 생각할 수 있는 것이라고는 키르 로열을 아주 잘 만들었다는 것 정도였다. 어쩌면 B부인도 이제는 자기만의 남자 직원을 부를 때가 됐다고 결정한 걸까? 그렇지 않고서야 그 밤에 왜 그곳에 온 걸까? 그 전까지 단 한 번도 그렇게 우리에게 온 적이 없었으면서? 아니면 지금까지 열었던 파티들은 그럭저럭 견딜 만했지만, 그날 파티는 왠지 유독 견디기 힘들었던 걸까? 그날 밤 그녀가 어떤 이유에서 그 방까지 오게 됐는지 모르겠지만, 우리는 모두 그녀를 보고 기절하게 놀랐다.

부인의 표정에는 지독한 외로움과 슬픔이 깃들었다가 이내 사라졌다. 부인은 다시 본래 모습으로 돌아간 것 같았다. "고마워요, 모두 고마워." 그녀는 이렇게 말하고 돌아서서 다락방을 나섰다.

우리는 수영하러 간 두 남자가 돌아오기 전에 옷을 다 갈아입고, 차를 타고 다시 뉴욕을 향해 출발했다.

며칠이 지난 뒤에도 그날 저녁을 생각하면 도무지 믿어지지가 않았다. 몇 달, 몇 년이 지나도 여전히 그 일이 정말 있었던 일이 맞는지 믿을 수가 없었다. 나는 알고 있었다. 내가 그날 일을 글로 남겼다간 팀장이, 최소한, 내 목을 조를 거라는 걸. 하지만 그보다 더 중요한 사실은 일자리를 잃게 된다는 것이었다. 그러니 무엇 하러 그런 위험을 감수하겠는가? 웨이터들과 수행원들은 경솔한 행동을 하면 경력이 끝장난다는 걸 알고 있다. 다시는 이 일을 하지 않겠노라고 작정하지 않는 한 절대로 비밀을 누설해서는 안 된다. 그 무렵 나는 사람들이 뉴욕에서 꿈꾸는 조화로운 삶에 다가갔다고 확신했다. 일을 찾고 유지하는 것만으로도 언제나 극한 스포츠인 도시에서, 나는 생계를 꾸릴 수 있는 작은 일자리를 내 힘으로 개척했다. 당시 여동생이 대학에 입학했기 때문에 나는 이 돈으로 여동생을 지원하기도 했다. 한마디로 위험을 감수할 여유 따윈 없었다. 모든 일을 털어놓고 웨이터로 유명해져봤자, 그러는 사이에 뉴욕 출판계에서 블랙리스트에 오를 게 뻔했다. 그들은 기인이었지만, 나는 아니었다. 내 삶은 모든 것이 변할 테지만, 그들의 삶에는 아무런 변화가 없을 터였다. 나는 영웅이 아니라 한낱 표본, 가장 간단한 본보기가 될 게 분명했다. 그래서 대신 얼마 후에 이 일을 남의 말처럼 이야기했다. 사람들은 터무니없는 소리라는 듯 들었고, 마지막엔 그냥 재미있는 이야기 하나 들었다는 셈 치고 다 같이 소리 내어 웃고 끝냈다.

최근 몇 년을 돌이켜보면, 바로 그때가 연회장 웨이터로서 내 인생의 정점이랄까, 클라이맥스에 해당했다. 내가 알기로 당연히 그 뒤로도 그 일을 했지만, 어쩐지 그날 밤 이후로 다시는 그 일을 할 수 없을 것만 같았다. 하지만 분명히, 가령 뉴욕에서 적어도 한 번은 더 버클리 부부 저택에서 일했다. 그러나 이런 종류의 일이 흔히 그렇듯이 끝날 때 작별 인사는 없었다. 나는 그만둘 시점을 미리 알지 못했고, 그렇다고 '당신을 위해 봉사할 기회를 주셔서 감사합니다' 같은 문구를 적은 쪽지를 남길 만큼 주제넘은 친밀함을 보이지도 않았다. 나는 그 업계를 떠났고, 작업하던 원고를 끝낸 뒤 마침내 소설로 출간했다. 이제 나는 정부 보조금, 소설 계약금, 글쓰기 수업 등 오만 가지 방법으로 생계를 꾸리기 시작했다. 소설이 출간된 후 어느 날, 나는 첼시에서 열린 파티에 손님으로 초대되었고, 그곳에서 쟁반을 들고 있는 팀장을 발견했다. 팀장은 나에게 미소를 지었고, 우리는 이야기를 나누었으며, 그는 나를 축하해주었다. 그 시간과 장소에 대해 절대로 글로 써서는 안 된다는 따위의 말은 우리 사이에 오가지 않았다.

이제 퍼트리샤 버클리는 죽었다. 윌리엄 F. 버클리도 죽었다. 버클리 부부의 메조네트 복층 주택은 그들의 아름다운 아들에 의해 매매되었다. 세인트 빈센트 병원도 사라졌다. 건물은 고급 콘도 단지로 서서히 개조되는 중이다.

돌아가지 않으리라는 걸 ― 돌아갈 수 없다는 걸 ― 알았을 때, 마침내 나는 그 유명한 칼럼을 찾아서 읽었다. 버클리가 쓴 칼럼을 눈앞에 펼쳐두고, 공공의 안전을 위해 에이즈 환자는 문신을 새겨야 한

다는 주장을 읽었을 때 — 하필이면 《뉴욕 타임스 북 리뷰》에 쓰다
니 — 내 안에서 수많은 반응이 일었다. 그가 한 군데도 아니고 이마
에 하나, 엉덩이에 하나, 두 군데에 문신을 새기길 원한다는 글을 보
고 깜짝 놀랐다. 자신의 부고 기사에 부인과 아들 이름, 자신의 고향
지명과 함께 이 칼럼이 언급되리라는 걸, 사실상 이것이 그에게 문신
처럼 새겨지리라는 걸 그는 죽기 전에 알았을까. 그리고 나는 코네티
컷에서 그가 젊은 남자 직원과 함께 수영장에 들어가 물속에서 수영
하는 모습을 상상하지 않을 수가 없었다. 예일에서처럼 벽은 전등 빛
으로 은은하게 빛나고, 그들의 벗은 몸뚱어리는 눈이 부시도록 찬란
했겠지. 그는, 어쩌면, 청년의 몸에 그가 한눈에 알아볼 수 있는 표시
가 새겨지길 바랐을까.

소설 쓰기에 관한 100가지 사실

1. 가끔은 음악이 필요하다.

2. 가끔은 고요가 필요하다.

3. 글로 쓰인 모든 것들이 그렇듯 소설은 하나의 음악 작품과 같아서, 소설을 읽을 때 그 언어를 소리 내어 읽을 필요가 있다. 그러므로 소설을 쓴다는 것은 지금까지 한 번도 듣지 못한 노래를 기억하는 것과 같다.

4. 사람들이 소설을 읽을 때 그러는 것처럼, 나는 지하철에서 소설을 쓰다가 내릴 역을 지나치곤 한다.

5. 어떤 함축적 상황을 제시함으로써 이야기를 시작할 수 있다. 이런 장소에는 이런 사람이 있다는 식으로. 방정식에서 정수를 어떻게 대입하느냐에 따라 새로운 값이 나오는 것처럼.

6. 일반적으로 인물과 상황은 동시에 나타난다. 나는 어딘가에 서서 두 가지가 함께 나타나 서로를 향해 움직이고 변화하는 과정을 지켜본다.

7. 앨리스는 거울을 통해 반대편을 보면서 자신이 알렉스라는 걸 알게 된다.

8. 혹은 소설을 쓰는 것은 거리 한 블록만큼 늘어선 가상의 친구들을 만드는 일과 같다. 당신이 한 장 한 장 써 내려가는 페이지는 낯선 이에게 그 친구들이 존재한다는 것을 증명하기 위해 그들의 지문을 채취하는 것과 같다.

9. 그러므로 소설을 읽는 것은 그러한 지문을 보고 그녀의 표정, 걸음걸이, 그녀가 부적절한 사랑이나 불행하게 끝날 사랑에 빠지는 시기 등을 짐작할 수 있는 경이로운 일이다.

10. 작가는 소설의 배경이 되는 방과 기차와 하늘과 여름밤과 파티에서 보이는 모든 것들을 최대한 정밀하게 그려낸다. 이때 작가는 거대한 가상의 친구와 함께 어느 시기 속으로 들어왔다가, 다른 시기로, 다시 말해 작가의 삶으로 돌아간다.

11. 혹은 당신이 파티에 있는데 누군가 창문 밖에서 당신의 이름을 부르는 소리가 들린다. 창가로 가서 보니 용 한 마리가 활짝 웃으며 밤바람 속에 둥실 떠 있다. 내 이름을 어떻게 알았지? 당신은 이렇게 묻는다. 그런데 당신은 그것이 당신 이름이라는 걸 어떻게 알았지?

12. 소설을 쓰는 이유는 쓰지 않을 수 없기 때문이다. 소설을 쓰는 이유는 쓰지 않는 것보다 쓰는 게 더 쉽기 때문이다. 쓸 필요가 없는 소설은 쓸 수가 없다.

13. 대체로 소설가의 가족들은 소설가가 '진짜로' 일하는 사람이라는 걸 믿지 않을 것이다. 소설이 아무리 많이 출판되어도.

14. 소설가의 가족들은 그들의 작가를 벌해서는 안 된다는 말이 있다.

그 말을 한 사람은 바로 나다.

15. 소설가의 가족들은 종종 자기가 소설에 나올까봐 두려워하는데, 사실 자기 자신에 대해 쓰고 그걸 드러내는 게 소설 아닌가?

16. 당신이 소중히 여기는 소설가들을 위해서는 그들이 뭔가 다른 일을 하고 있겠거니 여기는 게 좋고, 언제나 그 편이 도움이 되며, 당신의 관심은 요만큼도 필요 없다고 들었다. 그러다가 그들이 도움을 요청하면 그때 당신의 불같은 열정을 불태우면 된다.

17. 소설이 달가워하지 않을 때 그것이 뭘 말하려는지 알아내려다간 엄청난 저항에 부딪힐 것이다.

18. 소설 내용이 뭐예요? 소설이 어떻게 전개되나요? 이런 질문에 내가 대답하지 않는 건, 누군가를 알아갈 때 그들에 대한 인식이 바뀌는 것과 마찬가지로 소설에 대한 내 느낌도 바뀌기 때문이다.

19. 사람들은 나중에 기댈 수 있는 답을 찾는다. 나도 그렇다. 하지만 내 해답은 결국 책 내용 전체가 될 것이며, 나는 그 가운데 어느 것 하나도 버리고 싶지 않다.

20. 내가 태도를 분명히 하지 않는 것처럼 보인다면, 그건 내가 거짓말쟁이가 아니며, 우연히 잔머리를 굴려 거짓말쟁이로 비치기도 싫기 때문이다. 하지만 내가 소설의 아이디어를 말했는데 그 내용이 사람들을 실망시킨다면, 그 소설은 빛을 보지 못할 수도 있다.

21. 소설은 그것이 쓰이는 동안은 연약하지만, 탐욕스러울 때도 있다. 소설은 내 방을 어슬렁거리며 대충 완성되어가는 시의 행들을 벗겨내고, 쓰다 만 에세이와 일기와 편지 들에서 생각을 훔친다. 때로 이것들은 서로가 서로에게서 벗겨내고 훔쳐온다. 어느 땐 내가 이들에게 접근할 무렵, 하나가 다른 하나를 크게 베어 물

기도 한다.

22. 대체로 이런 환경에서는 시를 구해낼 수 없다. 적어도 아직은.

23. 그렇다고 이런 환경에서 소설을 나무랄 수도 없다. 허기는 그 자체로 지능을 갖추며 꽤 신뢰할 만하다. 소설을 내보낸 지 몇 년 안에 새로운 소설을 또 내는 건 위험하다. 둘은 각각 쓰였지만, 이들은 서로를 안다.

24. 초고를 마치면 다시 들여다볼 것. 빨랫감 같았던 것이 크리스마스 장식처럼 바뀔 테니.

25. 초고는 골격이다. 해체해서 그 안에 무엇이 꿈틀거리는지 찾아야 한다.

26. 초고는 추측들로 이루어진 번데기.

27. 진행 중인 소설은 여러 가지 얼굴을 지닌다. 마치 영화에서 배우 한 명이 온갖 역할을 연기하는 것처럼. 가령 간수의 얼굴을 할 때, 소설은 캄캄한 방에서 당신이 묻는 말에 아무런 대답을 하지 않는다. 며칠, 몇 달, 몇 년이고 답을 들려달라고 간청하지만, 아무도 듣는 사람이 없는 것 같다. 방문 요청에도, 석방의 애원에도 시종일관 묵묵부답이다. 게다가 강제 노역까지.

28. 혹은 소설이 샴페인 찰리Champagne Charlie(미국에 최초로 샴페인을 소개한 찰스 하이직Charles Heidsieck의 별명. 뛰어난 미남에 마케팅의 귀재이자 사교계의 명사로 수많은 염문을 퍼뜨렸다 — 옮긴이)의 얼굴을 한다면? 리무진이 멈춰 선다. 내부에는 빌트인 바가 설치되어 있고, 수행원이 타고 있다. 아직 만난 적 없는 연인은 당신이 전화를 자주 하지 않는다고 삐쳐서 팔짱을 낀 채 그 예쁜 얼굴에 화난 표정을 짓고 있다.

29. 혹은 소설이 한밤중에 열린 창문으로 들어오는 탈주범의 얼굴을 한다면? 꿈이라고도 할 수 없는 몽롱한 상태에서 놈의 손에는 당신이 서명한 작업 지시서가 들려 있다. 한눈에 봐도 당신의 친필임을 알 수 있다. 공장 주소는 당신 집으로 되어 있다.

30. 작업을 진행한다. 공장은 도로 근처에 위치하고, 도로는 감옥을 드나드는 길로 이어진다. 그 길로 샴페인 찰리가 들락거리는 모습이 보인다. 그곳에서 이따금 죄수들과 그 일당이 거래를 하고 있는 게 분명하다.(수행원은 감방과 잘 어울린다.) 그렇지 않을 때도 있지만.

31. 탈주범은 창문 밖으로 몸을 내밀어 주변을 살피면서 리무진과 감옥이 같은 게 아닐까 생각한다.

32. 소설은 연인의 얼굴도 하고 있다. 그 연인은 조바심이 나 있다. 당신이 모든 걸 알길 원한다. 당신에게 모든 이야기를 들려줄 때까지 멈추려 하지 않는다. 공장이든 감옥이든 리무진이든, 당신이 어디에서 누구와 있는지는 중요하지 않다. 대화는 멈추지 않을 것이다. 언젠가 끝이 나겠지만 그게 언제일지는 알 수 없다. 작가의 인내에 한계가 느껴질 만큼 한참 후일지도. 그렇게 소설은 쓰이고 태어난다.

33. 그렇게 소설을 완성한 뒤, 돌연 이 소설이 당신의 머릿속에 들어앉기에는 너무도 제멋대로인 상상력으로 이루어졌다는 걸 깨닫는다.

34. 당신의 모자는 여전히 잘 맞는다. 그러나 머릿속엔 빈 공간이 남아 있다.

35. 꿈에서 폭풍의 표면과 그 내부를 들여다본다고 상상해보자. 그것

은 당신이 때때로 발견하듯, 당신 일상의 외피와 같다. 소설은 누군가를 그런 나날의 입구로 안내하는 유일한 방법이다.

36. 거리에서 낯선 사람이 당신에게 다가와 당신의 옷깃을 움켜쥐며 순식간에 여권과 돈을 빼앗고 사라진다. 당신은 길을 나서는 즉시 사랑에 빠진다.

37. 소설은 생각이 아닌 마음에서 찾아온다. 그렇기 때문에 소설은 머리에서 일어나는 사고 과정과 일치하지 않는다. 소설을 낭독하는 소리를 들을 때면, 언제나 마치 보이지 않는 어딘가에서 들려오는 노래 소리처럼 느껴지는 이유도 그래서가 아닐까.

38. 당신은 소설을 쓰는 내내 마음속으로 소설을 해방자라고 믿을지 모른다. 그리고 이야기에 온통 정신이 팔려 있어, 평소와 달리 이 믿음을 부인하지 않을 것이다. 이것이 소설을 읽을 때 소설을 사랑한다고 생각하는 것보다 소설을 쓸 때 더 소설을 사랑하는 이유다.

39. 당신은 열린 결말을 사랑한다. 당신은 이런 결말을 갈망하며, 때로는 아예 처음부터 감지한다. 이 소설은 숲 사이로 난 하나의 기다란 길이 결말 문턱까지 이어지리라는 걸.

40. 마음의 농간은 거의 끝나간다. 소설을 쓰는 내내 마음은 소설을 납득시켜왔다. 그냥 죽 따라만 가면 된다고.

41. 사랑의 가능성으로 시작하지만 정반대의 기억으로 끝나는 데이트처럼, 이것은 소설을 이용한 게임. 당신이 잃어버린 혹은 당신을 잃어버린 사랑, 당신이 착각하는 사랑은 기억에서 영원히 사라졌지만, 그 대신 가면을 쓰고 나타난다. 한밤중에 거리에서 당신을 벽에 밀어붙이고 입을 맞추는 낯선 이의 모습으로.

42. 하긴 소설은 가면이기도 하지.

43. 소설가를 위해서는 아님. 독자를 위해서도 아님. 소설가는 다른 무언가를 위해, 사슬에 묶인 사자처럼 천막 뒤에서 이야기를 가지고 온다.

44. 소설가의 셔츠에 드러나는 칼에 벤 자국, 팔다리의 쓸린 자국에 신경 쓰지 말 것. 그런 자국들이 왜 생겼는지 알려고도 하지 말 것. 조명이 적당히 밝아지면, 사슬에 두 손을 채우고 글에만 매진할 준비가 될 때 비로소 보일 테니까. 상처는 소설가가 겪은 일에 관해 또 다른 소설을 쓰게 할 터. 지금 그것을 기록하지 않으면, 나중에 그 일이 생각날 땐 그것이 당신을 떠날 것이다.

45. 물론 당신 역시 소설가이고, 그래서 이따금 이것이 당신의 다음 소설이 되는 경우가 아니라면. 당신은 잠에서 깨어 천막 뒤쪽에 누워 있는 자신을 발견하겠지.

46. 나는 그것들을 다른 행성에서 온 방문자로 여긴다. 문장은 생명체와 의사소통하는 아름답고 거대한 기계의 회로와 같고, 생명체는 순수한 의미와 같다고.

47. 혹은 한 번도 만난 적 없는 먼 친척처럼 여겨질 때도 있다. 서로 다른 나라에 살아서 우리 사이에는 언어의 장벽이 있는. 우리는 가면 놀이를 시도한다. 그는 내가 준 옷과 가발을 쓰고 한쪽 다리로 깡충 뛰면서 낯선 동물의 울음소리를 흉내 낸다. 그리고 잠시 후 나도 가발을 쓰고 한쪽 다리로 뛴다. 깡충 깡충 깡충.

48. 그리고 다른 손으로는 메모를 한다.

49. 모든 사람은 자기 안에 소설 한 권씩을 품고 있다. 사람들은 말하기를 좋아하니까. 사람들은 그렇게 말할 때 미소를 짓는다. 정말

로 모든 사람이 적어도 소설 한 권을 품고 있기라도 한 것처럼. 아기들의 영혼이 컨베이어벨트에 실려 천국에서 내려온다고 상상해 보자. 지친 천사들이 일렬로 서서 정지 버튼을 눌러 아기들의 순결하고 고요한 심장 속에 책 한 권을 밀어 넣는다.

50. 그것이 영혼과 같다면, 자궁이 있는, 형체가 갖추어진 영지주의의 영혼처럼, 당신이 공유할 수 있는 영혼일 것이다.

51. 당신이 품고 있는 그 한 권의 소설을 당신 자신이 결코 읽지 않는다면 어떨까? 그 소설이 해변에서 읽는 심심풀이 소설이거나, 초베스트셀러 소설이거나, 길고 장황하고 결말은 슬픈 인물 중심의 문학적 드라마라면 어떨까? 당신이 품고 있는 그 한 권의 소설이 당신이 생각하는 당신 모습과 정반대의 인물을 설정한다면 어떨까?

52. 소설가는 여러 개의 팔다리가 달린 인형으로 분장한 서커스의 호객꾼. 다리 여덟 개에 얼굴이 세 개이거나, 혹은 머리 둘 달린 말일 수도.

53. 이제 우리는 천막 안의 뒤편에 있지만, 완전히 다른 서커스용 천막 안에 있다.

54. 우리는 채찍을 휘두르는 무언가의 비위를 맞추기 위해 요령을 배우도록 훈련된 동물이 바로 우리 자신임을 발견한다.

55. 우리는 톱밥 속에 무릎을 꿇고 접시를 저글링하면서 군중이 환호하길 바란다. 조명에 가려져 그들의 모습은 볼 수 없지만.

56. 그러는 동안 어떤 문화에서는 신처럼 떠받들어지지만, 어떤 문화에서는 사형에 처해진다는 걸 알게 되겠지.

57. 물론 그런 일은 거의 일어나지 않지만.

58. 하지만 가끔은 일어나기도 하지.

59. 소설은 누군가가 감추려 애쓰는 한 장의 사진. 그걸 밝히는 순간, 당신은 살해될 수도 있다. 누군지 모르지만 그는 당신에게 협박한다. 그걸 쓰기만 해봐, 죽여버리겠어.

60. 당신은 자신이 이런 짓을 저지른 줄도 모른 채 그저 경치 사진을 찍으려 했겠지. 자신을 구경꾼으로 여기며, 자신이 본 걸 이러저러하게 말해야지, 생각하면서. 사진 한 귀퉁이에 무엇이 있는지 전혀 알아채지 못하고서.

61. 그런데 사진을 자세히 들여다보았더니, 낯선 사람이 두고 간 지도 한 장이 있네. 그 사람은 이렇게 말한다. 이 길로 가면 보물이 나와. 그리고 이 길로 가면 말이지…….

62. 잃어버린 조각은 어딘가에 숨어 있지만, 부르면 당신 일상의 벽 뒤에서 당신에게 목소리를 들려준다.

63. 당신이 단 한 편의 소설을 품는다면, 그 한 편은 아름답게 쓰인 소설일까, 엄청나게 파격적인 소설일까? 그리고 그 소설을 어떻게 알아볼 수 있을까?

64. 어쩌면 가끔은 천사들이 너무 지친 나머지 한 권이 아니라 다섯 권, 열두 권, 백 권, 천 권의 소설이 손에서 미끄러졌을지 모른다. 그 영혼 안에는 도서관이 깃들겠지.

65. 지친 천사들이 소설을 찾으러 돌아오진 않을 거다. 하지만 대신 소설이 눈에 띄면 조용히 미소를 짓겠지. 그리고 그것들을 기억하며 보이지 않게 살그머니 서점 앞을 지나가겠지.

66. 기억할 것. 실은 아무도 한 권의 소설만 품지는 않는다는 걸.

67. 소설과 신은 늘 사망 선고를 받는다. 둘 모두 실제로 존재한다고

말할 수 있을지라도, 아마도 이젠 둘 다 그런 것에 관심 없을걸.

68. 잠깐 상상해볼까. 그들이 인생이라는 부엌에서 시간을 보내는 걸. 서로 농담을 주고받으며 상대방의 감정이 다치지는 않았는지 알아보려 애쓰면서.

69. 신은 자신이 복귀했다고 자신한다. 소설도 마찬가지. 하지만 서로를 질투해 상대방에게는 이런 이야기를 직접적으로 하고 싶어 하지 않지.

70. 소설은 공항의 자판기에서 팔리고 있어. 신은 자신을 위한 자판기는 없다고 말해.

71. 그런데 정말 그렇게 확신하시오? 소설이 물어. 그리고 덧붙이지. 내 생각엔 당신이 뭔가 조치를 취할 수 있을 것 같습니다만.

72. 내가 무슨 조치를 취할 수 있을지 말해보라, 신이 말해. 그런 말을 하는 것이야말로 소설이 할 수 있는 일들 중 하나일 테니.

73. 때때로 이것은 침몰하는 배가 되고, 당신은 선장이 되어 갑판 위를 분주히 뛰어다닌다. 배를 가라앉히지 않겠노라고, 무슨 일이 있어도 배를 구해 육지로 향하겠노라고 결심하면서.

74. 배는 침몰의 위기를 벗어나 바다의 매혹에서 빠져나온다.

75. 때로는 난파선이 배나 선장을 구해준다는 걸 쉽게 잊는다. 때로는 암초에 부딪히고 나서야 둘 중 하나가 이 사실을 기억한다.

76. 잠수함을 타고서, 역사 이래로 항해에 실패해 바닷속에 가라앉은 보물들을 찾아 탐험하는 《해저 2만리》의 네모 선장을 생각하라. 채 완성하지 못한 소설들의 도서관이 이렇지 않을까.

77. 혹은 어느 섬사람이 착용한 버클 달린 벨트는 어떨까? 그는 이 벨트를 암초에서 발견했는데, 몇 년 뒤 원래 주인인 친구가 섬에 와

서 이것을 본다. 이 벨트 어디에서 났지? 탐험가는 이렇게 물으며 난파선으로 데려가달라고 부탁한다.

78. 이것은 탐험가가 질문을 하기 위해 배워야 하는 언어와도 같다.

79. 나한테 원하는 게 그거요? 소설이 묻는다.

80. 나한테 원하는 게 그거요? 소설이 당신에게 말한다.

81. 이 안의 모든 것은 당신에 관한 것이오. 소설이 말한다.

82. 이 말은 당신이 계속 읽게 하려는 혹은 계속 쓰게 하려는 속임수인 것 같고, 진실인 동시에 거짓인 것 같다. 그리고 이것은 소설의 또 다른 모습이다.

83. 소설에서 진실은 이불을 뒤집어쓰고 유령 놀이를 하는 아이들처럼 자주 주변을 뛰어다닌다. 그렇지 않으면 우리는 그들을 무시하고 지나칠 테니까. 지금은 아니야, 그들이 이불을 걷어내고 찾아오면 우리는 그들에게 이렇게 말할 것이다.

84. 네 방에 가서 날 기다려. 우리는 이렇게 말하곤 한다. 잠시 후 우리는 방에 가서 그들이 사라져버린 걸 알고 흐느껴 운다.

85. 소설은 지시를 받아도 시키는 대로 해내지 못한다. 대체로 소설은 군인이나 웨이터가 아니다. 그들은 집안일에 젬병이고 은그릇을 닦지 않을 것이다.

86. 소설은 기다리지 않는다. 소설은 불량한 운전기사다.

87. 소설은 아이들을 잘 다루지만 젊은이에게는 신뢰할 수 없는 가정교사와 같다. 그럼에도 불구하고 우리는 최대한 빨리 기어가 책장에서 소설들을 꺼낸다.

88. 존 치버는 소설에 대해 말하길, 소설은 직접적이고 간결한 편지의 성질을 띠어야 한다고 했다. 나는 이 말이 옳다고 생각하지만, 한

편으론 이런 궁금증도 생긴다. 누가 누구에게 보내는 편지라는 거지? 짧게 반박하고 끝내겠다. 소설은 저자가 독자에게 보내는 편지가 아닙니다, 라고. 소설은 편지 같은 것일 뿐 편지가 아니다. 그렇지만 또한 이런 질문 ― 누가, 누구에게, 라는 ― 을 붙들고 있어야만 비로소 소설을 시작할 수 있다.

89. 대부분의 경우에 소설은 처음엔 사고를 당하는 것과 같다. 작가들은 상상의 거리에 늘어서서, 구타당하고 끌려가 어디 멀리 내동댕이쳐지길 바란다. 그러다 목적지에 도착하면, 자동차 밑에서 기어나와 상금을 가지고 슬그머니 달아난다.

90. 왜냐하면 의도적으로 시작된 소설은 조악하기 그지없는 형편없는 거짓말이나 선거 기간의 정치 연설처럼 으레 끔찍하기 마련이기 때문이다. 작가는 상원 의원처럼 되어버리고.

91. 성공적으로 사고를 당한 후 방에 들어와 잠에서 깬다. 당신의 손 안에 무언가가 남겨져 있다.

92. 그것은 한 통의 편지. 혹은 편지와 같은 무엇.

93. 당신의 침대 옆에는 바로 당신, 소설을 쓰는 이가 있다. 소설은 변장을 하고, 우스운 모자까지 쓰고 있다. 당신은 편지에 무엇이 쓰였는지 알고 싶겠지. 그렇지만 우스꽝스러운 콧수염을 너무 가까이에서 들여다보지는 말 것. 귀 기울여 들을 것. 들은 내용을 남몰래 손에다 받아 적을 것. 소설은 정성껏 변장을 하고서 자기가 들은 내용을 펼쳐 보인다.

94. 그리하여 소설은, 소설이 독자에게 보내는, 작가가 작가에게 지시하는 편지가 된다.

95. 하지만 편지에 뭐라고 쓰였지? 당신은 이렇게 물을지 모르고, 그

러면 소설은 뒷걸음질한다.

96. 한잔해야겠어, 곧 돌아올게, 라고 소설은 말한다. 당신도 한잔하지그래?

97. 며칠 뒤 소설이 돌아온다. 아무하고도 함께하지 않았어, 소설이 말한다. 이웃 사람 책상 위로 원고가 굴러다니는 걸 상상하며, 소설이 다른 이들과 어울렸을까봐 작가는 조마조마하지만, 바로 그 순간 소설은 덧붙인다. 나한텐 너뿐이야.

98. 너밖에 없어, 소설은 다시 말한다.

99. 당신은 소설의 창문 밖 거리에 서서, 바람이 부는 방향을 따라 절규한다. 제발 부탁이야, 당신은 마지막으로 이렇게 말하고 마침내 침묵한다. 얼마나 더 멀리 가야 하는지 확신하지 못한 채.

100. 소설은 이미 문 앞에 와 있다. 문이 열리길 기다린다, 아주 잠시 동안만. 소설은 다시 연인이 되어 다시 조바심을 낸다. 당신이 모든 걸 알아주길 다시금 소망하면서.

 로사리오

1

　1995년 12월, 부동산 중개업자에게 브루클린의 아파트를 소개받는다. 중개업자는 아파트 문을 열자마자 괜히 미안해한다.

　"집이 작아요." 그녀는 그처럼 작은 집을 보는 것만으로도 심기가 불편하다는 듯 눈길을 돌리며 말한다. 우리는 커다란 스튜디오 안으로 들어간다. 주방은 천장이 높고, 나무 바닥은 광을 내서 반짝반짝하다. 미닫이문을 열면 목제 테라스가 나오는데, 최소한 아파트만 한 크기의 뜰로 이어진다. 반드르르한 진흙투성이 뜰에는 돌을 깔아 통로를 만들었다. 가장자리는 약 2미터 높이의 나무로 만든 말뚝 울타리가 둘러져 있고, 뒤편은 철사를 엮어 만든 울타리로 출입을 막았다.

　나는 중개업자에게 곧바로 대답하지 않는다. 내가 아파트 안으로 들어설 때 햇살이 뒤편 창을 가득 메우고 있었는데, 바로 그 순간 분홍, 주황, 빨강, 하양 장미들이 퍼레이드를 벌이듯 하늘 위로 고개를 처들고 있는 모습이, 마치 내가 유령이 된 것 같은 기분이 들어서다. 장미들은 그렇게 모습을 드러내더니, 마치 누군가 젖혀놓은 커튼 위의 그림인 것처럼 내가 아파트 안으로 쑥 들어서자 완전히 모습을 감춘다. 정원 전체가 하나의 유령이거나, 아니면 미래를 보여주는 어떤 전조이거나, 둘 다인 것 같다.

나는 중개업자를 따라 뜰 안으로 갔다가 다시 아파트로 돌아오고, 그동안 그녀는 이 아파트의 장점을 짧게 언급한다. 집세가 저렴하다. 정원이 있다. 이상 끝. 조금 전 낯선 환영을 보고 난 뒤 그녀의 이런 말을 듣고 있으니, 겨울의 진흙투성이 뜰, 죽은 풀들, 눈, 이 모든 것이 거짓말처럼 느껴진다. 나는 나무 울타리에서 빠진 세 개의 말뚝 사이로 옆집 마당에 흩어진 돌무더기를 눈여겨본다. 누군가가 양지쪽에 놓아둔 판자 위에서 점박이 어미 고양이가 점박이 새끼들에게 젖을 먹인다.

집세가 정말 저렴하다. 나는 이유를 묻는다.

"임대료를 시세보다 훨씬 비싸게 불렀더니 들고 나는 사람이 너무 많아지더라고요. 그래서 이번 계약서에는 500달러 할인한다는 추가 사항이 첨부되었답니다." 그녀가 말한다. 어쩐지 거짓말 같다. 그녀는 더는 아무런 말도 하지 않지만, 공포 영화에서는 이런 침묵이 곧잘 등장한다. 이 침묵은 관객에게 앞으로 일어날 일을 말해준다. 나는 익명의 누군가가 바로 이곳에서 입에 담지 못할 방법으로 살인을 저질렀다는 걸 나중에 알게 될 것이다.

중개업자가 나를 앞문으로 데리고 가지만, 나는 이 집을 나서고 싶지가 않다. 이곳은 벌써 내 집이 된 것만 같다.

나는 그녀와 함께 다른 아파트를 보러 간다. 다른 아파트를 보면 조금은 선뜻 첫 번째 집으로 결정할 수 있으리라는 생각에서다. 하지만 다른 사람에게 첫 번째 아파트를 빼앗길까봐 두 번째 아파트를 둘러보는 내내 초조하다. 두 번째 아파트는 조금 더 크고, 조금 더 비싸고, 2층에 위치하고, 방이 네 개다. 크고 외로운 느낌이다. "너무 크네요." 내가 그녀에게 말하자 그녀는 눈썹을 치켜올린다.

"정말 괜찮으세요?" 내가 정원이 딸린 아파트의 계약서를 쓸 때 그녀가 묻는다.

"그럼요." 내가 말한다. 얼른 이사 와서 저 땅을 일굴 생각에 벌써부터 마음이 급하다.

*
**

이 집에 이사 오기 전에는 정원을 가꾸는 재주라곤 요만큼도 찾아볼 수 없었다. 그건 나를 포함해 누구나 아는 사실이었다. 어릴 때 어머니가 정원을 가꾸는 걸 도운 적이 있었다는데, 나는 기억이 거의 없다. 기껏해야 메인주에 살 때 겨울에 단열을 위해 어머니가 키우던 장미꽃 주변에 솔잎과 원뿔 모양 스티로폼을 덮어주는 정도가 전부였다. 어느 해 겨울엔 눈 사이로 굴을 파다가 땅에 묻힌 장미를 그만 삽으로 건드리고 말았다. 나는 장미를 죽였을까봐 걱정이 돼서 장미가 잠들어 있는 어둠 속을 들여다보려 했다. 너무 무서워서 내가 한 짓을 차마 어머니에게 말하지는 못하고 눈으로 구멍을 덮어버렸다. 다음 해 봄이 왔을 때도 장미가 살아났는지 부러 알아보지 않았다.

내가 정원사로서 뭔가 장래성을 보인 한 가지 단서는 숲에서 혼자오랜 시간을 보냈다는 것이다. 오죽하면 동네에서 내 별명이 자연인이었을까. 나는 복주머니난이라는 야생 난을 찾아다녔고, 꽃을 발견하면 그 자리에 앉아서 멸종 위기에 처할 만큼 희귀한 이 꽃의 지위와 아름다움에 감탄하며 한참 동안 들여다보며 시간을 보냈다. 노란 데이지, 라일락, 야생 당근 등 보이는 건 무엇이든 한 아름 집에 가져와 어머니에게 주기도 했다. 하지만 뭘 길러본 적은 없었는데, 아마도 그래서 정원에다 뭘 심었다고 여동생한테 말했을 때 여동생이 이렇게 말했나 보다. "오빠는 뭘 심으면 전부 죽이는 것 아니었어?"

우리 집에서 나는 인내심이라곤 찾아볼 수 없는 인간이다. 나는 소리 지르고, 문을 쾅쾅 닫고, 부딪쳐 싸우는 인간이었다. 게다가 그 무렵 나는 어디에서 1년 이상 사는 사람이 아닌 걸로 알려졌다. 보통 6개월이면 짐을 쌌으니까.

유일하게 납득할 수 있는 설명은, 이 정원은 이 아파트에 사는 사람만이 누릴 수 있는 선물 같은 것으로, 정원이 아니라면 신비하지도 매력적이지도 않은 집이라는 것이다. 평범하다 못해 초라하기까지 한 아파트는 1980년대에 한 번 수리하고, 내가 들어오기 전에 한 번 더 손을 보았다. 작은 주방과 작은 욕실로 이루어진, 하얀 빈 상자라고나 할까. 특별히 집세를 깎아주긴 했지만, 하나뿐인 창문이 뒷문을 겸했고, 앞문과 동시에 열면, 잘하면 맞바람이 불었다. 아파트가 좀 그러면 어떤가. 창문에서 내다보면 선물 같은 정원이, 그러니까 곧 정원으로 가꾸어질 공간이 펼쳐져 있는걸. 아직은 정원의 꼴을 갖추기 전이었지만.

**

이사 후 나는 며칠 동안 정원 디자인에 관한 책을 몇 권 읽는다. 책마다 공통적으로 하는 말은, 잘 가꾼 정원은 계절마다 심지어 겨울에도 정원사에게 무언가를 선사할 수 있도록 계획되어야 한다는 것이다. 봄의 정원은 무채색의 긴 겨울을 보낸 정원사의 눈에 활기를 되찾아주기 위해 일찌감치 다채로운 색을 갖추어야 한다. 여름의 정원은 활짝 핀 꽃들로 생기가 넘친다. 가을의 정원은 수확의 계절답게 더욱 짙은 색들로 넘실거린다. 겨울의 정원은 눈이나 상록수, 이따금 장미 줄기 같은 적갈색으로 뒤덮인다. 많은 정원사들이 색깔, 땅의 형태, 햇볕의 노출량을 조화롭게 만들려고 애쓰며, 조향사처럼 향을 염두에 두고 가꾸는 사람들도 있다. 어떤 책은 각각 다른 깊이로 구근을 심는 법을 가르친다. 그래야 크로커스가 지면 튤립이 피고, 그런 다음 백합, 아이리스, 칸나 등이 차례로 피다가 마지막으로 가을에 백합류의 꽃들이 모습을 드러낼 수 있다. 마치 권총집에 구근을 넣는 것 같은 기발한 계획이 아닐 수 없다. 어떤 정원은 하얀 잎과 밤에 피는 꽃들, 저녁에만 향이 나는 식물 들을 심어서 밤에도 볼 수 있도록 세심하게 계획했다. 책에서는 단일 품종의 식물을 너무 많이 심으면 그 품종이 꽃을 피우는 계절이 아닐 땐 정원이 칙칙해질 뿐만 아니라 온갖 해충이 들끓는다고 설명한다. 해충은 칙칙한 땅에 끌리는 것 같다.

나는 어떤 식으로 정원을 꾸밀지 대략 구상하면서 계획을 세우기 시작하고, 사방에 장미를 심으리라는 애초의 계획을 실행에 옮긴다. 정성을 담뿍 들인 정원 같은 것은 원치 않기에 그런 계획은 폐기한다.

"장미 정원을 가꾸고 있어." 이사한 직후, 나는 단골로 정한 동네 술집에서 친구에게 이렇게 말하며, 이런 말을 하면 어떤 반응을 얻을지 시험해본다. 때는 춥고 어두운 계절, 1월이었다.

"해는 잘 들어?" 그가 묻는다.

"그럼." 나는 거짓말을 한다. 해가 잘 들던가?

다음 날은 일을 가지 않아도 된다. 나는 하루 종일 집에 머물면서 해가 땅 위로 지나가는 모양을 지켜본다. 어떤 책에서는 정원 일지를 꾸준히 써서 일조량, 강우량, 계절이 시작하고 끝나는 시점을 기록으로 남기도록 권하기도 한다.

첫 햇살이 아침 일곱 시 삼십 분에 창문을 스치고 여덟 시경에 뒷마당을 어루만진다. 해는 오후 네 시에 마지막으로 한 줌의 흙을 비추고 떠난다. 지금은 1월. 그러므로 여름이면 분명 해가 더 많이 비칠 것이다. 안내서에 따르면 모든 종류의 장미는 여섯 시간은 충분히 햇빛을 받아야 한다. 여섯 시간쯤은 충분히 받을 수 있고말고.

다음 날 아침, 나는 다시 일지 앞에 앉아 일조량을 기록한 다음, 또 다른 항목을 기록하기 시작한다. 이렇게 해서 바로 그날, 이 에세이가 시작되었다.

*
**

매일 아침 눈을 뜰 때마다 이곳이 새로 이사 온 아파트라는 걸 새삼 깨닫는다. 이것저것 잔뜩 쑤셔 넣고 단단히 포장한 상자들은 아직 풀어보지도 못했고, 책상으로 사용하는 작은 테이블 하나, 의자 하나, 매트리스 하나가 전부인 가구는 아무렇게나 흩어져 있다. 책 몇 권을 꺼내 벽 앞에 쌓아놓고, 몇 권은 읽고 몇 권은 대충 훑어본다. 나는 이 고요를 즐긴다. 지난 몇 달간 이사할 돈을 모으기 위해 닥치는 대로 가욋일들을 했더니, 너무 용을 썼는지 입을 뻥긋할 기운조차 없는 것 같다. 전화가 울려서 받는다 한들 무슨 말을 해야 할지도 모르겠기에, 전화는 당장 설치하지 않는다. 정 필요하면 공중전화로 전화하면 된다. 이런 행동 때문에 마약상으로 의심을 사 경찰에게 조사를 받았고, 그 바람에 전화를 설치하긴 했지만 어쩐지 이곳이 마약 거래 소처럼 느껴진다.

이 아파트 단지의 중심에는 주변 다른 집 마당들이 모여 있다. 어느 집은 다양한 식물을 심고 가꾸지만, 어느 집은 우리 오른쪽 옆집 마당처럼 황량하게 방치되어 있다. 이 집 뒷마당의 헐벗은 겨울나무들은 사시사철 이대로 버려질 테고, 봄이 와도 달라지지 않을 것이다. 검은 가지들은 에드워드 고리Edward Gorey의 카툰에 나오는 나무들처럼 하늘을 찌른다.

"그 집 주인이 나무뿌리에 독을 놓아서 그래요." 어느 날 이웃집 여자가 나와서 자신을 소개하면서 알려준다. 나무의 곧은 뿌리들이 건물 밑 땅을 서서히 뚫고 지나가 건물의 파이프와 지반을 위태롭게 만들었다는 것이다. 내가 이 집에 사는 내내 이 나무들은 이런 채로 살아갈 것이다. 이따금 이집 저집의 정원으로 나뭇가지들을 떨어뜨리면서. 우리 집 마당에는 독이 퍼진 나무들이 떨어뜨린 가지가 잔뜩 널려 있다.

이웃집 사람은 대강 내 또래의 젊은 여자로, 에이즈에 걸려 사회보장 장애 연금으로 살고 있다고 말한다. 나는 그녀가 곧장 마음에 든다. 그녀도 얼마 전에 이사 왔고 거의 집에서 지낸다. 잔디밭과 텃밭을 가꿀 계획이라 마당 뒤편 구석에 퇴비를 쌓아놓았지만, 나무들을 죽인 땅속의 독성 물질 때문에 걱정이다. "그래서 흙 상태를 시험해보고 있어요." 그녀가 말한다. "당신도 그래야 할걸요."

마당 뒤편에는 벌집도 있다. 야생이지만 그녀의 말처럼 유용하다. 벌들이 우리 정원의 식물에 꽃가루를 나눠줄 것이다. 그녀는 벌집을 없애지 않을 것이다. 나에게는 이 생각이 현명하면서도 어리석어 보인다.

남아 있는 나무들 중에 유일하게 살아 있는 나무는 은빛 목련나무다. 여전히 휴면 중이지만, 주변의 나무들이 다 죽었는데도 희한하게 생생하게 살아 있다.

오른쪽 옆집 마당은 죽은 식물을 담은 쓰레기봉투, 낡은 자전거 한대, 부서진 담장으로 휑뎅그렁하다. 아예 길고양이들의 집이 되어, 어미 고양이와 갓 태어난 새끼들이 살고 있다. 이웃집 젊은 여자의 마당, 우리 집 마당, 그리고 버려진 마당, 이 세 마당을 한꺼번에 둘러보면 쇠퇴 일로를 걷는 마당을 보는 것 같기도 하고, 거주자의 주제에 의한 변주곡 같기도 하다. 이웃집 마당은 아기자기하다. 우리 집 마당은 반쯤 엉망이다. 마지막 집 마당은 폐허다.

집집마다 마당에 여러 층 높이의 금속 사다리 같은 게 놓여 있는데, 브이 자 홈이 파인 곳에 도르래가 달려서 빨랫줄을 고정시킨다. 마당을 가로질러 길게 매달린 빨랫줄에 팬티, 시트, 수건 같은 걸 널어서 말린다. 이따금 다른 집의 양말 한 짝, 팬티 한 장이 우리 집 정원에 떨어지기도 한다. 그러나 찾으러 와서 달라고 하는 사람이 아무도 없어서, 빨래의 주인이 누군지 알 길이 없다. 하는 수 없이 나는 주인을 잃고 떨어진 세탁물들을 종류가 무엇이든 밖으로 내던진다. 또 다른 유일한 이웃을 이사 온 지 몇 달 만에 처음으로 본다. 맞은편 집에 사는 중년 여자로, 잘 빗어 넘긴 머리에 황동색 모자를 쓴다. 그녀는 가끔씩 나타나 마당의 길고양이들을 위해 커다란 금속 그릇에 고양이 먹이를 주고 사라진다. 이 녀석들은 밤마다 우리 집 정원을 넘어와 울음소리를 내며 싸운다.

꿈에서 정원을 본다. 생전 처음 갖는 내 정원. 꿈속의 풀잎들은 칼

날처럼 굵고, 이름을 알 수 없는 꽃들이 짙은 빨간색, 파란색, 분홍색으로 꽃을 피운다. 나는 정원을 걷는다. 완벽한 꿈이다.

2

영국의 원예가 엘렌 윌모트Ellen Willmott의 저서 《장미 속屬 식물들 The Genus Rosa》의 서문에는 이런 짧은 이야기가 나온다.

11세기에 활약한 페르시아의 시인 오마르 하이얌은 장미와 얽힌 이야 기가 많다. 나시푸르에 있는 그의 묘지에 장미가 심어져 있었는데, 어 느 날 《일러스트레이티드 런던 뉴스》의 화가 심슨 씨가 이 장미 열매 를 집으로 가지고 왔다. 그 뒤 나는 작고한 버나드 쿼리치 씨에게서 이 열매를 받아, 이것을 큐 왕립 식물원에 보내 키우게 했다. 이 장미 는 다마스크 장미로 밝혀졌으며, 큐 왕립 식물원에서 자란 새싹은 이 제 하이얌의 책을 처음 영어로 옮긴 번역가 에드워드 피츠제럴드의 무 덤에 심어졌다.

오마르 하이얌의 무덤에서 윌모트에게로, 그리고 다시 하이얌의 책을 번역한 번역가의 무덤으로 이어지는 장미의 여행이라니. 윌모트 는 자신이 이 파종의 기원이라고 말하길 거부하지만, 관련 내용을 아 는 걸 보면 그녀가 직접 땅을 팠을 거라고, 그리고 같은 꽃이 두 남자 의 무덤을 지켜보고 있다는 생각에 빙긋이 미소를 지었을 거라고 상 상할 수밖에 없다.

두 권으로 이루어진 윌모트의 《장미 속 식물들》은 장미 문화의 대모 격으로, 1910년에서 1914년 사이에 출간되었다. 윌모트는 장미에 관해 언급한 고전 문학과 성경으로 독자들을 안내하며, 장미rose를 쓸 땐 항상 대문자 R를 사용하여 'Rose'라고 쓴다. 그녀는 기원후 300년으로 거슬러 올라가 고대 이집트 무덤에서 발견된 장미 화환에 대해 이야기한 다음, 앞서 언급한 하이얌의 일화로 우리를 데리고 가더니, 곧이어 린네를 끈질기게 괴롭히기 시작한다. 그가 속屬에 관해 '충분히 주의를 기울이지 않았고' 그것에 관해 언급하길 소홀히 한 결과, 그의 식물 표본실에 여러 종의 장미 — '로사 무차디Rosa mochadi, 로사 아그레스티스(세피아스)Rosa agrestis(sepias), 로사 물티플로라Rosa Multiflora' — 가 있었다는 걸 귀신같이 알아낸 후대 사람들을 혼란스럽게 만들었다면서. 이윽고 그녀는 린네 이후부터 그녀 세대까지 출현한 장미들을 수집하기 위한 갖가지 시도에 대해 이야기보따리를 풀어놓은 다음, 본격적으로 시작하기에 앞서 조용히 이렇게 결론을 내린다. "《큐 왕립 식물원의 식물 목록Index Kewensis》에는 493종의 장미들이 구체적으로 순위가 매겨져 있으며, 보충판 1, 2, 3판에 약 50종에 이르는 장미들이 추가되었다." 그 뒤로 약 543종의 rose, 아니 Rose에 대한 설명이 이어졌을 것이다.(큐 왕립식물원은 1759년 영국의 큐에 있는 정원을 확장하면서 시작되었으며, 희귀 식물 및 멸종 위기 식물의 서식처 보전과 증식에 관한 연구가 활발하게 이루어지고 있다. 5년마다 출판되는 큐 식물 목록Index Kewensis에는 린네 시대 이후부터 기재된 전 세계의 고등 식물 종들이 실려 있다 — 옮긴이)

월모트의 책과 비슷한 시기에 미국에서는 《파슨스가 전하는 장미 이야기Parsons on the Rose》의 개정판이 출간되었다. 이 책에서 저자인 데이비드 파슨스David Parsons는 장미의 품종이 2,000개 이상에 달한다고 언급한다. 현재는 대략 3,000개 정도다. 일반적으로 재배하는 종류는 여전히 약 150종에 그친다.

내가 읽은 장미에 관한 책들은 어떤 면에서 모두 윌모트의 책처럼 시작한다. 예를 들어 파슨스가 더할 나위 없이 훌륭한 책이라고 극찬한《장미에 관한 연구서Rosarum Monographia》는 존 린들리 박사 John Lindley(1700~1865, 영국의 식물학자 — 옮긴이)가 출간한 장미에 관한 아름답고 희귀한 책으로, 박사는 이 책을 찰스 라이엘 변호사님 Charles Lyell, Esq.(영국의 변호사이자 지질학자 — 옮긴이)에게 바치며 서문에 이렇게 쓴다. "현 주제에 관한 출판물이 이미 상당히 많이 나와 있으며, 그 저자들 또한 대개의 경우 이미 명성이 자자한 인물들이지만, 그럼에도 오늘날까지 장미와 관련된 얽히고설킨 혼란만큼 지독한 혼란은 없다."

린들리는 죽은 꽃들을 말려 표본으로 이용해 온, 앞서 언급한 혼란스러운 작업을 한 저자들 가운데 일부를 비난하고, 자신은 '개인이 수집한 상당한 양의 살아 있는 식물들'에 수년 동안 푹 빠진 끝에 마침내 영감을 받아 이 책을 쓰게 되었다고 밝힌다. 그의 새 저서는 자신에게 있는 이점, 다시 말해 자신의 정원을 소유하고 있다는 이점을 갖추지 못한 사람들의 오류를 바로잡기 위한 것이다. 아마도 모든 장미 재배자는 자신의 정원이 다른 장미 재배자들은 알지 못하는 비밀의 장소가 되어, 그곳에서 기적뿐 아니라 전령傳令을 발견하는 것 같다.

린들리를 통해 우리는 장미가 침묵의 신 하르포크라테스에게 받은 뇌물이라는 걸, 북유럽에서는 테이블에서 일어나는 일을 비밀로 한다는 의미에서 테이블 위 천장에 장미 한 송이를 매다는 관습이 있다는 걸, 장미의 붉은색은 아프로디테가 남편 아레스의 분노로부터 아도니스를 지키려다 장미 가시에 발이 찔려 그 흐르는 피 때문에 붉게 물들었다는 걸 알게 된다. 혹은 테오크리토스Theocritus(기원전 3세기 전반기에 활동한 그리스의 목가 시인 — 옮긴이)에 따르면 장미의 붉은색은 아도니스 자신의 피다. 큐피드가 춤을 추다가 과일즙 한 사발을 엎질러 장미꽃처럼 붉은 얼룩을 남겼기 때문이라는 설도 있다. 아우소니우스Ausonius(4세기 로마의 정치가이며 시인 — 옮긴이)는 큐피드의 피라고도 했다. 터키인들에 따르면 무함마드의 땀이다.

전해 내려오는 말들 모두가 사실일 것이다. 장미는 사랑의 선물이며, 이들 모두의 첫 번째 비밀이자, 신들이 남긴 얼룩이다. 그 신이 누구든, 장미를 준 사람이 누구든.

아무튼 우리가 얻을 수 있는 교훈은 이것이 아닐까. 장미를 심으세요, 그리고 메시지를 기다리세요. 지상의 메시지든 천상의 메시지든.

3

명백히 전에 살던 사람들의 실수로 보이는 것들을 전부 원 상태로 되돌릴 수 있다면 이제 정원을 시작해도 좋을 것이다.

나는 보도블록을 파헤친다. 보도블록이 땅을 점령하지 않았더라면 약간의 땅이나마 마음껏 햇볕을 즐겼을 것이다. 보도블록에게 햇볕은 무용한 진수성찬이다. 어미 고양이가 새끼들에게 젖을 먹이며 회의적인 표정으로 나를 바라본다. 이런 광경을 전에도 보았다는 듯이. 나는 마치 손글씨처럼 고르지 못하게 8자 모양으로 길을 만든다. 돌을 놓을 공간들을 움푹하게 파낸 다음, 그 안에 물을 붓고 그 위를 깡충깡충 뛰어 땅을 다진다. 하다 보니 알게 된 방법이다.

굵은 철사를 엮어서 만든 울타리까지 갔다가 돌아온다. 마당에 부스러진 풀들과 도자기 파편들이 덮여 있어, 큰 조각들을 모아 모자이크 같은 걸 만들어볼까 생각하다가 이내 단념한다. 대부분의 정원은 이전 정원의 흔적을 지우고 새로 가꾸어지기에, 대개 첫 번째 봄을 맞을 때 뜻밖의 새싹들을 만나기 마련이다. 이 새싹은 말할 것도 없이 내가 살기 전 누군가가 심어놓은 민트임이 분명하다. 이웃집 여자는 민트를 심는 건 초보 원예가가 흔히 저지르는 실수라고 말한다. 민트는 번식력이 강해서, 흙 표면 바로 아래에 향이 나는 긴 뿌리줄기를 사방으로 뻗어 주변의 모든 식물을 질식시키기 때문이다.

이웃집 여자의 말에 따르면, 내 앞에 살던 여자는 텃밭을 일구어 허브와 꽃을 조금씩 심었다고 한다. 이웃집 여자와 나는 각자의 집 벤치 위에 서서 담장 너머로 이야기를 나눈다. 대화 내용은 주로 길고양이를 집에 들여다 키우는 문제에 대해서다. 어미 고양이의 수컷 구혼자들이 높이 뛰어서 담장의 빠진 이빨 사이로 드나드는데, 담장을 수리하면 녀석들이 마당에 들어오길 망설이지 않을까 의논한다. 수컷 한 마리는 골목대장인 것 같다. 녀석은 머리가 거대하고 무게도 상당해서, 비상 출입구에서 내려와 우리 집 테라스에 떨어질 땐 마치 무거운 자루를 짊어진 도둑이 쿵 하고 떨어지는 소리처럼 들린다.

이웃집 여자는 내가 살충제와 비료를 사용할까봐 걱정이다. 나는 화학 약품을 사용하기 전에 반드시 그녀와 상의하겠다고 약속한다. 그녀는 민들레를 심었다고 말하고, 나는 신중하게도 그녀의 말에 웃지 않는다. 대신 여름이면 어머니의 마당에 뿌리내린 민들레를 뽑느라 시간을 다 보냈던 일을 조용히 떠올릴 뿐.

⁕⁕

이 집에 사는 첫해에 정원을 가꾸는 꿈을 두 번 더 꾸었고, 그 뒤로 지금까지 다시는 그런 꿈을 꾸지 않는다. 첫 번째 꿈에서는 어릴 때 런던에서 에든버러까지 기차를 탔던 것처럼 기차를 타고 역에서 외할아버지 굿윈을 만난다. 외할아버지는 평생 메인주에서 살면서 매일 농사일을 했다. 외할아버지는 말없이 픽업트럭에 나를 태우고, 템플 기사단의 방패처럼 생긴 커다란 나뭇잎들이 울긋불긋 아름다운 숲을 보여주신다. 나뭇잎 뒤에는 사람 얼굴만 한 꽃들이 피어 있다.

잠에서 깨어 생각해보니 이사 왔을 때 꿈에서 보았던 정원과 같은 정원이다. 꿈에서 나는 내심 그걸 알면서도, 닮은 데가 전혀 없다고 생각한다.

두 번째 꿈에서는 브루클린을 죽 따라 걷고 있다. 여러 층 높이까지 올라간 장미, 미사일처럼 생긴 디기탈리스와 루핀 등, 꽃들이 강물처럼 거리를 가득 메운다. 건물은 특별히 이 정원에 맞추어 지어졌고, 꽃이 어찌나 많은지 우리 브루클린 사람들은 건물 꼭대기 층에 설치된 좁은 통로 위를 걸어야 한다.

⁕⁕

조사해보니 장미는 겉으로는 연약해 보이지만 어지간한 기후에도 잘 적응한다. 겨울까지 연중 내내 꽃을 피울 수도 있다. 나무를 자주 잘라줄수록 더 빨리 자라고 더 튼튼해진다. 나는 이 부분을 읽으면서 드디어 내 역할 모델을 찾았다고 생각한다.

나는 단 한 종류의 식물만 심은 단조로운 정원을 가꾸리라 결심하지만, 이 주제에 관해 많은 변주가 가능할 것 같다.

나는 딱 열 송이의 장미로 시작한다. 관목형 장미, 덩굴장미, 플로리분다장미(꽃대가 짧고 측지가 많으며 꽃이 작고 꽃수가 많은 종류의 장미 — 옮긴이), 그리고 사철장미 몇 송이. 선택의 기준은 전부 '강인한' '질병에 저항력이 있는'과 같은 단어로 설명된다는 것이다.

주문한 장미가 도착하길 기다리며 마당에 나가, 전에 살던 사람들이 키우던 죽은 나무와 죽은 거대한 해바라기 줄기들을 그러모은다. 장미를 받치기 위해 사용할 요량으로 나뭇가지들을 단으로 묶다가, 이것들이 유독 물질에 오염되었다는 사실을 떠올리고 내다 버린다.

장미가 도착한다. 맨 뿌리가 갈색 종이 봉지에 싸인 모양새가 내가 마당에서 치운 나뭇가지처럼 생겼다. 하지만 봉지를 만지자 이것들이 살아 있다는 걸 느낄 수 있다. 손끝에서 생명의 강렬한 기운이 전해져온다. 그 순간 사람들이 식물에게 말을 거는 이유를 알 것 같다. 장미와 함께 동봉된 설명서대로 장미를 위해 차가운 물이 담긴 통을 끌고 온다. 통 안에 뿌리를 담근 다음에 뒤로 물러나자 욕실 밖으로 밀려난 기분이 든다.

사람들이 식물에게 말을 거는 이유는 식물이 살아 있기 때문이다.

나는 잠자리에 들면서 장미들이 통 속에서 아직도 물을 마시고 있는 걸 느낄 수 있다. 아침에 일어나자마자 서둘러 장미들을 땅에 내려놓는다.

**

장미를 심기 전에 다양한 장미 품종이 적힌 꼬리표를 들고 정원 주변을 죽 돌면서 각기 다른 위치에 꼬리표를 세우며 최종적으로 정원 디자인을 결정한다. 사진으로 크기를 예상하며 담황색의 죽은 식물들

사이에서 가상의 정원을 상상한다.

이제 구멍 세 개를 연달아 신속하게 판다. 네 번째 구멍을 팔 때 삽이 옷에 걸리는 바람에 삽을 내려놓는다.

그리고 잠시 상상해본다. 나는 지금 이곳에 있다고 믿지만, 실은 전혀 다른 이야기 속에 있는지도 모른다고. 예를 들면 살인 미스터리 소설의 배경 같은 곳. 어쩌면 지금 이 순간, 이 집의 집세를 저렴하게 만든 살인자들을 발견할지도 모른다.

다시 정신을 차리고 땅을 파다가 땅속에서 무언가를 끄집어낸다. 자세히 보니 면직의 옅은 파란색 홈드레스다. 꽃망울 무늬가 점점이 찍혀 있고, 젖은 땅에 스민 묽은 진흙에 얼룩이 졌다. 가볍고, 작은 베개만 하다. 조심스레 그것을 내려놓고 삽날로 홈드레스의 접힌 부분을 편다. 한가운데에 작은 십자가상과 묵주가 있고, 작고 가는 뼈 무더기가 그 주위를 둘러싸고 있다. 이 중에는 동물의 날카로운 송곳니도 몇 개 있는데, 하나는 아직 턱뼈 조각과 붙어 있는 걸로 보아, 이 뼈의 주인이 한때 고양이나 작은 개였을 거라는 생각에 안심이 된다. 나는 이것들 모두를 조심스럽게 쓰레기봉투에 넣은 다음, 동네 잡화점에 가서 성인聖人 모양의 양초를 찾다가 과달루페의 성모상 양초를 선택한다. 이 성모상은 성모 마리아의 화신으로, 늘 장미꽃에 둘러싸여 있다. 나는 언제나 과달루페의 성모에 관한 이야기를 좋아했다. 어느 날 성모 마리아를 친견한 농부는 성모에게 자신이 그녀를 보았다는 걸 증명해달라고 청했다. 그리고 다시 성모를 친견한 장소에 갔을 때, 성모 마리아는 농부에게 겨울에 언덕 꼭대기에 가서 그가 모을 수 있는 만큼 꽃을 모아오면 그것이 증거가 될 것이라고 말한다. 언덕 꼭대기에 도착한 농부는 겨울에 활짝 핀 장미 정원을 발견한다.

나는 촛불을 켜고, 구덩이 옆에 양초를 내려놓은 다음, 구덩이를 마저 판다. 정원 작업을 계속할수록 뼈들을 더 많이 발견한다. 이건 무슨 묘지도 아니고. 혹시 누가 수프를 끓이고 여기다가 소꼬리를 버린 걸까? 어떤 건 새들의 뼈로 짐작되고, 어떤 건 길고양이들이 실컷 먹고 남긴 것으로 보인다. 테라스 아래에는 죽은 쥐도 한 마리 있다. 삽으로 그것들을 치운다. 쓰레기 매립하듯 땅속에 묻은 것 같은 잡지 무더기를 발견하고 연석으로 가지고 간다. 나는 다들 그러듯이 몇 시간 동안 촛불을 태운 뒤 끄다가, 혹시 내가 일종의 마법 같은 걸 방해한 건 아닌가 생각한다. 그러고 보니 고양이를 가톨릭 방식으로 매장했다는 말은 한 번도 들어본 적이 없다. 어쩌면 어린 여자아이나 남자아이가 이런 식으로 동물을 묻은 건 아니었을까. 동물에게 영혼이 있다고 굳게 믿은 아이가 혼자서 종교적인 방식으로 장례 의식을 치른 건 아니었을까. 혹시 몰라 모퉁이의 잡화점에 가서 성인 모양의 양초를 사들고 온 무신론자인 나처럼.

그날 밤 맥주를 마시러 나갔다가 우연히 친구를 만난다. 브루클린 토박이이며 건축 하청업자다. 그는 1950년대 말에 브루클린에 살던 이탈리아인과 아일랜드인 가톨릭 가정의 경우, 너무 가난해서 묘지를 살 형편이 안 되면 자기 집 마당에 시체를 묻었다고 말한다. 그리고 이들은 망자의 방이라고 해서 장례 때 밤을 새우기 위한 방을 따로 두는 경우가 많았는데, 요즘은 룸메이트와 같이 사는 아파트들에서 이 방을 작은 침실로 사용한다고 한다. "그래도 고양이라 다행이네." 친구는 이렇게 말하고 맥주잔을 내려놓는다.

"고양이 맞지?"

나는 나를 빤히 올려다보던 송곳니들을 떠올리며 고개를 끄덕인다.

4

'rosary'(로사리오, 묵주, 묵주의 기도)라는 단어를 생각할수록 이 단어가 'aviary'(새장) 'topiary'(토피어리) 같은 단어와 틀림없이 관련이 있을 거라는 생각이 든다. 나는 이 단어의 정의를 확인하고, 그 첫 번째 의미가 기도라는 것, 중세 영국에서는 한때 이탤릭체를 사용하여 '장미 정원'이라는 의미로도 사용되었다는 사실을 알게 된다.

그렇다면 장미 정원이라는 의미의 단어가 어떻게 기도라는 의미가 되었을까? 가령 'bimbo'(아는 게 없는 섹시한 여자)라는 단어는 과거에는 남자와 관련이 있었다. 프랑스어 'rien'은 지금은 '무無'라는 의미지만 고대 프랑스어에서는 '어떤 것'이라는 의미로 사용되었다. 하지만 rosary라는 단어는 이처럼 하나의 의미에서 정반대 의미로 이어지지 않았다.

rosary는 한때 장미 정원을 뜻하는 말이었지만, 언젠가부터 더는 그런 의미로 사용되지 않은 것이다.

오늘날 우리가 알고 있듯이 정원에서 장미를 재배하는 것은 18세기 프랑스의 황후 조제핀에 의해 유럽에 정착되었고, 19세기에 더욱 개선되었다가, 발렌타인 부케를 통해 오늘날 우리가 아는 티 로즈tea rose(월계화라고도 하며 잡종 교배에 의해 재배한 장미의 일종 — 옮긴이)라는 품종에까지 이르게 된다. 그러나 장미차rose tea는 티 로즈로 만드는 것이 아니며 그보다 훨씬 먼저 나왔다. 이 장미의 꽃은 블랙베리와 산딸기의 친척인 로즈힙 열매의 꽃으로, 그것들과 마찬가지로 먹을 수 있다. 닭고기나 초콜릿에 장미를 첨가하는 요리법도 있다. 차는 꽃잎뿐 아니라 열매로도 만드는데, 인도 아유르베다 의학에서는 술꾼의 체질을 다스리는 데 장미차를 이용한다. 그러나 주로 이런 용도를 위해 재배된 경우는 없었다.

오늘날 우리가 아는 rosary의 의미는 13세기로 거슬러 올라간다. 사연은 이렇다. 성 도미니크는 프랑스 로마 가톨릭교회의 앞날을 크게 걱정하여 프루이유에 있는 노트르담 수도원에서 가르침을 달라고 기도했다. 당시 이단 종파인 알비파는 몸은 악마에게 속하고 영혼은 하느님에게 속한다는 흥미로운 이단설을 가르치고 있었다. 따라서 이 가르침대로라면 몸의 죄는 악마에게 속하므로 몸의 죄에 대해서는 걱정할 필요가 없었다. 이러한 알비파의 이단설은 빠르게 퍼져 13세기 프랑스는 곧 도덕적 혼란에 빠졌다.

도미니크가 성모 마리아에게 기도하자, 성모 마리아가 그에게 나타나 초기에 〈천사의 기도문Angelic Psalter〉이라고 불리던 기도를 가르치며, 이단설과 싸우는 무기로 사용하라고 말씀하셨다. 당시 rosary는 장미 정원이라는 의미로만 통했지만, 영국에서 rosary는 페니(과거에 영국에서 사용하던 화폐 단위 — 옮긴이)와 동의어로 사용되기도 했다.

알비파의 이단설이 야기한 혼란에 맞설 수 있는 것은 오직 수천만 신자들에게 교회로 돌아와 대중적인 영적 수행인 〈천사의 기도문〉을 바쳐달라는 교회의 요청과, 엄청난 고행으로 수도회 원로들을 긴장시켰으며 오늘날 영웅으로서 마침내 성인으로 추대된 학구적인 청년 도미니크뿐이었다. 한때 가난한 이들에게 먹을 것을 마련하기 위해 자신이 가진 책을 모두 팔아 돈을 마련했던 이 청년은 기도문을 외워서 암송하는 법을 고안했는데 — 그러니까 성모 마리아에게 가르침을 받아서 — 과연 가난한 이들을 먹이기 위해 가진 책을 모두 팔아치운 청년에게 유용한 방법이었다.

플랑드르의 도미니크회 학자이며 도미니크와 동시대 사람이자 여러 권으로 이루어진 저서인 《만물본성론 Opus de natura rerum》으로 가장 잘 알려진 칸탱프레의 토마스 Thomas of Cantimpré (1201~1272)는 벌들의 생애에 관한 책을 썼는데, 이 책에서 〈천사의 기도문〉에 관해 숙고하면서 이 기도문을 성모 마리아에게 바치는 장미 화관과 같다고 묘사했다. 벌들에 관한 토마스의 책이 출간된 직후 rosary는 지금 우리가 알고 있는 의미를 갖게 되었고 그 뒤로 줄곧 이 의미로 사용되었다. 그러므로 기도를 의미하는 rosary라는 단어에 얽힌 이야기는 결국 은유의 힘에 관한 이야기다.

성모 마리아와 장미는 성모의 죽음 이후부터 관련이 있다. 성모의 장례를 치른 지 사흘째 되는 날, 무덤 앞에서 애도하던 사람들은 성모의 시신이 사라졌으며 수의에 장미꽃이 가득한 걸 보게 되리라는 말을 들었다. 분명 아무도 없는 곳에 장미향이 나는 건 오늘날 성모 마리아가 발현하신 공식적인 표지 중 하나다. 예를 들어 20세기 성모 발현 사건 가운데 하나에서, 목격자의 어머니는 주위 공기에서 장미향이 가득했던 것으로 보아 자기 딸이 틀림없이 성모를 보았으리라 믿는다고 말했다. 이러한 연관성의 결과로, 한동안 가톨릭교회는 당대의 장미 문화를 주도해, 묵주의 구슬 수와 기도문의 시편 수에 맞추어 장미의 품종 수를 150개로 제한하려 했다.

나는 성모 마리아의 무덤 이야기를 좋아하며, 이따금 묘지에 가면 이 이야기를 떠올린다. 나는 가톨릭 신자는 아니지만, 하느님이 성모의 죽음을 크게 슬퍼해 성모를 무덤에서 데리고 나오시고, 떠나실 때 성모의 수의에 장미꽃을 가득 놓아두셨다는 상상을 좋아한다. 아무튼 우리는 장미를 무덤가에 놓거나 심어서 망자를 예우하고, 그렇게 해서 묘지는 종종 여러 세대에 걸친 최고의 품종들이 모인 전시장이 된다. 나는 아직 시도해본 적이 없지만, 옛날 장미 정원사들의 한 가지 요령이 바로 이런 무덤가 장미에서 가지를 잘라오는 것인데, 내가 가져오지도 않은 걸 들고 묘지를 나선다는 게 나는 통 내키지가 않다.

5

첫해 겨울엔 이따금 밤이면, 나처럼 그들도 이런 느낌을 갖지 않을까 상상한다. 내 모습 중 겉으로 드러나는 부분은 장식이 모두 벗겨져 날것 그대로 드러나고, 보이지 않는 부분은 점점 자라고 확장되는 느낌. 바다에 그물이 드리워지듯 뿌리가 침적토 아래로 마구 뻗어가는 느낌.

지금 나는 소설을 쓰는 것도 바로 이런 느낌이라는 걸 안다. 정확히 그것이 내가 하고 있던 일이다.

"네 할머니는 장미를 키우셨단다." 어머니는 나에게 말한다. "기억나니?"

기억이 나지 않는다. 메인주에서 할머니와 함께 할머니의 텃밭을 거닐던 기억, 할머니가 나에게 먹이려고 땅에서 감자 한 알을 캐신 기억은 난다. 우리가 집에 들어가면 할머니는 앞치마로 감자에 묻은 흙을 털어내고 마치 사과를 먹듯 감자를 베어 물곤 하셨다. 내가 감자에 묻은 흙을 보고 움찔하면 할머니는 이렇게 말씀하셨다. "사람은 죽기 전에 많은 양의 흙을 먹는단다." 할머니와 나, 우리는 거의 말이 없었지만, 우리는 서로를 사랑했다.

요즘 나는 할머니가 나에게 정원을 보여주는 꿈을 종종 꾼다. 꿈속에서 할머니는 모든 전설에 나오는 선행善行 테스트에서처럼 내가 찾았다면 찾을 수 있었을 어느 곳에서 나를 맞이하는 누군가를 더 닮은 것 같다.

**

고양이 뼈가 나왔던 땅에 심은 장미는 첫 두 해 동안 꽃을 피우지 않는다. 카탈로그에는 '특별한 덩굴식물'로만 나와 있어서, 혹시 돌연변이 불량품을 싸게 판 게 아닐까 의심이 들지만 뽑지는 않는다. 침묵의 첫해가 지난 뒤, 나는 장난삼아 이 장미의 이름을 부두교 장미voodoo rose(부두교는 아이티 등지에서 널리 믿는 종교로, 여러 수호 정령들을 숭배하고 마법의 힘을 믿는다 — 옮긴이)로 다시 짓는다. 장미는 2년 동안 줄기만 쑥쑥 자라더니 마침내 2미터가 넘는 높이로 성장하는데, 이 줄기들이 바람을 휘젓는 모양이 흡사 악마처럼 보인다. 꽃을 피우지 않는 장미나무는 정원 구석에 토라져 서 있는 모습 같다.

3년째가 되어 마침내 봉오리가 맺히자 나는 용서받은 기분이 든다. 찻잔 크기의 분홍색 꽃들이 만발한다. 이웃집 여자가 물끄러미 바라본다. "너무 아름다워요." 그녀가 말한다. "어떻게 한 거예요?"

나는 어깨를 으쓱해 보인다. 어쨌든 일일이 보고할 필요는 없으니까.

부두교 장미는 이내 정원의 잔인하고 아름답고 매혹적인 미녀가 되어, 정원 한가운데에 심은 클라이밍 블레이즈 덩굴장미를 향해 가지를 뻗거나, 그 옆에 심은 테레즈 뷔그네에 친친 감길 것만 같다. 이 장미의 가시는 유독 길어서 간혹 고양이 털 뭉치가 발견되기도 한다. 내가 정원에서 일할 땐 마치 나를 놀리려는 듯 간혹 내 머리를 가볍게 찰싹 치기도 하고, 어느 땐 피를 흘리게 만들기도 한다.

**

3년쯤 지나니 제법 성숙한 장원이 되었다. 발코니에 서 있으면 내 왼편 가까이에는 부두교 장미가 있고, 오른편에는 내가 메인주에 있을 때 함께 성장했던 로사 루고사, 즉 해당화가 있다. 해당화의 줄기에 달린 가시에는 털이 있다. 정원 거의 중앙에는 테레즈 뷔그네가 있다. 중앙에서 왼쪽에는 페어리가, 한가운데에는 클라이밍 블레이즈가 있다. 클라이밍 블레이즈 뒤에는 덩굴장미 '조지프의 코트'가 있고 그 뒤에는 테레즈 뷔그네가 또 있다. 골든 쇼워는 저 뒤편 왼쪽 담장을 올라가고 있다.

장미들은 1년 내내 느린 콘서트를 연다. 정원의 앞뒤에 심은 한 쌍의 테레즈 뷔그네가 매년 제일 처음으로 순을 틔운다. 섬세하기도 하거니와 꽃이 눈꺼풀보다도 부드럽다. 꺾기엔 연약하지만 — 그래서 정원에서 키우기에 알맞다 — 도도한 자매들처럼 다른 품종들보다 먼저 머리부터 발끝까지 산뜻한 초록색으로 옷을 갈아입고, 짙은 밤색이 된 줄기 맨 위에서 분홍색 꽃이 예쁜 소녀처럼 방긋 웃는다. 멀리 뒤편 중앙에 제일 먼저 가장 높이 자라서, 마치 노래의 첫 음처럼 줄기 맨 위에 분홍색 꽃 한 송이를 피운다. 이 꽃을 시작으로 이제부터 나머지 꽃들도 천천히 봉오리를 열고, 마치 최대한 느린 플라멩코 춤을 추듯, 몇 주에 걸쳐 차츰차츰 꽃잎을 펼치기 시작한다. 첫 번째 꽃이 피고 며칠이 지나면 다른 자매가 그 뒤를 따른다. 그러고 나면 저 멀리 테레즈 뒤에서 마치 누군가 붓으로 건드린 듯 황금색 바탕에 붉은 물감을 칠한 '조지프의 코트'의 꽃들이 정원을 환하게 밝힌다. 이 꽃들은 피면서 색깔이 변한다.

가운데에 자리한 클라이밍 블레이즈는 붉은 꽃으로 이루어진 작은 화로 같다. 가지치기를 자주 해주면 12월까지 꽃을 볼 수 있다. 종종 겨울에 꽁꽁 언 봉오리를 보기도 하는데, 마치 이런, 겨울이네, 라며 매년 놀라는 것 같다. 골든 쇼워는 여간해서 잘 키우기 어렵고, 잘해봐야 가뭄에 콩 나듯 꽃을 볼 수 있지만, 한번 꽃이 피면 완벽한 샛노란 꽃이 정말 근사하다. 아마도 이 품종은 더 더운 계절이 더 오래 지속되는 기후가 적합하지 않을까 싶다. 몇 년 뒤 봄에 텍사스에서 이 품종을 보았는데, 샛노란 꽃들이 사방 천지에 펼쳐져 있었다. 페어리 로즈는 굉장히 연약하리라는 예상과 달리, 흰곰팡이나 균류가 피든, 장대 같은 비가 퍼붓든, 고양이가 밟고 지나가든 아랑곳하지 않고 클라이밍 블레이즈의 곁을 지키며 여름부터 가을, 겨울까지 풍성한 분홍색 꽃을 경쾌하게 뿜낸다. 두 그루의 로사 루고사는 정원에 뿌린 영양 과다 식단 때문에 평생 소화 불량에 걸린 모양이다. 어쩌면 메인주 해변의 소금기 있는 돌에 더 익숙한지도 모르겠다. 이 품종은 나무줄기 같은 긴 줄기에 가시가 있고, 줄기 맨 끝에 모자와 비슷한 모양의 꽃이 핀다. 항상 어딘가로 떠나고 싶은 것처럼 보인다.

첫해 여름이 시작될 무렵, 차를 타고 메인주로 향할 때 장미들이 마음에 걸렸다. 일주일 후에 남동생과 여동생, 여동생의 남편을 데리고 집에 돌아오는데, 내가 창문 밖으로 손가락을 가리키면서 묘목장 앞에 잠깐 차를 세우자고 하자 모두가 깔깔대며 웃었다. 우리는 사촌의 결혼식장에 갔다가 이모 댁을 방문할 예정이다. 이모는 평생 정원을 가꾸다가 지금은 캐나다 국경 근처 랭글리에서 플로리스트이자 조경

사로 일한다. 이모의 마당은 온갖 식물로 가득한데 그 가운데 건강하게 잘 자란 장미들도 많다.

나는 이모에게 마당을 가꾸고 있다고 설명한 뒤 이모의 도움을 구한다. 이모는 집에 갈 때 내게 거름 4.5킬로그램을 준다. "장미한테는 무엇보다 거름이지." 이모가 말한다. 차에 거름을 실으려 하자 동생들이 질색한다. "우편으로 부쳐주마." 이모는 웃으며 이렇게 말한다. 그런데 이모가 우리 집에 보내준 건 거름 대신 해초 차茶라고 불리는 뭔가 불길한 액체로, 내가 포틀랜드 해안 지역에서 자랄 때 '생선 찌꺼기'라고 부르던 것 — 내장을 제거한 생선 — 에 해초를 넣어 부글부글 끓인 것이다.

"냄새도 만만치 않을 거다." 이모가 말한다. "하지만 들통에 부으면 괜찮아. 장미한테는 웬만한 거름보다 이게 더 좋을 거야."

우리는 뉴욕으로 돌아오는 길에 어머니가 새로 이사한 비드퍼드 집 근처 해변에서 잠시 멈춘다. 나는 해당화 울타리가 늘어선 케네벙크포트의 해안가 산책로를 거닌다. 이 장미는 내가 어린 시절에 보았던 것으로, 나에게는 모든 장미 중 가장 강인하게 보이는 오래된 품종이다. 나는 모래와 바위로 이루어진 곳을 따라 즐비하게 늘어선 초록색 식물을 따라 걷다가, 화강암 바위 위에, 정확히 말하면 바위 주변에 뿌리를 내린 해변의 장미를 마주친다. 뿌리들은 선물을 장식한 리본처럼 바위를 감싸며 악착같이 틈새를 찾는다. 침식 작용으로 주변 땅은 내려앉고 바위는 해변으로 굴러가는데, 장미는 무성한 봉오리들을 틔우며 해를 향해 비스듬히 자라고 있다. 꽃들은 싱글 침대만 한 바위 옆을 죽 따라가며 바위 너머로 고개를 든다. 바다와 장미는 누가 더 천천히 바위를 부수는지 겨룬다. 장미는 어디에도 떠나지 않을 것처럼, 절대로 놓아주지 않을 것처럼, 바위를 놓치지 않으려 아래로 몸을 눕히고 바위를 움켜잡고 있다.

사람들은 장미가 연약하다고 생각할지 모르지만, 그건 장미를 잘 모르고 하는 말이다.

메인주에서 다시 집으로 돌아왔을 때, 나는 장미들이 전부 시들어버리지는 않았을지, 기절하거나 죽지는 않았을지 두려워하며 아파트 문을 연다. 나흘 동안 비 한 방울 내리지 않았다. 서둘러 뒷마당으로 달려간다. 그리고 그곳에서 색 테이프를 가지고 퍼레이드를 하는 아이들처럼, 땅에서부터 촐랑대며 갖가지 색을 내뿜는 장미들을 발견한다.

**

나는 이모가 준 해초 차를 사용해본다. 생선을 몇 달 동안, 하지만 바짝 건조되지 않을 정도로 햇볕에 내버려둔 것이라 끔찍하고 역한 냄새가 난다. 오죽하면 공기 중에 냄새가 퍼질 땐 길고양이들조차 마당에 들어오지 않는다.

나는 장미에 관해서라면 배운 내용을 전부 시험해본다. 진딧물을 막기 위해, 장미가 아주 쓴맛이 나도록 장미 덤불 바닥 두 곳에 마늘과 양파를 심은 적이 있는데, 뜨거운 여름이 다가오자 마늘과 양파의 얼얼한 냄새는 냄새대로 나고 진딧물은 진딧물대로 아랑곳하지 않은 채 열심히 장미를 먹어치운다. 더 파릇파릇한 색을 내기 위해 물 대신 탄산수를 주기도 했는데 이건 좀 효과가 있는 것 같다. 뿌리 주변에 공기가 통하도록 쇠스랑으로 땅을 쿡쿡 찌르기도 한다. 가장 골치 아픈 건 고양이의 접근으로, 고양이를 막기 위해 나는 종종 1파인트(0.47리터)

용량의 유리잔 안에 소변을 보고 그것을 밖으로 가지고 나가 정원 주변에 뿌린다. 아니면 한밤중에 혼자 있을 때, 보아하니 주변에 아무도 없다 싶을 때, 그 자리에서 곧바로 소변을 볼 때도 있다.

고양이들은 그것이 마치 자기들로서는 알 수 없는 담장이라도 되는 것처럼 확실히 조금 덜 들어오는 것 같다.

한 주일 만에 1미터나 쑥쑥 자란 잡초를 뽑는다. 잡초는 무조건 뽑고 봐야 한다는 사람들 말을 왜 듣지 않았을까? 그러고 나니 땅이 황량하고 삭막해 보인다. 마당이 말끔해지자 나는 모퉁이를 돌아 꽃집 앞에 늘어선 하얀 티 로즈 앞에서 우뚝 걸음을 멈춘다. 꽃 이름은 그레이트 센추리. 우리 집 마당 빈 공간에 심으면 안성맞춤일 것 같다. 티 로즈는 여간해서 키우기 힘들다는 생각에, 이 품종은 심지 않기로 결심했었다. 정원을 가꾸지 않는 사람들 사이에서 장미는 키우기가 무척 어렵다는 명성을 낳게 한 장본인이 바로 티 로즈다. 하지만 꽃집 덤불 위에 핀 꽃이 아주 예쁘고, 꽃집 주인은 이 꽃이 어느 정도 가치가 있는지 알지 못해 아주 낮은 가격을 책정한다. 그리고 이 꽃집의 화분에서 자라기에는 장미가 상당히 크다. 그러니 어쩌겠나. 이 우아한 생명이 발이 꽉 끼어 아프다는데, 나하고 같이 우리 집에 가는 수밖에.

자, 가자. 나는 장미를 데리고 가면서 이렇게 말한다. 내가 곧 너의 두 발을 마음껏 뻗을 수 있는 집을 마련해줄게.

집에 와서 뿌리의 뭉친 부분을 뽑고 다듬는다. 장미를 심기엔 너무 늦은 시기지만, 늦여름이 되어 이 뿌리가 나에게 장미를 선사할 때 마치 주인집 문 옆에 포획물을 가져다 놓는 고양이 같다고 생각한다.

6

이웃집 여자가 담장 너머로 우리 집 마당을 들여다보며 내 정원 관리가 얼마나 진척되었는지 확인한다. "굉장한데요." 그녀가 말한다. 진심으로 하는 소린지 모르겠다. 그녀의 마당은 나무랄 데 없이 깔끔한 데 반해, 우리 집 마당은 아무리 친절하게 말해도 어수선한 시골 텃밭이니까. 내가 심으려는 식물과 이전 세입자들이 심어놓은 식물들이 아무렇게나 뒤섞여 있는. 하지만 그녀는 장터에 온 어린아이처럼 정말로 놀란다. 이전 세입자들이 키우던 해바라기가 꽃을 피웠는데, 역시나 키우기가 만만치 않아 보여 썩 반갑지가 않다. 말도 안 되게 큰 꽃잔디와 페퍼민트도 향기로운 푸른 잎 끄트머리 진줏빛 가지에서 꽃을 피웠는데, 나선형으로 올라가는 가지들이 어찌나 번식력이 왕성한지 여전히 일주일이 멀다 하고 땅에서 뽑아주지 않으면 안 된다. 한여름에 정원 뒤에서는 시나몬이거나 정향인 듯한 향이 나고, 7월 하순에는 태양에 구워지고 있는 라벤더를 발견한다. 약간 황토색을 띠고 만지면 부서지는 괴상한 모양의 둥근 마조람 꽃들도 늘어져 있다. 여름 세이보리와 히숍도 있는데, 세이보리는 파란색을, 히숍은 푸른색을 띤 흰색이다. 히숍은 희한할 정도로 억세어서 근처에 심은 로즈메리가 두려운 듯 숨어버린다. 온갖 종류의 '야생화' 씨앗을 강박적으로 모아다가 닥치는 대로 심었더니 금어초, 코스모스, 양귀비가 자라 마당을 빨강, 하양, 분홍으로 수놓는다.

아침에 테라스에 서면 잇따른 꽃들의 향연에 감탄한다. 아직 내가 원하는 만큼 자라지는 않았다. 나는 꽃들에 둘러싸인 기분을, 밤새 잠을 자는 동안 누군가 내 마당에 수백 개의 부케를 두고 간 것 같은 기분을 느끼고 싶다. 그렇지만 시든 봄꽃을 잘라내고 두 번째 모습을 드러내는 여름꽃을 만날 수 있어 흐뭇하다. 이렇게 시든 꽃들을 잘라내면 오히려 장미들이 더 잘 자란다. 정원 뒤편 '조지프의 코트'가 눈에 띈다. 아무래도 갓 핀 이 꽃들을 가까이 가서 살펴봐야 할 때가 된 것 같다. 가까이 다가가자 가장 큰 꽃이 가볍게 떨고, 알풍뎅이 아홉 마리의 반짝이는 등이 드러난다. 녀석들은 뿔처럼 생긴 미끈미끈한 검정과 미끈미끈한 초록의 아래턱으로 꽃잎을 샅샅이 훑으며 우적우적 씹어 먹고 있다. 나는 집으로 달려가 피레트린 스프레이를 가지고 와서, 알풍뎅이가 땅에 미끄러져 떨어질 때까지 장미에 살포해 거품을 일으킨다. 피레트린은 내가 가장 신뢰하는 살충제로, 사람에게 무해한 마비성 약품이다. 벌레는 움직이지 못하고 죽는데, 물질 대사가 여분의 축적된 에너지를 태워 굶어 죽게 만들기 때문이다.

바닥에서 알풍뎅이들을 쓸어내면서, 장미를 키우기 전에는 무언가를 죽여야겠다는 충동을 느낀 적이 한 번도 없었다는 걸 문득 깨닫는다.

알풍뎅이의 공격 이후로 나는 완전히 새로운 자세로 정원을 지킨다. 나는 스티븐 스캐니엘로Stephen Scanniello의 《장미의 한 해A Year of Roses》를 책장에서 꺼내, 장미를 먹고 사는 것으로 보이는 온갖 끔찍한 해충들에 관해 읽는다. 진딧물은 당연히 여기에 포함되고, 알풍뎅이와 장미 진드기 역시 말할 나위 없으며, 천공벌레는 더 악랄하다.

천공벌레는 유충을 심기 위해 줄기에 구멍을 뚫는데, 가운데를 유화시켜 움푹하게 만드는 과정에서 장미를 죽인다. 천공벌레는 마치 연필에서 연필심을 빼낸 것처럼, 장미 줄기를 지나가면서 속이 빈 작은 터널을 만든다.

나는 책을 내려놓는다. 문득 불안감이 엄습해 정원을 향해 한달음에 달려가 천공벌레가 있는지 급히 살펴보기 시작한다. 저 멀리 테레즈 뷔그네에서 처음으로 녀석의 흔적을 확인한다.

구멍이 뚫려 있다.

나는 스캐니엘로의 설명대로 철물점에서 전지가위를 산 다음, 약국에서 매니큐어를 산다. 장미 대가 다시 깔끔해질 때까지 줄기를 쳐내고, 그러고 나면 에나멜로 상처를 지질 참이다. 잎 색깔과 조화를 이루기 위해 엷은 반투명 초록색 매니큐어를 산다.

이 장미는 나에게 두 번이나 꽃을 피워주었지만 이제 줄기의 대부분을 잘라내야 한다. 덤불처럼 보이는 나머지 부분의 수술 준비를 마쳤다. 나는 집으로 들어가 장미 줄기가 적당히 마르길 기다렸다가, 다시 나와서 잘라낸 부분마다 매니큐어를 칠한다.

두 번째 봄이 시작될 무렵, 3월 한 달 동안 버지니아주 작가촌에서 지내기로 해서 떠날 준비를 한다. 3월이면 봄을 맞아 정원을 가꿀 준비가 한창인 때라, 일단 가지치기로 장미들의 겨울잠을 깨우러 간다. 하지만 어느 정도 가지치기를 해야 하는지 잘 몰라서, 3분의 1을 잘라야 하는데 그만 3분의 2를 자르고 말았다. 일을 마친 후 가지들을 보고 깜짝 놀란다. 잘린 줄기들이 갓 비어져 나온 수액으로 젖어 있는, 그야말로 참혹한 현장이다. 잘라낸 가지들을 연석으로 가지고 온 뒤, 나는 덜컥 무서워져서 침대에 드러눕는다.

버지니아주 스위트브라이어로 향하는 여정은 길지만 편안하다. 도착한 마을에는 풀밭마다 큼지막한 야생 장미가 잔뜩 피어 있다. 장미들은 나무 위를 올라가 반대 방향으로 드리우며 작가촌 마당을 가득 메웠는데, 그곳에서 가시와 꽃망울이 빽빽하게 박힌, 작은 시골집만 한 장미 덤불을 발견한다. 스위트브라이어라는 마을 이름은 소 목장 주인들이 울타리 치는 비용을 절약해보려고 심은 장미의 이름을 따서 지은 것이라고 한다. 기대한 효과는 얻지 못했지만 — 소들은 장미 따위 신경도 쓰지 않았다 — 이 마을은 장미에게 우분 비료가 효과 만점이라는 이모의 말을 확실하게 증명해준다.

나는 첫 소설을 작업하기 위해 이 마을에 왔고, 다행히 일은 잘 되어가고 있다. 이 어마어마한 장미들에게 둘러싸여 5주를 보내면서 120쪽 분량의 원고를 쓴다.

떠나는 날 아침, 찢어진 데 하나 없이 온전한 채로 벗겨진 검정 뱀의 허물을 발견한다. 이 허물의 주인은 지난 한 주 동안 내 방 근처 울타리 위에서 햇볕을 쬐며 시간을 보내더니, 이렇게 내 방 문 앞 통로에다 제가 입던 코트를 벗어놓고 가버렸다. 나는 뱀이 장미 가시를 이용해 허물을 벗는 모습을 상상했지만, 밝은 빛에 그것을 들어 올려 보니 어디에도 구멍은 없다. 허물은 햇빛 아래에서 빛나고, 비늘이 환하게 반짝이며, 입과 눈이 있던 부위의 구멍으로 파란 하늘이 보인다.

집으로 돌아갈 때 마침 뉴욕에 가는 사람이 차를 태워준다. 내가 그에게 뱀 허물을 보여주었더니, 그는 소리 내어 웃으면서 자신은 이 지역 토착민 전통에 관한 글을 쓰고 있는데, 그들의 말에 따르면 뱀 허물은 강력한 행운의 징조일 거라고 말한다. 뱀이 존경의 마음과 행운을 기원하는 표시로 나에게 자신의 허물을 두고 갔다는 것이다. 황공하기 이를 데 없지만 집 안에 뱀 허물을 둔다는 건 상상도 할 수 없어서, 나를 태워준 대가로 아들에게 주라고 그에게 허물을 준다.

마침내 나의 정원으로 돌아왔을 때, 죽거나 시들지는 않았을지 걱정했던 장미들은 오히려 무럭무럭 잘 자라 있다. 새로 난 줄기는 굵고, 짙은 색 잎은 튼튼하며, 꽃망울을 만져보니 단단하다. 지표면 아래에서 장미들이 움트는 게 느껴진다. 3분의 2 정도 가지치기를 한 것이 장미를 어느 때보다 강하게 만들었을까.

아니, 어쩌면 그건 뱀이 준 선물이었을지도 모른다. 그리고 적어도 그 아파트에서 사는 동안 나는 매년 한 가지 교훈을 되새겼다. 그리고 이것을 정원이 나에게 준 선물이라고 여긴다. 우리는 생각보다 많은 것을 잃을 수 있지만, 그럼에도 불구하고 다시 성장해, 상상했던 것 이상으로 강해질 수 있다고 말이다.

그해 봄 이후로 5년을 더 그 집에서 지낸다.

그 시기에 나는 디너파티에 갈 때면 장미를 준비했는데, 선물용으로는 꽃이 풍성해야 좋을 터이므로 주로 부두교 장미를 가지고 간다. 옆 건물에 꽃집이 생겼는데, 내가 이 부두교 장미를 들고 지나가면 주인은 깜짝 놀라며 이런 꽃이 어디에서 생겼느냐고 묻는다. 나는 곧 한 양동이 가득 부두교 장미를 담아서 그녀에게 가져가 판다.

우리 집에서도 파티를 몇 번 연다. 정원은 장미 주변에서 술을 마시는 사람들로 가득하다. 나는 남자 친구들이 있고 여러 번 연애도 한다. 어느 해 여름에는 정원 풍수에 대해 배워, 내 몸과 정원의 상태를 연결시킨다. 그리고 바로 직후에 천공벌레가 정원을 습격하자, 이 현상이 마치 내 매독 증세를 정확히 예견하는 것만 같다. 정원의 풍수가 영혼이 깃든 인형이기라도 한 것처럼, 정원에서 일어난 문제들이 나하고 연관이 있는 것만 같고, 그 반대도 마찬가지다.

결국 안타까운 마음으로 해당화를 전부 뽑아버린다. 그런 다음, 역시나 깊이 확신하는 비과학적인 방식으로, 이 장미들을 메인주의 해변에 가지고 가서 혼자 힘으로 살아가도록 바위 위에 놓아둔다.

첫 번째 소설을 탈고하고 책으로 펴내고 나니 마음이 불안해져서, 이사를 하는 게 어떨까 하고 사람들에게 말한다. 그러자 사람들은 정원은 어쩌고, 라고 묻는다. 그래서 나는 장미를 가지고 갈 거라고 말한다. 어차피 처음에 올 때도 트럭으로 싣고 왔는걸, 이라고 나는 사람들에게 말한다. 그러니 마찬가지 방법으로 싣고 가면 된다고. 하지만 막상 이사를 할 때, 장미는 내가 아니라 이 집에 있는 게 맞는다고 결론을 내리고, 정원에 속한 미스터리한 내용물들과 함께 그대로 정원에 두고 떠난다.

처음 이 정원에 발을 들였을 때 내 상태는 정원 내부의 모습과 똑같았다. 나는 엉망진창이었고, 벌 받아 마땅한 구제 불능이었다. 그 집의 뒷마당은 완벽한 내 거울이었고, 정원의 꿈은 나름의 방식으로 나 자신의 꿈이었다. 나는 오랜 세월 스스로를 방치한 후 이곳에 도착했다. 나 자신에 대해 도무지 알지 못하지만, 나에게 미래가 있다는 걸 믿어야 한다고 다짐하면서. 정원이 어떻게 될지 알지 못했고, 내가 어떻게 될지 알지 못했다. 내 정원은 전령이었고, 메시지는 고요한 순간에 전달되었다. 그 순간에 나는 메시지가 땅을 뚫고 나를 향해 자라나는 소리를 들을 수 있었다. 그 소리는 점점 크게 들렸지만, 당시엔 그걸 알지 못했다. 나는 오직 떠나야 할 시간만을 알았을 뿐이다. 그리고 마침내 이곳에 온 목적을 완수했다.

그 근처 동네에 갈 때면 간혹 내가 살던 아파트를 지날 때가 있다. 어리석게도 나는 다시 저 현관문을 열면 뒷마당에서 내 장미들을 발견하게 될 거라고 믿고 싶다. 장미는 해초 차를 먹고 여러 날 동안 하루 여섯 시간씩 해를 받아 거대해졌을 거라고. 어쩌면 다리가 튼실하게 자라서 건물을 거뜬히 밀어 쓰러뜨리고, 거리 밖으로 성큼성큼 걸어 나와 가는 길을 방해하는 자동차들을 내려치고, 아스팔트를 갈기갈기 찢어버릴 거라고. 나는 장미들이 나를 그리워할 거라고 생각하고 싶다. 한때 자기들을 괴롭히던 인간을, 봄부터 겨울까지 타는 듯이 뜨거운 태양 아래 푹 담그게 하고, 가지를 치면서 쑥쑥 자라라고 들들 볶던 인간을. 거리에서, 강 건너편에서, 장미 없이 살고 있는 지금 이곳에서, 나는 여전히 장미를, 그들의 잎맥에서 고동치다 하늘을 향해 뿜어져 나오는 수액을 느낄 수 있다.

그러나 다리가 튼실하게 자라 정원에서 멀리 떠나간 생명체는 다름 아닌 나였다. 나는 그들의 정원사가 아니었다. 그들이 나의 정원사였다.

 유산

2000년에 어쩌다 보니 맨해튼의 어퍼 이스트 사이드에 위치한 '올 소울즈 유니테리언 교회 All Souls' Unitarian Church '에서 노숙자들을 접대하는 월요일 밤 프로그램의 책임을 맡게 되었다. 이전 책임자에게 피치 못할 사정이 생겨서 당장 맡은 일을 내려놓아야 했는데, 그다음 주 내 자원봉사 시간에 교회에 갔더니 교회 측에서 다른 책임자를 찾을 때까지 프로그램을 운영해달라고 부탁했다. 그렇게 해서 그 이후 3년 동안 책임자 역할을 수행하게 되었다.

첫날엔 저렴한 정육점과 식료품점이 있는 웨스턴 비프에 가서 식재료를 구입했다. 현금 봉투 안에 한 주의 예산이 들어 있었다. 전에도 책임자를 돕기 위해 그녀를 따라 이곳에 와본 적이 있었지만, 첫날 혼자 오려니 긴장이 됐다. 교회에서는 손님 100명에게 선착순으로 음식을 제공했다. 그러니까 사람이 많을수록 오래 기다려야 했다. 어떤 사람은 이곳에 오지 못하는 사람들을 위해 남은 밥을 그들의 거처에 가져다주었다. 이 일은 막중한 책임감이 수반되었다. 나는 식단을 짜고,

예산 한도 내에서 식재료를 구입해서 교회로 돌아오는 일련의 일을 3년 동안 했다. 프로그램은 차츰 확대되었는데, 특히 2001년 9월 11일 이후가 절정이었다. 나는 우리가 하는 일에 자부심이 생겼다.

매주 이 일을 하면서 얻은 평온은 그 뒤 내 삶에서 좀처럼 느낄 수 없는 것이었다. 자원봉사 교대 시간을 마치면 아파트로 돌아왔다. 내 옷장에는 각종 서류철과 15년 전부터 모은 영수증을 보관한 상자들이 산처럼 쌓여 있었다. 미납 청구서, 연체료 납부 고지서, 수금 통지서가 대부분이었다. 국세청에서 보낸 안내문도 있었다. 몇 년 전에 개인 정리 도우미를 고용한 적이 있었는데, 그녀는 이 서류들을 훑어보더니 "세상에, 이런 게 왜 필요하죠?"라고 말하고는 어이없다는 듯 웃으며 이런 종이 쪼가리들은 전부 버리라고 했다. 하지만 나는 그럴 수가 없었다. 그리고 2004년에 결국 이사했을 때도 이놈의 상자들을 이고 지고 다녔다.

분명하게 인식하지는 못했지만, 이렇게 영수증을 모으는 건 어딘가 문제가 있다고 막연히 생각했던 것 같다. 그렇지만 교회 프로그램을 위해 물건을 사고, 봉투 안에 영수증을 넣고, 그것들을 사무실에 건네주는 과정은 전혀 힘들지 않았다. 나는 이 프로그램 운영에 자신이 붙을수록 내 속마음이 무엇인지 분명히 알게 되었다. 내가 처한 고통과 대조되는 이 평범한 거래가 거의 초현실적으로 느껴졌고, 돈을 낼 때마다 이 돈이 내 돈인 것만 같았다.

나는 물건을 살 때마다 고통스러웠다. "영수증 드릴까요?"라는 질문을 받을 때마다 나는 절대로 영수증을 받고 싶지 않았다. 하지만 어쩐지 그래야 할 것만 같아서, 영수증을 받아 얼른 지갑 속에 넣었고, 어느새 지갑은 밀수범 자루처럼 불룩해졌다.

이 영수증들을 어떻게 처리할지 대책 같은 건 없었다. 보통은 아주 오랫동안 지갑 안에 고이 보관되었고, 이따금 무의미한 존재가 되어 서서히 사라졌다. 혹은 지갑 속 영수증을 백팩 주머니에 옮기거나, 나중에 반드시 처리하겠노라고 다짐하면서 봉투 안에 꾸역꾸역 쑤셔 넣었다. 그런 다음엔 상자 안에 집어넣고 끝이었다. 영수증들은 결코 치러지지 않을 축하 행사를 위해 보관된 딱한 색종이 조각들처럼 상자 속에서 파닥거렸다.

나는 이 영수증들이 한편으로는 나에게 돌아올 수도 있었을 돈을 대신하기도 하지만, 대개는 손해 본 돈을 의미한다는 걸 알고 있었다. 당시 내 요가 학생들과 글쓰기 수업 학생들에게 종종 말한 것처럼, 고통은 곧 정보다. 고통은 우리에게 들려줄 이야기를 가지고 있다. 우리는 그 정보에 귀를 기울여야 한다. 종종 그렇듯이, 나는 내가 배워야 할 내용을 가르치고 있었다.

당시 이 영수증들이 외치는 고통이 딱히 이해하기 힘든 건 아니었다. 나는 내 현실을 한 번도 검토해본 적이 없었다. 검토해볼 수 있으리라는 생각조차 하지 않았다. 그저 남들도 이렇게 어려움을 겪고 있으려니 생각했다. 그러나 나는 고통에 맞서는 대신 이처럼 고통에 순응하는 방식으로 스스로를 기만하고 있었다.

1989년부터 보관하고 있는 서류철 안에는 여동생이 보낸 편지 한 통이 있다. 여동생이 열다섯 살이고 내가 스물두 살일 때였는데, 담당

회계사에게 보여주어야 하니 내 세금 신고서를 어머니에게 보내달라고 부탁하는 내용이었다. 편지는 세금 신고서를 보낸 후 작성한 그해 소득 신고서와 함께 서류철에 넣어두었다. 소득 신고서에는 웨슬리언 대학교 시절 코네티컷주 미들타운에 있는 샌드위치 가게에서 일할 때 번 수입 내역이 나와 있다. 대학교 졸업 직후 샌프란시스코에 있는 서점 '다른 빛'에서 받은 처음 몇 개월간의 수입, 웨슬리언 대학교에 등록금을 내기 위해 내 신탁 재산에서 증권을 팔았을 때 지불한 세금 내역서 등도 기록되어 있다.

세금 신고서를 보내라고 편지를 쓰도록 여동생에게 부탁하는 건 어머니만의 독특하고 간접적인 대화 방식이었다. 어머니는 직접 전화로 말할 수도 있는 걸, 지금까지도 꼭 우리 중 한 사람에게 부탁해서 상대방에게 내용을 전달하게 한다. 나는 어머니의 이런 방식을 바꾸려고 평생 애써왔다. 내 마음에서 영원히 한 몸인, 돈과 고통과 나 자신과의 관계를 바꿔보려고 애써온 것처럼. 영수증에 대한 불안은 곧 돈에 대한 불안이었지만 그보다 훨씬 많은 걸 의미하기도 했다.

이 불안 아래에 놓인 건 내가 하지 않으면 안 될, 그렇지만 실패할 게 뻔한 회계 처리가 있다는 믿음이었다. 조앤 디디온은 《마술적 사고에 사로잡힌 해The Year of Magical Thinking》(한국에서는 《상실》이라는 제목으로 출간되었다 ─ 옮긴이)에서, 마치 그렇게 하면 죽은 남편이 돌아오기라도 할 것처럼 남편의 유품을 간직한다고 이야기한다. 나는 그 부분을 읽고 내 마음이 조금 이해가 됐다. 나는 언젠가 아버지가 유산으로 남겨주신 신탁 자금으로 내가 뭘 샀는지 아버지에게 낱낱이 고백할 날을, 내가 아버지를 얼마나 실망시켰는지 변명해야 할 날을 상상했다.

*
**

　아버지는 마흔셋의 젊은 나이에 돌아가셨기 때문에 유언장을 작성해놓지 않았다. 젊은 사람들은 죽을 날이 아직 한참 남았으니 유언장은 나중에 작성해서 공증 받으면 될 거라고 대충 생각하기 마련이니까. 그 결과 메인주에서는 아버지의 부동산을 어머니, 나, 남동생, 여동생에게 배분했다. 법률에 따라 어머니가 가장 큰 비율을 차지했다. 나는 18세가 되면 내 소유로 귀속될 신탁 자금을 받았다.

　아버지는 돌아가시기 3년 전에 자동차 사고를 당해서 3년 동안 좌반신이 마비된 상태로 생활했다. 병원비는 의료보험을 적용받고도 총 100만 달러가 넘는다고 어머니는 나에게 털어놓았다. 아버지는 3년 동안 몇 차례 수술을 받았고, 자택 간호, 물리 치료, 실험 단계의 치료 등을 반복했다. 친가 쪽이 상당히 부유해서 우리는 1년 동안 그들의 도움을 받았다. 하지만 그들은 어머니가 일을 하지 않아도 병원비를 지불할 수 있을 거라는 — 그러니 집에서 아버지를 간호해야 한다는 — 냉정하고 모순된 믿음을 갖고 있었다. 나는 그들이 아버지 사업에서 마법처럼 돈이 쏟아진다고 믿었을 거라고밖에 달리 생각할 수가 없다. 하지만 병원비 액수가 엄청나지 않다 해도, 그건 우스우리만치 극단적인 성차별과 편협한 특권 의식이 뒤엉켜서 만들어낸 잘못된 생각이었다. 아버지의 아버지, 그러니까 할아버지는 무척 열심히 일하셨지만 할아버지의 다른 가족들은 대체로 전혀 일을 하지 않았고 설사 했다 하더라도 우리 부모님의 재정 상태와 관련된 구조를 이해하지 못했다. 내 경험에 따르면 아버지 집안은 세상이 자기들 생각대로 돌아가지 않으면 문제가 있다고 믿었다. 따라서 그들은 마치 어머니가 거짓말을 하거나 그들을 속이기라도 하는 것처럼 우리를 대했다.

예상치 못한 난관이었다. 어머니는 그저 어머니가 할 수 있는 일들을 했다. 지금은 부동산 자산이 된 사업체 자산으로 당장에 닥친 곤경을 해결할 방도를 마련하기 위해 하루 열다섯 시간씩 쏟아부었고, 그 바람에 나는 동생들 밥 차려주랴, 운동 연습실에 데려다주랴, 마트에서 장보랴, 심지어 어머니가 일하는 동안 어머니가 입을 옷까지 쇼핑해야 했다. 덕분에 어머니는 곧 아버지의 병원비로 진 빚을 모두 갚을 수 있게 되었고, 실제로 갚았다.

그렇게 해서 우리는 여기까지 왔다.

어머니는 나에게 신탁 자금은 무엇보다 내 교육비와 교육과 관련된 비용을 위한 것이며, 나는 이 돈을 현명하게 써야 한다고 말했다. "돈으로 살 수 있는 것 중에서 교육만큼은 아무도 너에게서 빼앗을 수 없어." 어머니는 거창하게 말했다. 그리고 한마디 더 하셨다. "열여덟 살인 네게 그렇게 큰돈을 관리하게 할 수는 없지." 하지만 메인주에서는 이미 그렇게 결정을 내렸고, 어머니는 그 결정에 따라야 했다. 나는 한편 생각하면 마음에 걸리기도 했지만, 몇 년 동안 대출금에 아버지 병원비로 마음고생을 하다가 대학 등록금을 내고도 남는 돈이 수중에 들어오자, 이 돈이 공짜로 굴러들어온 비싼 선물 정도로밖에 느껴지지 않은 것도 사실이다.

그렇게 해서 내 돈으로 가장 먼저 한 일은, 한편으로는 반항심에서 다른 한편으로는 찬사에서 비롯한 것이었다. 아버지는 빨리 달리는 차, 비싼 차, 두 가지를 모두 갖춘 차에 열광했었다. 그래서 나는 아버지라면 나를 위해 사주고 싶었을 거라고 생각하며, 검정색 알파로메오를, 스포츠카의 심장을 지닌, 큐비즘 작품처럼 잘 빠진, 폭스바겐 제타와도 같은 그 차를, 밀라노에서 미국에 수출된 첫해에 구입했다.

나는 말 그대로 재미 삼아 남동생을 태우고 학교까지 차를 몰았다. 남동생은 차가 얼마나 빨리 달리는지 보고 싶어 했다. 고등학생인 남동생은 자동차 수리업계의 왕이었다. 녀석은 친척들에게 받은 용돈을 몇 년 동안 꼬박꼬박 저축해서 자동차 몇 대를 산 다음, 정비소에서 새 차처럼 복원해 더 많은 돈을 받고 팔았다. 하여간 수중의 돈을 불리는 데는 남다른 재능이 있는 녀석이었다. 자신의 1974년형 빨간색 콜벳 454의 수동 변속기 작동법을 나에게 가르쳐주기도 했다. 경찰들이 구경이나 해보자며 한쪽으로 차를 대게 할 정도로 정말 잘 빠진 차였다.

동생은 알파로메오 매뉴얼을 읽은 다음 속도계를 보더니 "웬일, 최고 속도가 시속 130마일(208킬로미터)이래"라고 말하면서 나를 보고 약간 능글맞게 웃었다.

나는 고개를 끄덕였다. 그날따라 고속 도로는 차 한 대 없이 시원하게 펼쳐져서 나는 전속력으로 차를 몰았다. 나는 할 수 있는 최대한 속력을 올렸고, 우리는 매사추세츠 유료 고속 도로를 지나가는 잠깐 동안 아버지에 대한 경의의 표시로 시속 130마일을 유지했다.

캘리포니아에서 살던 시기를 제외하면, 신탁 자금이 남아 있던 9년 동안 줄곧 알파로메오를 타고 다녔다. 어머니는 나의 알파로메오 구입을 결사반대했지만, 내가 캘리포니아에서 지내는 동안 나 대신 신나게 이 차를 몰았고, 덕분에 이 문제에 대해서는 휴전 협정을 맺은 것과 다를 바 없었다. 신탁 자금은 등록금뿐 아니라 내가 작가가 되기 위해 다시 학교에 돌아왔을 때도 요긴하게 사용되었다. 나는 대학 학비를 냈고 빚 없이 졸업했다. 이건 굉장한 선물이다. 자유롭게 잡지사 인턴 기자로 일할 수도 있었는데, 나중에 이 잡지에 내 첫 표지 기사가 실렸다. 성소수자 서점에 취직해 일하면서 책도 읽고, 저자들도 만나고, 최초의 성소수자 작가 회의인 아웃라이트OutWrite 기획을 돕기도 했다. 장학금으로 학비를 면제받으며 대학원에 다니는 동안엔 의료보험이 없었는데, 치과 정기 치료비며, 대학원에 다니기 전후 뉴욕에 살 때 다니던 병원에 오가는 경비를 이 자금으로 해결했다. 나는 이런 자유가 많은 사람들에게 평범해 보인다는 걸 알지만, 한국 이민자 자녀가 예술을 한답시고 가족들에게 이런 식의 자유를 허락받는 건 드문 일이라는 것도 아주 잘 알고 있다.

지금은 제법 실용적으로 보이지만 당시엔 사치라고 여긴 것이 자동차 말고 또 있었다. 나는 주로 옷도 중고, 책도 중고로 구입했다. 아니면 직원 할인가를 이용하거나. 야마하 550 오토바이도 중고로 구입해서, 주차장 하나당 자동차 넉 대가 주차된 샌프란시스코에 살 땐 이 오토바이를 타고 다녔다. 1990년 가을엔 베를린, 런던, 에든버러까지 유럽 여행을 하면서 미국 외에 다른 나라에서 살 수 있을지 알아보았다. 결국 다시 미국에 남게 되었지만, 여행은 나름의 좋은 공부가 되었다. 가장 큰 사치는 뭐니 뭐니 해도 아이오와 시절에 한 장거리 연애였을 것이다. 이 연애를 하느라 정기적으로 비행기 값 못지않은 전화 요금 고지서가 나왔는데, 대학원생 예산으로는 도저히 감당하기 벅찬 액수였다.

나는 이 마법의 힘이 점점 약해질 거라는 걸 알고 있었고, 그것의 비호 아래 9년 동안 불사신이 된 느낌, 운이 다한 느낌이 들었다. 아이오와와 뉴욕시를 오가는 동안 알파로메오는 마침내 고장이 났다. 퍼

킵시Poughkeepsie에 있는 친구의 아파트 앞 어느 구역에서 차가 퍼져 버리자 그대로 두고 왔다. 그해 여름, 직장도 전망도 없이 이제 막 대학원 과정을 마친 상태라 차를 수리할 돈도 견인할 돈도 없었다. 결국 차는 미납 불법 주차 딱지들로 뒤덮인 채 주에 몰수되어 팔렸고, 그 돈으로 견인비와 보관비를 충당했다. 돈은 다 떨어졌고, 신탁 자금의 보호도 차도 없이 나는 삶에 백기를 들었다. 모두 어리석은 짓이었고, 부끄러웠고, 문제에 부딪히자 무력함을 느꼈고, 무력하다는 사실이 부끄러웠다. 나는 나를 이토록 하찮은 인간으로 느끼는데, 사람들은 나를 부자로 오해하는 것도 진절머리가 났다.

돈이 없으면 마음이 한결 가벼워질 줄 알았다. 아버지가 곁에 없는 대신 돈이 생겨버렸다는 끔찍한 기분에서 벗어날 거라고 믿었다. 그러나 마지막 남은 돈을 탈탈 털어 쓰는 건 아버지를 실망시키는 데 그치지 않았다. 그것은 아버지를 다시 잃는 것과 같았다.

우리는 어릴 때 처음으로 돈에 대해 배우고, 이때 배운 것을 바탕으로 돈에 관한 관념이 주로 형성된다. 보통은 부모를 통해 이런 가르침을 받지만, 다른 사람들을 통해서도 배우기 마련이다. 하지만 나는 내가 원하든 그렇지 않든 간에 돈에 대해서, 모든 사람에게, 매일같이, 돈이 무엇이고 어떤 역할을 하는지 가르침을 늘 들어온 것 같은 기분이다.

내가 이야기하는 그 시기까지 내 인생이 돈에 대해 주었던 가르침은 돈이란 갈등, 불화, 비탄, 피라는 것이었다. 돈은 필요한 것, 돈은 가족을 갈라놓는다는 것이었다. 심지어 어디서 돈 냄새만 나도 이런 기미가 보였다. 그리고 유산만큼 가족을 파괴하는 것도 없었다.

어머니는 내가 두 살 때 있었던 일을 이야기하길 좋아한다. 1968년에 우리 가족은 서울의 조부모님 댁에서 살고 있었다. 아버지의 세 형제, 삼촌 둘과 고모 한 명은 아직 학교에 다니고 있었다. 3층집은 높은 담으로 둘러싸였고, 담에는 못, 가시철조망, 깨진 유리를 잔뜩 박아놓았다. 나중에 나는 세상 모든 곳이 이런 방식으로 사는 줄 알았다. 부잣집은 찢어지게 가난한 집에 둘러싸여 사는 거라고. 그 집은 대통령이 사는 청와대 근처여서, 3층에 올라가면 옛날 왕이 후궁을 두던 궁인 비원이 잘 보인다.(비원은 본래 창덕궁 후원으로, 일제강점기에 비원이라는 이름으로 불리기 시작했으며, 후궁을 두던 궁이 아니라 휴식과 사색을 위한 정원이었다 — 옮긴이) 그곳은 개발이 안 돼서 그렇지, 오랜 세월 가장 많은 특권을 누린 동네 중 하나였다.

이 이야기 속 일이 일어났던 당시 우리가 서울에서 살게 된 이유는 부모님이 스스로의 힘으로 나를 키울 수 없었기 때문이다. 내가 태어났을 때 아버지는 로드아일랜드 대학교에서 해양학을 전공하는 대학원생이었다. 그 시기 이후의 아버지 사진 중에 내가 제일 좋아하는 사진을 보면, 아버지는 고래 갈비뼈를 들고 로드아일랜드 대학교 친구와 함께 자세를 취하고 있다. 어머니는 지역 공립 학교에서 가정 과목을 가르쳤다. 당시에 여자는 결혼을 하든 그렇지 않든 간에 임신을 하면 더는 학생을 가르칠 수 없었기 때문에, 어머니는 배가 불러오기 시작하자마자 곧바로 해고되었다. 그러니까 나라는 존재가 생기면서 가정의 위기가 시작된 것이다. 나의 출생은 계획에 없는 일이었다. 부모님은 경제적으로 가족을 꾸릴 준비가 되어 있지 않았다. 갓 태어난 나를 안고 있는 아버지의 사진들을 보면, 아버지 얼굴에는 지치고 얼떨떨한 표정에 놀라움, 사랑, 좌절감 중 한 가지가 드러나 있다. 그 당시 아버지는 한국에 돌아와 직장을 잡으라는 할아버지의 제안을 받아들일 준비가 된 것처럼 보인다. 그리고 얼마 안 있어 정말로 한국에 왔다.

아버지의 형제들은 한 줄로 서서 점심값을 받아갔는데, 제일 어린 고모 차례가 되어 고모가 돈을 받으면 나도 그들처럼 줄을 서서 돈을 달라고 했다. 할아버지는 아주 점잖은 분이셔서 — 내가 한국말을 한마디도 못 할까봐 걱정하셨다 — 아래층으로 내려와 껄껄 웃으면서 삼촌들과 고모에게처럼 나에게도 돈을 조금 쥐여주셨다. 그러면 나는 허락을 받고 그 돈으로 길 건너 구멍가게에서 사탕 같은 걸 샀다.

내 행동으로 할아버지가 웃으셨고 할아버지가 나에게 사탕을 사 먹으라고 돈을 주셨기 때문에, 나는 다음 날도, 그다음 날도 똑같이 했다. 그 뒤 얼마 안 있어 할아버지는 나에게 매일 돈을 주셨다.

아버지의 형제들이 여전히 나에게 화가 나 있는 건, 아마도 그래서인 것 같다. 그들에게 나는 관심, 인정, 돈을 위해 경쟁해야 하는 또 한 명의 형제였던 모양이다.

나는 예정일보다 조금 일찍 태어나 두 살 땐 표준 체중보다 미달이었기 때문에, 용돈으로 길 건너 가게에서 초콜릿 바를 사도 괜찮았다. 지금까지의 이야기는 이제부터 우리 어머니가 나에 대해 즐겨 이야기하는 다음 이야기의 포석이다. 어느 날 어머니는 무슨 일 때문인지 나를 야단치기로 마음먹고 나에게 가게에 가지 못하게 했다. 그런데 나중에 보니 내가 초콜릿 바를 먹고 있더란다. 어리둥절하고 불안하기까지 했던 어머니는 나에게 초콜릿 바가 어디에서 났느냐고 물었다.

가정부는 내가 할아버지에게 받은 돈을 가지고 그녀를 끌고 가겟집에 갔다고 어머니에게 설명했다.

어머니는 내가 어떤 난관에 부딪혀도 영리하게, 그리고 교활하게 해결할 줄 아는 아이라는 예를 들고 싶을 때 이 이야기를 한다. 그리고 나는 이 이야기가 나의 임기응변 능력을 말해준다고 생각하고 싶다. 하지만 이 이야기는 내가 어린 나이에도 힘이 어떤 식으로 작동하는지 이해했다는 걸 보여주기도 한다. 아이들이 다 그렇듯이 나 역시 내가 속한 계급에 대한 인식이 바뀌고 있었다. 이 계급에 변화가 생기리라는 것, 나는 계급의 배반자가 되리라는 것 ― 자신의 사회적 계급과 관계없이 모든 작가가 그렇듯이 ― 이 모두 예견되어 있었다. 어쩌면 이 일은 그런 변화의 예비 과정이었는지도 모른다. 전후 사정을 살펴보면, 정해진 규칙에서 빠져나가는 ― 진정한 규칙, 다시 말해 아무도 말하지 않지만 모두가 준수하는 규칙을 찾는 ― 징후의 단서들이 읽힌다.

하지만 아무리 그런 일이 있었다 해도, 돈과 나의 관계는 내가 기억할 수 없을 만큼 오래 전부터 이미 이루어졌고, 그런 방식으로 시작되었던 것 같다.

나는 어릴 때부터 사기꾼 기질이 다분했다. 우연히든 운명이든 그랬다. 내가 제일 처음 내뱉은 한국어는 '오비 맥주'라는 맥주 이름이었다.(사실상 한국의 버드와이저다.) 우리가 차를 타고 서울 도심을 지나갈 때 나는 어머니의 무릎에 앉아 어머니의 어깨 너머로 이 맥주 간판을 보고 이렇게 말했다.

지금도 나는 눈에 보이는 간판을 멍하니 큰소리로 읽는다. 마치 그런 식으로 내가 어디에 있는지 확인하는 것처럼.

나는 미처 알지 못했지만, 한국에서 사는 동안 나는 불안의 상습적인 원인 제공자이기도 했다. 1968년 서울에서 혼혈 한국인과 아메라시안 아이들은 일반적으로 미군과 한국인 여성 사이에서 태어난 것으로 여겨졌고, 한동안은 아이의 모습에서 부모의 유전적 성질이 드러나면 종종 납치되거나 매매되었다. 달리 말하면, 아버지가 백인 미군이라 해도 정부 당국은 아이를 자동적으로 시민으로 여기지 않았다. 어머니는 밖에 나가면 반드시 어머니가 보이는 곳에 있어야 한다고 주의를 주었지만, 나는 사라지는 데 탁월한 재주를 보였다. 서울에 도착했을 때 내 눈동자가 파란색이어서 아버지의 가족들, 특히 할아버지가 꽤나 불안해하셨다. 하지만 갈색 테두리에 고동색과 초록색으로 빛나는 눈동자에 모두들 금세 적응했다. 그 정도는 얼마든지 받아들일 수 있다고 생각했던 모양이다. 집안의 가장 나이 많은 남자아이로서 나에게는 그 지위와 더불어 어떤 책임과 특혜가 주어졌다. 서울에서 살던 처음 몇 달 동안 내 눈동자 색이 변할 때까지 집안에서는 파란색 눈동자에 백인의 피가 섞인 사내아이가 과연 지씨 가문 41대 '종손'이 될 수 있을지 고심했다.

아버지는 내가 자라면 내 자격의 일부로 한국 집은 내 소유가 될 거라고 농담 삼아 말하길 좋아했는데, 우리가 성인이 되었을 때 남동생은 그 말이 너무 불공평해서 처음엔 충격을 받았다고 고백했다. 나는 혹시 그래서 이 녀석이 사모펀드에 손을 댄 게 아닌가 생각하곤 했다. 하지만 사실 남동생 최초의 부실 자산은 자동차 정비소에서 자신이 개조한 자동차들이었다. 더구나 '종손'이라는 지위가 딱히 시샘할 만큼 굉장한 무엇도 아니었고.

일반적으로 종손은 상당히 많은 몫의 유산을 물려받는다. 항상 그런 건 아니지만 종종 집을 물려받는데, 집안의 큰집인 종가가 되고, 연세 드신 부모님을 모시며, '제사' ─ 조상을 기리기 위해 매년 올리는 의식 ─ 를 올리고, 집안 조상들의 묘를 돌보아야 하기 때문이다. 아주 보수적인 가문의 경우, 종손은 한국 외에 다른 나라에서 살아서는 안 된다. 종손은 가문 전체의 산 자와 죽은 자를 돌본다. 요즘 동생들과 나는 이런 한국의 전통은 순전히 갈등과 아픔을 일으키기 위해 존재한다고 농담처럼 말한다. 정말이지 우리는 그렇게밖에 경험하지 못했다. 남자 형제들은 서로 등을 돌리고, 여자 형제들은 보이지 않는 존재, 힘없는 존재로 여겨진다. 내가 돈과 관계없이 정신적 책임감을 경험한 많은 경우는 가족이 아닌 다른 사람들을 통해서였다.

형제들 중에 가운데였던 우리 아버지는 평생 형제들 사이의 불화를 중재했다. 그들의 불화는 언제나 돈과 유산 때문에 일어났다. 아버지가 돌아가시자 이런 싸움을 해결할 사람이 아무도 없었고, 할아버지가 돌아가신 후 형제들은 10년 동안 서로 소송을 벌였다. 나는 한국에서 훌륭한 번역가이자 대학교수인 큰고모가 할아버지의 부동산을 둘러싼 긴 싸움에 대해 숙고하면서 했던 말을 영원히 잊지 못할 것이다. "네 고모들은 재능이 뛰어난 사람들이었단다. 하지만 평생 오로지 여기 ─ 돈을 둘러싼 이런 싸움 ─ 에만 매달렸지."

이렇게 말한 고모 자신도 이 싸움에 가담했다.

우리 부모님은 돈에 대해 말로 가르치기보다 몸으로 직접 보여주는 편이었다. 아버지는 돈에 대해 거의 언급하지 않았다. 일요일에 교회에 가지 않는 이유를 이렇게 둘러대기도 했다. "내 교회는 은행이야. 난 일주일에 닷새나 거기에 가는걸." 아버지는 제이프레스에서 맞춘 근사한 양복을 입고 영국제 수제화를 신고 출근했으며, 겸손한 자세 따위에는 관심 없었다. 골프 클럽, 키와니스 클럽(1915년에 미국 디트로이트에서 창립한 실업가 및 지적 직업인 중심의 국제 민간 봉사·사교 단체 — 옮긴이), 로터리 클럽 최초의 유색인 회원이었고, 누구보다 잘생기고 세련되어 보였다. 이런 식의 말쑥한 옷차림은 아버지가 취해야 했던 전략 같은 것이었다. 이민자로서 아버지의 외모 때문에, 아버지는 부유한 사람으로, 최소한 안락한 생활을 누리는 사람으로 보이기 위해, 그저 공손한 대우를 받고자 — 나는 아주 나중에야 받았던 — 맞춤옷을 입어서라도 강한 인상을 보일 필요가 있었다. 아버지가 하신 말씀이 기억난다. "수트 재킷을 입으면 비행기를 탈 때 대접이 좀 더 낫지." 나는 비행기를 타기 위해 수트 재킷을 입을 때면 아버지와 가까이 있는 느낌이 든다. 그리고 아버지의 말처럼 정말로 더 나은 대접을 받기도 하고.

부모님은 두 분 다 열심히 일해서 재산을 일구셨다. 아버지는 자신의 큰형과 함께 한국전쟁 시기에 서울에서 버려진 군 보급 트럭을 뒤져 먹을 걸 찾아다녔다. 어머니는 메인주를 떠날 때 타고 갈 자동차를 사기 위해 여름 내내 호텔 객실 청소를 해서 돈을 모았다. 아버지는 돈이란 쓰기 위해 있는 것이라고 믿었고, 어머니는 돈은 절대로 쓰면 안 되는 것이라고 믿었다. 어머니는 옷도 손수 지어 입었는데, 거의 평생 그렇게 직접 만드셨다. 어머니는 아버지 못지않게 멋쟁이였지만 스스로 멋을 만들었다.

부모님이 돈에 대해 말씀하신 걸 들은 기억은 통틀어 딱 한 번 있었다. 그날 아버지가 아주 오래된 18세기 포르투갈 기관포를 가지고 집에 와서 이렇게 이유를 댔던 기억이 난다. "이런 종류의 무기 중에 발사 장치가 있는 무기는 이것뿐이야." 어머니는 어느 때보다 크게 화를 냈다. 아버지가 그때 돈으로 750달러를 주고 기관포를 사느라 두 분이 저축한 돈을 전부 써버렸기 때문이다. 판매자는 한때 해병대였는데, 한국전쟁이 끝난 뒤 친구와 각자 이 기관포 하나씩을 갖고 한국에서 미국으로 돌아왔다, 라는 정도만 아버지는 말했다. 당시 어머니가 화가 난 데에는 진품이라는 인증서가 없어서이기도 했지만, 그날 어머니가 말한 이런 이유도 있었다. "이걸로 뭘 할 건데? 멀린족한테 선전 포고라도 하게?" 그것은 가정집에 어울리지 않는 괴상하고도 야만적인 가공물이었고, 구입 후 교외에 있는 우리 2층집 출입문 옆, 파란색 코르덴 소파 뒤에 아버지 소유의 라이플 소총 여러 개와 나란히 놓였다. 마치 우리가 정말로 필요한 순간에 대비해 그곳에 숨어 있는 것처럼.

아버지가 돌아가신 후, 우리는 이 기관포의 감정을 받고 괜찮으면 팔아볼까 생각했다. 아버지의 메르세데스도 팔려고 생각했다. 하지만 아무것도 팔지 않았다. 기관포는 우리 집 거실 소파 뒤에 몇 년째 자리를 차지하다가 지금은 남동생 집에 있다. 메르세데스는 파산 상태였던 여름 동안 버몬트 보관소에 들어갔다. 아직 남동생이 가지고 있는지 모르겠다. 차를 어떻게 했느냐고 마지막으로 물었을 때, 남동생은 내 질문에 일언반구도 없었다. 남동생은 크리스티 미술품 경매 회사에 기관포 감정을 의뢰한 적이 있다고 최근에 자백했다. 현재 감정가가 2만 8,000달러다. 37년이 지난 지금, 원래 가격의 37배가 된 것인데, 마침내 기관포가 주는 교훈이 분명해졌다. 아버지가 옳았다는 것 말이다.

*
**

어릴 때 미국에서 아버지에게 직접 받은 마지막 용돈이자 내가 기억하는 최초의 용돈은 막 일곱 살이 되었을 무렵 알레르기 주사를 맞고 통증을 달래기 위해 받은 것이었다. 눈 깜짝할 사이에 주삿바늘이 들어갔고, 잠시 후 아버지는 병원 근처 모퉁이 상점에서 나에게 25센트를 주셨으며, 나는 그 돈으로 만화책 몇 권을 살 수 있었다.

그러니까 이런 사이클이 만들어졌던 거다. 통증 다음엔 돈 다음엔 통증을 이기는 힘. 어쩐지 승리한 기분이 들었다. 통증이 없어진 건 아니더라도 적어도 무력한 기분에서 벗어날 수 있었다. 그리고 이 일은 아버지의 사랑을 경험한 가장 초기의 기억 중 하나였다.

고통, 돈, 고통을 이기는 힘. 그러나 돈이 고통을 이기는 힘이라는 내 생각은 틀렸다. 돈은 고통을 직시하는 힘이다.

신탁 자금이 바닥난 후 처음 몇 년 동안은 그 자금만큼 큰 액수의 월급이 들어오는 꿈을 꾸었다. 그것 말고는 아무것도 상상할 수 없었고, 그것만이 나를 구할 수 있을 거라 믿었다. 말도 안 되는 상상이라는 걸 지금은 알지만. 그것은 신탁 자금을 희생했으니 그 대신 그 정도 액수의 월급으로 보상받을 수 있으리라는 꿈이었으니, 내가 나 자신을 위해 만든 돈과 자존감을 모시는, 원시 종교에서는 충분히 가치가 있고도 남을 지극히 단순한 교환 법칙이었다. 그러나 거액의 월급을 받고 싶다는 이런 갈망은 사실 아버지에게서 받은 돈이 고통을 물리치고 고통을 대신하는 무언가로 바뀌는 두 가지 이야기가 머릿속에서 합해진 것이었다.

나는 돈과 나의 관계를 다르게 만들어줄 새로운 서사를 찾고 있었다. 내가 직접적으로 인식하든 그렇지 않든 나는 여러 가지 정체성을 가지고 있었다. 과학자이자 학교 교사가 될 아이, 기업가가 될 아이, 그리고 내 친구가 즐겨 하는 말에 따르면 왕국과 아주 먼 곳에 떨어져 길을 잃은 왕자인 아이. 작가로서의 정체성은 그중에 가장 최근에 생긴 것이었다.

하지만 내가 이런 식으로 내 정체성을 찾으려 했던 이유는 그 정도로 종손이 되고 싶지 않았거나, 적어도 사람들이 나에게 말한 의미의 종손은 되고 싶지 않았기 때문이다. 종손이라는 역할에 대한 내 경험은 그것이 나를 사람들의 표적으로 만들었다는 것이다. 나는 아버지가 그랬듯이 그냥 내가 되고 싶었고, 할아버지에게 의지하지 않기 위해 별의별 일을 다 해봤다는 아버지의 일화들에 자극을 받았다. 그래서 신탁 자금이 바닥났을 때, 웨이터 외에도 할 수 있는 일은 닥치는 대로 했다. 나는 아버지의 가족이 아니라 아버지를 본받았다.

나는 글쓰기는 본질적으로 비영리사업이라는 인식 속에서 자랐다. 글을 써가지고는 쥐꼬리만 한 돈밖에 벌지 못하니, 생활은 다른 수입으로 유지해야 할 거라고 말이다. 그래서 이런 인식과도 싸우기 위해 스스로를 다그쳐야 했다. 하지만 작가가 되어 떼돈을 벌겠다는 내 꿈은 다분히 비현실적이었다. 어머니는 종종 나에게 MBA를 취득하고 글쓰기는 취미로 하라고 요구했다. 아버지가 돌아가시기 전에 우리 가족이 마지막으로 서울을 방문했을 때 할아버지는 나에게, "넌 시인이로구나. 그럼 가난하긴 해도 굉장히 행복하겠는걸?" 하고 말씀하시면서 껄껄 웃으셨다.

나도 같이 웃었다.

신탁 자금 덕분에 얻었던 여유는 나에게 한 가지 사실을 가르쳐주었다. 돈은 내가 아닌 다른 사람의 소유였다는 걸. 나는 내가 기억할 수 있는 오래 전에 할아버지가 나에게 쥐여주셨던 점심 값으로 시작해, 나중엔 한국에서 오실 때마다 주시던 100달러 지폐로 이어지던, 나를 홀린 이 모든 마법으로부터 벗어나려 애쓰고 있었다. 아버지의 큰형인 빌 삼촌도 그랬다. 국제적인 해양수산 기업으로 자수성가한 백만장자, 사후에 자식 일곱이 10년 동안 툭하면 서로에게 소송을 거는 할아버지처럼 되는 건 꿈에도 상상할 수 없었지만, 언젠가 빌 삼촌처럼 되는 내 모습은 얼마든지 상상할 수 있었다.

빌 삼촌도 옷을 잘 입는 남자였지만 유니폼처럼 거의 비슷한 스타일을 좋아했다. 샴브레이 셔츠에 페이즐리 무늬의 애스컷 타이를 매고, 금색 단추가 달린 감청색 블레이저를 걸쳤고, 카키색 바지에 태슬 달린 검붉은 색 로퍼를 신었다. 삼촌은 나에게 페이즐리 무늬가 무엇인지 가르쳐준 남자였다. 삼촌은 외출할 땐 이 유니폼 위에 버버리 오버코트를 입고, 버버리 스카프를 맨 다음, 베레모로 머리카락을 감추었다. 특이하게 옆머리로 대머리를 감추었는데, 어린 내가 보아도 이래서야 아무도 속지 않을 거라는 생각에 언제나 그 모습을 안타깝게 바라보았다. 삼촌은 우리를 무척 사랑했고 언제나 미소를 지었으며 장난기도 가득해서, 어쩌다 슬퍼할 때면 감정이 그대로 드러났다. 법학자이자 변호사이자 법학 교수인 빌 삼촌은 대학에서 우수한 학자의 길을 걸었지만, 이제 그만 고국으로 돌아와 효도하라는 할아버지의 부름을 받았다. 처음에 삼촌은 서울에 있는 한양대학교에서 법학을 가르쳤고, 마지막엔 국제조약법에 관한 국무위원급 대통령 자문위원이 되었으며, 국제연합 국제법위원회에 한국인 최초로 선출되었다.

내가 대학원 과정을 마무리하던 1994년에 빌 삼촌은 나에게 삼촌이 쓴 책들 가운데 한 권의 번역을 교정해달라고 부탁했다. 러시아와 중국에 거주하는 국적 없는 한국인들을 돕기 위한 작업이라고 자세하게 설명해주었는데, 나는 지금도 그 책을 가지고 있다. 삼촌은 돌아가실 때까지 삼촌에게 남겨진 집이자 내가 어릴 때 아버지의 가족들과 함께 생활했던 집에서 살았다. 남자 혼자 살기엔 너무 벅찬 집이었지만, 삼촌은 살인적인 세금 부담에도 불구하고 그 집을 고집했다. 할머니는 가족 모두가 그 집에 모이길 언제나 간절히 바라셨지만, 다음 차례로 당신이 가는 날까지 삼촌 혼자 병상을 지켰다.

아버지가 말한 집안, 언젠가 내가 물려받을 집안이라는 게 이런 건지 나는 늘 의심스러웠다. 빌 삼촌은 나처럼 장손이었다. 나는 서울에 있을 때면 그 집을 방문한다. 삼촌이 돌아가신 후 그 집은 상속자로 택한 사촌에게 맡겨졌고, 몇 년 사이 비바람에 노출되어 황폐해졌다. 지금은 베트남 음식점이 되었는데, 그것은 말할 것도 없이 사촌의 결정이다. 우리는 서로 말을 주고받지 않는다. 이 모든 것이 아버지 사후에 집안사람들이 아버지가 남긴 재산을 노리고 불화를 일으키다 소원해진 결과다. 뒷마당의 감나무들은 주변에 새로 올린 건물들보다 높이 자라서 지금도 그 자리에 서 있다.

나는 그에게 말하지 않고 이곳에 와서, 내 생각이 맞는지 확인한다. 그는 내가 거부한 일을 하기 위해, 심지어 그것이 되기 위해 애쓰고 있다는 것을.

**

신탁 자금을 바닥낸 걸 나는 지금도 자신에 대한 신뢰의 상실이라고 생각하는데, 아무튼 그 후로 몇 년이 지난 뒤에는 내가 장손이라는 인식을 하지 않는 법을 스스로 터득했다. 아마 제사는 예외일지 모르지만. 2년 전 10월에 나는 처음으로 내 방식대로 제사를 지냈다. 집에 제단을 마련하고, 내 손으로 정성껏 한국 음식을 차려 올렸다. 소주를 따르고 조상들에게 편지도 썼다. 그들에게 내가 얼마나 화가 나 있는지 말했고, 나에게 원하는 게 있으면 말해달라고 요청하면서. 그런 다음 편지를 태워 조상들에게 보냈다.

가족에 대한 아버지의 반항은 고스란히 나에게 이어졌다. 나는 나 외에 누가 나를 도울 거라는 생각 같은 건 아예 하지 않는 법을 배웠다. 나는 아들이 변호사나 의사, 혹은 자기처럼 엔지니어가 되길 기대하지 않고, 그저 그 자신이 되길 요구한 한국인 이민자 아버지를 둔 것이 얼마나 끝내주는 일인지 나중에 알게 되었다. 나는 새로운 세계에서, 새로운 중력 안에서 걷는 법을 배우는 기분이었고, '올 소울즈 교회'의 월요일 밤 접대 프로그램의 책임을 대행했던 2000년까지 6년 동안 그런 세계에서 살았던 것 같다. 나는 남자 친구와 함께 교회 일을 했고, 그와 헤어진 후 혼자 남았다. "월요일 밤에도 계시는데 일요일에는 나오시지 않아도 괜찮습니다." 한번은 내가 예배에 참석하지 못해 죄송하다고 말씀드렸더니 목사님이 이렇게 말했다. 어퍼 이스트 사이드에 위치한 교회에서 내가 사는 브루클린까지는 거리가 꽤 멀었다. 자선 활동을 예배로, 다른 사람들뿐 아니라 하느님에게 무언가를 드리는 방법으로 여긴다는 생각 — 월요일 봉사를 일요일 예배만큼 혹은 그보다 더 중요하게 여긴다는 생각 — 에 나는 마음이 편해졌다.

나는 완전히 치유되지는 않았다. 여전히 스스로를 치유하는 중이다. 서류철이 들어 있는 상자 세 개가 거의 정리가 끝나간다. 나는 거액의 급여를 받는다는 환상을 버리고, 대신 가진 돈을 잘 관리해 그럭저럭 사는 법을 터득했다. 원칙도 세웠다. 어느 도시에서 살든 임대료는 반드시 저렴할 것, 사랑해서가 아니라 돈을 벌기 위해 글을 쓰되 사랑하기 때문에 글을 쓴다는 걸 잊지 말 것, 언제나 원칙상 더 많은 돈을 요구할 것, 한 달에 얼마를 벌어야 하는지 정하고 최소한 그 이상을 벌 것. 물가 상승률에 맞추어 매년 수입액을 늘릴 것, 세금을 낼 것, 가능한 모든 빚을 청산할 것. 지금도 이 원칙대로 살고 있다.

이렇게 시작해서 지금까지 살아남았고, 내가 돈을 감정적으로 다룬다는 걸 깨달았다. 나는 나 자신을 보살핌이 필요한 누군가라고 여기면서 대해야겠다는 걸 알게 됐다. 나에게는 나만이 정할 수 있는 급여일과 함께, 평범한 검소함과 스스로를 용서하는 일이 필요했다. 이런 깨달음은 그 시기가 나에게 준 선물이었고, 거의 유니테리언 교회의 은총이니만큼 언제든 또 받을 수 있으리라 생각한다.

그 무엇도 나를 구할 수 없었던 시절에 나를 구한 건 내가 했던 이런 작은 실천들이었다.

 사기꾼

2003년 여름, 내가 지낼 곳이 필요하다는 걸 알게 된 한 친구가 자신이 임대해 사는 뉴욕 그래머시 파크 부근의 아파트를 재임대해서 살 생각이 있는지 물었다. 그녀는 약혼자와 함께 살기에는 집이 너무 좁아서 아파트를 내놓았지만, 아무리 기다려도 새 임차인이 구해지지 않아 그동안 브루클린의 파크 슬로프로 이사해 약혼자와 함께 살고 있었다. 법적으로는 살고 있는 집을 재임대하는 것이 허용되지 않기 때문에, 그녀는 한 달 임대료 900달러인 아주 괜찮은 아파트를 유지비만 내고 사용하라는 조건을 제시했다. 그 대신 나는 부동산업자가 올 때를 대비해 집을 완벽하게 정리해놓으면 되고, 아파트가 팔리면 나가야 했다.

거래 조건을 잘 지킬 수 있을지 자신할 수는 없지만, 좋다고 했다. 나는 그때까지 제대로 집을 치우면서 살아본 적이 없었다. 하지만 어쨌든 이사를 들어온 다음부터 희한하게 꼬박꼬박 청소를 했다. 부동산 중개인은 되도록이면 시간을 충분히 주어 미리 연락을 했고, 그러면 나는 싱크대 안쪽 그릇들을 설거지하고, 침대를 반듯하게 정리하고, 수건을 널고, 수도꼭지를 닦은 다음, 그래머시 파크에 있는 카페 중 한 곳으로 가서 시간을 보내다 안심하고 다시 집에 돌아왔다. 집을 방문한 친구들은 이런 내 모습이 믿기지 않는다고 했고, 그건 나도 마찬가지였다. 하지만 나는 그녀가 요구한 것보다 훨씬 잘 해내고 있었다.

그녀의 아파트는 뉴욕에서 살기 전 모두가 꿈꾸는, 그렇지만 대개 아무나 얻을 수 없는 집이었다. 19층에 위치한 원룸 공동주택으로, 수평선이 가로놓이는 3번 대로 북쪽 풍경과 허드슨강을 향하는 뉴욕시 서쪽 전경이 한눈에 들어왔다. 설거지를 할 땐 둥근 창 밖으로 이스트강을 내다보았다.

이 아파트에서의 일상은 내 기나긴 고생 끝에 주어진 일종의 보상 같았다. 웨이터 일은 더는 할 필요가 없었다. 학생들을 가르쳐서 받는 수입 외에도 이제 막 첫 번째 소설이 페이퍼백으로 출간되어 돈이 들어왔던 터라 작가로서 평생 처음으로 부자가 된 기분이었다. 이 건물 거주자들이 생각하는 것처럼 나는 부자가 아니었고 나 자신도 그 사실을 잘 알았지만, 어쨌든 나는 부자 작가였다. 나는 글을 써서 돈을 벌었고, 그 돈으로 글 쓰는 데 더 많은 시간을 보낼 터였다. 이 아파트를 저렴하게 거래한 덕분에 이 돈으로 더 오래 버틸 수 있을 터였다. 그렇게 생각하니 시작부터 두둑한 돈에 창창한 미래가 보장된 기분마저 들었다. 정말이지 아름다운 순간이었고, 그런 순간을 상징하는 돈과 시간은 익히 알려진, 세상의 끝만큼 막막하게만 느껴지던 미래에 마침내 가능성을 만들어주었다. 아파트에서 풍경을 바라볼 때마다 그 풍경은 내가 느끼고 싶은 나 자신의 미래와 닮아 있었다.

단 한 가지 어둠의 신호가 있다면, 내가 두 번째 소설을 시작하려 하고 있고 그것이 잘되지 않고 있다는 점이었다. 마치 불륜이라도 저지르는 것처럼 매주 금요일이면 작업에 등을 돌렸다가 월요일이면 다시 돌아왔다. 정말이지 그땐 이러다 소설 한 편 완성하는 데 10년은 더 걸리겠다는 의심이 들었던 것 같다. 그렇지만 아파트는 이런 내 좌절을 한결 수월하게 견디게 해주었다.

소설 작업이 어떻게 진척되든 상관없이, 나는 책상 앞에 앉아 도시 위를 지나가는 구름을 바라보는 게 좋았다. 마치 하늘에서 살고 있는 기분이었다. 창문은 크고 고풍스러웠고, 검정색 강철로 테두리를 둘러 독창적으로 보였다. 창마다 예스러운 걸쇠가 설치되어 있었는데, 그렇게 하지 않으면 강풍에 유리가 덜그럭거리고 금이 갈 수도 있어서 창을 보호하기 위해 반드시 필요했다. 발코니 두 개 중에 하나는 아주 작아서, 혼자나 둘이 서서 담배를 피우며 위스키를 마시기에 적당했다. 다른 하나는 여러 사람이 앉기 좋았다. 두 개의 발코니 모두 여러 종류의 식물이 늘어서 있고 그중에는 죽은 것도 있고 산 것도 있었지만, 해질녘에 식물을 보는 일은 없었다. 그 대신 나는 도시를 보았고, 눈앞에 펼쳐진 유명한 지형물의 수를 세었다. 그렇게 그 집에서 살면서 집값을 계산하는 법을 배웠다. 다시 말해 유명한 지형물이 하나씩 보일 때마다 집값이 올라갔다. 가령 아파트에서 엠파이어스테이트 빌딩이 보이는 경우 집값에 1만 5,000달러가 추가된다고 생각하니 우스웠다. 밤하늘을 비추는 스카이라인을 볼 때마다 돈을 세는 기분이 들었다.

＊
＊＊

살면서 재임대를 얻는 경우가 종종 있었지만, 이번엔 달랐다. 전에 재임대로 살았을 땐 집 안에 다른 사람의 살림이 있었다면, 지금까지와는 달리 이번엔 내 물건을 들여놓을 수 있었다. 나는 이 아파트에 내 물건이 놓여 있는 게 좋았다. 나는 가구에 큰돈을 들인 적이 없었고, 특정한 물건에 몇 달러 이상으로 돈을 써본 적이 없었다. 글도 마음 놓고 쓰지 못하는 마당에 물건을 소유하는 게 무슨 의미가 있었겠는가? 나는 일찌감치 뉴욕에서 배운 대로, 오히려 글을 쓰기 위해 가진 걸 팔기 바빴고, 고작 점심 한 끼 사 먹기 위해 중고 책 몇 권 팔아보려고 스트랜드 서점 앞에 줄을 섰다. 이곳저곳에서 일한 뒤 제때에 돈을 받지 못하면, 책꽂이에 꽂힌 책들을 죽 훑으면서 밥을 먹기 위해 돈이 될 만한 책을 골라냈다. 지금 내 책꽂이에 꽂힌 책들은 여태까지 최소한 천 번은 그런 순간들을 견뎌낸 것들, 그렇게 해서 살아남은 장서다.

평범한 사람들, 즉 자본주의 체제에서 작가가 아닌 사람들에게 작가는 종종 두려운 존재가 아닐까 생각한다. 이유는 이렇다. 작가들은 글 쓸 시간을 마련하기 위해서라면 팔지 못할 물건이 거의 없다. 우리에게 시간은 밍크고, 렉서스고, 저택이다. 다양한 부류의 작가들이 잔뜩 우글거리는 방에서 시간은 인기보다 더 전폭적으로 부러움을 사는 유일한 것이다. 물론 인기가 높아지면 수입이 올라가고, 그러고 나면 시간이 늘어날 가능성이 크다.

내가 물건을 좋아한다고 말하는 경우, 그 물건이란 곧 책을 의미하지만, 그래도 아주 형편없지 않은, 괜찮은 물건이 몇 개 있었다. 이 물건들을 이 아파트에 들여놓으니, 전에 살던 브루클린의 아파트에서와는 딴판으로 제법 근사하고 심지어 약간 화려해 보이기까지 했다. 나는 돌아가진 아버지가 사무실에서 사용하던 빨간 가죽 소파와 윙백 체어를 가지고 있었는데, 로스앤젤레스로 이사한 친구에게서 구입한, 나선형 다리가 달린 골동품 테이블 옆에 나란히 놓았더니 굉장히 호화로워 보였다. 만일 내가 고급 오피스텔에 사는 남자처럼 행동할 작정이었다면, 이런 데 사는 사람처럼 행세할 수 있었던 근거 중 일부는 분명 그런 사람이 가질 법한 가구를 가지고 있다는 점이었을 것이다.

배, 포도, 사과 모양 유리로 유쾌하게 장식된 친구의 이탈리아제 샹들리에가 이 모든 것을 사랑스럽게 밝혀주었다. 그해 가을, 와이팅 작가상과 미국교육협회의 연구 지원비를 받게 됐다는 소식을 들었을 때, 나는 이 모든 것이 내 행운의 샹들리에 덕분이라고 여기기 시작했다. 둘 중 하나만 받아도 한 해 운수가 대통이라고 생각하고도 남으련만, 한꺼번에 두 가지 행운을 거머쥐자 이건 분명 아파트가 부리는 마법의 약속이 실현되고 있다는 확실한 신호처럼 여겨졌다. 그래, 이젠 앞길이 창창할 거야. 나는 속으로 그렇게 생각했다. 이것은 내 성공을 보여주는 확실한 조짐임이 분명했다. 많은 작가들이 이런 과정을 거치리라 생각한다. 그러나 고생은 이제 영원히 끝이라고 믿는 순간, 특별한 종류의 고생이 시작된다.

**
*

이사 온 지 한 달이 지난 어느 토요일 오전이었다. 엘리베이터를 기다리고 있었고, 마침내 엘리베이터 문이 열렸는데, 안에 클로에 세비니가 뒷벽에 기대 서 있었다.

나는 인기 스타에게 쉽게 혹은 자주 반하는 편이 아니다. 하지만 영화 〈소년은 울지 않는다 Boys Don't Cry〉를 본 다음부터 클로에에게 푹 빠져버렸다. 단 한 편의 영화로 그녀는 나에게 내 세대 배우 중 가장 중요한 배우가 되었다. 그런데 지금 내 눈앞에 그녀가 있는 것이다.

흔들림 없는 클로에의 눈동자는 엘리베이터 통로에서 멀리 떨어진 중간 정도 거리에 초점을 두었다. 스펙테이터 펌프스를 신고, 흰색 버버리 프로섬 트렌치코트에 벨트를 매고 깃을 세웠다. 껄끄러운 외모에 비쩍 마르고 팔에 새긴 문신을 소매로 가린 사내아이가 동행했다. 트러커 모자에 비싼 청바지, 흰색 민소매 셔츠 차림의 사내아이는 엘리베이터 안에 자신이 이용할 수 있는 출구가 숨겨져 있기라도 한 듯, 그래서 그걸 찾아야겠다는 듯 낭패스러운 표정으로 주변을 두리번거렸다.

엘리베이터는 조용히 내려갔고, 10층쯤 도착했을 무렵 클로에는 사내아이를 쳐다보지도 않은 채 이렇게 말했다. "그 사람들한테 내 이름 알려줬어?"

엘리베이터가 내려가는 동안 사내아이는 아무 말도 하지 않았다. 그러고 보니 그날이 패션 위크이고 그날 오전에 마크 제이콥스 쇼가 있다는 사실이 기억났다. 어디에서 무슨 행사를 하는지 모르겠지만 클로에는 행사장으로 가는 모양이었다.

"그, 사람들, 한테, 내, 이름, 알려, 줬냐, 고?" 클로에가 한마디 한마디 또박또박 말했을 때, 그 말들은 불길에 싸인 채 허공을 맴돌다 완벽한 타이밍에 바닥으로 빠르게 내려앉았고, 마지막 마디를 내뱉자 곧바로 엘리베이터가 멈춰 섰다. 그녀의 동행인은 여전히 아무 말도 하지 않았다. 문이 열리자 클로에는 급히 로비를 가로질렀고, 그녀의 스펙테이터 펌프스가 대리석 바닥에 소리를 울리며 쏜살같이 지나가자 동행인은 그녀의 뒤를 따랐다.

그 후로 그 사내아이는 한 번도 보지 못했다. 하지만 클로에는 자주 보았다. 엘리베이터는 클로에를 볼 수 있는 작은 극장이 되었다. 문이 열리면 그녀가 나타나곤 했는데, 어느 땐 무척 우아한 드레스 차림이었고, 어느 땐 탱크톱에 아주 짧은 청반바지 차림으로 허리께에 울샴푸 통을 얹고 간단한 세탁을 하러 지하실로 내려가고 있었다. 그 모습은 더할 나위 없는 최고의 울샴푸 광고였다. 얼마 후부터 클로에는 엘리베이터 문이 닫히기 전에 나를 알아보면 고개를 끄덕이곤 했다. 하지만 나는 한 번도 그녀가 타고 있는 엘리베이터에 함부로 들어가지 않았고, 그녀에게 말을 걸어본 적도 없었다.

어느 날 내 앞으로 온 우편물을 가지러 로비에 갈 때까지 우리는 죽 이런 상태로 지냈다. 관리인은 친절한 중년 여성으로, 내 불법적인 거주를 개의치 않았던 것 같다. 그날 그녀가 내 이름을 불러서 나는 그녀를 향해 다가갔다. "알렉산더, 여기 클로에가 아파트를 보고 싶어 해요. 그 집을 팔려고 내놓은 걸 알고 있거든요."

나는 옆을 돌아보았다. 그곳에서 '클로에'가 기대에 찬 표정으로 나를 바라보고 있었다.

머릿속이 하얘진 나머지 그때 그녀가 어떤 옷을 입고 있었는지는 기억나지 않는다. 지금도 나에게는 사진보다 실물이나 스크린 속 클로에의 모습이 더 아름다워 보인다. 영화의 한 장면도 아니고, 이런 우연이 있을 수 있다니. "아파트를 내놓으셨다고요?" 그녀가 나에게 물으면서 곧바로 나를 향해 주의를 돌렸고, 나는 정신이 하나도 없었다.

나는 평정심을 유지하려 애쓰면서 대답했다. "네, 그렇습니다." 그때 내 친구의 주의 사항이 기억났다. "절대로 네가 직접 아파트를 보여주면 안 돼." 그녀는 이렇게 말했었다. "반드시 중개업자가 보여줘야 해."

하지만 이 사람은 클로에인걸, 나는 속으로 생각했다. 나는 딱 한 번만 친구의 지시를 거스르기로 결심했다.

그 이후에 일어난 일을 나는 죽을 때까지 잊지 못할 것이다. 클로에는 아파트를 둘러보며 말했다. "저는 위층의 친구 집을 재임대로 살고 있어요. 그 친구가 이 집을 사면 좋겠는데. 지금 집값이 폭락했잖아요. 제 말은, 이 집이 엄청 싸졌어요. 그렇게 생각하지 않으세요?"

그러니까 우리는 둘 다 재임대 세입자였던 거다. 클로에를 향한 애정이 급속도로 올라갔다. 하지만 집값이 싸다고는 생각하지 않았다. 천만에. 내 친구는 1제곱피트(30.48제곱센티미터)당 1,000달러 정도 잡고, 57만 9,000달러를 제시한 상태였다. 몇 주 전에 나는 다른 친구와 아파트 침실에 서 있었다. 친구가 아파트 가격을 물어 대답했더니, 그는 허공에다 두 손으로 1제곱피트를 그리고는 이렇게 말했다. "이 안에다 1,000달러를 채워 넣어. 그런 다음 오백칠십구 번을 더 채워 넣으면 네 것이 되는 거지."

여기 내 앞에 있는 클로에는 환영 같았고, 아파트를 둘러보는 그녀의 모습은 돈, 야망, 소망, 그 모든 것이 환하게 빛을 발하며 발현된 것 같았다. 내 사기꾼 자아는 내가 그녀와 같은 처지가 아니라는 걸 알리지 않을 터였다. 지금 우리의 인기 스타를 눈앞에 두고 내 실체를 드러내다니 당치 않았다. 그리하여 나는 마치 그녀의 말에 동의한다는 듯 아파트 값이 싸다는 생각에 고개를 끄덕였을 것이다. 하지만 내가 얼마나 가식을 떨고 있는지 똑똑히 알고 있기에, 클로에가 이곳에 있다는 기쁨 안에는 부끄러움이 배어 있었다.

"강철로 되어 있군요." 클로에가 바깥을 내다본 다음 나를 향해 돌아서며 말했다. "아무래도 친구에게 이 집을 사라고 해야겠어요. 그렇게 생각하지 않으세요? 전망이 정말 끝내줘요. 이 집을 안 사면 완전 바보죠."

나는 고개를 끄덕였고 — 그녀의 친구를 알지도 못하면서 — 클로에에게 중개업자 명함을 주었고, 곧이어 그녀는 떠났다.

친구가 이 집을 사면 좋겠다고 말한 걸로 보아 그녀는 내가 이 집을 살 능력이 안 된다는 걸 알고 있었다. 이 말은 곧 그녀도 이 집을 살 형편이 안 된다는 의미이기도 했다.

다른 친구가 나중에 밝힌 바에 따르면 당시 이 건물 아파트를 사지 않은 데에는 여러 이유가 있었다. 관리비가 비쌌고, 벽돌 건물인데 노후해서 금이 갈 수 있었으며, 언젠가는 회반죽을 다시 칠해야 하는 등, 장기적으로 투자 가치가 있는 아파트는 결코 아니었다. 결국 아파트는 어느 학교의 관리자에게 팔렸다. 집안에 돈이 좀 있는 사람이었고, 이곳에 더 잘 어울리는 부류였다. 지금도 그 집이 그립다. 하지만 지금 그럴 능력이 된다 해도 다시 그 집으로 들어가지는 않을 것이다. 내가 그리워하는 건 위층에 그녀가 살았다는 기억일 테니까.

그 뒤로 그 집에서 나올 때까지, 나는 그전에도 그랬던 것처럼 발코니에 서서 클로에가 그녀의 집 발코니에서 움직이는 소리를 들으며 시간을 보냈다. 그녀 앞으로 쪽지와 함께 내 소설 한 권을 로비에 남길 배짱이 있었으면 하고 바라기도 했지만, 그렇게 하지 못했다. 결코 동의할 수 없는 누군가와의 타협처럼, 그런 식의 행동이 어쩐지 터무니없고 한심하게 느껴졌다. 다른 사람 같았으면 위층으로 찾아갈 방법을 생각해냈을 법도 하련만, 그건 나답지가 않았다. 그래서 이사하기 직전에, 늘 그랬듯 우편물을 가지러 가는 길에 로비에서 마지막으로 클로에에게 말을 건넸다. 클로에는 내 앞을 지나치면서 "안녕, 알렉산더"라고 말하며 미소를 지었다. 나는 사랑에 마비되어 잠시 멈칫한 다음에야, 여느 때와 다름없이 "안녕" 하고 대답했다.

너무 수줍어서 떠난다는 말 한마디 제대로 하지 못하는 위인. 결국 그것이 내 진짜 모습이었다. 그가 다시 제 모습을 드러냈다. 그에게는 나름의 이유들이 있었고, 때때로 나에게 그 이유를 말했다. 하지만 나는 클로에가 내 이름을 안다는 사실만으로도 행복하게 그 집을 떠났다.

아참, 이사할 때 샹들리에를 가지고 나왔다. 지금 우리 집 주방에 걸려 있다.

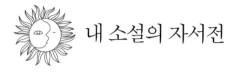 내 소설의 자서전

1

  제법 평범한 질문 중에 이런 질문이 있다. 책 한 권을 쓰기까지 기
간이 얼마나 걸리나요, 자료 조사 같은 것도 하나요? 7년이고, 그렇
다. 그런가 하면 이런 질문도 있다. 성적 학대를 당한 적도 있나요?
  네.
  왜 당신의 경험을 쓰지 않았지요? 한 독자가 나에게 물었다. 왜 그
걸 회고록으로 내지 않는 거지요?
  나는 그를 보고 잠시 혼란스러워졌다. 질문이 곧바로 이해가 되지
않았다. 질문자는 마치 내가 나에게 있었던 어떤 일을 의도적으로 감
추고 있다는 듯 짜증스러운 목소리였다. 자기는 스테이크를 시켰는데
왜 연어를 주냐는 듯. 내가 고른 게 아니잖아? 나는 모순적이고 혼란
스러운 진실을 마주하는 기분이 들었다. 맨해튼 도심 월 스트리트에
서 종이컵에 커피를 담아 테이블에 올려놓고 어느 독서 모임 사람들

과 이야기를 하고 있을 때였다. 우리는 모두 피부색과 눈동자 색깔을 비추는, 이 질문처럼 가벼운 듯 도발적인 형광등 불빛 아래에서 눈을 깜박이며 회의용 테이블에 둘러앉아 있었다.

질문자는 나보다 몇 살 많을 것으로 짐작되는, 이런 질문이 아니었다면 무던했을 백인 남자였다. 내가 성적 학대를 당했을 무렵 아마도 그는 고등학생 나이였을 터인데, 당시의 나라면 그에게 그 일을 말하지 않았을 것이다. 지금은 얼마든지 말할 수 있는 일이 그땐 어림도 없었다.

내 인생에서 내가 본 것들, 배운 것들이 내 인생이라는 상자 속에 다시 들어맞지는 않는다, 라고 나는 말했다. 내가 경험한 것들을 말할 수는 있겠지만, 그 경험들로 만들어진 시각을 그대로 담아낼 수는 없을 거라고 말이다.

방 안의 다른 참가자들이 이런 내 말을 귀담아 듣는 모습을 보았다.

나는 내가 본 형태에 맞는 무언가를 만들어야 한다, 라고 나는 말했다. 이 말이 그들을 흡족하게 한 것 같았다. 나는 다음 질문을 기다렸다.

그날 오후, 내가 지금까지 어떤 글을 쓸지 선택한 적이 있었는지 생각해보았다. 만일 선택이라는 걸 했다면, 도리어 내가 아닌 소설이 했을 터이고, 소설은 마치 내가 문이라도 되는 듯 나를 통해 세상 속으로 걸어 들어가는 것 같았다.

**

1994년 여름으로 이야기를 시작했다. 예술학 석사 과정을 막 마치고 맨해튼의 어퍼 웨스트 사이드에 위치한 콜럼버스 애비뉴에서 조금 떨어진 곳에 있는 아파트로 이사해 동생들과 함께 살던 때였다. 남동생은 주식 중개인으로 금융업에서 첫 직장을 시작했고, 여동생은 컬럼비아 대학교에 다니기 시작했다. 어머니가 메인주에서 홀로 당신만의 괴로움을 끌어안고 지낸다는 점을 제외하면, 우리가 무슨 샐린저 작품들에 나오는 글래스 가족이냐고 나는 우스갯소리로 말하곤 했다.(J. D. 샐린저는 《호밀밭의 파수꾼》으로 큰 인기를 얻은 뒤 '글래스 가족 이야기'를 중심으로 단편집을 펴냈다 — 옮긴이) 그러나 실상 우리 집 이야기는 샐린저 소설 속의 세계보다 더 복잡하고 더 멜로드라마 같았다. 어머니는 동업자에게 배신을 당했다. 동업자끼리는 서로의 채무 변제를 이행해야 한다는 변경된 동업 계약서를 남기고 사라져버린 것이다. 어머니는 파산 신고를 하면서 우리 소유의 집도 팔아버렸다. 어머니는 더는 숨길 수 없을 때까지 당신이 처한 어려움을 거의 숨겨왔는데, 지금까지도 나는 어머니가 우리 집을 내주어야 했던 때와 동시에 우리 세 남매가 함께 뉴욕으로 이사를 왔다고 생각한다. 그것만이 그나마 우리가 통제할 수 있는 선에서 우리가 할 수 있는 유일한 방어적 행동이었기 때문이다.

그해 여름이 시작되기 전, 나를 세상에 살아가게 해준 내 수입원들도 사라지고 있었다. 대학원 과정이 끝나면서 부수입도 없어졌다. 아버지가 돌아가시면서 내 교육비로 사용하라고 물려주신 돈, 내 유산도 마찬가지로 거의 바닥이 났고, 이제 뉴욕으로 다시 돌아가면 그마저도 다 써버릴 터였다. 여러 군데 대학원 프로그램에 연구비를 신청했지만 한 푼도 받지 못했고 강사 자리도 얻지 못했다. 가능하리라 꿈꾸던 미래가 잇달아 나를 거부하며 서서히 멀어질 때마다 피상적으로는 좌절감을 느꼈지만, 그 아래, 내면에서는 가족이 해체되어가고 있다는 걸 직감했다. 그리고 나 자신도 그렇게 되어가고 있다는 것도.

그해 여름, 나는 다른 작가들에 관한 기사를 꾸준히 보았다. 몇 명은 내 친구들이었는데, 희한하게 돈이 되는 모양인지 기사를 통해 소설을 판매했고, 그중에는 미완성 소설도 있었다. 《뉴요커》소설 팀에서 일하는 대학 친구가 나에게 단편 소설 써놓은 게 있냐고 물었을 때, 드디어 내 차례가 왔다고 생각했다. 당시에 쓰고 있던 소설 가운데 일부를 그녀에게 보냈다. 1980년대 후반에 뉴욕과 샌프란시스코에서 활동하던 에이즈 활동가들에 관한 내용이었다. 그녀는 내가 제출한 원고가 잡지에 싣기에는 적합하지 않지만 내용이 상당히 괜찮아서, 자신이 아는 윌리엄모로 출판사 편집자에게 보냈다고 했다. 출판사 편집자는 내 원고를 무척 마음에 들어 하면서, 자기네 출판사에서 이 미완성 소설의 출간을 고려하길 바란다고 나에게 말했다. 이 관심은 한 친구의 출판 에이전트의 관심을 부추겼고, 드디어 나에게도 출판 에이전트가 생겼다. 나는 이제야말로 일이 좀 풀리나 보다 기대하며 행복한 열흘을 보냈다. 하지만 결국 내 소설에 대한 출판사 측의 평에 따르면, 시놉시스로 예상컨대 책으로 펴내면 분량이 상당히 방대해질 것 같다는 것이다. "그쪽에서는 소설 분량이 600쪽가량 될 거라고 우려하고 있어요." 내 새 에이전트가 말했다. 그녀의 충고는 이랬다. "소설이 완성되면 우리가 분량을 아니까 그쪽에서 분량을 짐작할일은 없을 거예요. 그러니 완성된 원고를 보내죠."

이 소식에 나는 절망감을 억누르려 애썼다. 그러나 이내 나의 냉소주의, 나의 젊음, 나의 분노가 들고일어났다. 이 무렵 우리가 살고 있는 아파트는 적어도 우리가 실제로 벌어들이는 수입에 비해 너무 비쌌고, 어머니의 파산으로 여동생은 컬럼비아 대학교를 자퇴해야 할

판이었다.

진행하던 그 첫 번째 소설을 완성했더라면 좋았을 것을. 딱 1년이 지난 후, 마치 나를 놀리려는 듯 600쪽이 넘는 소설이 열 권이나 쏟아졌고, 그다음 해에 출간된 《무한한 재미Infinite Jest》(데이비드 포스트 월리스의 작품 — 옮긴이)는 1,079쪽이나 되었다. 하긴 분량이 문제가 아니었겠지. 다른 출판사라도 알아봤더라면 좋았을 것을. 하지만 그러지 않았다. 그 대신 아직 완성되지 않은 소설을 팔 수 있을까, 그 돈이 내 가족을 지킬 만큼 충분한 액수가 될 수 있을까 하는 생각에만 골몰했다. 나는 자전 소설은 나에게 일어나는 일을 그냥 적어 내려가는 것만큼이나 쉬울 거라는 생각으로, 첫 번째 출간작이자 완성작이 될 소설을 쓰기 시작했다. 내가 밀고 있던 실험 소설에 등을 돌리면서 아는 사람에게 이렇게 말했다. "남들처럼 형편없는 자전 소설 하나 써서 첫 소설로 내려고요. 그거 팔아서 떼돈 좀 벌어보죠." 그렇게 해서 쓰기 위해 자리에 앉았다.

*\
**

앞에서 말한 자기 인생에 대한 이야기란 자신의 인생 혹은 자기 자신에 대해 자신의 생각을 드러내거나, 자신이 배운 것을 설명하는 것이 아니다. 이것은 소설이 무엇을 할 수 있느냐의 문제이며, 심지어 소설이 무엇을 위한 것이냐에 관한 문제라고 생각한다. 그러나 나는 한참 후에야 그걸 알았다.

모름지기 첫 소설은 어때야 하는지 나는 알고 있었지만, 사실 모든 첫 소설은 모름지기 첫 소설은 어때야 하는가에 대한 질문의 답이다. 내 경우 처음엔 조각조각 부서진 채 나에게 다가왔다. 마치 한때는 완전했으나 누군가에 의해 부서져 내 안에 뿌려졌고, 다시 안전하게 조립될 때까지 그런 채로 숨어 있는 것 같았다. 내가 이 소설을 쓰고 있다는 걸 아직 인식하기 전에는, 이야기가 한 편씩 형태를 갖출 때마다 내 안의 어느 한 부분으로부터 낯선 밸런타인 카드를 받는 것 같은 기분이 들었다. 그때의 나는 친구들과 몰려다니며 커피를 마시고, 살다 보면 좋은 날이 있을 거라고 희망하던 나와 아주 다른 방식으로 언어와 관계를 맺고 있었다. 단어가 낡은 동시에 신선하게 느껴졌다. 단어가 묘사하는 것들을 다시 읽었을 때, 이전에 내가 쓴 문장들이 불러들이려 애쓴 것보다 훨씬 현실적으로 다가왔다.

그렇기 때문에 이 소설을 쓰는 동안 사실상 내가 이 소설을 쓰기로 결정했다고 말할 수가 없을 것 같았다. 글을 쓰는 것이 숨을 쉬거나 심장 박동이 뛰는 것만큼이나 필수적이고 기계적인 과정처럼 느껴졌고, 동시에 마치 내 마음 한쪽에 투명 인간이 들어와서 건물을 짓고, 내 기억을 해체하고, 상상력을 소환해 가시적인 형태를 만들고 있는 기분이 들었다. 나는 나 자신과 다른 사람들에게 전하고 싶은 메시지를 적어 내려가고 있었다. 그렇게 해서 소설이 태어났고, 그 안에는 평생 아무에게도 말하지 못한 일들이, 어떤 경우에는 글자 그대로 담겨 있었다. 나는 거짓말로 둘러대기도 했고, 누군가 가슴 위에 앉아 있기라도 한 것처럼 가슴이 뻐근해지기도 했다. 그러나 소설이 완성되었을 때, 소리 내어 그것을 읽을 수 있었다. 그것은 마치 인공 후두에서 나오는 목소리 같았다.

*
**

그전까지 글쓰기 워크숍에서 종종 받는 비평은, 문장은 아름다운

데 의미가 빈약하다는 것이었다. 나는 그 말이 무슨 뜻인지 이해한다고 생각했고, 고치려고 노력도 해보았다. 하지만 이 소설을 완성하기 전까지는 사실 그 말의 진정한 의미에 대해 생각했다고 할 수 없었다.

나는 지금 쓰려는 내용을 누구에게도 말하지 않았으며, 내 삶과, 내가 나누는 대화와, 심지어 내 문장들에도 그것을 드러내지 않았다. 나는 지적·정서적·육체적으로 내가 쏟을 수 있는 힘을 다해 오랜 세월 그 이야기를 피했다. 그런 식으로 13년을 보낸 후 입마개를 푼 아이의 치아를 상상해보라. 당시 내 문장이 그와 비슷했다. 말하고 싶지 않은 이야기 주변으로 어찌어찌 떠밀려 들어왔지만, 표현하지 못한 채 손가락으로 가리키고만 있는.

이제 나는 첫 소설에 대한 나름의 이론을 가지고 있다. 첫 소설은 비록 소설을 쓰는 것이 작가일지라도 그를 작가로 만들어주는 무엇이라고. 끝까지 완성할 정도로 애정을 쏟는 무언가가 되어야 한다고. 나는 학생들에게 늘 이렇게 말한다. 소설을 쓴다는 건 관심을 쏟는 훈련이다. 내가 정말 관심이 가는 것이 무엇인지 발견하는 훈련이다. 많은 학생 작가들이 미학에 집착하는데, 그렇게 되면 내용과 관계없이 말하고자 하는 바를 피하게 되는 것 같다. 나의 첫 번째 소설은 사실 내가 처음 시작한 소설은 아니었다. 그것은 내가 처음 완성한 소설이었다. 내 기록을 보면 그 전에 완성하지 않은 소설이 세 편 있고, 그중 한 작품에 쓴 몇몇 부분을 이 첫 번째 소설에 포함시켰다. 그러나 완성한 작품의 경우, 내가 그 작품을 완성할 수 있었던 이유는 나 자신에게 이런 질문을 던졌기 때문이다.

나에게 무엇을 알려줄 것인가? 내가 무엇을 알도록 허용하려는가?

2

자전 소설에 대한 아이디어는 늘 내 마음을 건드렸다. 친구들에게 우리 가족 이야기를 할 때마다 그들은 항상 그 이야기를 써보라고 말했지만, 나는 가족에 대해 한 단어도 꺼내지 않을 정도로 그런 제안이 질색이었다.

그렇지만 당시 내가 쓴 글들은 전부는 아니더라도 대부분이 어떤 면에서 자전적이라고 할 수 있었다. 주요 인물들은 대체로 내 이름 첫 글자를 따서 지었다. 하나의 음절로 된 이름을 가진 그들은 나와 비슷할 뿐 내가 아니었다. 예를 들어 출간된 첫 단편 소설집에 수록된 네 편은 모두 퇴짜 맞은 실험 소설에서 일부를 가져왔는데, 여기에 '잭조'라는 인물이 반복해서 등장한다. 잭은 샌프란시스코 출신 한국계 미국인 게이이며 미혼모에게서 태어난 외아들이다. 그는 사랑 때문에 뉴욕으로 이사 와서 액트 업 활동에 참여한다. 그와 나의 관계는 우연 이상이지만 그렇게 가까운 편은 아니어서, 내 경험을 바탕으로 그의 경험을 그릴 수는 없었다. 심지어 조라는 이름은 지와도 비슷하다.(지는 중국 이름인 동시에 한국 이름이기도 하다.) 나는 활동주의와 나 혹은 섹스와 나의 관계를 숙고하는 데 도움을 얻기 위해 잭을 창조했다. 당시 내가 쓴 다른 단편들은 여러 가지 형태의 우정, 관계, 이별에 관한 연구 보고서였다. 한편 나는 규범적인 환경에서 성장한 동료 작가들은 굳이 다룰 필요를 느끼지 않는 주제를 다루면서 다양한 실존의 문제로 고심하고 있었다. 학부 시절 소설 전공 교수였던 킷 리드가 맨 처음 그걸 알아보았다. 킷은 내가 부지런히 서두르면 최초의 한국계 미국인 소설가가 될 거라고 말했다. 그녀의 말이 전적으로 옳다고 할 수는 없었다. 최근까지도 현대 문학사에 알려지지 않은 인물이지만, 강용흘이라는 작가가 있었다. 그리고 1995년에 이창래가 《영원한 이방인 Native Speaker》을 발표하자, 킷은 "그럼 자넨 최초의 게이 소설가가 되겠군"이라고 말했다. 그건 킷의 말이 옳았다.

그러나 스무 살의 나는 기본적으로 이들 중 누구에게도 관심이 없었고, 이들의 모습을 갈망한다는 게 이상할 정도로 불편하게 느껴졌다. 그 무렵 나는 나와 내 배경에 놀라는 사람들에게 신물이 났고, 그들의 놀라는 모습에 기분이 상했다. 나는 기존에 살아 있는 누군가 ─ 내 앞에 살고 있는 또 다른 나 ─ 에게서 미래의 내 모습을 꿈꾸었고, 내가 세상에서 추구하는 무언가가 되길 간절히 바랐다. 나라는 존재만으로는 세상이 몹시 공허하게 느껴졌고, 이 공허한 느낌으로부터 벗어나기 위해 아무리 사소한 방법일지라도 누군가와 동일시할 수 있는 방법을 내내 찾아다녔다. 예를 들어 가수 롤런드 기프트를 향한 내 오랜 사랑은 부분적으로 그에게 중국인의 피가 섞였다는 사실을 알게 되면서 시작되었다. 모델 나오미 캠벨에 대한 사랑도 마찬가지였다. 무엇보다 입 밖에 꺼내지 못한 말은 내가 한국계 미국인이라는 확실한 사실에 도무지 확신이 없다는 것이었다. 그렇지만 이 정체성 ─ 사실 어떤 정체성이었든 ─ 에 확신이 없는 건 이것이 자동적으로 만들어졌기 때문이라는 걸 차츰 깨달았다.

가족에 대해 써보라는 말을 들으면, 내 상상력이 변변치 않다는 소리로 들렸다. 그뿐만 아니라 내가 한 가지 유형의 인물만 그릴 줄 아는 사람이라는 소리로도 들렸다. 소설가는 백지 상태에서 인물을 창조하고, 각각의 인물에게 내 삶의 이력을 새겨 넣어야 한다는 이중 잣대를 들이대면서 말이다. 비규범적인 배경을 지닌 모든 작가, 아니 규범적인 배경을 지닌 작가들조차 어느 시점이 되면 이런 이중 잣대와 맞닥뜨리게 되는 것 같다. 나는 이런 생각과 싸우고 있었고, 그러는 한편 뉴욕에 도착하면 들여다보겠다고 스스로와 약속했던 바인더를 책장에서 꺼내 보았다.

**
*

몇 달 전 봄, 아이오와를 떠나면서 보관할 것과 버릴 것을 나누느라 서류들을 살펴보다가 바인더 하나를 만들었다. 언뜻 보기에 딱히 공통분모가 있을 것 같지 않은 글들을 발견했기 때문이다. 대학 때 쓴 단편 소설 한 편. 약간 지나치게 운을 무시해서 산문시라기보다 서정적인 산문에 가까운 무운시 몇 편. 한 청년이 제 몸에 불을 질러 자살하는 장면이 묘사된 미완성 소설 일부. 밤에 고향의 등대를 바라보는 일화에 관한, 역시나 미완성 자전적 에세이 일부 등. 나는 이 원고들을 모두 바인더에 끼우면서 큰 소리로 말했다. "뉴욕에 도착하면 너희들의 존재를 알려줘."

나는 소설을 쓰는 모든 과정이 생각보다 간단하지 않다는 걸 알았던 것 같다. 하긴 지금까지 그 과정이 간단해 보인 적이 한 번이라도 있었던가. 규범적으로 보이고 싶지 않은 바람에서인지, 내가 작가로서 교육을 받을 때 나를 가르친 선생님들은 장편 소설이든 단편 소설이든 글쓰기에 관해 단 한 번도 구체적인 설명을 해준 적이 없다. 우리는 엄청나게 많은 장편과 단편을 읽었고, 작품에 관해 끊임없이 논쟁을 벌였지만, 플롯에 대해서는 논의가 이루어졌다 해도 중요하게 다루어지지 않았다. 그래서 나는 예술학 석사 과정을 밟는 내내 문맥의 단서를 통해 모든 걸 알아내야 할 것 같은 기분, 나는 모르지만 남들은 이미 알고 있는 장소를 혼자 헤매는 것 같은 기분을 느꼈고, 아무에게도 이런 내 기분을 털어놓지 못한 채 그들을 따라잡기 바빴다.

몇 년 전, 소설의 개념에 관해 에둘러 나누었던 대화 하나가 기억에 남아 있다. 대학 때 소설 창작에 관한 졸업 논문을 쓰기 위해 첫 단편집을 작업하던 중이었다. 운이 좋게도 소설가 어디너 호프먼과 같은 수업을 듣게 되었는데, 그녀가 내 단편집을 읽고 이런 소식을 전해주었다. "네 모든 작품이 소설이 되길 기다리는 것 같아. 너, 소설 쓰고 싶구나."

그날 호프먼의 생각이 처음으로 나를 자극했다. 나는 단편을 쓰려고 정말 열심히 노력했지만, 번번이 실패했다는 기분이 들었다. 내게는 작품들 간의 연관성이 아무래도 희박해 보였다. 시간이 흐른 뒤에야 이해할 수 있었다. 그녀는 각각의 단편이 품고 있는 핵심 주제들이 서로 어떤 식으로 연결되어 있는지, 내가 그 주제들을 배치하면서 어떤 식으로 서사를 만들어갔는지 알아보았다는 것을. 이제 곧 이야기가 전개되리라는 걸 작가가 이해하고 있으면, 절과 절이 이어지는 부분에서 작가가 느끼는 머뭇거림조차 독자에게 전달될 수 있다. 그래서 이야기가 더는 전개되지 않을 땐 뭔가 잘못됐다는 감이 왔다. 글을 전개하는 이러한 나만의 시각, 내가 무엇을 하는지 전달하는 방식과 심지어 가르치는 방식은 지금까지도 계속 이어지고 있다. 단편적인 글들에게 뉴욕에 도착하면 존재를 말해달라고 부탁하던 날, 나는 이삿짐 차에 타서 뉴욕으로 향하기 전에 벌써 소설 한 편을 호출하고 있다는 걸 알았다. 이 조각 글들이 완전한 한 편의 글로 태어나려는 그들만의 욕망을 품고 있다는 걸 알았다. 그래서 뉴욕에서 보낸 그해 여름, 바인더를 펼쳐 단편적인 글들을 다시 죽 읽어보면서, 이들 사이에 있을 수 있는 어떤 연관성들과 그 안의 그림자를 느낄 수 있었고, 그리하여 그 모양을 빚기 위해 글을 쓰기 시작했다.

*
**

제일 처음 떠오른 플롯은 그해 여름에 일어난 일을 가져다 쓰는 것이었다. 당시 어머니가 겪은 파산 드라마가 좋은 출발점으로 보였다. 청년이 집으로 돌아와 본가에서 이삿짐을 싸야 하는 어머니를 돕는다. 어머니는 동업자에게 배신당해 파산 선고를 할 수밖에 없는 처지가 되고, 청년은 그런 어머니가 우울과 비탄에 빠진 모습을 본다. 8년 전 세상을 떠난 그녀의 남편이자 청년의 아버지에 대한 슬픔이 아직 가시지도 않은 상태다. 아들은 어머니가 지금과 같은 고통을 겪게 된 책임이 변호사에게 있다고 여기고, 최소한 정의로운 방법을 찾길 희망하며 그를 향해 복수를 계획한다. 그러던 어느 날 변호사의 집이 번개를 맞아 잿더미가 된다.

주요 등장인물의 이름은 당연히 내 이름 첫 글자를 따서 지었다.

135쪽 분량의 원고를 에이전트에게 보내자 그가 말했다. "아름다운 작품이에요. 하지만 약간 작위적이네요. 한 사람에게 이렇게 많은 불행이 연달아 일어난다는 걸 누가 믿겠어요."

나는 웃었다. 하긴 나도 종종 내 인생이 믿어지지 않았으니까.

"그렇지만 90쪽 이후부터는 한결 좋군요." 그녀가 말했다. "계속 써보세요."

*
**

지금 초고를 살펴보니 플롯이, 흠, 얼마나 플롯답지 못했는지 다시 확인하게 된다. 그것은 그저 일어난 일들의 나열에 불과했다. 에이전트가 90쪽에서 보았던 변화를 나도 보았다. 화자가 아버지 무덤에 찾아간 후로 소설은 과거로 이동하고 시제는 현재형으로 바뀐다.

열두 살과 열세 살 여름의 기억이다. 뱃고동 소리가 들리는 밤들, 자전거를 타고 해변을 달리던 날들, 점심에 먹던 샌드위치와 소다수. 어머니는 재활용 수거 의무를 지켜야 해서, 식료품점에 쇼핑을 갈 때마다 내 두 손에 스티커를 한 가득 쥐여주고 나를 주차장으로 보낸다. 자동차 범퍼에 붙이는 스티커에는 빈 병 수거장 연락처가 적혀 있다. 내 머리카락은 긴 곱슬머리다. 나는 관자놀이 부근에 부분 염색한 금발을 한껏 뽐낸다. 아버지도 예쁘다고 하신다. 메인주의 여름은 흑파리와 모기로 시작한다. 이것들은 숲이 빽빽한 습지에서 자라는데, 사슴이 물리면 도로로 뛰어들 정도로 미쳐 날뛴다. 햇볕에 그을린 프랑스계 캐나다인들이 차를 타고 와서 비키니를 갈아입고, 바닷가재를 먹고, 금으로 만든 장신구를 반짝거리고, 선탠오일을 바른다. 매사추세츠 대표 의원들은 거만한 태도로 어리둥절해하며 하릴없이 돌아다닌다. 모두 이 지역을 찾아온 방문객들이다. 어업은 쇠퇴하고 있고, 신발 제조업, 감자 농장도 모두 죽어가고 있다. 생선은 자취를 감추고, 신발은 너무 비싸며, 감자는 충분히 크지 않다. 얕은 바다에 사는 바닷가재들은 조용히 어느 집 냄비 속으로 떨어지다가 내가 태어난 해에 멸종되어, 지금은 깊은 바다에 사는 그들의 형제와 자매 들이 식탁에 오른다. 만은 이제 겨울에도 얼지 않고, 돌고래들은 수십 년째 우리를 찾아오지 않는다. 이렇게 쇠퇴하다간 마을의 어장은 몇 년 안에 문을 닫을 것이다. 도넛 가게도 조만간 어떻게 될지 알 수 없다. 우리는 방문객들만 상대하며, 집과,

그 안의 가구들과, 우리는 먹을 게 못 된다고 생각하는 음식을 팔면서 그들에게 모든 것이 한없이 평화롭고 매력적이라고 확신하게 만든다.

줄 바꿔서,

해가 진 지 몇 시간이 지난다. 햇볕에 몸을 태우다 피곤에 지쳐 모래 속에 몸을 묻는다. 욕실에 들어가 문을 잠그고 바닥에 눕는다. 차가운 타일이 등에 닿는다. 수영복을 벗어 바닥을 가로질러 문 옆으로 찬다. 조명이라고는 문틈으로 흘러들어 오는 희미한 빛, 은색의 어슴푸레한 빛이 전부다. 그 빛을 응시하며 시간이 지나길 기다린다.

나는 소설의 분위기를 마거릿 애트우드 Margaret Atwood의《고양이 눈 Cat's Eye》처럼 만들어야겠다고 생각해 시제를 현재형으로 옮겼다. 《고양이 눈》은 내가 무척 좋아하는 소설로, 동일 인물이 다양한 시기에 따라 관점을 교차해 묘사했다. 한 예술가가 자신의 회고전을 열기 위해 고향에 가고, 그곳에서 어린 시절에 가장 친했던 친구의 열병 같은 사랑에 대한 기억이 되살아나 그 기억에 휩싸인다. 소설은 현재 일어나는 일은 과거 시제를, 과거를 회상하는 부분은 현재 시제를 사용하는데, 교차된 시제를 통해 독자는 소녀가 성인이 된 후 과거의 경험을 기억하지 못한다는 걸 감지한다.

서사 구조에 의해 과거의 자신과 맞닥뜨리게 한다는 이런 발상이 나는 흥미로웠다. 그리고 현재 시제가 자기최면과 같은 작용을 한다는 걸 발견했다. 시제의 사용에 관한 논의는 주로 독자에게 미치는 영향을 이야기하지만, 작가에게 미치는 영향도 그 못지않게 중요하다.

시제의 사용은 작가 자신의 마음에 강력한 주문을 건다. 그리고 이것은 흔하고 익숙한 주문이다. 현재형은 친구에게 직접 일상적인 이야기를 할 때 사용하며 — **그래서 내가 공원에 있는데, 어디서 본 듯한 이 여자를 마주친 거야** — 많은 경우 몸짓을 이용한다. 트라우마의 희생자들이 자신이 당한 공격을 묘사할 때에도 현재 시제를 사용한다.

과거 시제를 사용한 이 앞부분을 보면, 내 에이전트가 "한 사람에게 이렇게 많은 불행이 연달아 일어난다는 걸 누가 믿겠어요."라고 한 말이 무슨 의미인지 조금 이해가 된다. 초고에는 아버지의 자동차 사고와 뒤이은 혼수상태, 그리고 결국 돌아가실 때까지 반복적으로 급습하는 자멸에 가까운 분노가 포함되었다. 아버지의 사업에 사용된 은행 계좌 내역을 몰래 떼어보고, 나와 동생들의 양육권 청구 소송을 하고, 어머니가 아버지를 간호하는 동안 부정을 저질렀다고 비난하는 등 친가 쪽 가족이 저지른 온갖 배신, 그리고 나 자신의 자살 충동과 성적 학대도 포함되었다. 특히 성적 학대는 혼혈이라는 이유만으로 가뜩이나 따돌림당하는 마당에 이런 일까지 밝혀지면 더욱 왕따가 될까 봐 두려워 아무에게도 이 일을 말하지 못했다. 그런데 이런 일들은 사랑이니 친교 같은 걸 느끼게 해준 적은 결코 없었지만, 적어도 내가 혼자가 아니라는 느낌은 주었다.

이런 자전적 사건들이 체계 없이 아무렇게나 배열되었다. 나는 어머니의 이사를 도우면서 어머니가 이사 가지 않으리라는 걸 알았다. 어머니는 이삿짐 회사가 짐을 내려놓은 그대로 두고 떠나버렸다. 나는 어떤 은유가 있다는 걸 줄곧 감지해왔고, 감지했다. 내 소설 초안도 그랬다. 90쪽부터 화자의 관심은 내부로 향했고, 이때부터 화자는 어머니의 인생에서 일어난 위기로부터 눈을 돌려 자기 자신의 위기를 바라보았다.

나는 앞의 90쪽 분량을 삭제하고 나머지 45쪽으로 이야기를 전개
했고, 이 부분을 새로운 도입부로 사용했다. 이 부분은 화자의 침묵과
자기파괴 충동이라는 문제를 다루었다. 나는 마치 처음인 듯 그 문제
를 바라보았다.

바인더에 철한 미완성 글들 중에 대학 시절에 쓴 글이 있는데, 그
때 처음으로 성적 학대에 관한 글을 시도했다. 소년 성가대에 있는 한
소년이 자신이 당한 일을 아무에게도 말하지 못하고, 그러다 보니 다
른 소년들에게 조심하라는 경고를 하지 못한다. 그렇게 단장은 계속
해서 범죄를 저지르다 마침내 체포되고, 소년은 자신의 침묵으로 불
행이 지속되었다며 스스로를 탓한다. 단장의 범죄가 밝혀지자 소년은
자살을 결심하지만 — 무엇보다 입을 다물고 있었다는 사실이 부끄러
웠다 — 한 친구가 우연히 개입해 실패한다. 그 친구 역시 범죄의 희
생자이며 그가 지키지 못한 소년들 중 한 명이다. 나는 이 이야기를 소
설에 포함시켜야 한다는 걸 알았다. 당시 나는 내가 겪은 일을 내 방식
대로 써놓았었다. 그런데 글을 쓸수록 그 일이 자꾸만 떠올랐다. 그러
면 나는 잠시 멈추었다가, 바인더의 글을 삽입할 적절한 곳을 찾은 다
음, 다시 계속해서 글을 쓰는 과정을 반복했다.

3

데버러 아인스버그는 《아이오와 리뷰》와의 인터뷰에서 루스 프라
워 자브발라Ruth Prawer Jhabvala(시나리오 작가이며, 영화 〈전망 좋은 방〉
등의 각본가 — 옮긴이)를 통해 일종의 가짜 자서전을 쓸 수도 있겠다

는 걸 알았다고 말했다. 이 아이디어는 (내가 이해한 방식대로) 내 다음 소설에 반영되었다. 나는 내가 아니라 나와 유사한 누군가에게, 내 인생에서 일어난 사건이 아니라 그것과 유사한 상황을 설정하여 '가짜 자서전'을 만들 필요가 있었다. 그는 다소 산만하고, 약간 겁이 없으며, 화를 잘 내는 인물일 터였다. 이런 식의 창작은 윤리적이어서 실제 사건과 관련된 사람들에게도 적당히 필요한 거리를 둘 수 있었다. 먼저 나는 화자를 과거 속으로 끌어들인 기억이 무엇일지 상상했고, 그러기 위해 소년이 문틈으로 새어나오는 빛 속에서 무엇을 응시하는지 줄곧 생각하려 애썼다.

소설을 쓴 지 4년째 되는 1998년 1월 4일자 일기에는 한 가지 인용문이 적혀 있다. "이런 이야기들은 고딕풍 소설로, 늘 똑같이 무력한 상태로 끝나는 그렇고 그런 신화로 마무리하는 것이 공통적인 특징이다." 누가 한 말인지 기억나지 않는다. 출처도 앞뒤 문맥도 없다. 나는 당연히 글쓴이를 기억할 거라고 생각했던 게 분명하다. 일기장에 이런 식으로 출처를 거의 생략한 채 인용한 걸 보면 자만심에서 그랬던 것 같다. 어쨌든 일기장에는 소설을 쓰던 초기에 했던 수많은 시도, 목숨처럼 여긴 글들, 읽고 있던 책들이 간략하게 기록되어 있다. 그리고 소설을 쓰면서 곧 봉착하게 될 주된 문제들도 담겨 있다.

소년은 플롯이 필요했다. 나는 독자의 멱살을 잡고 달리는 소설을 쓰고 싶었지만, 왠지 아무 일도 일어나지 않는 이야기들에만 마음이 끌렸다.

내 이야기들과 초창기 소설들은 종종 플롯이 없다는 비평을 받았다. 나는 1980년대의 플롯이 없는 소설을 흉내 내고 있었고, 이 풍경 속에서 무심코 어린 시절 트라우마를 재현하다 길을 잃었던 것 같다.

내 이야기들은 하나같이 행동이 부재하거나 무기력하게 끝났다. 그도 그럴 것이 내 상상력은 언제나 나 자신의 삶으로부터 나를 보호하기 위해 만들어졌기 때문인데, 마치 아이가 움직이지 않고 가만히 있으면 아무도 자기를 볼 수 없을 거라고 믿는 것처럼 잘못된 생각이었다. 그렇지만 나는 그렇게 믿고 있었고, 내가 그렇게 믿고 있다는 사실조차 전혀 깨닫지 못했다. 이 사실을 자각한 뒤에야 새로운 상상이 필요하다는 걸 깨달았다. 나는 행동을 상상할 필요가 있었다.

나는 멜로드라마에서 사용하는 플롯을 가장 좋아했다. 감정을 숨김없이 드러내고 피투성이가 되는 이야기. 절대 반지, 검, 저주, 마법, 괴물, 유령, 우연과 운명이 등장하는. 과거의 나에게는 이런 요소들이 안전했다. 모든 문제가 상상 속에서만 일어날 뿐 현실에서는 있을 수 없고, 해답 역시 상상 속에서만 가능할 뿐 현실에서는 있을 수 없으니까. 이런 요소들이 위안을 주긴 하지만 선택과 감정의 폭이 좁았고, 사람들이 살아가기 위해 필요한 정보를 교환하면서 모종의 결론을 내리고 그 결론을 바탕으로 어떤 결과가 이루어지지는 않았다. 마찬가지로 절대 반지를 찾기 위해 한 번도 패배한 적 없는 적과 대항하는 이야기는, 적에 대항하기 위해 스스로를 단련시키는 이야기와 같을 수 없었다. 더구나 이런 이야기들은 대체로 영웅의 변화를 요구하지 않았다. 이처럼 플롯이 없는 18세기 문학 작품과 블록버스터 에스에프 소설은 둘 다 공통적으로 나를 위로하고 열광시켰고, 지금까지도 나는 이런 종류의 책들을 읽고 사랑하지만, 소설을 어떻게 써야 하는지 알 수 있는 방법은 본질적으로 제공하지 않았다. 나는 이야기 안에서 — 읽는 이야기가 아니라 쓰는 이야기 안에서 — 플롯과 인과관계가 어떤 식으로 표현되는지 알아야 했다. 아주 괴로운 문제를 다루는 이야기들은 카타르시스를 제공해야 한다. 그렇지 않으면 독자는 더는 읽지 않거나 재미가 없어서 미쳐버릴 것이다.

나는 분명한 행위와 드라마와 카타르시스가 있는, 내가 사랑하는 플롯을 찾기 위해 좋아하는 신화와 오페라 들을 검토했다. 예를 들어 〈토스카〉는 등장인물 모두가 각자의 행위 동기를 감추다가 마지막에 전부 죽는다. 미르라에 관한 그리스 신화에서는 아버지를 사랑하는 딸 미르라가 아버지의 첩인 척하고 임신을 해서 나무로 변신한다. 마침내 미르라가 출산을 할 때 나무의 요정들이 아기 울음소리를 듣고 와서 탯줄을 자르고 아기를 돌보다가 자식으로 키운다. 그 후로 나무에서는 영원히 몰약이 흐른다. 금지된 욕망에 따라 행동하다가 그 결과 변신을 하고, 마비가 되고, 그런 다음 카타르시스를 준다. 나는 이것과 똑같지는 않지만 이와 유사한 이야기를 만드는 법을 배울 필요가 있었다. 뭔가 다른 결론을 제공하기 위해 신화 한 편을 구석구석 난도질해 파헤칠 필요가 있었다. 신화가 아닌 신화와 유사한 무언가를 만들기 위해 신화의 구조를 이용할 필요가 있었다. 아무도 생각하고 싶지 않은 주제를 다루되 손에서 내려놓을 수 없을 만큼 기가 막히게 쓰고 싶었고, 뛰어난 재능을 발휘해 어쩌면 오래도록 살아남을 작품을 만들고 싶었다. 이 소설이 그렇게 되길 바랐다.

이런 플롯들은 상당히 충격적이거나 말도 안 되는 사건들로 이루어져 있었지만, 독자들은 오히려 인물의 감정에 공감하고, 상실, 금지된 사랑, 배신 등 그 안에 깃든 인간적인 면모를 수긍했다. 올림포스산에 살아본 적이 없어 바람둥이 제우스에게 질투하는 헤라에게 공감할수 없다고 말하는 사람은 지금까지 아무도 없었다. 나는 희생자가 우월감, 혐오감, 멸시에 대처하는 방법을 떠올리며, 내가 우리 집 이야기 혹은 그 비슷한 무언가를 말하려면, 어떤 장치를 만들어 독자들이 그 장치를 따라 움직이게 해야 한다는 걸 깨달았다. 독자들을 다른 경로 ― 그들을 놀라게 할 ― 로 데리고 가 그들이 제기할 법한 반론을 예상하고 물리치면서 말이다. 그러는 동안 독자들은 익숙한 무언가를 붙잡고 싶을 것이다. 플롯이 이것을 가능하게 할 수 있었다.

플롯은 내가 기억할 수 없거나 기억하지 않을 일들에 부딪히는 방법이기도 했다. 인물과 작가를 무력하게 만드는 고딕풍의 이야기는 나까지 무력하게 해서 아무것도 쓸 수 없게 만들었다. 웨슬리언 대학교 논픽션 수업 시간에 애니 딜러드는 과거에 대한 글을 쓰는 것은 스스로 잠수종 안에 잠기는 것과 같다고 경고했다. 우리는 스스로 각자의 바다 밑바닥까지 내려가야 했다. 그러다 잠수병에 걸릴 수도 있었다. 과거의 내가, 상처받은 아이가, 그 나이의 인지 능력을 지닌 아이가 성장하지 않도록 주의해야 했다. "우리는 모두 성장하면서 괴로움을 경험했어요." 그녀는 말했다. "그런 일이 일어나기 전에 나오세요." 나는 내 상황이 다르면서도 같다는 걸 알았다. 나는 안전하게 내려갔다가 되돌아오는 방법이 필요했을 것이다. 자신을 등장인물로 설정하고, 플롯을 짜고, 과거를 허구로 꾸미는 일. 나는 이 일련의 작업이 이 모든 것에 대한 해결이 될 수 있길 희망했다.

4

내 경험상 자전 소설은 다른 종류의 소설 못지않게 많은 조사가 필요하다. 나는 성적 학대에 관한 책과 약탈적인 패턴을 보이는 소아성애자에 관한 책, 그런 괴로움에서 살아남은 사람들을 위한 자기계발서 한 권을 구입했는데, 생각 이상으로 나에게 필요한 책들이었다. 메인주의 계절별 동식물에 관한 책도 구입했다. 옛날에 성가대에서 불렀던 악보도 꺼내놓았다. 내 기억력을 신뢰할 수 있느냐의 여부와 관계없이, 나는 기억의 공백을 넘나들며 굳이 떠올리고 싶지 않은 일들까지 써내려가고 있었다. 스스로 길을 만드는 것 외에 달리 방도가 없었지만, 필요한 사실들을 떠올릴 물건에 의지했다.

오랜 세월을 견뎌 지금까지 내려온 아리스토텔레스의《시학》도 도서관에서 할인 판매를 할 때 구입했다. 구입한 날짜는 정확하게 기억나지 않는다. 이야기, 플롯, 카타르시스를 어떤 식으로 다루어야 할지 고민하고 결정할 때 어느 순간부터 나도 모르게 아리스토텔레스에게 의지하고 있었다.《시학》은 비극에 관한 아리스토텔레스의 해석을 발견하는 즐거움 외에도 여러 가지 이유에서 놀라운 책이다. 아리스토텔레스는 비극에 대해서는 이제 막 발명된 것처럼 말하는 반면, 희극에 대해서는 정확한 기원은 밝혀지지 않았지만 아마도 시칠리아에서 시작되었을 거라고 자신 있게 말한다. 그는 '드라마drama'라는 말의 어원은 그리스어 동사 드란dran으로, 그 의미는 '하다' 혹은 '행위하다'라고 언급하는데, 이 부분이 나에게 가장 깊은 통찰을 제공했다. 이야기에서는 기억할 만한 행위가 언제나 매우 중요하다. 심지어 행위는 기억술mnemonic device(외우기 힘든 정보를 쉽게 기억하기 위한 방법으로, 리듬을 가진 노래를 만들어 외우거나 이야기를 짜서 기억하고 싶은 대상을 등장시키는 방법이다 — 옮긴이)처럼 리듬과 운율이 작용하는 방식에 영향을 줄 수도 있다. 우리는 사람들이 어떤 행위를 **했는가**로 이야기를 기억한다.

비극은 숭고한 행위를 모방한 것으로, 아름답게 꾸민 언어로 표현되며, 장엄하고, 그 자체로 완벽하다. 또한 내레이터 한 사람이 말하는 것이 아니라 여러 배우가 다양한 부분에서 다양한 양식으로 연기함으로써 연민과 두려움을 일으키고, 그러한 감정들을 정화한다.

이 글에는 다음과 같은 각주가 있다.

정화 그리스어로 카타르시스(katharsis). 이 책《시학》에서만 볼 수 있는 단어지만 아리스토텔레스가 정의한 것은 아니며 의미에 대해 많은 반론이 있다.

연민, 두려움, 장엄함. 그리고 정화. 이것은 내가 추구하는 것이었다. 나는 올바른 가르침을 향해 손을 뻗었던 셈이다.

소설을 구조화하는 법을 배우기 위해 아리스토텔레스를 읽는다는 것은 약간 다른 각도로, 거의 동문서답 식으로 책을 읽는다는 걸 의미하지만, 그럼에도 나는 아리스토텔레스를 이해했다. 그리고 지금 그를 다시 읽으며, 이야기의 길이에 관한 장章에서 '일천 마일 길이의 짐승'의 처음, 중간, 끝부분에 대한 설명이나, 그것에 관해 그가 아무렇지 않게 툭 내뱉은 언급에 여전히 전율을 느낀다. 아리스토텔레스는 '일천 마일 길이의 짐승은 한 번 보아서는 전혀 파악할 수 없기 때문에' 이해할 수 없다고 설명한다. 그는 소설의 길이에 대해 이야기한 것이지만, 어떤 면에서 이 부분은 소설이란 무엇인가를 말했다. 사유가 너무 길면 결코 한 번에 알아볼 수 없다고 말이다. "그렇기 때문에 한 사람을 중심으로 이루어진" 이야기라고 해서 "일부 사람들이 생각하는 것처럼 통일성이 있는 것은 아니다"라는 그의 확신에 찬 어투는 나에게 두 가지 모두를 이해하게 해주었으며, 호메로스의 《오디세이아》와《일리아스》역시 (장엄한 종류의) 단일한 행위를 중심으로 이야기가 구성되었다"는 서술이 의미하는 바를 깨닫자 눈이 번쩍 뜨이는 것 같았다. 장엄한 단일 행동은 단일한 인물보다 더 이야기를 통일시키며, 등장인물들은 이야기 안에서 맡은 역할에 의해 기억에 남게 된다. 아니, 적어도 내가 쓰고 있는 소설에서는 그랬다. 그리고 이것은 묘사하기가 더 어렵다.《시학》에서 소개하는 각각의 가르침들은 내가 소설을 구성할 때 유독 나에게 도움이 되었지만, 다른 사람에게도 반드시 유용하다고 할 수는 없다.

　나에게 크게 유용한 또 하나의 가르침은 "특정한 사건들 이후에 일어난 일과, 그 사건들 때문에 일어난 일"에 관한 아주 간단한 설명이었다. 나는 이것은 그야말로 인물 자신의 품성이 야기한 운명과 자유 의지가 교차하면서 이루어지는 일련의 결과들이라고 생각한다. 그러나 시와 역사에 관한 아리스토텔레스의 기술은 나에게 정확히 소설과 자서전의 차이로 여겨졌다. 혹은 적어도 소설과 인생의 차이거나.

　앞에서 말한 바에 따라, 시인의 역할은 분명 실제로 일어난 사건을 이야기하는 것이 아니라 오히려 일어났을 법한 일, 다시 말해 개연성이나 필연성 측면에서 있을 수 있는 일을 이야기하는 것이다. 역사가와 시인의 차이는 운문을 사용하느냐, 산문을 사용하느냐의 문제가 아니다. 헤로도토스의 작품을 운문으로 표현할 수도 있으며, 산문으로 쓰나 운문으로 쓰나 마찬가지로 역사책이 될 것이다. 차이가 있다면, 역사는 실제로 일어난 사실을 이야기하고, 시는 있을 법한 사건을 이야기한다는 것이다.

이런 이유에서 시는 역사보다 더 철학적이고 더 심각하다. 시는 보편적인 사실을 이야기하며, 역사는 특수한 사실을 진술한다.

내가 봉착한 가장 큰 문제는 이 대목에 있었다. **차이가 있다면, 역사는 실제 일어난 사실을 이야기하고 시는 있을 법한 사건을 이야기한다는 것이다.** 나에게 아무리 끔찍한 일들이 일어났어도 그것을 기술한 방식으로는 독자들에게 아리스토텔레스가 말한 장엄한 행동을 느끼게 할 수 없었다. 단순한 이야기의 나열은 아무것도 설득시키지 못했다. 다른 방식의 플롯이 필요할 것 같았다. 그러니까, 나에게 일어났거나 일어났었던 사건이 아니라, 이런 상황에서 나와 유사한 누군가에게 일어났을 법한 일을 상상하면서 플롯을 짜야 했다. 가령 어머니의 파산에 관한 서사는 나한테야 내 인생 최대의 비극으로 손꼽히지만, 독자에게 연민과 두려움을 일으키고 감정의 정화로 이어지느냐를 생각해보면, 아리스토텔레스의 검열을 통과하지 못했을 것이다. 서사로서 이 내용은 착한 사람이 운이 없어 쫄딱 망한 이야기일 뿐이었다. 여기에 어떤 시적 진실이 있다면 그것은 우리 어머니에게 속했고, 그것을 공유할지 말지는 어머니 마음이었다.

나는 내 플롯의 모델로 월터 스콧Walter Scott 경의 소설 《람메르무어의 신부The Bride of Lammermoor》를 바탕으로 만든, 내가 좋아하는 오페라 〈람메르무어의 루치아Lucia di Lammermoor〉를 선택했다. 한 청년이 자기 아버지를 몰락하게 만든 남자에게 복수하기 위해 그의 딸을 유혹한 뒤 배신하지만, 그로 인해 어쩔 수 없는 끔찍한 살인을 불러일으킨다. 나는 이 작품을 괴상한 방식으로 비틀어 딸 대신 아들을 설정하고, 결혼 대신 선생님을 향한 학생의 비운의 사랑으로 만들기로 했다.

그때까지 내 초고에는 성가대 지휘자로 등장하는 인물에게 아들이 있었고, 그가 체포되어 재판을 받을 당시 아들의 나이는 두 살이었다. 이것은 분명 아리스토텔레스가 비극을 그리는 방식이었다. 16년 뒤에 그 아들은 소설의 화자가 지켜주지 못했던 가장 친한 친구와 똑같이 빼닮는다. 그는 감옥에 있는 아버지에 대해 거의 아는 바가 없다. 여러 해가 지난 뒤, 화자는 아들이 다니는 학교에서 교사로 일하면서 그를 만나게 되고, 어릴 때 자신에게 성적 학대를 한 남자의 아들이라는 사실을 모른 채 그에게 반해 그의 유혹에 넘어간다. 그리고 서로 사랑하게 된 뒤에야 서로에 관한 진실을 알게 된다.

나는 내가 아닌 나를 닮은 누군가를 만들기 시작했다. 아버지를 되살리고 어머니를 전과 같은 모습으로 되돌려놓았다. 한국에 살고 있어서 생전에 잘 알지 못했던 조부모님을 화자의 집으로 이동시켜 화자와 함께 살게 했다.

한편 여러 가지 모양으로 둔갑하는 일본 여우 귀신, 기쓰네의 전설을 또 하나의 플롯으로 삼아, 그것을 이용해 주인공 가족에게 더욱 자세하게 관심을 돌렸다. 나는 구전 설화에서 붉은 털은 여우의 혈통이라는 표시로 여겨지기도 한다는 글을 읽으며, 아버지가 붉은 머리카락을 한 올씩 뽑곤 했던 기억, 상냥한 여우 이야기를 지어내어 잠자리에서 들려주던 기억이 떠올랐고, 그리하여 더 오래된 여우의 조상들을 찾아보기 시작했다. 그리고 중국에서 일본으로 건너온 중세 일본의 여우 요괴, 레이디 타마모白面金毛九尾の狐(일본의 구미호로 일본에서는 3대 악귀 중 하나. 흔히 타마모노마에玉藻前라는 이름으로 알려져 있다 — 옮긴이) 이야기를 발견했다. 전설에 따르면, 레이디 타마모는 간단히 힘을 발휘해 바위 위에 올라서서 바위를 쪼개며 뛰어내려 추적자들을 따돌리고는 곧장 허공으로 사라졌다. 나는 타마모가 올라선 바위가 어디쯤에 있는지 찾아보면서 — 자신의 망령을 몰아낼 때까지 유독 가스를 뿜었다고 한다 — 타마모가 친가 쪽 고향인 한국의 해안에서 조금 떨어진 섬을 향해 직선으로 날 수도 있었음을 확인했다. 나는 레이디 타마모의 이야기를 연장해 내 자전 소설 화자의 혈통과 환상적으로 엮을 수 있었다.

기쓰네 전설에서 여우는 남자와 여자의 모습을 모두 취할 수 있다고 언급되어 있지만, 사실 전설 속 여우들은 모두 여자의 모습으로만 등장했다. 나는 오페라를 비틀었던 것과 마찬가지로 이 여우 전설을 비틀어 여우가 소년의 모습을 취하도록 만들었다. 그리고 내가 아닌 나와 닮은 인물의 삶에 나를 상징하는 암호를 부여하기로 했다. 그는 늘 뭔가 기괴한 느낌을 감지하는데, 어느 날 그 느낌이 정확하게 현실로 드러났다. 그는 자신이 여우의 피를 물려받지는 않았을까, 이토록 세상과 맞지 않으니 약간은 외계인의 피가 섞이지 않았을까 스스로를 의심했다. 그러니까 이 이야기는 아리스토텔레스가 말한 바로 그 복합적인 비극이다 — 나를 상징하는 인물과 지휘자의 아들로 이루어진 두 명의 등장인물, 화자는 없음, 서로 뒤바뀐 상황과 발견된 사실들, '두렵고도 애처로운 사건들', 일본 전설에서 비롯한 플롯, 숨어 지내다 한국으로 추방됨, 그리고 이탈리아 오페라로 각색된 스코틀랜드 소설 등으로 이루어진. 제목을 《에든버러 Edinburgh》라고 정한 애초의 이유는 원고에 기술하지 않았지만 — 나는 주인공 피 Fee를 에든버러 대학교에 보내려는 계획을 포기했다 — 에든버러가 내 인생과 관련이 없는 장소이며, 소설 속 인물의 인생과 내 인생이 별개임을 드러내는 결정적 상징이라는 새로운 이유가 나에게 설득력이 있다고 생각해 이 제목으로 밀고 나갔다.

나는 내가 아는 그 세계가 **아니라** 내가 아는 어떤 세계를 만들었고, 그 세계에서 다시 시작했다.

5

간혹 작가는 한 권의 소설을 마친 후에 그다음 소설을 쓰고, 또 그다음 소설을 쓴다. 그렇게 작가가 출간하는 첫 번째 소설이 대중이 읽는 첫 번째 소설이 된다. 그러나 작가의 데뷔 소설이 그가 처음으로 쓴 소설인 경우는 거의 없다. 작가의 개인적 구상을 아는 사람은 작가 자신과 이전에 그의 작품을 거절한 이들뿐이며, 일반 독자들은 출간되어 나온 책의 형태만 알 뿐이다. 이처럼 각각의 책은 책이라는 형태가 되어 나오기까지 겪어야 했던 수많은 문제를 감추고 있으며, 겉으로 드러나는 작가의 경력 또한 마찬가지다.

《에든버러》는 거의 나를 위한 책이었다. 나는 1999년에 초안을 완성하고, 아이오와 작가 워크숍에서 대학원 과정을 마친 학생을 대상으로 수여하는, 코페르니쿠스 학회 미치너 상에 지원했다. 지원서를 우편으로 보내면서, 이렇게 20달러를 버리는군, 하고 생각했던 기억이 난다. 그 전에 같은 소설의 미완성 발췌본으로 지원한 적은 있지만, 원고 전체를 보낸 건 그때가 처음이었다. 몇 달 후에 아이오와 워크숍의 학과장 프랭크 콘로이가 내 에이전트에게 전화를 걸어 내가 상을 받게 될 거라고 말했다. 그리고 에이전트는 곧바로 나에게 전화를 걸어, 내 인생 최대의 황홀한 음성 메시지를 남겼다. 3번 대로와 이 스트 14번가 사이 모퉁이에 있는 공중전화 부스에서 이 메시지를 들 은 기억이 난다. 콘로이는 아침에 이 소설을 꺼내 그날 하루 종일 끝 까지 다 읽고는 이 소설에 상을 주기로 결정했다. 그는 공식적으로 발 표하기 전에 먼저 내 에이전트에게 전화를 걸어 그녀에게 소식을 알 리면서, 소설이 팔리도록 최선을 다해 돕겠다고 말했다. 출판이 코앞 에 다가오는 것 같았다.

하지만 2년 동안 출판사들은 출판 여부만 검토했고, 그사이에 내 책은 스물네 차례 퇴짜를 맞았다. 편집자들은 이 책을 게이 소설로 팔 아야 할지, 아시아계 미국인 소설로 팔아야 할지 감을 잡지 못하는 것 같았다. 소설에는 주인공이 동성애자라는 걸 밝히는 내용이 없었고, 주인공이 이민자의 아들이지만 이민은 이야기 안에서 아무런 역할도 하지 않았다. "그냥 소설인데요." 에이전트가 내 소설 유형을 물었을 때 나는 이렇게 말했다. "난 그냥 소설을 쓴 거예요."

결국 에이전트는 나에게 원고 투고를 철회하라고 요구했다.

'첫 소설로 그냥 남들처럼 형편없는 자전 소설' 한 편 써서 돈이나 많이 받고 팔까, 하는 생각을 날마다 하면서 5년을 보냈다. 마침내 상 을 받았고, 상금은 1년 동안 월급처럼 나와서 적게 일하고 많이 쓸 수 있었다. 데뷔 작가들은 대개 선금을 적게 받기 때문에, 주로 소설을 작 업하는 첫해에 작가를 돕기 위한 취지였다. 상금은 내 책을 선택한 독 립 출판사로부터 받은 선금보다 두 배 이상 많았다. 당시 나는 소설의 투고를 철회하라는 제안을 거절한 뒤 첫 번째 에이전트와 헤어지고 내 가 직접 출판사를 물색했다. 그렇게 해서 메인주 출신의 한국계 미국 인 편집자, 척 김Chuck Kim과 함께 일하게 되었다. 소설 — 사실상 내 소설 — 밖에서 이런 우연이 일어날 줄이야.

이 책은 당신 인생 이야기로군요. 우리가 내 소설에 대해 이야기를 나누었을 때 척이 말했다.

실은 그렇지 않길 바랍니다. 내가 말했다. 내 손으로 직접 그리스 비극을 만들었지만, 난 그가 이 책에서보다 더 행복한 삶을 살면 좋겠어요.

당신은 나의 미시마입니다. 내가 계약서를 쓸 때 그가 말했다.

솔직히 제가 바라는 모습은 아닌데요. 내가 말했다. 일본 작가로, 자살로 생을 마감한 미시마 유키오보다는 행복한 미래를 살길 바라거든요.

나는 지금은 파산한 출판사 웰컴레인에서 최초의 현존하는 작가였고, 척과 그 출판사 사장을 '26번가 지하실의 두 사내'로 불렀다. 그들은 똑똑하고 의욕이 넘치는 남자들로, 주로 생존하지 않는 작가들의 번역서를 출판했다. 척은 아내와 남동생이 함께하는 그의 집 저녁 식사 자리에 종종 나를 초대했다. 우리는 한국뿐 아니라 메인주에 대해서도 이야기했다. 나는 내 주인공인 피를 설정할 때 어린 시절에 알던 어떤 사람을 조금 참고했다. 늘 자살을 시도하고 번번이 실패한 젊은 여자였는데, 척의 친구 중에도 그런 사람이 있다고 했다.

당신은 이 소설을 무슨 사명처럼 여기나 본데요, 제 생각엔 그 책을 완성한다 해도 큰 이득은 없을 거예요. 내 첫 번째 에이전트는 이제 그만 그 책을 포기하라고 설득하면서 나에게 이렇게 말했다. 이렇게 소재가 어두운 책을 검토할 사람도 없을뿐더러, 출판사 측에서 이 책으로 당신과 홍보 여행을 다니고 싶진 않을 거예요. 그녀가 말했다. 하긴, 어떤 편집자는 "아직 이 책을 출간할 단계가 아닌 것 같다"라는 말을 남기며 소설을 거절했다. 모든 문제가 당시 백인 중심의 출판 시장 때문이라고 말하고 싶지는 않지만, 내 책을 처음으로 계약하려는 편집자가 공교롭게도 아시아계 미국인이라는 사실은 나에게 의미심장했다. 당시 리버헤드 북스의 편집자 한야 야나기하라는 푸시카트상을 위해 최종적으로 내 소설을 제출하기로 했다. 이 상은 출판을 시도했지만 실패한 작품을 편집자들이 추천해, 그 가운데 선정된 작품에 수여되었다. 나는 이 상을 위해 원고를 준비하던 무렵에 척을 만났다.

척이 소설을 담당하면서 모든 것이 달라졌다. 소설을 향한 그의 열정은 누구도 따를 수 없었다. 그는 신인 작가를 발굴하는 사람들과 《뉴요커》의 편집자들에게 이 소설을 보냈고, 신문과 잡지에 소설을 홍보하기 위해 프리랜서 홍보 담당자를 고용했다. 마침내 페이퍼백 판권이 경매에 나왔고, 하드커버용으로는 거절했던 출판사 중 열한 곳이 책을 재검토하겠다고 문의했다. 한 편집자는 이런 쪽지도 보냈다. "소중한 작품을 눈앞에서 놓쳤던 것 같습니다." 판권을 얻은 피카도르 출판사는 사실 그 전에 하드커버 출판을 거절했었다.

그러나 가장 중요한 결과는 작가이며 서점 주인인 친구 노엘 알루미트가 보낸 한 장의 엽서를 받았을 때 찾아왔다. 그는 한 친구에게 내 소설을 읽어보라고 열심히 권했고, 그 친구는 서신을 주고받던 어느 죄수에게 내 책을 보냈다. 그 죄수는 소아성애 문제로 복역 중이었는데 십 대 소년과 관계를 가져 유죄 판결을 받았다. 죄수가 그 친구에게 보낸 카드에는, 나흘 동안 내내 한마디도 하지 않고 소설을 읽었다고 적혀 있었다. 사람들은 그가 아픈 줄 알았다고 했다. 그는 이렇게 덧붙였다. "이 책을 읽고 처음으로 알았습니다. 내가 얼마나 나쁜 짓을 저질렀는지."

나는 이런 결과를 위해 이 소설을 썼다는 걸 미처 알지 못하다가 그제야 깨달았다.

방 안을 가득 메운 사람들이 내 소설이 자기 인생과 똑같다고 고백하는 장면을 사람들에게 보여줄 수 있다면 좋겠다. 그들은 저마다 다양한 이야기를 쏟아낼 것이다.

내가 그 방에 있을지는 아직 잘 모르겠다.

수호자들

1

2004년에, 스물다섯 살 이후의 기억 하나가 되살아났다. 그 기억이 돌아오면서, 내가 일종의 복잡한 변장술로 오랫동안 잘도 살아왔다는 걸 알았다.

생각해보니 이것은 자서전의 인물을 만드는 것과 별반 다르지 않았다.

마치 한 편의 연극처럼, 이 버전에서 나는 뉴욕시에 사는 서른 살가량의 작가로 생활하고 있었다. 16번가와 3번 대로에 위치한 건물 19층에 있는 아파트가 내가 사는 곳이었다. 발코니 딸린 아파트에는 침실이 하나 있고, 세 방향에서 뉴욕시의 상층부가 훤히 내려다보였다. 밤이면 많은 명소가 마치 영화 촬영용 조명을 받는 것처럼 불 켜진 창문들에 의해 윤곽을 드러냈고, 나는 스카치위스키 한 잔과 담배 한 개비를 들고 서서 북쪽의 3번 대로를 내려다보며 성공한 내 모습을 상상하길 좋아했다. 그래 봐야 이 아파트는 재임대로 사는 집이고 6개월 뒤면 떠나야 하지만, 낮이냐 밤이냐에 따라 배트맨이나 브루스 웨인이 된 기분을 느끼게 해주었다. 뉴욕에 그렇게 오래 살았으면서 이런 전경을 제대로 본 적이 없었던 나는 마치 굶주린 사람이 걸신들린 것처럼 흡입하듯 경관을 바라보았다. 일요일부터 수요일까지는 이런 생각을 하며 그 집에서 있다가, 목요일 밤이면 모교인 웨슬리언 대학교에서 객원 작가로 학생들을 가르치기 위해 코네티컷주 미들타운행 기차를 탔다.

웨슬리언에서는 예술 대학 교수가 사는 아파트의 방 하나를 빌렸는데, 내가 그 집에 있을 때 한 번도 교수가 온 적이 없어서, 역시나 공상에 불과하지만 거의 주말용 아파트를 통째로 세낸 것 같았다. 수업이 끝나면 대개 금요일과 토요일에 이 아파트에서 머물다가 맨해튼으로 돌아왔다. 캠퍼스 한 귀퉁이의 오래된 건물 2층에 위치한 이 아파트는 여름 별장처럼 살짝 개조를 해서 방한 장치가 거의 마련되어 있지 않았다. 벽은 보라색을 띤 회색으로 페인트칠을 했고, 바닥은 그보다 더 짙은 회색에 울퉁불퉁한 재질의 카펫을 깐 다음, 터키산 킬림 러그로 그 위를 장식했다. 천장과 바닥이 전부 휘어져 있어서 방마다 높이가 달라, 아파트 안을 걷다 보면 방향 감각을 잃기 일쑤였다. 가끔 문틀에 머리를 찧을 때도 있었다. 내가 사용하는 낡은 침대에는 평평하고 딱딱한 매트리스가 깔렸고, 그 위에는 낡은 누비이불이 덮여 있었다. 방마다 놓인 책장에는 훌륭한 작가들이 남긴 실패작들이 아닐까 하는 생각이 들 정도로 하나같이 실망스러운 책들이 꽂혀 있었는데, 두 번째 소설을 시작할 때 이 책들이 뇌리에서 떠나질 않았다.

매주 뉴욕에서 코네티컷으로, 코네티컷에서 다시 뉴욕으로, 맨해

틈의 빛과 공기에서 미들스턴의 어둠과 담장 안으로 이동하면서 나는 스스로를 코네티컷의 페르세포네(그리스 신화에서 제우스와 데메테르 사이에서 난 딸로, 저승의 왕 하데스와 결혼하여 저승의 여왕이 되었다 — 옮긴이)라고 부르기 시작했다. 물론 어디까지나 농담이었고, 아주 가끔 웨슬리언으로 돌아갈 때 마치 지하 세계로 내려가는 듯한 기분이 들었기 때문이다. 내가 가르치는 학생들은 똑똑하고 열정적이고 재미있는 학생 작가들로, 그들을 보고 있으면 그들 나이 때 내 모습과 당시 내 친구들 모습이 떠올랐다. 나를 가르친 교수들 대부분이 지금은 영문학과 동료가 되었고, 몇몇 젊은 교수들과도 금세 친해졌다. 하지만 밤에 캠퍼스 모퉁이를 돌 때면 마치 수년을 거슬러 과거 속을 헤매는 기분이 수시로 들곤 했다.

그해 가을에 나는 글쓰기 학생들에게 입체적인 서사 기법, 다시 말해 같은 이야기를 둘 이상의 관점으로 말하는 기법을 가르쳤다. 내 첫 소설에서 이 기법을 사용했지만, 내 책을 교재로 이용해 가르치고 싶지 않아서 만화 〈배트맨〉의 구조를 예로 들었다. 〈배트맨〉 서사는 이런 이중 서사 기법의 기본적이고도 효과적인 형태를 제공했다. 여기에는 미스터리한 범행이 있고, 그런 다음 범인을 체포하기 위한 배트맨의 시도가 있다. 대개 범인은 적당한 시점이 되면 배트맨을 포로로 잡아 자신의 관점에서 사건의 전말을 이야기하는데, 그렇게 해서 독자는 범행 동기와 범인을 이해할 수 있게 된다. 독백이 이어지는 동안 배트맨은 용케 탈출해 자신의 규범을 설명하면서 범인을 법의 심판대에 세우고, 이제 독자는 전체 이야기를 완벽하게 알게 된다.

이것은 내가 다시 웨슬리언으로 돌아오면서 느낀 감정이기도 하다. 나는 지금은 교수로 있지만 과거에는 학생이었다. 나 자신의 이야기 안에서, 나는 지금의 내 모습인 교수의 시선으로 과거의 내 모습을 보고 있었다. 또한 나를 가르친 교수들이 내가 그들의 학생이었을 때 나를 보았을 시선으로 나를 보고 있었다.

나는 내 교수 생활과 관련된 이 이야기가 이런 방식으로 볼 수 있는 유일한 이야기라고 생각했다. 하지만 내 생각이 틀렸다. 이 이야기는 앞으로 내가 이런 방식으로 보게 될 이야기들의 시작이었을 뿐이다.

**
*

뉴욕으로 돌아오면 내 아파트에 고정적으로 찾아오는 방문객이 있었다. 그는 나만의 이상한 비밀 같은 존재였고, 우리 사이에는 마치 아무 일도 일어나지 않은 것처럼 묘하게 은밀한 관계가 만들어졌다. 젊은 작가인 그는 내 학생으로 있을 때 내 첫 소설을 읽고는 특유의 어색한 방식으로 나를 유혹하기 시작했다. 나는 일단 그가 학교를 졸업한 후에 내 감정은 말할 것도 없고 그의 감정에 대해 이야기해보자며 그를 기다리게 했다. 나는 우리가 수업이라는 환경에서 벗어나 다시 만나길 바랐고, 그 후에도 그의 유혹이 계속될지 확인하고 싶었다. 물론 그럴 리 없을 거라고 확신했다. 그땐 나는 그저 평범한 꼰대에 더는 그의 선생도 아닐 테니까.

이것은 결코, 단 한 번도 원한 적 없는 상황이었다. 빤하게 보이는 여러 가지 이유에서 나는 늘 이런 상황을 경멸해왔을 뿐 아니라, 그때까지만 해도 내 연애는 내 또래나 나보다 나이 많은 남자들로만 이루어졌다. 심지어 20대 때도 내 타입은 30대나 40대 남자였다. 웨슬리언 아파트에 세를 준 교수가 학생들과 자는 일은 없도록 하라고 경고했을 때, 나는 말도 안 되게 웃기는 소리처럼 들려서, 내 웃음소리가 그에게 들리지 않도록 수화기를 입에서 멀리 떨어뜨려야 했다. 하지만 그가 내 웃음소리를 듣지 못했다면, 어쩌면 대신 신들이 들었을지 몰랐다.

한 가지 말할 수 있는 건, 그는 다른 학생들과 달랐다는 것이다. 하지만 이런 말은 선을 넘은 내가 아는 일부 교수들, 내가 지독하게 경멸하는 그들의 변명과 딱히 다르지 않게 들릴 것이다. 한편으론 그를 향한 내 감정에서 벗어나길 바라고 있었다. 우리 사이에서 만들어지고 있는 감정은 적어도 단순한 끌림만은 아니었다. 그는 재능이 있었고 심지어 나는 새로 시작한 소설 초안에 대해 그의 의견을 구하기도 했다. 이런 경우 희망이 있을 턱이 없다는 걸 잘 알면서도, 나는 강렬한 사랑이라는 것에 빠졌고, 그를 사랑한다는 사실이 두려웠다. 당시 그는 자신이 동성애자임을 완전히 밝히지 않았는데, 내가 느끼기에 그의 성정체성이 계속해서 바뀌는 상태였다는 점도 내가 조심스러워했던 이유 중 하나였다. 가령 그는 윌리엄스버그에서 친구들과 정기적으로 갖는 친목 모임에 나를 종종 초대했는데, 나는 그의 친구들이 그의 성정체성을 인지하지 못하고 있으며, 자기들끼리 어울리는 자리에 그가 왜 30대의 전 글쓰기 선생을 자꾸만 초대하는지 종종 의아해한다는 걸 알 수 있었다.

자신의 성정체성을 드러내지 않는 사람과 어울리는 건 힘든 일이다. 그가 어떤 유형인지 — 자신의 성정체성을 감추는 사람인지, 자유롭게 드러내려는 사람인지 — 결코 알 수 없기 때문이다. 그는 드러내지 않는 쪽임에도 불구하고 그의 친구들과 헤어지고 나면 열정적인 모습을 보였고, 뉴욕시로 돌아가는 나를 배웅하기 위해 고가 철도 열차를 기다리는 동안 지하철 승강장에서 종종 나에게 키스를 하곤 했다.

나는 그가 뒷걸음질 칠 거라는 걸 줄곧 염두에 두면서도 사람들 앞에서 그처럼 도발적인 태도를 보이면 마음이 흔들렸다.

누군가를 사랑하는 방법으로 결코 바람직하지 않지만, 그가 언젠가는 자기 정체성을 찾을지 모른다는 기대도 어느 정도 그를 사랑한 이유였다. 하지만 그건 사실상 그를 거부하는 방법, 그러니까 현재의 그를 거부하는 방법이었고, 어떤 면에서 우리 둘 다 그 사실을 알고 있었다는 생각이 든다.

가을이 한창 무르익던 어느 날 밤, 그와 나, 그리고 내 친구 몇 명이 내 아파트에서 함께 술을 마시고 있었다. 친구들이 가고 난 뒤 나는 발코니에서 그에게 키스했다. 그는 평소보다 더 적극적이고 열정적인 것 같았고 이내 두 눈이 이글이글 타오르는가 싶더니, 갑자기 자기 짐을 챙겨 거의 달아날 것처럼 부산을 떨기 시작했다.

뭐야? 내가 물었다.

가야겠어요. 그가 말했다. 지금 가야 해요.

왜지? 내가 물었고, 그에게 몸을 기울여 작별 키스를 했다. 그가 다시 나에게 키스를 하고 여전히 격정적인 눈빛으로 뒷걸음질 쳤다.

가야 할 것 같아요. 그가 말했다. 내가 두렵고 당신이 두려워요.

우리는 며칠 동안 아무 말도 하지 않았다. 그 며칠은 세상에서 가장 외로운 나날이었다. 하지만 나는 그가 무얼 위해 애쓰고 있는지 알았다. 이 책에는 담지 않았지만, 나는 겉보기에 나와 전혀 다른 그의 사연들을 정리하면서, 그의 얼굴에 드러난 이 표정을 다른 측면에서 보았다. 이 표정은 내가 그의 나이였을 때 얼굴에 드러난 표정이었다.

같은 아픔이 있는 사람끼리는 서로 알아보기 마련일까.

그는 자신이 원하는 걸 마주하려 애쓰고 있었고, 동시에 그것이 두

려워 달아나려 하고 있었다. 남자를 향한 그의 욕망은 자신이 원치 않
는 기억과 감각을 꿈틀거리게 했다. 지금까지 억눌러 와서 이제는 모
두 사라졌을 거라고 확신했던 그 기억과 감각이 불현듯 되살아난 것
이다. 마침내 그는 모든 일을 나에게 말하려 했다. 그가 나에게 했던
말, 혹은 내가 짐작한 말을 이곳에 담을 수는 없다. 그것은 그의 이야
기이지 내 이야기가 아니며, 그 점에서 그의 여정 또한 그의 것이기 때
문이다. 다만, 그때 나는 과거를 회상하는 내 모습이, 내가 달아나고
싶어 했던 남자와 같다는 사실을 깨달았다. 그래서 그가 무엇이 됐든
자기 내면에 있는 것과 싸우는 동안, 그렇게 나와의 관계가 끝나버렸
다는 걸 알면서도 성급하게 굴지 않을 수 있었다. 나는 또 하나의 입
체적 서사 안에 있었다.

　훗날 그가 누군가에게 이 모든 일을 이야기할 준비가 되어 있을 땐
지금의 내 나이가 되어 있을지 모르겠다. 아니, 그는 거기까지 가지도
않을지 모른다. 나는 지난 일을 회상하면서 내 경험을 바탕으로 한 가
지 추측을 해보았다. 그가 공공장소에서 나에게 키스할 수 있었던 건,
필요하면 떠날 수 있다는 걸 알고 있어야 안심이 됐기 때문일 거라고
말이다. 하지만 나는 사람들이 보는 앞에서 키스하는 걸 좋아하지 않
았고, 그러는 이유를 이해할 수가 없었다. 우리가 첫 키스를 했던, 그
리고 그 뒤로 갈 때마다 늘 키스를 했던 브루클린의 바에서 그날 밤
그가 다시 나에게 몸을 기울여 키스를 하기 전까지는. 사람들이 우리
를 보고 있던 것이 기억난다. 그날 밤, 사람들의 구경거리가 되고 있
다는 사실이 이상하게 화가 났다. 그런데 20여 년이 지난 지금에야 처
음으로 내가 그토록 화가 난 이유를 알게 되었고, 지금부터 말하려는
기억이 되살아났다.

자신의 과거를 회상하는 그를 지켜보면서, 나는 더는 회상 따위 하지 않는다고 믿었다. 하지만 내가 틀렸다. 이제 나는 몇 년 동안 변명을 해야 했던 사람, 그리고 떠나가야 했던 사람이 되었다.

《잠자는 숲속의 미녀》에서는 잘생긴 왕자가 가시덤불을 헤치고 나가 잠자는 공주에게 키스를 하면, 공주뿐 아니라 왕국 전체가 깨어난다. 메마른 황무지는 낙원으로 변한다. 이런 일은 동화에서만 일어나는 게 아니다. 한 번의 키스로 나는 마법에 걸렸다고 말할 수 있다. 그리고 또 한 번의 키스가 나를 깨웠다. 나는 황량한 주변을 보게 될까 봐 잔뜩 겁에 질렸다.

2

우리의 진짜 모습은 우리가 생각하는 모습과 다르다. 우리가 스스로에 대해 하는 이야기들은 바다와도 같은 무언가에 남기는 가느다란 흔적과 같다. 망망대해에 떠 있는 가면이랄까.

그 기억이 되살아나기 전, 아예 기억에서 사라지고 없는 순간들이 있었다. 지금 생각해보면 기억의 공백이 아니라, 내가 통째로 사라지고 완전히 다른 자아, 완전히 다른 내가 그 자리를 차지한 것 같았다. 내 복제물이 은밀히 나를 대신해 움직이는 것 같았다. 내가 아니라 나를 똑같이 닮은, 다른 나로부터 떨어져 나온 내 안드로이드가 풍경 사이로 움직이는 것 같았다. 가끔은 우리 사이의 거리가 보이기도 했다. 이 다른 자아는 특별히 세 차례 내 앞에 모습을 드러낸 적이 있다.

＊
＊＊

　동성애자 남자들과 그들의 성생활을 다룬 다큐멘터리 독립 영화,
〈섹스는…Sex Is...〉이 1993년 3월에 워싱턴에서 처음 대중에게 공개
되었다. 나는 인터뷰 대상자 중 한 사람으로 출연을 요청받았다. 그리
고 나중에 극장에 가서, 어릴 때 속했던 소년 성가대에서 내가 당한
성적 학대를 담담하게 말하는 내 모습을, 이 촬영이 좋은 경험이었고,
심지어 그 기억으로부터 벗어나게 해주었으며, 나에게 조금도 피해를
주지 않았다고 당당하게 말하는 내 모습을 공포에 떨면서 보았다. 영
화는 다른 인터뷰 대상자들에게로 빠르게 넘어갔다. 영화에서 나는
잠시 뒤에 조금 더 이야기를 했는데, 캄캄한 극장에서 잘도 거짓말을
해대는 내 커다란 입만 눈에 들어왔다.

　인터뷰 장면을 촬영할 당시, 나를 사랑하고 나 역시 사랑한 남자와
의 첫 연애가 끝나가고 있었다. 그 이유는 바로 내가 인터뷰 때 이야
기한 경험과 관련된 트라우마 때문이었다. 가장 최악인 건, 내가 제
일 재수 없어 하는 거만하고 잘난 체하는 태도로 시종일관 얼굴에 미
소를 띠면서 거짓을 말하는 모습이 스크린에 떡하니 나타난 것이다.

　영화는 베를린 영화제에서 '베스트 게이 영화상'을 받아, 국내외 극
장에 개봉되었다. 1994년 뉴욕으로 이사한 무렵, 영화 속의 내 역할
때문에 나를 알아보는 사람이 많았다. 그해 그리니치빌리지에서 열린
뉴욕시 게이 프라이드 축제에 참여했을 때의 일이 떠오른다. 그날 친
구들을 찾아 인파를 거스르며 걷고 있다가, 십 대 남자아이 둘이 서
로 팔짱을 끼고 나를 향해 다가오는 모습을 보았다. 잔뜩 취한 한 아
이가 나를 알아보며 불쑥 한 팔을 내밀더니 말했다. "당신 영화에 나
온 그 사람 맞지?"

나는 겁이 나서 잠시 멈칫했지만 동시에 호기심도 생겼다. 그래, 라고 말한 뒤 어디에서 왔느냐고 물었다. "서스캐처원." 남자아이들은 이렇게 말한 뒤 즐거운 축제가 되길 바란다고 인사하며 제 갈 길을 갔다.

난 이걸 바로잡아야 해, 라고 생각한 일이 떠오른다. 나의 실수를 만회할 만한 크기의 해결책을 바라면서. 사실 그건 내 존재 전체만큼의 크기여야 했다.

**

2001년 10월, 전화기를 손에 쥐고 어머니에게 막 전화를 하려던 참이었다. 내 첫 소설 《에든버러》가 바로 다음 날이면 서점에 깔릴 예정이었다. 이 소설은 성적 학대로 상처 입은 한 청년의 인생에 관한 이야기로, 청년은 그 사건으로 인해 자기 자신에게 화가 나 있지만 겉으로는 무력한 모습으로 그 사건에 대해 침묵한다는 내용이다. 어머니는 원고 상태로는 소설을 읽지 않을 거라고 투덜거렸고, 나는 어머니에게 양장본을 드리겠노라고 큰소리치며 어머니의 불만을 달랬었다. 그리고 그 말은 어느 정도 사실이 되었다. 드디어 어머니에게 **자, 여기. 나 이제 작가예요**, 라고 말하면서 실물을 건네줄 수 있게 되어 뿌듯했다. 그런데 내 손에 양장본이 쥐여 있고 그것을 어머니에게 전해줄 준비가 다 되어 있는 지금, 퍼뜩 한 가지 생각이 떠올라 문득 멈칫하면서 모든 계획을 중단해야 했다. 나에게 일어났던 사건을 어머니에게 한 번도 말한 적이 없었던 것이다.

긴 세월 동안 어머니에게 아무 말도 하지 않았다는 사실이 두려웠다. 어쩌다 이렇게 됐지? 나는 서른네 살이었고, 이제 곧 내 경험을 바탕으로 한 성적 학대에 관한 소설이 출간될 텐데, 어머니에게 그 일에 관해 한마디도 한 적이 없었다. 그뿐 아니라 사건과 사건 사이의 시간들과 사건이 일어난 바로 그 순간을 통틀어 내내 어머니에게 크게 분개했었다는 걸 깨달았다. 한 아이의 분노. 내 안에 있는 그 아이는 나에게 무슨 일이 있었는지 어머니가 알아내주길 바랐다. 어머니에게 직접 말해야 하는 굴욕감을 피하고 싶었고, 그 대신 어머니가 내 생각을 짐작해주길 바랐다. 어머니에게 설명하지 않아도 어머니가 내 아픔을 알아주길 바라는 건 다분히 아이다운 소망이다. 그러나 아이들은 자신이 고통스럽다고 말하는 법을 배워야 한다. 고통에 이름 붙이는 법을 배워야 한다. 그렇게 이름을 붙이기만 해도 고통을 치유하는 데 도움이 된다.

그 순간조차 나는 내 행동을 멈추려 하고 있었다. 동작을 취하다가 그만 얼음이 되고 말았다. 전화기를 내려놓고 싶었고, 어머니에게 결코 아무 말도 하고 싶지 않았다. 어머니에게 계속 아무 일 없었던 척할 수 있는 방법이 있지 않을까 머리를 굴려보았다. 하지만 어머니가 책을 다 읽고 나면 놀라서 크게 상처를 받을 거라는 걸 알았다. 다른 사람들에게 나는 혼자 힘으로 상처를 완전히 극복한 사람인 양 행세해왔다는 걸, 그저 은밀히 스스로를 바로잡아 가며 상처받지 않은 척 가장해왔다는 걸 깨달았다. 나는 남몰래 내 고통을 치유하길, 그래서 어머니가 절대로 알지 못하길 바랐기 때문에, 어머니에게 아무 말도 하지 않았다. 하지만 지금 이곳에 있는 나는 여전히 고통에서 벗어나지 못하고 있었다.

어머니에게 전화로 과거에 일어난 일을 말하기 위해 마음의 준비를 하면서, 이 말을 하기까지 18년이라는 시간이 걸렸다는 걸 깨달았다.

나 자신에게 말하기까지도 거의 비슷한 시간이 걸렸었다.

마침내 나는 어머니에게 전화를 걸었다.

*
**

그날의 기억이 되살아난 그해 봄, 나는 논픽션을 전공하는 한 대학원생을 상대로 글쓰기 교사로 일하고 있었다. 그 학생은 내가 자신의 전공 교수들보다 자신을 더 잘 이해한다고 생각했다. 그래서인지 나에게 자신의 회고록 초안을 보냈다. 나는 그녀가 자살을 시도한 사건, 그 뒤 치료를 받으면서 자신이 자살을 시도했던 사실을 모른다는 이유로 상담치료사에게 화를 내는 장면들을 꼼꼼히 읽으면서, 자살 시도 자체에 대한 상담치료사의 반응이 잘 이해되지 않았다. 나는 그녀에게 내가 생각하기에 평범한 이메일을 보냈다. "상담치료사에게 자살 시도에 관해 말할 때의 상황이나 상담치료사의 반응에 대한 묘사가 포함되어야 할 것 같습니다. 이런 장면을 묘사한다면, 당신이 그 부분에서 왜 그렇게까지 화를 내는지 읽는 이가 이해하는 데 도움이 될 것 같군요."

답 메일을 받았는데, 그녀가 평소에 사용하던 글자 크기보다 작게, 최대한 가장 작은 폰트로 내용이 적혀 있어서, 처음엔 뭔가 알 수 없는 실수가 있었거나 심지어 해킹을 당했을 거라는 생각까지 들었다.

전 치료사에게 아무 말도 하지 않았어요. 그 일 때문에 치료를 받은 적도 없고요.

당장 떠오른 생각: 어떻게 아무에게도 말을 안 할 수가 있었지? 치료를 받지 않고 내버려두면 얼마나 위험한지 몰랐던 걸까? 그러다 언

제든 재발할 수도 있을 텐데. 그리고 곧이어 떠오른 기억: 대부분의 자살 시도자는 아무런 방해를 받지 않고 죽고 싶어 하지. 누군가에게 말한다는 건 내 말을 듣는 사람에게 내 행동을 중단시킬 기회를 준다는 의미니까. 그러니까 나는 그녀가 열어둔 뒤편 통로 같은 걸 발견했던 것이다.

깨알 같은 글자들을 물끄러미 바라보면서, 나는 완벽한 퍼포먼스 아래에 감추어진 그녀의 진짜 모습을 만나고 있다는 걸 깨달았다. 그녀는 그날 이후 평생 동안 누군가 자기를 알아봐 주길 기다려왔다. 나도 그랬다. 그리고 이제 이 작은 글자들을 통해 또 하나의 차가운 진실이 나에게 다가왔다.

나도 그녀와 거의 다르지 않았다는 것을.

지금까지 온갖 치료를 시도해왔지만, 표출되지 않은 내 안의 균열은 다루지 못한 채 표면 위에 동동 뜬 문제들만 건드려왔던 것이다. 그녀와 나의 차이는 상담치료사가 이 부분을 밝혀내지 못했다고 해서 나는 절대로 격분하지 않았다는 것이다. 아니, 오히려 나는 뿌듯하기까지 했다. 잘 견뎌왔다고 나 자신에게 말하기도 했다. 나는 아주 강한 사람이라고. 하지만 이건 강해서가 아니다. 단지 견뎠을 뿐. 일종의 감정적·치료적 거식증이랄까. 나는 강하지 않았다. 설사 강했다 해도, 그건 상처받은 사람이 분출하는 아드레날린 효과에 불과했다. 실제로 나는 그저 망가진 인간이었을 뿐이지만, 안 그런 척 풍경 속을 돌아다녔고, 모두가 나를 완전한 인간으로 알아봐 주리라 믿으면서 한껏 자부심을 느꼈다.

3

기억이 떠오르기 전에 누군가가 내게 물었다면, 아마도 나는 내 인생에서 어떤 일들은 기억나지 않는다고 말했을 것이다. 누군가가 그 부분은 단순한 인간적 오류와 어렴풋한 생각에 의해 야기된 기억의 소실, 기억의 공백 같은 것이라고 주장하면, 그렇다고 수긍했을 것이다. 나는 연상되는 일들을 모아놓아도 연결하지 못했다. 그러면서도 당시의 나는 공허한 자신감, 거짓의 텅 빈 힘을 느꼈다. 《에든버러》를 시작했을 때, 무언가 빠진 것이 있다는 걸, 일부러 알고 싶지 않은 무언가가 있다는 걸 알았다. 그것은 내가 《에든버러》를 회고록이 아닌 소설로 쓴 여러 가지 이유 중 하나다. 나는 다시는 기억이 떠오르지 않을 것처럼 — 이 소설이 기억을 대신할 수 있을 것처럼 — 소설을 썼다. 사라진 기억이 영원히 돌아오지 않을 거라고 생각했다. 소설이 잃어버린 부분을 메울 거라고 생각했다.

하지만 오히려 소설은 기억을 불러내고 있었다. 마치 큰 소리로 부르는 내 목소리를 듣고 기억이 내게로 돌아온 것 같았다.

그렇지만 이 에세이를 쓰는 지금도 기억은 내 손가락 사이를 스르르 빠져나가고 있다. 내 안의 한 부분에서는 내가 하는 말이 누구에게도 들리지 않을 거라고 여전히 우긴다. 진실이 알려지면 나는 파괴될 거라고 우긴다. 나는 이 에세이를 쓰려 애쓰지만 이내 온몸이 굳어지고 길을 잃는다. 내 생각들, 내 초안들, 내 교정본들, 내 모든 목적을 잃는다. 내 앞에 놓인 똑딱거리는 시계를 보다가 멈칫한다. 편집자는 의아해하며 답 메일을 보낸다. 원고가 왜 이래요? 그러면 나는 신중하게 썼다고 생각한 초안에 반복된 문구들, 실수투성이 문장들, 빠진 부분이 가득한 걸 발견하고 다시 얼떨떨해진다.

내 글쓰기 작업은 대체로 이 같은 기억의 소실과 나와의 관계에서 영향을 받는다. 말하자면 자신에 대한 깊은 불신이 동반하는 과정이다.

나 자신과 다른 사람들에게 이것을 감추려는 충동이 나를 재촉한다. 사건들이 이리저리 이동하면서 글의 구성에 대한 감각은 수시로 바뀌고, 그렇게 해서 마침내 만들어진 한 편의 글은 모호하고 불완전한 반복과 파편의 덩어리가 된다. 작가의 자화상이다.

많은 사람들이 성범죄에 대해 잘못 알고 있다. 사람들은 아이를 한쪽 겨드랑이에 끼고 유괴해 가서 젊음을 훔치는 걸 성범죄라고 생각한다. 그러나 성범죄는 누군가 내 집에 들어와 집 안의 물건을 훔쳐가는 것과 다르다. 오히려 누군가 나에게 무엇을 남기고, 그것이 자라고 자라 급기야 나를 대체하는 것이다. 범죄자 자신들도 한때 이런 식으로 무언가에 의해 대체되었고, 몇 년 동안 가슴속에 감추고 있던 그것을 나에게 남긴다. 자기 안에서, 살갗 바로 아래에서 불이 활활 타올라 자기를 산 채로 태우는 줄도 모른 채 불을 감시하면서. 불에 탄 제 모습을 들키지 않기 위해 불이 타오르고 있는 걸 숨기면서.

우리는 누군가에게 들키는 건 최악의 상황이라고 생각한다. 자신을 치유하기 위해 필요한 관심이 결국 자신을 끝장낼 거라고 생각한다. 그러나 정작 그것이 끝장내는 것은 다름 아닌 자기 자신이라고 착각해온 자신의 고통이다. 최악의 상황은 누가 알게 되는 것이 아니다. 최악의 상황은 자신에게 일어난 일을 감춤으로써 자신의 일생을 황폐하게 만드는 것이다.

강해지기 위해 이렇게 멀리 달아나는 것이 능력인 줄 착각하기도 한다. 그래서 또 자꾸만 달아나고. 어쨌든 강하다는 건 감탄할 만한 일이며, 우리는 자신에 관한 그 밖의 것들은 모두 수치스러워한다. 적어도 이 인내는 갸륵하다. 지금이야 다 아는 사실이지만, 우리의 공모가 우리 자신으로부터 시작되었다는 걸, 우리를 대체한 상처를 내버려두면 그럴수록 상처는 오래 지속될 뿐이라는 걸 알기엔 우리가 너무 어렸다. 그러나 우리는 상상도 할 수 없겠지만, 누군가는 우리를 이해했을 테고, 우리에게 친절하게 대했을 것이다. 이 점을 꼭 알아주었으면 좋겠다.

이 비밀을 밝히기가 왜 그토록 힘든 일이었는지 스스로에게 물어보았다. 그리고 얻은 대답은, 이 비밀을 꼭 붙들고 있는 것만이 몇 년째 내 자존감의 유일한 원천이었다는 것이다. 그것이 내가 가진 전부라고 생각했다.

유감스럽게도 나는 다큐멘터리 영화를 찍을 때 나의 대체물을 불러들여 그것이 말을 하길 바랐을 것이다. 가엾게도 어릴 때 너무 외로웠거든요. 딱하게도 아이일 뿐이었잖아요. 그러니 아이의 사고밖에 하지 못한 거죠. 유감스럽게도 아이들이 벌 받는 모습만 보아온 터라, 그 남자가 벌을 받을 수 있을 거라고는 상상도 하지 못했습니다. 부끄럽지만 키스가 어떤 건지 궁금했고, 키스를 허락한 뒤에 그것이 내 입을 무덤으로 만들 줄 몰랐어요. 그 바람에 나는 줄곧 그 무덤 속에서 살았지요. 나는 나를 산 채로 구석구석 갉아먹는 고통을 피했다며 자랑했을 것이다. 그리고 그 모습이 고스란히 영화에 드러났고, 주변은 물론이고 전 세계에 퍼졌을 것이다. 유감스럽게도 적어도 그해에는, 그리고 그 이후에도 계속. 그러나 나는 몇 년 동안 이 사실을 알지 못했을 것이다.

《에든버러》는 개영시改詠詩(먼저 썼던 시를 취소하는 시 — 옮긴이)다.

연설에 노한 신들은 화자에게 정반대 의견을 펼치는 다른 연설을 하라고 요구한다. 《에든버러》에 인용된 플라톤의 《파이드로스》는 이런 형식의 한 예다. 그러나 신들이 나에게 이 작업을 하라고 시킨 건 아니었다. 나 혼자 시작한 일이었을 뿐. 그리고 책이 출간된 후에도 작업은 끝나지 않았다.

4

이것은 내가 지워버린 기억이다.

1978년 9월, 열한 살의 나는 잠을 자면서 꿈을 꾼다. 꿈속에서 나는 나보다 한 살 많은 성가대 형과 호수에 있다. 우리는 가끔 카풀을 한다. 형은 마법과 마법사가 나오는 게임의 요정처럼 아름답다. 금발 머리에 강렬한 푸른 눈동자.

꿈에서 형은 헤엄을 치며 나에게 다가온다. 머리에 들러붙은 그의 젖은 머리카락이 검게 보인다. 형이 깔깔거리며 웃자 그 소리가 가볍게 메아리친다. 형은 물에서 몸을 일으켜 강렬한 눈빛을 하고 나에게 입을 맞춘다. 그 순간 나는 흥분을 느낀다.

아직 어두운 아침에 잠에서 깬다. 꿈이 너무도 사실적이라 내 입술이 젖어 있을 것만 같다.

난 게이야, 라고 언뜻 생각한다. 그리고 **난 그 형을 사랑해.**

성가대는 나의 도피처다. 나에게 덫을 놓는 학교 아이들로부터 벗어나 쉴 수 있는 나의 비밀 왕국이다. 학년이 거듭될수록 반 아이들은 나를 속여 굴욕적인 처지로 몰아넣고 ─ 나와 친구가 되어주는 척하다가 나를 공격하거나 괜히 덤벼들면서 ─ 결국엔 나를 의기소침

한 아이, 따돌림당하는 아이로 만들어버린다. 전에는 인종 차별을 겪은 적이 없었다. 괌에서 살 땐 다양한 유형의 학생들 속에서 많은 다민족 아이들 중 한 명이었을 뿐이다. 극심한 인종 차별은 나에게 깊은 절망을 남긴다. 어릴 때 사진을 보면, 여섯 살 때 반짝반짝하던 눈빛이 불과 1년 뒤인 일곱 살에 메인주로 이사한 뒤로는 보이지 않는다.

어머니는 매년 학부모 상담에 불려갔고, 그때마다 선생님들에게 같은 말을 들었다. 내가 망상으로 가득한 꿈의 세계에 살고 있다고, 그러니 결국엔 현실 세계에 살도록 해야 한다고. 상담을 마치고 집에 오면 어머니는 나에게 이 말을 전했고, 그러면 나는 이렇게 말하곤 했다. 현실 세계에서 안 살면 돼. 마치 보스턴에서 살아야 한다는 말을 거절하는 것처럼, 차분하고도 단호하게. 열한 살에 성가대에 가입할 때까지, 나는 5년 내내 얼굴 납작한 황인종으로 불리거나, 여자아이들과 노는 걸 좋아한다며 놀림을 받았다. 여자아이들도 모두 백인이라 곧 학교의 백인 남자아이들이 덫을 놓는 일에 가담했지만. 이 무렵 나는 자연인이라는 별명으로 불린다. 혼자 숲속으로 사라지길 좋아했기 때문인데, 내가 그걸 좋아하는 이유는 아이들과 함께 있고 아이들을 보고 아이들을 생각할 필요가 없기 때문이기도 하다. 하지만 성가대는 나와 같은 소년들로 구성되어 있으며, 나는 그곳에서 지금까지 받아보지 못한 인기를 누린다. 그리고 마침내 친구들도 사귄다. 이제 어머니는 나에게 외박이 너무 잦다고, 던전앤드래곤 게임을 너무 오래 한다고 주의를 준다.

꿈속에 나온 형은 이 세계의 전부는 아니지만 일부다. 그는 다른 친구들처럼 던전앤드래곤 게임에 열광하지 않는다. 내가 그를 보는 건 연습 시간 때뿐이다. 그는 독창자들 중 한 명이며, 그의 목소리는 그의 외모 이상은 아니어도 외모만큼 아름답다. 지휘자가 동행하는 각 파트별 반장들의 캠프 여행에 가자는 요청을 받았을 때, 나는 그 형도 갈 거라는 걸 알고 기꺼이 응한다. 우리 네 명이 타기엔 자동차 페이서 pacer(1975년부터 1979년까지 판매된 미국 AMC의 2도어 컴팩트카의 이름— 옮긴이)가 너무 작아, 꿈속의 소년은 내 무릎에 앉아 느긋하게 소리 내어 웃는다. 그가 내 몸을 만지고 내 몸과 한데 뒤엉키는 것 같아 나는 상상도 하지 못한 어떤 행복을 느낀다.

꿈속의 호수와 키스를 떠올린다. 분명 꿈이 실현되는 것 같다.

산길 주차장에 차를 세우고 우리는 모두 내린다. 캠프장까지 하이킹을 하는 동안 지휘자는 알몸으로 하이킹을 하면 몸이 아주 뜨거워질 거라며 농담을 한다. 무슨 말도 안 되는 소리인지. 지휘자는 자꾸만 우리에게 나체에 대해 이야기한다. 미국인은 내숭쟁이에 성적으로 미숙하다나. 어린이들도 자기 의사 표시를 하고, 부모와 단절하며, 자기가 섹스하고 싶은 사람을 선택할 수 있어야 한다는 말도 한다.

캠프장에 도착해 텐트를 설치하자 지휘자는 옷을 벗기 시작한다.

넌 옷을 벗지 않아도 된다. 그가 나에게 말한다.

그러나 다른 아이들은 모두 옷을 벗고 이내 다 함께 알몸이 되어, 수영할 수 있는 깊은 웅덩이 안으로 들어가 수영을 한다. 우리는 이 웅덩이 때문에 이곳을 야영장으로 결정했다. 이제 나도 옷을 벗고 웅덩이 안으로 뛰어 들어간다. 그는 카메라로 우리 모습을 찍는데, 특히 내 꿈속의 소년을 집중적으로 찍는다. 소년은 분명 그가 총애하는 아이이며, 유독 행복해 보이는 자세를 취한다.

곧 저녁이 되어 우리는 모두 텐트 안으로 들어온다. 모두들 여전히 알몸이다. 지휘자는 첫눈에 반하는 사랑이 어떤 건지 안다고 나에게 말한 적 있다. 그가 지금 우리가 키스하길 원한다. 키스하는 모습이 어떤지 보고 싶다면서. 꿈속의 소년은 그를 향한 내 감정을 지휘자에게 말했고, 그들은 그 감정을 이용해 나를 이곳에 데리고 왔다. 지휘자는 나에게 이런 말을 하면서 미소 짓는다. 내가 즐거워할 거라고, 그리고 자기도 만족시켜줄 거라고 기대하는 듯이. 꿈속의 소년은 내 앞에서 역시나 나를 향해 미소 짓는다. 무릎을 꿇고, 알몸으로, 가까이 다가와서. 제안을 받는 순간, 무언가가 나를 가로막고 있기라도 한 듯 어디에도 빠져나갈 곳이 보이지 않는다. 나는 그들을 막을 수가 없다. 마침내 우리는 키스를 하고, 나는 그것이 좋은 동시에 싫다.

이것이 나의 첫 키스다.

그날 밤 이후로 꿈속의 소년은 다시는 나에게 키스를 하지 않을 것이다. 나는 여전히 그의 키스를 원할 것이다. 내가 원한 것이 아니어서인지 키스를 받은 느낌이 들지 않고, 그 뒤로 모든 것이 엉망이 되어간다.

나는 소설에 이와 비슷한 장면을 포함시켰다. 내 얼굴에 드러나는 표정을 보면서 이 장면을 묘사한다. 그리고 죽고 싶다는 생각을 하기 시작한 것이 이때부터라고 기술한다.

브루클린의 바에 있던 그날까지 나는 그 꿈과 그 꿈으로 인해 벌어진 일들을 제외하고 그 일을 거의 다 기억하고 있었다. 텐트 안에서 있었던 일이 기억나지 않고 기억되지 않는다는 건 그만큼 내 절망이 깊었기 때문이다. 나는 그날 밤 꿈과, 그 꿈이 이루어지고 있는 줄 철석같이 믿었던 기억까지 모두 지워버렸다. 내 침묵을, 아무런 행동도 취하지 못한 내 무능함을, 이런 식으로 굴욕을 당했다는 내 수치심을 향한 증오를 지워버렸다. 친구라고 생각한 이들이 내 비밀을 까발리고 순전히 나를 따돌리기 위해 그 비밀을 이용했다는 기억을 지워버렸다. 내 절망은 이것이 또 다른 덫에 불과하며, 어쩌면 이 덫이 끝도 없이 이어지리라는 걸 깨닫는 데서 오는 절망이었다. 내 꿈에 나온 소년은 지휘자가 나와 다른 소년들에게 하는 모든 행동을 문제없는 것으로 보이게 하기 위해 그곳에 있었다. 지휘자가 나에게 보인 관심은 여행에서 보인 그 정도가 전부다. 그는 두 번 다시 나와 단둘이 있으려 하지 않는다. 그는 다만 내가 원하는 것 — 그가 예뻐하는 소년에게 접근하기 — 과, 그것을 얻는 때와 방법을 통제하려 했다.

어른이 되어, 나는 나의 무기력을 이해하게 된다. 전화기, 자동차 혹은 다른 어른과의 접촉이 없는 숲에 있던 내가 보인다. 지휘자가 나를 선택한 이유는 부분적으로 우리 가족이 위기 상황에 처했기 때문이라는 걸 이제는 안다. 어머니에게는 내가 방과 후에 있을 곳이 필요하고, 나는 성가대가 제공하는 도피처가 필요하다는 걸 그는 잘 알고 있었다. 캠핑 여행 전까지 성가대는 나에게 천국과도 같았다. 아이들은 똑똑했고, 나를 좋아했고, 나를 놀리지도 않았으며, 있는 그대로의 내 모습만으로 내가 그들의 친구가 되길 원했다. 나는 지휘자의 노리개에 불과했고, 지휘자는 내 욕구를 지배할 수 있다는 걸 과시함으로써 나를 궁지에 몰아넣었다. 그리고 나는 다른 아이들에게 아무런 문제가 없는 것처럼 보이기 위해 그런 새로운 상황을 받아들였다. 나만의 꿈속의 소년이 한때 나 대신 그랬던 것처럼. 그러나 기억이 알려준 새로운 사실은 당시 내가 자포자기 상태였다는 것, 내 삶이 조금이라도 나아질 수 있다는 믿음을 포기했다는 것이다. 나는 나에게 굴욕감을 주려고 작정한 사람들로부터 벗어날 생각조차 하지 않았다. 이 세상에 나를 위한 곳은 어디에도 없었고, 그 일에 대항하여 내가 할 수 있는 일은 아무것도 없었다. 나는 그때 나를 덮친 절망에서 벗어나지 못해 평생 그것을 끌어안고 살았고, 25년 뒤 바에서 키스를 한 그 순간까지 나 자신에게조차 이 비밀을 감추어왔다.

이 기억을 지운 건 열두 살 때였다. 내 삶에서 순수한 어린 시절이라는 상상력이 힘을 발휘했다. 이해와 연민을 말하고 창작하는 나 자신의 능력은 여기에 조금도 개입되지 않았다. 그 대신 나는 공포스럽지만 매우 효과적인 망상 하나를 품었다. 내 모습과 똑같은 인형을 만들어 내 집에 머물게 하고 나는 달아나는 것이었다. 인형은 잠에서 깨고, 기지개를 켜고, 주위를 둘러보면서, 자기가 나라고 믿었다.

5

당신이 아파트 안으로 들어가는데 누군가가 종이를 갈기갈기 찢는 모습을 발견한다고 상상해보라. 그의 팔에 손을 얹자 그가 당신을 향해 돌아선다. 그는 바로 당신이다.

당신은 종이에 적힌 글을 읽고, 그러자 자기 자신으로부터 멀어지는 동시에 자신 속으로 들어가는 과정을 무한히 반복하는 것 같은 기분이 든다.

기억이 되살아난 후 몇 달 동안은 언제나처럼 최선을 다해 살았다. 그러나 나에게 기억의 회복이란, 어느 날 아침 전보 한 통을 받아, 25년 치 실수와 25년 치 혼란과 고통에 대한 답을 그 안에서 발견하고는, 밤처럼 어두웠던 그 날이 내 주위로 되돌아오는 걸 지켜보는 것과 같았다. 그 안에는 내가 이해해야 했던 이야기, 피하려 했던 이야기가 있었다. 그것은 내가 듣고 싶었던 전부였으며, 들어야 했던 나머지 모든 것은 방해만 될 뿐이었다.

나와 모종의 관계를 가졌던 젊은 작가는 그해 가을 마침내 이사를 했다. 그 뒤로 우리는 서로에게 있었던 일이나 털어놓았던 이야기에 대해 아주 사소한 것이라 해도 결코 말하지 않았다.(그런 주제로 대화를 해보려고 내 쪽에서 몇 번 시도해보았지만 끝이 좋지 않았다.) 그 나이였을 때 나처럼, 그는 그 일에 대해 말할 준비가 되어 있지 않은 것 같았다. 우리는 여전히 친구로 남아 있다.

당시 내가 내부의 인물로 존재한, 역시나 입체적인 이야기가 한 편 더 있다. 이야기는 봄부터 시작한다. 이야기에서 나는 상담치료사에게 했어야 하는 말을 하지 않았던 사람으로 나온다.

**

제일 처음 찾아간 상담치료사는 친구가 소개해준 사람이었다. 그녀의 사무실이 당시 내가 거주하던 뉴욕 집과 가깝기도 했고, 친구가 적극적으로 추천하기도 해서 찾아가게 됐다. 친구는 성폭행을 당한 후 그녀의 도움으로 눈에 띄게 회복되었다고 했다. 나는 상담을 신청한 이유를 설명했고, 상담사는 10분에서 15분 동안 차분하게 듣더니 이렇게 말했다. "제가 도움이 될 수 있을지 모르겠군요. 제가 상담하는 사람들은 보통 자신에게 일어난 일들에 이름을 붙일 엄두를 내지 못해요. 그 일에 관해 소설을 쓰는 건 말할 것도 없고요."

그때 문득 내가 봉제 동물 인형과 장난감에 둘러싸여 소파에 앉아 있다는 걸 알게 됐다. 마치 유치원을 방문한 것 같았다. 장난감의 존재를 발견한 순간, 이 장난감들이 그녀의 다른 환자들을 위해 놓아둔 것인지 궁금해졌고, 하나 집어 들고 싶은 충동이 일었다. 상담사는 나에게 아무런 이상이 없는 것 같다고 말했다. 어쩌면 신경이 약간 예민할지 모르지만, 적어도 다른 환자들처럼 손상을 입은 건 아니라고, 다시 말해 위험하지 않다고 말했다. 그녀는 계속 지켜보기로 했고, 나는 두 번 더 그곳을 찾아갔다. 그러나 괜찮은 척 연기하는 내 모습 안에는 그렇지 않은 모습이 있었고, 내 인생을, 비명 지르고 싶게 만드는 내 인생을 생각하면 이런 식으로 평생 가짜를 연기하며 살다간 엉망진창이 될 게 뻔해 보였다. 오래전에 번개를 맞은 나무 한 그루가 된 기분이었다. 아무도 모르게 안팎으로 새까맣게 타버렸지만 껍데기는 저 끝까지 매끈매끈한. 그 껍데기에는 '난 괜찮아'라는 단어가 칠해진.

나는 소설에서 이 번개 맞은 나무 이미지를 사용하기도 했는데, 숨겨진 자아가 사람들 앞에서 말하게 하는 여러 가지 장치 중 하나였다. 하지만 그날은 그 소설이 나에게 또 하나의 장애물이 된 것 같았다.

상담치료사에게 고맙다고 인사하고 치료실을 나섰다. 어두운 보도에 다다랐을 때, 다른 상담사를 찾아야겠다고 속으로 중얼거렸다. 그런데 뭔가 새로운 감정이 엄습했다. 보도 위에 선 순간, 실패했다는 격한 분노가 내 머릿속에서 고함을 질렀다 — **내가 괜찮지 않다는 걸 아무도 믿지 않아. 왜 아무도 믿지 않는 거지?** 아직도 온몸이 타고 있다는 걸 알고 있는 자아는 제 상태를 말하려 발버둥치고 있었다. 그렇지만 아무것도 말하기 않겠노라고 결심한 자아는 그걸 허락하지 않았다.

나는 내 이야기를 말했지만, 내 이야기를 말하지 않았다. 나는 소설을 쓰고 카타르시스를 발견했지만, 치유를 발견하지 않았고 회복을 발견하지 않았다. 성적 학대에 관한 소설을 연구하기 위해 자기계발서들을 읽었지만 연구는 제대로 이루어지지 않았고, 그 책들을 등장인물의 지도를 그릴 때나 활용했지 나 자신에게는 적용하지 않았다. 그러는 동안 나는 나에게 아무 일도 일어나지 않았다고 줄곧 속으로 읊조렸다. 나에게 아무 일도 일어나지 않았어, 나에게 아무 일도 일어나지 않았어, 아무 일도 일어나지 않았어. 난 괜찮아.

하지만 나는 괜찮지 않았다. 다시 치료를 시도하기까지 4년이 걸렸을 것이다. 곰곰이 그 이유를 숙고하다가 뭔가 앞뒤가 맞지 않는 약간 이상한 거짓을 처음으로 발견한다. 나는 상담치료사가 내 말을 믿지 않았다며 분노했지만, 그녀는 내 말을 믿었다. 그녀는 그저 나를 도울 수 없다고 말했을 뿐이다. 그러자 날 돕겠다는 말 따위 없어도 나는 얼마든지 잘 지냈다고 믿는 내 복제본이 또다시 나를 덮쳤다. 거봐, 아무도 널 믿지 않아. 복제본이 나에게 말했다. 마지막 — 마지막이라고? — 거짓이었다. 적어도 그날 밤엔. 나는 이 끔찍한 고통을 위해 만들어졌지. 나는 나 자신에게 말했다. 그러니 이제 그만 네가 가던 길로 보내주겠어.

*
**

재임대 기간이 만료되어 천국 같은 아파트에서 나와 다시 브루클린의 원룸 아파트로 거처를 옮겼지만, 집이 영 형편없어서 잠깐 살다가 나왔다. 나무 바닥은 마감이 시원치 않은데도 집주인은 원목이라고 우겼다. 카펫에 스테이플이 찍혀 고정되어 있는데도 말이다. 불평하지는 않았다. 집주인에게 당신 지금 나한테 거짓말하고 있다고 말할 수는 없으니까. 그냥 짐을 풀지 않고 내버려두었다가 석 달 뒤에 로스앤젤레스로 이사했다. 또 재임대로 갔는데, 이번에는 코리아타운에 있는 친구 집에서 함께 지내는 조건이었다. 어느 무성영화 배우의 이름을 따서 지은 건물 안에 있는, 약 120제곱미터 넓이의 아파트였다. 그 집에서 살면서 나는 그가 빌린 하얀 포르셰를 운전했고, 전문가의 손길로 아름답게 다듬어진, 내가 어렴풋이 기억하거나 전혀 모르는 사람들이 득실거리는 파티에 참석할 만한 사람이 되기 위해 아주 열심히 노력했다.

그토록 비탄에 빠져 살았으니 이제부터는 쾌락을 추구하겠어, 라고 스스로에게 말했다. 이제 새 소설도 쓰고 있잖아. 하지만 나는 내 안에서 천천히 포복해 다가오는 죽음을 피하기 위해, 이 기억과 기억이 동반하는 모든 것들 앞에서 느끼는 무력감으로부터 벗어나기 위해 필사적이었다. 나는 여전히 소년을 따라 숲으로 들어가는 꿈을 꾸며 비탄에 잠겼다. 덫이 끝도 없이 이어져 있는 것 같은 느낌 속에서, 숲은 그저 또 하나의 덫이었을 뿐이다. 여전히 밤이면 그런 꿈에 시달리지만 신경 쓰지 않았다. 순간순간 그 꿈이 떠올랐지만 그때마다 떠오르는 기억을 몰아냈다. 무력감이 번번이 내 발목을 붙잡았지만 뿌리치려 발버둥쳤다. 나 자신으로부터 달아나기 위해 전국으로 이사를 다녔고, 심지어 로스앤젤레스와 메인주에서는 두 번씩 이사했다. 현명한 결정을 내리고 있는 거라고 스스로에게 말했고, 어느 땐 실제로 그러기도 했지만 — 두 번째 소설을 출간했고, 맥도웰 콜로니 레지던스(우수한 재능을 가진 예술가에게 창작 활동에 집중할 수 있는 공간을 조성하기 위해 입주 작가들에게 참가비 없이 스튜디오와 숙식을 제공한다 — 옮긴이)에 지원했으며, 애머스트 대학교에 이력서를 제출했다 — 무력감은 지속적으로 나를 따라다녔다. 나는 그만 멈추어야겠다는 감정과, 비명을 질러야 할 것 같은 감정을 동시에 느꼈다. 비명이라도 지르면 나를 혼비백산하게 만들어 꽁꽁 얼어붙게 한 그것을 멈추게 할 수 있을 거라고 생각했는지 모르겠다. 그리고 내 안에는 늘 새로운 남자가, 내 욕망의 또 다른 환영이 있어서, 나는 어떤 숲에서든 그를 발견하면 그를 따라 숲으로 들어갔다. 이사할 때마다 수많은 상자들을 이고 지고 다녔고, 대부분은 한 번도 풀지 않았으며, 이전 주소지로 온 우편물들은 답을 쓰지 못한 채 쌓이기만 했다.

*
**

그런 식으로 4년이 지났다.

마침내 다른 상담치료사를 발견했는데, 지역에 있는 몇몇 상담사들에게 전화를 걸어 목소리를 들어본 뒤에 그를 선택했다. 그러니까 음성과 말투만 보고 선택했다고 할 수 있었다. 처음 겪는 일도 아니지만, 생활이 엉망으로 망가지자 응급 처치라도 받아보자는 심정으로 그를 찾아갔다. 새 일을 시작하기 위해 매사추세츠주 애머스트로 막 이사를 했고, 이곳에 도착하자마자 곧바로 남자 친구와 헤어졌으며, 일부일처제 같은 관계를 유지했는데도 성병 진단을 받았다. 지난가을, 남자 친구가 섹스 파트너를 찾으려고 인터넷에서 낯선 사람들을 찾아다니는 걸 발견하고, 그에게 새로운 규칙을 원하는지 ─ 무엇보다 여러 상대와 성관계를 갖길 원하는지 ─ 아니면 우리 관계를 끝내고 싶은지 상의했다. 그가 여러 사람과 개방적인 관계를 원치 않고 우리 관계를 끝내고 싶지도 않다고 주장해서 우리는 계속해서 관계를 이어갔다. 그러나 이번엔 짐작대로 ─ 그 때문에 ─ 성 위생에 약간 문제가 생겼다는 진단서를 보여준 뒤, 더는 상의를 거치지 않고 그와의 관계를 끝냈다. 사소한 병이었지만 그로 인한 위험은 달갑지 않았다. 나는 상담사에게 이 일에 대해 이야기해봐야겠다고 생각했다. 그리고 이 일로 대화를 시작했다가 이내 다른 주제들로 넘어갔다.

나는 예전에 맺어왔던 관계 양상에 대해 이야기했지만, 상담사는 자꾸만 나 자신과의 관계로 화제를 돌렸다. 그는 나에게 전 남자 친구를 이해하려는 노력을 그만두고, 그냥 그에 관한 사실만 받아들여야 한다고 말했다. 그 대신 나는 나 자신을 이해할 필요가 있었다. 지속적으로 환상을 좇는 내 습관을 이해할 필요가 있었다. 이런 말 아세요? 몇 차례 상담 후에 목소리가 근사한 상담사가 나에게 물었다. "반복을 통해 잊는다는 말?"

모르는데요, 내가 말했다.

프로이트가 한 말이에요, 그가 말했다. 프로이트의 반복 강박에 관한 언급이지요. 우리는 어떤 일로 인한 고통을 잊기 위해 그 일을 반복합니다. 그 일을 바로잡기 위해, 잘못된 걸 해결하기 위해 그 일에 착수하는 거지요. 하지만 우리는 결코 과거를 바로잡을 수 없어요. 그래서 같은 일을 반복하는 겁니다.

반복을 통해 고통을 잊는다.

그는 이 지역에서 인기 있는 상담사였고, 마찬가지로 그에게 상담을 받고 있는 친구 말로는 우리 담당 상담사의 전공 과목 중 하나가 성적 학대 병력이 있는 동성애자 남성의 치료라고 했다. 나는 조용히 이 사실에 주목했다.

우리는 **오직 미래만 바꿀 수 있다,** 는 생각이 머리에 떠올랐다.

꼭 해야 할 말이 있어요, 내가 말했다.

나는 그의 상담실 소파에 앉아, 자신의 상담사에게 충분히 털어놓지 못했던 내 학생을 떠올리며, 마침내 누군가에게 모든 이야기를 털어놓으려 애쓰기 시작했다.

나는 미래에서 이 글을 쓰고 있다. 이 미래는 내가 만든 미래이며, 아마도 나는 그날 이후에야 과거의 미래에서 벗어났을 것이다.

상담사는 나에게 한 가지 훈련을 지시했다. 지금까지 당신을 안전하게 지켜준 수호자들을 없앨 수는 없습니다. 그가 말했다. 그러니 그들에게 새로운 임무를 부여해야 해요. 당신의 어린 시절 이후 계속해서 해왔고 지금도 하고 있는 임무를 말입니다.

나는 그들을 보호자라고 생각해본 적이 없었다. 한 명은 스크린 위의 거짓말쟁이였다. 한 명은 수치심 때문에 어머니에게 상처를 감추었다. 다른 한 명은 상담사들에게조차 상처를 숨기고, 말을 꺼낼 생각조차 하지 못한 채 혼자서 자신을 바로잡으려 안간힘을 썼다. 하지만 마침내 그들에 대해 글로 쓸 수 있게 되었다. 물론 그들 각자는 기본적으로 과거의 내 지시를 따르고 있었다. 나는 더는 그렇게 느끼지 않았고, 느끼고 싶지 않았는데도 말이다. 그들은 모두 여전히 그대로였다.

그런데 다른 한 명은 좀 달랐다. 그는 내가 서 있는 땅에서 그에게로 향하는 숲속 오솔길처럼 소설의 조각들을 남겨주었다. 소설이 만들어줄 이 세계를 계획하고 있었다.

나는 소설 한 편을 썼는데, 출간이 되자 이 소설은 나에게 내가 기억하는 일들을 크게 소리 내어 말하는 연습을 시켰다. 내가 모든 일을 기억하는 날까지. 내가 모든 기억을 견딜 수 있는 사람이 될 때까지. 그 소설을 쓴 사람, 그는 나를 기다리고 있었다.

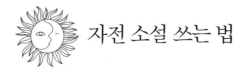# 자전 소설 쓰는 법

나는 진실만 말할 테야, 라고 당신은 결심하지. 결국 진실은 바로 가까이에 있으니까. 마치 대번에 완벽하게 알아볼 수 있을 것처럼.

어떤 소설을 쓸 수 있다는 확신이 들 때, 그 직감은 당신 삶 속에 자리를 틀 거야. 당신이 기꺼이 믿으려는 어떤 신에게 받은 선물처럼. 예기치 못한 손님과도 같이 갑작스럽게 찾아온 현실처럼.

그걸 쓰겠어, 라고 당신은 결심하지. 아주 쉽게 쓸 수 있을 거라고 생각하면서.

그러고는 몇 년 동안, 신중하게, 서로를 지켜보겠지.

처음 시작할 땐 혼자 숲에 남겨져 집을 지을지 말지 결정하는 사람처럼 느껴질 거야. 손에는 도끼 한 자루 달랑 들고, 집에 대한 또렷한 기억만 가지고서.

당신은 그 도끼로 모든 걸 만들어서 집을 채워 넣을 방법을 혼자 터득하기로 결심하지. 당신은 도끼야. 숲은 당신 인생이고.

막상 도끼를 휘두르려 자리를 잡고 앉아보지만, 완벽한 글은 어디로 사라진 거지?

아름다운 균형미, 매끄러운 문체는 모두 어디론가 사라지고, 당신의 머릿속에는 정신없는 소음만 웅웅대다 꼴사나운 글자들만 덩그러니 남았군.

잔뜩 풀이 죽어 작업을 멈추고 문장을 다시 들여다보겠지. 꼼꼼하게 한 번 더. 아, 문장이 날 놀리는 걸까.

이제 곧 당신은 알게 될 거야. 보려고 하지 않는데도 자꾸만 문장을 보게 된다는 걸.

이런 생각을 하다 글쓰기를 멈출지도 몰라. 아니면 진작 중단했는지도 모르지. 그러다 다시 시작하는 거지. 그리고 또 멈추고.

아마도 당신은 의아하게 여기겠지. 왜 제 발로 파멸의 길을 가려는지. 왜 내가 나에게 최악의 적이나 최고의 친구가 되는지, 혹은 간혹 둘 다가 되는지. 이제 당신은 당신이 아는 것만 끌어안으려 해.

당신은 여전히 글을 바라봐. 당신이 다가가려 해도 글은 당신을 피하겠지만. 글이 머물 장소로 향하는 길은 어디일까? 궁금하겠지.

어쩌면 글은 해적들을 혼란스럽게 만들기 위해 지은 베네치아의 마을을 닮았을지 몰라. 당신은 분수가 있는 광장을 향하고 있다고 생각하겠지만, 천만에, 좁은 골목이나 가파른 절벽 끝에 서 있는 자신을 발견하게 될 거야. 이런, 다시 시작해야겠는걸.

그 소음이 아직도 머릿속을 쟁쟁거리며 위장 도구처럼 입구의 표면 위를 덮고 있군.

다시 시도하고 말 거라고 결심만 하면 이 소음이 들린단 말이지.

당신은 아직 모르겠지만, 신들은 말이지, 당신이 신들을 믿지 않을 때도 절대 쉽사리 무언가를 주지 않아. 심지어 신이 당신이어도 말이지.

아직 완성 안 됐어요?, 라고 사람들은 말해. 기껏 글을 써서 읽으라고 줬더니만.

완성했거든요, 라고 당신은 말하지만, 어쩐지 가면을 떨어뜨린 것 같은 기분이 드는군.

이게 나라고요?, 그들은 차갑게 물어. 그들의 가면도 떨어졌군.

당신은 당신의 글이 얼마나 완벽한지 그들도 알게 되길 바랐어. 하지만 이제 와서 글이 제대로 쓰이긴 한 건지 자신이 없고, 어떻게 된 일인지 아무것도 떠오르질 않아. 이럴 걸 예상 못 했다니, 당신은 바보야.

인생이 산문 속에서 불편하게 지내고 있군. 여기엔 당신도 포함되어 있어.

당신은 그늘에 서 있으면서 투명 인간이 됐다고 믿는 아이들을 좋아하지.

당신의 독자는 이제 이렇게 말해. 도대체 플롯이 없잖아.

당신은 이런 점도 눈에 들어오겠지. 소설은 이제 일화의 나열로 드러나고, 당신은 앞뒤에 무슨 내용이 나올지 알 수가 없다는 걸. 빈 들판 같은 당신 인생의 사건들 속에서 당신은 외쳐. "소설은 어디에 있는 거야!"

"소설은 어디에 있는 거야!"라고 외친 작가가 있었어. 그래, 맞아, 그 작가, 당신이잖아.

당신이 알고 있는 형태에 꼭 맞는 무언가를 만들어.

당신 인생에서 일어난 사건이 아니라 상황을 이용해서 말이야.

당신 같은 인물을 만들라고. 당신이 아니라.

도끼를 들고 자신의 숲속으로 걸어 들어가 집을 지어. 그리고 사방 벽 안에 스스로를 가두어버려.

당신은 집을 지을 뿐 결코 그 안에 살지 않는 유령이야. 집을 짓는 것이 당신 삶이지.

당신이 차지하는 공간은 벽과 페인트 사이 정도랄까.

그 차이는 당신과 당신이 자기 모습처럼 창조한 누군가와의 차이 이기도 해.

이제 누군가가 방문할 수 있는 곳, 인식할 수 있는 모습은 이 집, 그리고 당신의 모습을 한 자동 기계야. 당신이 아니라고. 이것이 바로 당신이 바라는 거지.

이 자동 기계는 당신만큼 덤벙대고, 당신만큼 이기적이고, 당신만큼 죄책감 덩어리야.

당신만큼 그렇다고. 당신이 아니라.

그러니까, 자동 기계는 당신과 정확히 같은 방식으로 죄책감을 느끼지만, 당신이 그것에 대해 쓸 때 무언가 다른 것들에게 변화가 생겨. 그리고 마침내 당신은 자신이 자동 기계와 별개의 존재라는 걸 깨닫게 되고.

당신이 교수라면, 당신 캐릭터가 교수인 거야. 당신이 키가 크다면, 캐릭터가 키가 큰 거고. 당신이 화가 나면, 역시나 캐릭터가 화가 나는 거지. 다른 부분들을 바꾸면 또 다른 변화가 생길 걸?

캐릭터가 이 차이를 뚜렷하게 만들 때만 그것에 당신의 이름을 붙여줘. 그 밖의 인물들은 오래된 희곡 작품을 참조하시길.

아니면 마찬가지로 오래된 음악에 나오는 이름을 선택해도 좋겠지.

다른 캐릭터들한테도 마찬가지 방식으로 이름을 지어줘.

아니면 모든 이름에 변화를 줘. 전부 바꿔버리는 거야.

자기 이름을 선뜻 사용하게 하는 사람이나 마지못해 사용하게 하는 사람들 이름은 사용하지 마. 특히 처음엔 기꺼이 사용하라고 했다가 소설이 세상에 나온 뒤에 자기가 무슨 짓을 한 건지 알아차리고 꺼림칙하게 여길 것 같은 사람들 이름은 더더욱.

누구나 그럴 수 있다는 걸 기억해, 심지어 당신조차도.

왜냐고? 모든 작가가 기껏 캐릭터를 완성해 인간적인 모습을 드러내놓고는 결국 배신하는 것처럼, 당신 역시 이 캐릭터를 배신해야 할 테니까.

물론 사람들 앞에서는 그런 일은 잘 없다고들 말하지.

당신이 이런 모습을 창조하는 건, 당신의 인간적인 모습이 늘 당신 눈에 보이는 건 아니기 때문이야. 이 모든 과정은 당신 자신을 보다 인간적으로 만드는 일종의 장치인 거지.

그렇기 때문에 당신이 해야 할 일을 할 준비가 될 때까지는, 언제든지 작업을 멈추고 소설을 옆으로 치워놓을 각오가 되어 있어야 해.

왜 회고록이 아니죠?, 라고 사람들은 묻겠지.

소설의 형식에서 더 많은 진실을 말할 수 있으니까요, 라고 당신을 말할지 몰라. 그리고 이 말이 사실이길 바라지.

회고록 역시 일종의 가면이지만, 회고록에서 당신은 오직 한 사람으로만 등장해.

모든 허구는 자전적이잖아요, 라고 사람들은 말해. 이런 말을 하는 사람들은 소설 자체보다 허구를 믿고 싶어 하지. 당신이 쓴 소설은 말할 것도 없고.

이제 대가에 대해 얘기해 볼까.

대가는 당신이 소설의 정수를 얻기 위해 당신 자신으로부터 무엇을 끄집어냈든지 간에 일단 소설을 쓴 다음에는 돌려받지 못한다는 거지.

그러니까 당신이 가진 것보다 더 커다란 어떤 것을 창조할 수 있을 경우에만 소설에 빠져들도록 해.

불행히도 당신이 창조한 등장인물 속에서 자신을 발견한 사람들은 심지어 그들이 묘사된 것이 아니더라도 그 인물이 자기라고 여길 가능성이 커. 반면에 당신이 실제로 등장시킨 사람들은 자기는 알아보지 못하고 다른 인물 속에서 자기 모습을 발견하겠지.

법적으로 문제가 되지 않는 기준을 말해주지. 당사자가 소송을 제기하기 전에 제삼자가 소설 속 묘사를 보고 실제 인물이 누구인지를 알아볼 수 있어야 한다는 거야.

당신은 자기 자신을 고소할 수 없음.

당신을 위한 또 하나의 기준. 요구와 처벌은 책이 다 완성될 때까지 모습을 드러내지 않고, 당신이 한때 살았던 세상 밖 어딘가에서 기다리고 있을 것임.

당신의 인생을 모르는 사람들은 소설이 당신의 인생이라고 믿을 거야. 때로는 당신의 인생을 아는 사람들도, 기억이 멀쩡한데도 다르지 않을걸?

이 대가는 살아남은 이가 아무도 없을 때까지 치르게 되지.

그래서 이런 경고가 있잖아. 도둑처럼 분장하라.

넌 날 막을 수 없어, 라고 당신은 생각해. 난 이걸 해야만 한다고, 당신은 그렇게 생각하고 있어.

난 당신을 막지 않을 테고 그러고 싶지도 않아. 당신이 당신을 막는 거지. 수백 번, 수천 번.

'있었던 일'이라는 함정에 빠져서 '실제로 이러저러하게 일어난 일'이라는 이유로 그 안에서 허우적거리고 있군. 하지만 소설에서 그걸 납득시킬 수 있을까. 다음에 무슨 일이 일어날지 파악도 못 하면서.

당신의 소설은 개인적인 일화일 뿐. 당신의 플롯은 혐오감, 교묘한 위장술, 트라우마의 연속. 트라우마는 친구로 분장해 이렇게 말하지. "아, 네가 옳은 건 옳고, 아닌 건 아니라고 말할 줄 아는 위인이라 이거냐."

당신이 그들에게 가져오라고 시킨 만큼, 그들이 이미 빼앗은 것보다 많이, 당신 인생에서 많은 것을 훔칠 준비를 할 것.

　마지막 최후의 대가는 그 나머지 뒤에 숨어 있겠지.

　당신 인생에 관한 소설을 쓰고, 당신 인생으로 대가를 지불할 것.
최소한 세 번은.

　자, 여기 도끼.

미국 작가 되기에 관하여

1

나는 얼마나 수도 없이 세상의 종말을 생각했을까?

이것은 선거 다음 날 아침, 머릿속에 떠올랐던 의문이다. 선거라. 한동안 우리 모두는 다른 주제는 말하지 않겠다는 듯 끊임없이 '선거' 이야기만 했다. 의문은 만화의 검은 말풍선처럼 다가와 나를 졸졸 따라다니면서 내 시야 앞을 어른거렸고, 마침내 제일 먼저 이런 생각이 떠올랐다. **지금이 세상의 종말이구나.**

나는 주방 가스레인지 앞에 서 있었다. 그날 오전에는 수업이 있었다. 수업을 취소하는 건 불가능할 것 같았다. 무슨 정신으로 학교까지 도착할 수 있을지 모르겠지만. 평소 아침 식사 때처럼 커피를 내리기는 어려울 것 같았다. 아래층으로 내려가, 차에 타고, 수업을 할 학교까지 남쪽으로 20분간 운전을 한다. 강의실 안으로 들어간다. 아, 도무지 아무런 장면도 머리에 그려지지 않았다.

내가 상상할 수 있는 것은 백인 우월주의, 복음주의 기독교, 신정주의, 군국주의로 무장된 정부가 시작되리라는 것뿐이었다. 이슬람교도 친구들은 체포되고 추방되었다. 게이라는 이유로, 혹은 혼혈 인종이라는 이유로, 혹은 둘 다라는 이유로 우익 민병대에게 추적을 당하기도 했다. 기후 변화의 다음 단계인 기후 일탈이 일어나면 기상 변화가 심각해지고, 몬순과 눈보라, 홍수와 혹한이 시작된다. 해양은 생명이 사라진 뜨거운 수프가 된다. 정부는 환경 보호, 노동 보호, 낙태, 산아제한, 의료 서비스의 균등한 기회에 반대했다.

아마도 나는 충격에 빠졌던 것 같다. 전날 밤 선거 결과가 거의 확정되었을 때, 3년간 함께 지낸 애인이 나에게 청혼했고 나는 그것을 받아들였다. 우리는 법이 바뀌기 전에 결혼하기로 결정했다. 나는 혹시 망명 요청을 해야 한다면 결혼 증명서가 도움이 될 거라는 걸 알고 있었다. 지금의 남편은 그전까지 결혼에 대한 가정만으로도 강한 반감을 드러냈었다. 나중에 내 여동생은 전화를 걸어 아이들을 이제 막 겨우 재웠다며 심란한 목소리로 말했다. 아이들이 이사를 가자고, 이 나라를 떠나자고 난리도 아니었다면서. 이 모든 일이 새벽 두 시 반부터 세 시 반 사이에 일어났다.

내 손에는 전화기가 쥐여 있었다. 한 손으로 전화기 화면을 스크롤하면 신경이 눌려 왼쪽 어깨 위에서부터 전화기를 꽉 쥔 손바닥 안쪽까지 얼얼하고 저렸는데, 도무지 믿어지지 않는 결과에서 오는 공포 때문에 그런 채로 방과 방 사이를 서성거렸다. 주방에 와서 얼음처럼 굳어 있기 전까지 내내 그러고 있었다. 그날부터 시작된 통증이 거의 1년 동안 지속되었다.

나는 거의 자동으로 페이스북을 확인했다. 오늘 수업 어떻게 할 거야? 친구이자 시인, 솔마즈 샤리프Solmaz Sharif가 글을 올렸다.

글쎄, 오늘 수업 어떻게 하지? **알게 뭐야?** 멍한 상태에서 기껏 떠오른 생각이었다. 그러나 나는 여전히 가스레인지 앞에서 꼼짝하지 않고 서 있었다.

커피 한 잔 만들까? 자신에게 물었다. 아니. 그럼 사러 갈까? 그래. 커피나 사러 가자. 나 자신에게 말했다.

코트를 입었다. 아침으로 먹을 샌드위치와 커피를 사서 학교까지 남쪽으로 차를 몰았다. 평소라면 91번 주간 고속 도로를 탈 때 보이는 화이트 산맥과 그린 산맥의 경관에 위안을 얻지만, 그날은 운전을 하는 내내 세상의 종말이라는 생각만 머릿속을 맴돌았다.

*
**

대학가에 도착하니 주변이 휑했다. 강의가 취소된 건가. 연구실로 향하는데, 한 젊은 여성이 도서관에서 나와 이상하리만치 인적이 없는 잔디밭을 가로질러 가고 있었다. 그녀가 내 쪽으로 가까워졌을 때, 나는 그녀의 얼굴에서 눈물이 흐르는 걸 보았다. 그녀는 나를 보지 않았다.

연구실에서 수업 자료를 정리하는데 다른 젊은 여성이 우는 소리가 들렸다. 그녀는 성범죄자를 대통령으로 당선시켰으니 장차 나라 꼴이 어떻게 되겠냐며 동료 학생에게 자신의 분노를 토로하고 있었다.

오늘 수업 어떻게 할 거야?

대통령이 암살이라도 당한 것 같은 분위기였지만, 대통령은 멀쩡하게 살아 있었다. 그 대신 우리가 꿈꾸던 나라가 죽었다. 마치 대통령이 나라를 암살한 양.

나는 강의실 안으로 들어갔다. 학생들은 모두 출석했다. 이들 중 누가 죽기라도 한 것처럼, 그 말을 어떻게 전해야 할지 고심하기라도 하듯, 강의실 안은 몹시도 조용했고 긴장감이 감돌았다. 많은 학생이 울고 있거나 방금 울음을 그쳤다. 전에는 이들 중에 누군가는 새 대통령의 당선을 축하하지 않을까 의심한 적도 있었지만, 지금은 이들 중 누구도 그렇지 않다는 걸 확실하게 알겠다.

"지난밤 아무 일도 일어나지 않았다고 말하지는 않겠어." 내가 말했다. "할 말 있으면 무슨 말이든 거리낌 없이 해보자."

"이게 다 무슨 소용이 있나요." 내 말이 끝나기가 무섭게 아주 재능 많은 학생 하나가 입을 열었다. "이런 상황에서 글을 쓴다는 게 다무슨 소용이 있을까요?"

**

2003년 미국이 이라크를 침공하던 날, 나는 다음 날 수업 준비를 위해 모교인 웨슬리언 대학교에 있었다. 당시 예술 대학 교수의 아파트에서 재임대로 살고 있었던 터라 그 집에 있는, 화면이 페이퍼백만한 골동품 텔레비전으로 이라크 침공 뉴스를 지켜보았다. 나는 예술작품을 소개하는 장면에 눈과 귀를 사로잡혔다. 방송에서는 미국의 포격으로 사담 후세인 정권 이전부터 있던 고대 페르시아 문명이 고스란히 담긴 박물관과 유물이 파괴될 거라고 보도했다. 한 나라의 역사적 유물이 사라진다, 어쩌면 영원히. 이 문제와 관련하여 곧이어 도널드 럼스펠드 국방 장관이 나와서 이렇게 답했다. "옛날 항아리 몇개 좀 없어지면 어떻습니까?"

이렇게 말할 때 그는 쾌활했고 심지어 상냥하기까지 했다. 그는 자신이 재미있는 말을 했다고 생각했다. 네, 누가 그런 걸 갖고 싶어 하겠어요? 거저 줘도 싫을 걸요? 내 위로 이상한 한기가 엄습했다. 밤인데도 그림자 같은 게 몸을 덮치는 기분이었다. 세계에서 가장 오래된 문명의 일부를, 대부분의 예술, 문학, 사회의 원천인 문명의 일부를 초토화해놓고 저토록 쾌활할 수 있다니. 나는 화가 나서 텔레비전을 끄고, 채점할 원고들을 쌓아둔 채 서늘한 아파트에 우두커니 앉아 있었다.

무슨 소용이 있지? 당시 나는 불현듯 작가의 일이라는 게 부적절하게 여겨졌다. 지금처럼. 그다음 날 아침 웨슬리언에 갔을 때, 이제까지 강의를 할 때와 달리 완전히 새로운 상황에 부딪혔다. 도대체 학생들에게 무슨 말을 해야 할지 알 수가 없었다. 무슨 말을 해야 좋을지 간절하게 알고 싶었다.

2

위스턴 오든Wystan Auden은 "시는 아무 일도 일어나게 하지 않는다"라고 쓰면서 글쓰기와 삶의 관련성을 공격한 것으로 유명하며, 내 세대의 작가들 — 그리고 이 책을 읽는 여러분 세대의 작가들 — 은 그러한 영향 아래에서 살고 있다. 나는 이 말을 아주 오랫동안 귀에 못이 박이도록 들어서, 결국 이 말의 진정한 의미를 이해하기 위해 그 출처를 찾아 나섰다. 정말이지 이젠 이 말을 반박할 때라고 생각했기 때문이다. 꼭 나를 위해서가 아니더라도 내 학생들을 위해서 말이다.

오든은 예이츠를 추모하는 시에서 이 구절을 썼다. 그리고 참고로 말하면, 예이츠는 오든의 영웅이었다. 시 전편을 읽으면, 이 구절의 의미가 흔히 해석되는 의미와 정반대까지는 아니어도 적어도 상당히 미묘한 구석이 있다는 걸 알게 된다. 반어적 의미의 저항이랄까. 심지어 이 구절은 이와 관련해서 오든이 가장 예리하게 쓴 구절도 아니다. 하지만 어쨌든 이 구절은 지난 50여 년간 서양 작가들의 자신감을 송두리째 바스러뜨릴 무기를 노린 사람들에게 전해졌다. 우리가 반지성주의를 화살촉으로 사용하는, 몸서리치게 혐오스러운 윌리엄 F. 버클리의 지적 보수주의를 받아들일 때, 오든의 인용문은 말할 것도 없고 그의 시를 한 번도 읽은 적이 없다 하더라도, 글쓰기는 아무런 힘이 없다는 이런 태도는 우리에게 영향을 미친다. 오늘날 권위자들, 검열자들, 비평가들은 그 어느 때보다 자주 반복해서 이 말을 내뱉으며, 그와 반대되는 생각을 할 것 같은 사람들을 들볶는다. 나는 오든이나 예이츠를 탓하지 않는다. 그들은 둘 다 젊은 시절에 자신들의 시가 정치적 변화를 고취하길 소망했던 사람이다. 오든의 시는 환멸을 표현하려 했다. 나는 오든이 노력을 멈추라고 호소하기 위해 그런 구절을 썼다고 생각하지 않는다. 그러나 당시 미국은 아직 젊은 국가였고, 미국 문학 또한 미숙했다. 당시 미국인은 전 세계 작가들이 믿는 의미 — 우리가 하는 일은 중요한 의미가 있고, 중요한 의미를 제기하는 것이 우리의 의무다 — 보다는 우리가 잘못 알고 있는 의미를 믿는 것이 더 쉬웠다.

**

학생들은 자기들이 작가가 될 수 있을 거라고 생각하느냐고 종종 나에게 묻는다. 나는 그들에게 모르겠다고 말한다. 그것은 무엇보다 작가가 되고 싶은지에 달려 있기 때문이다. 이 질문은 생각만큼 단순하지 않다. 정말로 작가가 되길 원해도 어려움이 첩첩산중이다. 글을 쓰는 사람과 그렇지 않은 사람을 가르는 기준은 아마도 견딜성에 있는 것 같다.

"난 나보다 재능 있는 작가들과 함께 출발했어요." 대학 시절 강의 시간에 애니 딜러드가 했던 말이다. "이제 그들은 쓰지 않아요. 하지만 난 쓰고 있죠." 나는 그녀의 수업을 들으면서 이런 생각을 했던 기억이 난다. 그들은 왜 계속해서 쓰지 않았을까? 어쩌다가 그만두었을까?

1996년 가을에 맨해튼의 어퍼 웨스트 사이드에 있는 평생 학습 프로그램에서 글쓰기 강의를 시작했다. 나는 그곳을 창조적 글쓰기의 이동 외과 병원이라고 불렀다. 그곳에서는 누구도 수업에서 배제하지 않기 때문이다. 이 프로그램은 20년이 지난 지금까지 늘 해오던 대로 강사에게 보수를 지급하고, 강사도 늘 그래왔듯이 학생들을 가르친다. 그도 그럴 것이 이곳에는 무엇보다 가르치는 일을 필요로 하는 나 같은 예술학 석사 학위 수여자들이 늘 있고, 뉴욕에서 글쓰기 수업을 제공하는 두 군데 중 한 군데는 거의 이런 식으로 운영되기 때문이다. 그러나 나는 내 학생들을 사랑했고, 지금도 그때의 경험을 소중하게 여긴다. 애니가 우리에게 말했던 대로 좋은 글을 쓰는 방법은 얼마든지 배워서 익힐 수 있다는 걸 처음 깨달은 곳이 바로 그곳이었기 때문이다. 재능은 겉으로는 중요해 보일지 모르지만 생각보다 중요하지 않았다. 처음 수업을 맡았을 때 내가 배운 기술을 적용하면서, 처음엔 도무지 작가로서 가능성이 보이지 않던 학생들이 점차 훌륭한 작가로 성장하는 과정을 지켜보았다. 나는 그들의 노력 앞에서 다른 종류의 겸손을 배웠고, 그러한 경험 덕분에 지금도 선생으로 일하고 있다고 생각한다. 누가 성공하고 누가 실패할지는 아무도 알 수 없다. 학생들의 이전 작품은 그들이 무엇을 할 수 있을지, 그 일을 잘할지 못 할지에 대한 지표가 될 수도 있고 그렇지 않을 수도 있다.

애니는 주로 나에게 사고의 습관과 작업 습관에 대해 가르쳤다. 나는 이런 습관들이 계속되는 한 글쓰기도 계속될 거라고 생각했다. 나는 쓰는 것이 정말로 중요하면, 어디에서 쓸지, 앞에 책상이 있는지, 주위가 조용한지 따위는 아무런 상관이 없다는 걸 내 학생들이 경험하길 늘 바란다. 에세이를 쓰든 소설을 쓰든 시를 쓰든, 무엇이든 쓰길 원한다면 버스 차장이 거리 이름을 크게 외치는 와중에도 글은 우리에게 말을 걸 것이다. 문제는, 우리가 그 소리를 들을 수 있을지, 그리고 정기적으로 들을 수 있을지다.

이곳에서 강의를 하면서 나 역시 실제로 무엇이 작가를 멈추게 하는지 배웠다. 내 수업을 듣는 거의 대부분의 학생들이 옴짝달싹 못하는 경험을 했다. 어떤 학생들은 말을 하고 싶은 마음이 간절한데도 스스로 입을 틀어막아 이야기 전개에 전전긍긍했다. 어떤 학생들은 가족이나 그들이, 혹은 가족과 그들과의 관계가 무너질 거라는 생각에 가족사를 쓰면서 괴로워했다. 지금까지 친하게 지내는 한 친구는 돌아가신 어머니에 관해 소설을 쓰고 싶어 하지만, 아마도 쓰지 않을 것이다. 그는 자신이 동성애자라는 걸 줄곧 감추고 있다가 마침내 어머니에게 털어놓았는데, 어머니 역시 그에게 동성애자임을 밝혔다. 그는 하나 있는 사촌의 반응이 두렵다.

재능 있는 학생이 글쓰기를 멈추는 이유는 무엇일까? 그 이유는 대개 실패할 가능성이 큰 이야기, 번번이 잘 써지지 않는 이야기, 가짜, 엉터리라는 자신이 두려워하는 오명을 듣게 만들 이야기를 짓기 위해 상상력을 발휘하기 때문이다. 그러나 우리는 해도 좋을 만한 이야기를 상상할 수도 있고, 다른 이야기를 상상할 수도 있다. 어느 쪽이든 아주 세밀하게 묘사할 테지만, 발표할 수 있는 글은 하나뿐이며, 나머지는 좌석이 하나뿐인 고통이라는 개인 극장에서 우리를 꼼짝 못하게 붙들어놓을 것이다. 이 작가들은 글을 어떻게 써야 하는지 아는 사람들이었다. 그리고 지금도 많은 경우 그렇다. 그들이 모르는 것은 글에서 떨어지는 법이다. 그들은 자신을 위해 만든 극장에서 떠나야 하고, 자신을 얼어붙게 만든 이야기를 멈추어야 한다.

나는 글을 쓰는 방법뿐 아니라 글을 계속 쓰는 방법을 가르칠 필요가 있다는 걸 깨달았다. 듣는 이가 누구인지 직시하는 방법도. 듣는 사람이 당신보다 더 중요한가? 혹은 당신이 말하려는 이야기가 당신보다 더 중요한가? 나는 가서 쓰기 위해, 그리고 살기 위해, 자리에서 일어나 마음속 그 방에서 나가는 법을 가르쳤다. 하지만 그 후로 늘 이런 질문이 머릿속을 맴돌았다. **무엇과 함께 살지?**

그리고 한 가지 답은 언제나 미국이 될 터였다.

나는 대학교 시절 글쓰기를 배울 때, 작가로 살면 중산층이라는 테두리 안에서 여유로운 삶을 영위할 거라고 생각한 것에 죄책감을 느꼈다. 이것은 미국 예술의 함정이다. 예술을 하되 자신이 속한 사회 계층의 선량한 구성원 되기. 내 친구는 심지어 한 가지 믿음을 가지고 있는데, 한번 시험해볼 만한 것 같다. 어떤 믿음이냐면, 한 사람이 작가가 될지 말지를 결정하는 기본적이고도 결정적인 요인은 그가 중산층인지 아닌지와 관련이 있다는 것이다. 그들이 노동자 계층이나 상류층인 경우이거나 귀족인 경우, 그들은 글을 쓰기 위해 자기 계급을 배반하는 데 적어도 불편함을 느끼지는 않을 것이다.

다른 식으로 말해보겠다. 글을 쓰면서 먹고살 수 있겠지? 그것도 잘? 설마 다른 일자리를 찾으러 다녀야 하는 건 아니겠지? 건강, 집, 치과 진료, 노후에 필요한 자금을 준비할 수 있겠지?

이런 환상들은 순식간에 깨어져 산산조각 났으니, 지난 20년간 나는 경력에 집중하고자 선택했던 두 가지 부분, 즉 글쓰기와 강의에서 모두 심각한 임금 파괴에 맞닥뜨렸다. 글쓰기를 중단해도 아무 일도 일어나지 않는다는 걸 나는 금세 알아차렸다. 그렇지만 달리 할 일이 없다는 사실도 알게 됐다. 이런 상황을 무릅쓰고 성실한 태도를 익혔지만, 당장이라도 나를 멈추게 하고, 내게 자존감과 힘이 있다는 감각을 의심하게 만드는 악마의 손아귀에서 여전히 벗어나지 못하고 있다. 게다가 그 악마는 한두 놈이 아니며, 개인만 접근하지도 않는다. 우리는 늘 이른바 세상 돌아가는 방식 — 그리고 이 나라가 돌아가는 방식 — 이라는 것에 부딪힌다. 흔히들 성공적인 예술가가 되면 유명 인사까지는 아니더라도 중산층의 성공적인 구성원이 되는 건 떼어놓은 당상이라고 주장하는데, 이런 주장은 예술가를 죽이기보다 예술의 근거를 죽이는 것이다. 그러므로 이런 세상 돌아가는 방식에 저항하지 않는다면 예술을, 나라를, 그리고 당신 자신을 망칠 것이다. 글쓰기가 나라에 이바지하거나 나라를 수호하기 위한 나름의 방법이라고 결정했다면, 바람직한 나라란 무엇인지 꾸준히 글을 써야 할 것이다.

2001년 9월 11일이 지난 어느 날, 나는 잡지 《서스데이》에 게재된, 내 첫 소설에 관한 첫 번째 서평을 읽었다. 여동생이 근무하는 메릴랜드의 여학교 기숙사에 있는 텅 빈 컴퓨터실에서였다.

남동생과 나는 함께 뉴욕을 떠났다. 남동생은 그라운드 제로(2001년 9월 11일 알카에다의 테러로 초토화된 뉴욕 세계무역센터가 있던 자리를 지칭하는 말 — 옮긴이)에서 일곱 블록 떨어진 곳에서 살았다. 천식 병력이 있는 나는 브루클린에서 살고 있었는데, 이렇게 계속 불타고 있는 한 도저히 이곳에서 편안하게 숨을 쉴 수 없겠다는 걸 수십 년 만에 처음으로 알게 됐다. 그래서 우리는 이 공기에서 벗어나기 위해 일주일 동안 이곳을 떠나 있기로 했다. 순진해 빠진 우리는 그때쯤이면 화재가 진화될 거라고 생각했다. 그러나 베라자노 브리지에서 보았던, 맨해튼섬만큼 기다란 연기구름을 나는 언제까지나 잊지 못할 것이다.

데뷔 작가라면 누구나 꿈꾸는 극찬 일색의 서평을 읽으면서, 나는 에스에프 영화의 인물, 마침내 자신의 소설이 출간된 순간, 세상의 종말을 지켜봐야 하는 작가가 된 기분이 들었다.

결국 우리는 다시 뉴욕으로 돌아왔다. 세상은 끝나지 않았다. 그 대신 붕괴가 일어나는 내내 사람들은 나에게 **당신 책이 전쟁을 다루지 않아서 유감이에요**, 같은 말을 했고, 나는 이 말에 아무런 대꾸도 하지 않았다. 딱히 할 말이 없었다. 당시 나는 뉴 스쿨에서 글쓰기 수업을 했는데, 유니언스퀘어역을 지나갈 때마다 혹시나 아는 사람이 있을까 해서 실종자를 찾는 수천 장의 전단지를 꼼꼼히 들여다보았다. 그리고 내 이름이 인쇄된 전단지가 사람들에게 읽히는 상상을 해보았다. 나를 아는 사람들은 나를 찾는 데 도움이 될 거라는 생각에 나에 관해 자세하게 소개할 것이다. 잘하면 팔 한 짝이라도, 머리 없는 몸뚱어리만이라도 찾을지 모르니까. 잠시 끔찍한 생각을 해보면서, 혹시라도 이런 일이 일어날 경우에 대비해 내 몸에 뭔가 뚜렷한 특징을 만들어야겠다고 결심했다. 물론 두려움에 내몰리다 튀어나온 정신 나간 생각이라 이내 지워버렸다. 나는 출판사에서 마련한 두 차례의 낭독회를 위해 텅 빈 비행기에 올랐고, 불안해하는 승무원들이 제공하는 특별 기내식을 먹었다. 라디오에 출연해 전쟁을 다루지 않은 내 책에 대해 질의응답 시간을 가졌고 독자들을 만났다. 서평 기사는 더 많이 나왔다.

뉴욕시에는 작가의 장벽writer's block 현상이 유행처럼 번지고 있다는 뉴스 기사가 나왔고, 그 뒤 전 세계 여러 나라에서도 작가의 장벽에 관한 기사들이 나왔다. 알려진 작가든 알려지지 않은 작가든 9·11테러의 규모에 버금가는 글이 도무지 생각나지 않는다고 말했다. 마치 이것이 그들의 과제라도 되는 양.

내가 아는 사람들 중에 그날 행방불명된 사람은 없었다. 행방불명에 대해 생각하면, 테러가 있던 날 아침에 듣고 있던 라디오에서 한 남자가 하던 말이 종종 떠오른다. 남자는 1번 타워 안 스테이션에서 라디오 방송국에 전화를 걸어, 현재 일어나고 있는 상황을 설명했다. 사회자는 그에게 전화해주어 감사하다고 얼른 인사한 다음, 약간 공황 상태에 빠진 목소리로 말했다. 그런데 선생님은 왜 이쪽으로 전화를 거셨나요? 왜 아래로 내려가지 않으시나요?

제 말을 이해하지 못하시는군요. 남자가 말했다. 건물 중앙이 통째로 사라졌어요. 내려갈 데가 없다고요. 그래서 전화를 하는 겁니다.

그 말 뒤로 이어진 침묵 속에서 내가 느낀 감정을 어떻게 묘사해야 할지 모르겠다. 다만, 거의 이 문장을 큰 소리로 읽는 데 걸리는 시간만큼 침묵이 이어졌을 거라는 말 외에는.

건물 중앙이 통째로 사라졌다니, 그게 무슨 말이죠? 사회자는 잔뜩 겁에 질린 목소리로 물었다.

그러니까, 건물 중앙이 내려앉는 게 보여요. 그가 말했다. 계단이 그냥…… 무너지고 있단 말입니다.

그러고는 전화가 끊겼고, 라디오 진행자는 전화를 걸어준 남자를 위해 기도해달라고 우리에게 부탁하면서 눈물을 흘렸다.

시간이 지난 뒤엔 건물들이 무너져 내렸다는 걸 모두가 확실하게 알게 되었지만, 그 순간엔 확신만 있을 뿐 이해가 되지 않았다. 도저히 견딜 수가 없었다. 나는 라디오를 껐다. 아파트에서 커피를 마시려던 참이었지만 그대로 얼음이 되어버렸다. 얼마나 무시무시한 일이 일어난 건지 아직 확실하지 않았지만, 그날로 세상이 끝나는 거라면 종말을 맞기 위해 커피가 필요할 거라고 결정했다. 그래서 두 친구가 일하는 모퉁이 카페에서 커피를 마시기 위해 집을 나섰다. 커피를 마셨고, 외로움이 덜 느껴졌다. 통로에 앉아 사람들이 평소와 다름없이 건물 밖으로 나오는 모습을 보았다. 그들은 무슨 일이 일어났는지 아직 모르고 있었다. 나는 그들에게 어떻게 말해야 할지 알 수가 없었다. 그래서 불쑥 라디오에서 들은 내용을 말했다.

그들은 나를 미친놈 쳐다보듯 쳐다보았다. 마치 내 말을 믿지 않으면 사실을 사실이 아니게 만들 수 있기라도 한 것처럼.

카페에 있던 라디오에서 처음으로 테러에 관한 뉴스가 나올 때 친구들이 커피를 쏟아 손이 데이는 걸 보았다. 나는 그들을 도와 카페 문을 닫기 위해 필요한 일들을 했다. 우리가 밖으로 나갈 준비를 하고 있을 때, 나는 창문 밖으로 희끄무레한 눈 같은 게 하늘에서 떨어지기 시작하는 걸 알아차렸다.

지금 눈 오는 거야? 친구 하나가 믿어지지 않는다는 투로 물었다.

이틀 전 한 용접공과 데이트했던 기억이 떠올랐다. 나는 그가 하는 일에는 관심이 없었다. 철이 불에 탄다고? 이렇게 물었던 기억이 났다.

그럼. 그가 말했다. 그리고 철은 화씨 2000도(섭씨 1093도 정도 — 옮긴이)가 되면 장작처럼 탄다고 말했다.

그날 있었던 모든 일과 모든 세부 내용에 관해 우리는 나중에 논쟁을 벌였을 것이다. 철이 탔는지, 불의 온도는 얼마인지, 비행기가 파괴를 일으킨 건지 아니면 건물에 폭파 장치가 설치된 건지 등등. '위장 술책'이라고 말하는 사람도 있었다. 나는 내가 지어낸 내용이 아닌데도, 아침에 들은 라디오 대화를 정말 들은 게 맞는지 의심스러웠고, 지금도 그렇다. 아무튼 그 순간 내가 아는 거라고는 지금 내리는 이 재들이 저 건물 위에서 내리고 있다는 것, 건물과 그 안에서 죽은 사람들과 건물에 부딪친 비행기 잔해가 한데 뒤섞여 재가 되어 내리고 있다는 것, 이렇게 계속해서 가루가 떨어지다가는 숨을 쉴 수 없으리라는 것, 그리고 언제 또 공격이 시작될지 모르므로 우리 모두 지체 없이 떠나고 싶어 한다는 것뿐이었다.

젖은 천 같은 것 좀 가져와 봐. 내가 말했다. 각자 하나씩 젖은 천이 필요했다. 냅킨이든 스카프든.

우리는 젖은 천을 얼굴과 머리에 둘렀다. 집에 도착하면 천을 벗어서 비닐봉지에 넣고 밖에 내다 버려. 내가 말했다. 그리고 샤워해.

그들은 나를 멀뚱하게 쳐다보았다.

이거, 저기 불에 타고 있는 건물에서 떨어지는 재야. 내가 말했다.

그렇게 내 친구들과 나는 젖은 천으로 코와 입을 막고, 떨어지는 재를 맞으며 테러 현장에서 몇 킬로미터 떨어진 파크 슬로프를 지나 집으로 향했다. 우리는 입을 다문 채 서로를 향해 잘 가라고 손을 흔들었다.

천을 벗어 비닐봉지에 넣고 샤워를 한 다음, 창문으로 다가가 창문이 제대로 닫혔는지 확인했다. 내가 느낀 두려움은 매우 구체적이었다. 재를 들이마시고 싶지 않다는 것. 어쩐지 그러면 실례를 범하는 것 같았다. 그 뒤로 몇 달 동안 행방불명된 시신을 찾는 이야기들이 오갔지만, 그날 집으로 돌아가면서 나는 대부분의 유해가 재가 되어 떨어졌다는 걸 알았다. 그 재가 무엇으로 이루어졌는지 가족들이 안다면 그들은 어떤 반응을 보일지 생각했다. 그날 이후 내 정원에 내려앉은 흐린 잿빛의 눈을 묘지를 참배하는 마음으로 바라보았다. 메릴랜드에 갔다가 일주일 뒤 돌아왔을 때 정원은 비에 깨끗하게 씻겨 있었다. 그러나 나는 그들이 여전히 그곳에 있다는 걸 알았다.

3년 뒤, 그 아파트에서 나갈 준비를 하면서 옷장 바닥에 처박힌 비닐봉지를 발견했다. 그날 사용했던 천을 없애지 않았던 것이다. 나는 마침내 그것을 버렸다.

**

뉴욕의 작가들이 9·11 테러 이후로 글을 쓸 수 없다고 호소할 때, 나는 그들이 독자의 입장에서 글을 쓰려다 보니, 그리고 우리 곁에서 사라진 이들의 입장에서 글을 쓰려다 보니 생각이 얼어버렸을 거라는 생각이 들었다. 왜 그런지 모르겠지만 우리 모두는 누군가 우리를 주시하고 있다는 느낌이 들었다. 그들은 죽었는데 우리는 살아 있을 가치가 있는지 누군가 지켜보는 것 같은 느낌, 더는 우리와 함께할 수 없는 그들의 생명에 대해 우리가 어떻게 이야기하는지 지켜보는 것 같은 느낌, 그만한 가치가 있는 이야기인지 지켜보는 것 같은 느낌이.

3

이라크에서 전쟁이 일어나기 전 겨울, 나는 친구 두 명을 잃었다. 옛 친구 한 명과 새로 사귄 친구 한 명.

옛 친구는 2001년 12월에 암으로 사망했다. 겨우 서른여섯 살 나이에. 주치의에게 오진을 받았다. 주치의는 처음엔 발진이라고 했고, 다음엔 그녀가 증세를 너무 심각하게 여기는 거라고 했다. 그러고는 항우울제 처방을 받으라는 진단을 내렸다. 정밀 검사를 받은 후 그녀는 자신의 병이 비非호지킨림프종이라는 걸 확인했다. 늘 활력이 넘쳐 보였지만 평생 건강에 지나치게 신경 쓰며 살았던 그녀는 마침내 심각한 병에 걸리자 진단을 믿지 못했다. 병에 걸렸다는 사실이 너무나 명백해서 결국 진단을 믿게 되었을 땐, 건강을 회복할 시간이 없어 병에 굴복할 수밖에 없었다. 그녀는 1990년대 초에 설립된 어느 잡지사에서 한때 내 상사였다. 내가 샌프란시스코에서 처음 그녀를 만났을 당시, 그녀는 내 남자 친구의 룸메이트의 여자 친구였다. 나는 남자 친구와 더 가까워지기 위해 뉴욕으로 이사 왔고, 이따금 그녀와 하루 종일 함께 보냈다. 언젠가 그녀는 소설을 쓰길 꿈꾸었고, 그러는 동안 좀처럼 아무에게도 보여주지 않고 거의 남몰래 시를 썼다. 내가 《XXX 프루트》라는 실험 문학 잡지의 편집자로 일할 때, 우리는 그녀에게 시를 청탁해 몇 편을 잡지에 실었다. 조판된 원고를 보면서 이 시 안에 그녀의 비밀스러운 모습이 담겨 있을 거라고 생각했던 기억이 난다.

그 무렵 그녀는 국내 시사 주간지로 직장을 옮겼고, 자신의 일을 사랑했다. 자신이 쓰고 싶은 글을 쓰려 해도 맡은 책무 때문에 에너지가 바닥나기 일쑤였지만. 아니 적어도 그녀의 말로는 그랬다. 내가 아는 대부분의 작가들은 글 쓸 시간이 충분하지 않다고 말한다. 대부분 뻥이다.

추도식에서 시인이자 소설가인 그녀의 연인은, 내 친구가 입원해 있는 8개월 동안 늦은 밤 불이 모두 꺼진 캄캄한 병실에서 그들의 인생에 관해 생생한 이야기를 들려주곤 했다고 말했다. 그들의 이야기는 미래가 배경이었지만, 현재 시제로 이야기되었다. 말할 것도 없이 상상 속 삶에서 그녀는 암이 완치되었고, 그들은 반려 동물들을 길렀으며, 우드스톡에 집을 지었고, 친구들이 주말을 보내러 찾아왔다. 그녀는 세부적인 내용까지 꼼꼼하게 상상해, 그들의 집 마당 가장자리에 키우던 고양이 무덤까지 만들었다.

그녀는 잠이 드는 걸 전혀 달가워하지 않았다.

다가오는 죽음과 단둘이 남겨졌을 때, 그녀는 침대에서 여러 가지 이야기를 들려주었다. 그리고 마침내 그녀가 사랑하는 여자를 위해 소설을 썼다. 지난 시간은 그들에게 허락된 소중한 날들이었다고 주장하면서.

죽어가는 사람에게 어떤 글을 읽어주겠는가? 애니 딜러드는 수업 시간에 우리에게 물었다. 그녀는 이것이 우리의 글쓰기를 위한 기준이 되길 바랐다. 친구의 추도식에서 나는 또 한 가지 기준을 생각했다. 죽어가는 동안 어떤 이야기를 들려주겠는가?

*
　*　*

　　몇 년 동안, 내 연구실에 처박아둔 버려진 기획들을 떠올릴 때마다
이 친구를 생각한다. 이 에세이는 그 기획들 가운데 하나였다. 작가
가 되면 글을 쓴다는 것이 무척 좋으면서도 동시에 포기하고 싶은 기
분이 들기도 한다. 나는 2005년, 뉴욕 로체스터의 내 집 작은 서재에
서 이 문장을 썼다. 서재에는 미완성 단편 소설, 미완성 에세이, 미완
성 소설 들로 가득했다. 그로부터 12년 뒤, 내 친구가 졸업한 예일대
학회에 참석하기 위해 이탈리아 피렌체에서 돌아오는 비행기 안에서
이 문장을 교정하고 있다.

　　그녀가 세상을 떠난 후 첫 10년 동안은 이사를 다닐 때마다 상자
를 하나하나 꼼꼼히 살피면서 자료를 정리했고, 그녀의 추도식을 위
해 만들었던 CD와 그 위에 붙인 그녀의 소녀 시절 사진을 몇 번이고
들춰보았다. 햇볕에 그을린 피부, 적갈색 짧은 머리카락, 해를 바라보
느라 가늘게 뜬 눈. 양쪽 팔에는 날개처럼 튜브를 끼고 있는. 지금 나
는 남편과 함께 자는 침대 옆에 이 CD를 보관한다. 상자들은 우드스
톡 근처에 마련한 우리의 오두막집에 있다. 그 집에는 20년 전 내 친
구가 꿈꾸었던 미래의 환영들이 내 이웃과 함께할 것이다. 이 상자들
은 여전히 나 자신에 대해, 과거에도 작가였고 현재도 작가이며 미래
에도 작가로 있을 나 자신에 대해, 상자 속 내용들을 믿었던 사람이며
여전히 그것을 믿기 위해 몸부림치고 있는 사람인 나 자신에 대해 말
하고 있다. 더는 기다릴 필요 없는 지금까지도.

　　괜찮다면 이제 절망이라는 죄에 대해 숙고해보자.

　7대 죄악 중 절망은 희망 없음의 죄, 구원이 없다고 믿는 죄다. 이 죄는 심지어 이설異說로 간주되기도 하는데, 이 주제에 관해 《가톨릭 백과사전》의 내용을 인용하면 다음과 같다. "이는 예를 들어, 하느님 은 구원에 필요한 것을 결코 우리에게 주려 하지 않으신다, 같은, 신앙 에 반하는 진술에 동의하는 것을 의미한다." 하느님의 은총이 내려지 지 않을 거라고 믿기 때문에 이것은 죄다.

　나는 가톨릭 신자로 자라지 않았다. 오히려 날라리 감리교 신자에 가까웠다. 죄악에 관해 공식적인 교육을 받은 적은 없었고, 살면서 일 상적인 경험만 가지고 있었다.

　내가 절망을 느낀 사람이 누구였더라? 우울증으로 의심되는 증상 을 보였던 남자 친구가 떠오른다. 수년간 여기저기 이사를 다니기 전, 정원 딸린 아파트에서 7년 동안 산 적이 있다. 나는 내 침대에 누운 남자 친구와 그의 절망에 대해 이야기했다. 그는 뉴욕 출신의 유대인 변호사였고, 진보적인 법률 사무소에서 일하면서 진보적인 활동에도 참여했다.

　그는 내 앞에서 자신을 비난하기 시작했다. 넌 우울해할 이유라도 있지. 그가 나에게 말했다. 끔찍한 일들을 겪었으니까. 그런데도 여 전히 잘 지내고 있어. 그런데 난 왜 이러는 거지? 넌 미국 공산당 대 표잖아. 내가 말했다. 우리는 웃었다. 그러나 단지 그것이 사실이었 기 때문이다.

　그는 내가 힘든 일을 겪고도 우울한 기색이 없는 것 같다고 말했다. 그의 말이 옳았다. 내가 생각해도 나는 우울하지 않았다. 속에서 화가 끓어올라서 그렇지. 아니, 차라리 화가 날 일을 기다리고 있었다고 해야 할 것이다. 그렇지 않으면 침묵하거나 사람들을 피했다. 이 시기에 작가들은 가령 내 앞에서 이렇게 말하곤 했다. 어렸을 때 나쁜 일을 경험한 적이 통 없었으니 말이야. 그들은 나 같은 사람을 앞에 두고 죽는소리를 해댔다. 자기들에게 끔찍한 일이 일어났으면 좋았으련만 그 행운을 빼앗겼다는 듯이. 당시 나는 내가 겪은 끔찍한 일들을 소설에 담을 수가 없었다. 아무도 믿지 않을 테고, 나 자신도 그 일이 기억나지 않았기 때문이다. 13년 전 아이오와의 상담사는 나에게 이렇게 말했다. "다른 환자였다면 피해망상증이라고 말했을 겁니다. 하지만 당신은 실제로 살면서 많은 사람들에게 배신을 당했어요. 그렇지만 여전히 신뢰하는 법을 배워야 합니다. 그렇지 않으면 그 일들이 여전히 당신의 발목을 잡을 거예요."

《가톨릭 백과사전》의 절망에 관한 항목을 다시 인용하겠다. "나약한 사람은 부족하거나 무능한 자기 모습에 지나치게 겁을 먹기 때문에, 그만큼 신을 전적으로 믿지 못한다."

나는 때때로 나의 부족한 면들을 지나치게 두려워하며, 신을 믿지 않는다. 그러나 최악의 상황인 지금, 내가 여전히 통제할 수 있는 한 가지는 포기할 것인가 말 것인가라는 걸 잊지 않는다. 그리고 나는 계속 가고 있다.

그해에 잃은 두 번째 친구는 새로 사귄 친구였다. 그는 2003년 2월 말에 갑자기 사망했다. 톰이 그의 이름이었다. 마흔 살로 나보다 약간 나이가 많았고, 좋은 술과 훌륭한 음식이라면 정신을 못 차리는 남자치고 건강도 좋았으며, 게이에 HIV 보균자였다. 브루클린 7번 대로에서 카페를 운영했는데, 내가 그를 알고 지낸 2년 반 동안 거의 일몰 이후에만 그를 보았다. 그는 커피를 만들었고, 나는 그것을 주문했다. 그는 내 첫 소설이 출간된 계절에 나를 만났다. 그는 내 책을 읽었고, 내 옆에 줄을 선 사람에게 좋은 소설이라고 크게 소리 내어 말하곤 했다. 그 바람에 조만간 그의 단골 대다수가 나의 소설 출간 사실을 알게 됐고, 그래서 우리가 친분을 가진 시기에 나는 거의 얼굴을 붉히며 지냈다. 그가 사망했을 때 나는 첫 소설 홍보를 위해 두 번째 짧은 여행을 마치고 돌아오던 길이었다.

다시 말해, 그는 내가 7년 동안 품은 꿈이 막 실현되고 있을 무렵에 나를 만났다. 그리고 나는 그간의 노력에 결실을 맺느라 거의 초주검이 된 상태였다.

그는 작가로서의 내 모습만 알고 있었다. 그러나 내가 아는 내 모습은 그렇지 않았다. 그가 내 책에 대해 말할 때 내가 얼굴을 붉힌 이유도 그래서였다. 내가 턱시도가 들어 있는 정장 가방을 들고 커피를 사는 모습도, 파크 애비뉴의 격식을 갖춘 만찬장에서 웨이터 일을 하러 제시간에 도착하기 위해 지하철 계단을 뛰어 올라가는 모습도 그는 한 번도 본 적이 없었다. 내가 도심의 스테이크하우스에서 식사 시중을 마친 뒤, 풀 먹인 흰 셔츠를 입은 채로 소매를 걷어붙이고 그 지역 게이 바에 가서 문 닫는 시간까지 버번과 맥주를 마시곤 했던 밤을 그는 알지 못했다.

그는 가끔씩 글을 썼다고, 그리고 방금 유산을 상속받았다고 말했다. 그는 카페는 계속 운영했지만 유럽 전역으로 꿈같은 여행을 떠났고, 그때 스페인에서 한 젊은 남자와 사랑에 빠졌다. 하마터면 큰일을 당할 뻔도 했지만 무사히 넘겼고, 햇볕에 그을린 모습으로 느긋하게 스페인에서 돌아왔다. 어쩐지 비통함 따위는 함부로 그에게 다가서지 못하는 것 같았다. 무언가 더 큰 슬픔을 위해서였을까.

우리가 마지막으로 오래 대화를 나누었을 때 그는 소설 한 편을 구상해 쓰기 시작했다고 말했다. 나는 책 홍보 여행을 마치고 그를 볼거라고 기대하며 카페에 돌아왔을 때, 그가 있어야 할 자리에 모히칸 헤어스타일을 한 남아프리카 청년이 커피를 따르는 모습을 발견했다. 나는 톰이 HIV 보균자라는 걸, 웬만큼 안 좋은 일이 아니면 카페를 비울 사람이 아니라는 걸 알았다.

실제로 남아프리카 청년은 나에게 톰이 병원에 있다고 말했다. 나는 기침이 나을 때까지 이틀을 기다리기로 했다. 위험할 수 있어서 그에게 옮기고 싶지 않았다. 그는 그 이틀 사이에 사망했다.

내 친구들 상당수가 에이즈를 안고 살고 있었고, 나는 그 병이 여전히 그들을 죽일 수 있다는 걸 잊고 지냈다.

톰은 목요일 밤에 사망했다. 장례식 경야經夜(장례식 전에 지인들이 모두 모여 밤을 새워 고인을 추모하는 날 — 옮긴이)는 일요일로 잡혔다. 나는 그를 위해 글을 읽어달라는 부탁을 받았다. 나는 며칠 동안 수많은 사죄의 기도문 속에 파묻혀 지내다가, 마침내 그를 위한 애도의 시를 써야겠다는 생각을 했다. 내가 의도치 않게 종종 하는 희한한 일이 있었는데, 바로 친구들을 위해 시를 써주는 것이었다. 하지만 지금 같은 경우, 그는 내가 쓴 시를 결코 읽지 못할 터였다. 다른 땐 전부 생일이나 결혼식을 축하하기 위해 시를 썼고, 선물 받을 사람이 들을 것을 염두에 두었다.

나는 그가 시를 읽는 상상을 할 때에야 시가 쓰였다. 그에게 시를 주는 상상을 할 때에야 시가 쓰였다. 그에게 주지 못하는 대신 카페의 새 주인과 그의 직원들에게 시를 주었다. 그들은 스페인에서 햇빛 차단용 모자를 쓴 톰의 사진 옆 창가에 그 시를 세워놓았고, 1년 동안 그 자리에 두었다.

비가悲歌풍의 글에는 뭔가 기이한 분위기가 있어, 나는 처음 사용해보는 기분으로 이 단어를 사용한다. 우리는 비가를 읽을 때 고인이 곁에서 지켜보고 있다는 상상을 하지 않을 수가 없다. 심지어 그들에게 시를 읽어주면서, 우리 곁으로 내려와 말없이 들어달라고 요청하기도 한다. 그리고 고인의 기준에 맞지 않는 글은 단 한 줄도 책상 밖으로 내보내려 하지 않는다. 아마도 이것은 지금까지 상상해보지 못한 일종의 검열이며, 나중엔 상상으로만 이루어지는 검열일 것이다.

그 후 며칠간은 커피를 사러 갈 때마다 내 시 옆에 놓인 톰의 사진을 보았고, 그때마다 대체 얼마나 오래 기다려야 글을 쓸 수 있는 거냐는 그의 말을 떠올렸다. 나는 두 번째 소설을 앞두고 자꾸만 머뭇거렸는데, 이 말이 내 의지를 다지게 해주었다. 톰은 언제나 나에게 필요한 한마디를 해주는 재주가 있었는데, 내가 시를 쓸 때도 시가 나에게 다가올 때까지, 거의 매일같이, 귀에 딱지가 앉도록 이런 식으로 이 마지막 말을 들려주었다.

4

이게 다 무슨 소용이죠? 나는 작가이자 선생으로 일하는 동안, 선거 다음 날 아침이 되면 내 학생들이 묻는 이 질문에 대해 고심해왔다.

그해 선거 다음 날 아침을 만화로 표현하면 이렇게 그렸을 것 같다. 나는 앞뒤가 산으로 막힌 도로 위를 차를 타고 달리고, 까만 말풍

선에는 이런 물음이 적혀 있다. **세상이 끝장났다는 생각을 한 게 대체 몇 번째야?** 운전을 하는 동안 이 말풍선은 계속 떠 있고, 다음 쪽으로 내 인생이 이어지는 동안에도 줄곧 떠 있다. 최소한 중성자탄에 의한 죽음의 공포를 처음으로 알게 된 초등학교 5학년 이후부터, 혹은 오존층 파괴로 야외에만 나가도 특수복을 입어야 할 거라는 죽음의 공포를 절감한 성인 이후부터 내 삶의 여정이 이어져온 지금까지 계속.

나는 여름을 좋아한다. 내 최악의 악몽은 여름을 즐길 수 없는 세상이다.

만화의 한 토막에는 임금이 더 저렴한 다른 나라에 공장을 새로 지어, 내가 어린 시절에 있던 공장들이 텅 비게 되었다는 걸 알게 되는 장면이 나오고, 나는 공장 소유주들과 노동자들 간에 벌어진 장기간 논쟁 — 내 평생보다 오랜 논쟁 — 의 결과, 미국인이 거의 무임금으로 노동을 하기 전까지는 이 일들이 결코 돌아오지 않을 거라는 걸 이해했다.

중간쯤에 그릴 또 다른 토막에는 2007년에 일주일간 진행된 작가 회의에 참석하기 위해 택시를 타고 샌프란시스코에 갔던 일을 소개할 것이다. 택시 기사는 공화당이 부자들을 위해 국가 재산을 빼돌리기 위한 30년 계획을 세웠는데, 지금이 그 마지막 10년째라고 말했다. "누가 그런 말을 하던가요?" 나도 그런 일이 일어나고 있을 거라고 진즉에 생각하고 있던 터라 이렇게 물었다. "어떤 교수님이 그러던데요." 택시 기사가 샌프란시스코 대학교에 나를 내려주면서 말했다. "아, 깜빡하고 이 말을 안 했네. 그 교수님 말이, 그 계획이 레이건 때부터 시작됐대요. 레이건이 시작한 건 아니고 그 측근들이 한 짓이지 뭐."

나는 그에게 고맙다고 인사하고 팁을 얹어준 뒤, 학교 안으로 들어갔다. 전문가가 독자들에게 택시 기사의 지혜로운 의견을 그대로 전달하는, 내가 굉장히 자주 읽는 신문 칼럼 같은 순간이라는 생각이 들었다. 이 일을 글로 쓰면 사람들은 너무 빤한 비유라고 조롱하거나, 나를 미친놈이라고 말할 것이다. 미국은 이런 곳이다. 아무것도 달라지지 않는 한 얼마든지 진실을 말해도 좋은 곳.

말풍선이 끝날 때쯤 나는 깨닫는다. 선거 다음 날 아침인 오늘은 택시 기사가 말한 30년 중 마지막 해라는 걸.

**
*

내 마음 안에는 또 한 명의 알렉산더 지가 있다. 내가 사회생활을 하는 동안 입속 치아 수만큼 정기적인 치과 검진만 받았어도 그런 모습의 내가 되었을 것이다. 2005년에 캐나다에 갔을 때 그는 그곳 사람들 모두가 미국인에 비해 상당히 건강해 보인다는 사실에 불안했다. 나는 내 마음속 그가 2005년에 캐나다를 방문한 뒤에 미국을 떠날 때마다 키가 자라는 걸 알아차리는 것으로 이야기를 시작했다. 지금 시대에 미국인으로 있다간 경력이 단축되는 건 물론이고 수명도 줄어들 것 같다. 그 원인은 내 나라가 그렇게 설계했기 때문일 것이다. 그리고 그것은 다분히 의도적이다.

편의점에서 다친 곳을 치료받지 못한 채 일하는 직원을 본 적이 있다. 그곳에서 나오는데, 체인점 유니폼을 입은 어떤 사람이 구걸을 했다. 월급 전날인데 집에 가스비를 내지 못하고 있다면서. 어떤 사람은 두세 가지씩 일을 뛴다. 나도 최근까지 먹고살기 위해 발버둥 쳤지만, 지금은 내 나라에서 상위 20퍼센트 소득자에 해당한다. 요즘은 치과 임플란트를 위해 돈을 모으고 있다. 보나마나 집 얻을 때 계약금으로 쓸 게 빤하지만. 대출금을 다 갚을 날이 오긴 올까. 우리 중 누구라도 그럴 수 있는 사람이 있을까. 별로 확신이 없다.

선거 전에 전 세계 과학자들은 인간이 이 행성에서 장기간 생존할 가능성을 두려워했다. 그레이트배리어리프(오스트레일리아 북동쪽 해안의 아름다운 산호초 지역 — 옮긴이)에서 산호들의 떼죽음 — 산호가 죽은 게 아니라 그저 희게 변할 뿐이라고 생각하는지 산호 탈색이라고 부른다 — 은 과학자들이 이미 두려워했던 현상이지만, 그들은 자신들이 죽기 전에 이런 현상을 보게 될 줄은 예상하지 못했다. 많은 과학자들은 눈물을 흘렸다. 기후 변화를 부인하는 것은 석유 기업 엑손모빌이 기업 수익을 올릴 기간을 최대한 연장하기 위한 활동의 결과다. 이 회사는 전 인류가 생존할 수 있는 에너지 대책을 세우기 위해 공개적으로 연구하는 건 고사하고, 기후 변화 사실을 부인하는 데 수백만 달러를 지출한 것으로 밝혀졌다. 엑손 사는 기후 변화 사실을 내내 알고 있었다. 그러니까 최소한 30년 동안은 알고 있었다. 보수파가 벌이는 가장 기이한 사기 행각은 도둑에게 찬성표를 주고는, 도둑이 선택한 누군가를 향해 유권자들이 '도둑이야'라고 소리치게 만드는 것이다. 그리고 지금 우리는 그 최종 단계에 와 있다.

지금은 누군가에게 소설 쓰기를 가르치기엔 이상한 시기다. 그러나 나는 늘 그래왔다고 생각한다. 지금은 단지 우리에게 이상한 시기일 뿐이다.

**

글쓰기 워크숍에서는 출판에 관한 대화들이 수시로 오가기 마련이며, 나는 대개 학기가 끝날 때쯤 학생들에게 출판을 시도하도록 허락한다. 이 방식으로 학생들에게 전문 작가가 얼마나 평범한지 가르칠 수 있을 뿐 아니라, 무엇보다 자신의 작품 안에 끝내주는 기회들이 있다는 걸 가르칠 수 있다. 그리고 때로는, 아마도 늘 그렇겠지만, 훌륭한 작품을 활용하는 가장 기본적인 방법은 그것을 일반적인 방식으로 다루는 것이므로, 나는 학생들에게 잡지사, 학술지, 저작권사, 출판사에 작품을 제출하는 절차를 반드시 교육한다. 또한 글쓰기와 출판에 관해 내가 아는 내용을 전부 다 전달하려 애쓰고, 기대감에 부푼 그들의 마음이 상처받지 않도록 노력한다.

내가 수업 시간에 하는 이야기들이 있다. 전등 아래에서 책을 쓰면서 전기 요금마저 제외한 최근 수입이 어느 정도여야 한다는 식의 이야기는 하지 않는다. 친구들은 우리가 제법 돈을 잘 번다고 생각할 것이다. 가족 이야기를 한마디도 쓰지 않았지만 가족들은 우리가 그들을 배신했다고 생각할 것이다. 비평가들은 우리 책을 오해할 것이다. 책은 우리의 모든 것을 희생하게 만들 테지만, 우리 말고는 누구도 그런 것에 신경 쓰지 않을 것이다. 혹은 비평가들은 우리 책을 오해할 테고, 그런 채로 여전히 수천 부가 팔린다 해도, 역시나 우리 외에는 누구도 그런 것에 신경 쓰지 않을 것이다.

나는 첫 소설을 쓰기 시작해서 완성하기까지 7년이라는 시간이 걸렸고, 그동안 세 가지 직업, 아니 책을 쓰는 일까지 네 가지 직업을 거쳤다. 어느 땐 스테이크하우스의 웨이터 교대 근무를 위해 브루클린에서 뉴욕으로 향하는 지하철 F노선 안에서 글을 썼다. 어느 땐 내가 담당하는 손님들이 자리에 앉길 기다리는 동안 썼다. 어느 날은 한 번에 몇 시간씩 잘못된 자세로 앉는 습관 때문에 통증이 와서 글쓰기를 중단해야 했다. 그때 나는 타이핑하기에 적당한 높이의 테이블을 구할 때까지는 글을 쓰지 말아야겠다고 결심했다. 그런데 아파트를 나온 뒤 한 시간 만에 어느 집 야드 세일에서 테이블 하나를 발견했다. 마치 신들이 나를 놀리는 것 같았다.

자, 네 테이블 여기 있다, 라고 신들이 말하는 것 같았다. 테이블은 바로 내 눈앞에 앉아 있었고, 가격표에는 3달러라고 적혀 있었는데, 나는 그 가격을 그만 가서 일하시지, 라고 읽었다.

마침내 소설이 나왔을 때 처음 느낀 감정은 가슴이 터질 것 같은 감격 같은 게 아니었다. 그때의 감정은 이랬다. **이 짓을 또 하고 싶냐?**

지겨운 건 아니었다. 돈도 필요했고, 글을 쓰면 곧 더 많은 돈이 들어올 터였다. 하지만 그땐 도저히 글을 쓸 수 없을 것 같았다. 나와 소설은 마치 부적절한 관계처럼 매주 금요일이면 헤어졌다가 월요일에 다시 만났다. 나에게 소설은 몇 년 전 사랑에 빠졌지만 더는 마음 주지 말자고 스스로를 달래며 혼자 서서히 멀어진 아름다운 무엇이었다. 두 번째 소설을 진작 시작했지만 아직 그것을 쓸 만큼 기운이 나지 않았다. 머리에서는 무슨 글이든 지금 당장 쓸 수 있는 글을 써서 급하게 필요한 돈을 마련해야 하지 않느냐며 나 자신을 조용히 윽박지르고 있었다. 하지만 내 의지로는 손가락 하나 까딱할 수가 없었다.

2003년 가을 어느 날, 웨슬리언으로 조금 일찍 출근했다. 회계 팀에 가서 수표로 가불을 요청하는 부끄러운 월례 행사를 치르기 위해서였다. 어차피 그달 그달 쪼들리는 날짜만 미룰 뿐인 쓸데없는 짓이었다. 내 담당 출판사는 파산해서 당시 내 1년 치 급여에 해당하는 돈을 나에게 지불하지 못했고, 내 첫 소설에 대한 해외 저작권료까지 팔아버렸지만, 파산 법원의 결정에 의해 나는 그 돈을 구경조차 할 수 없게 됐다. 그 일 이후 어느 날, 나는 강의실로 향하다가 도저히 안으로 들어가지 못하고 마음을 가라앉히기 위해 다시 내 연구실에 들어와 잠시 숨을 돌려야 했다. 지금 강의실에 들어가면 학생들에게 당장 전부 때려치우라고 말해버리고 싶을 것 같았기 때문이다. 다 그만 둬, 아무 가치 없는 일이야. 너희들한테 아무짝에도 도움이 안 되는 일이라고.

진실이 아니라는 걸 나는 알고 있었다. 진실이라고 믿지도 않았다. 그런데도 그런 유혹을 느꼈다. 이 중 어떤 행동도 책임 있는 행동과는 거리가 멀었을 것이다. 학생들은 잘못된 체제에 대해 알 필요가 없었다. 학생들이 알아야 할 건 체제가 잘못될 때 대처하는 방법이었다.

나는 연구실에 혼자 앉아 컴퓨터 스크린의 오른쪽 하단 구석에 표시된 시간을 바라보면서, 그런 내용을 가르칠 수 있겠다는 기분이 들 때까지 기다렸다. 그런 다음 일어서서 강의실 안으로 들어갔다.

글을 쓰는 게 무슨 소용이 있지? 그날 나는 나 자신에게 묻고 있었다. 문제는 듣고 있는 사람이 아니라 듣지 않는 사람에게 있을지 모른다. 귀를 완전히 닫은 사람에게 말이다. 그런 문제가 있음에도 글을 쓰는 의의는 소련의 사미즈다트samizdat(자가 출판)의 의의와 같았다. 과거 소련 전역에서는 그 나라 책이든 밀반입해 들어온 책이든, 금지된 책들을 공유하기 위해 독자와 작가가 비밀리에 만나는 지하 출판이 있었다. 글을 쓰는 의의는, 소련에서 남편과 함께 수용소에 갇힌 동안 남편의 시를 독자들에게 들려주기로 결심하고 그의 시를 한 편 한 편 외우던 시인의 미망인 오시프 만델스탐Osip Mandelstam 안에 있다. 글을 쓰는 의의는 누군가에 의해 읽힐 **가능성** 안에 있다. 그것을 읽은 그는 우리의 상상의 한계를 뛰어넘어 어떤 모습으로든 변화할 수 있다. 한나 아렌트Hannah Arendt는 자유에 대해, 우리가 아직 상상할 수 없는 것을 상상할 자유를 누리는 상태라고 정의한다. 아직 상상도 할 수 없는 작품이 다른 이들 앞에 놓여 있는 상상, 그 작품이 우리가 상상할 수 없는 아주 많은 행동을 하도록 그들을 변화시키는 상상을 하는 자유. 나에게는 그것이 글을 쓰는 의의다. 우리는 내 작품이 평범하다고 생각하는 걸 겸손이라고 여길지 모른다. 그렇지 않다. 어떤 작가가 어떤 글을 쓰고 있는지 우리는 모르는 것처럼, 우리 책을 읽은 독자가 어떻게 달라질지 우리는 알지 못한다.

*
**

글쓰기에서 작가는 중요한 조건이 아니라고 작가들에게 믿도록 요구하는 나라는 미국뿐이다. 이제는 이런 요구를 거두어들여야 할 때다. 나는 내 작품의 중요성을 의심하면서 학생 시절의 대부분을 보냈다. 내 작품이 과연 누군가에게 힘이 되긴 할지, 뭔가 의미 있는 일을 하도록 힘을 주긴 할지 의심하면서 말이다. 한창 글쓰기를 공부할 무렵엔 펜은 검보다 강하다는 식의 말에 벌써 신물이 났다. 내가 보기엔 언제나 검이 이기는 것 같았다. 오든의 인용문 — "시는 아무 일도 일어나게 하지 않는다" — 을 발견할 무렵엔 내가 생각했던 이 말의 의미를 믿을 만반의 준비가 되어 있었다. 그러나 나에게 책은 내가 그들의 존재를 발견했던 예전 모습 그대로 남아 있었다. 책만이 유일한 마법이었다. 어머니에 대해 가장 많이 남아 있는 어린 시절 기억은 소리 내어 책을 읽는 내 목소리를 들으려고 내 옆에 가만히 서 계시던 모습이다. 나는 책이 누군가에게 그런 몸짓을 하게 만들 수 있다는 걸 이해하고 나서야 본격적으로 글쓰기에 전념할 수 있었다. 그리고 글에 전념하기 위해 내 안의 혼돈을 복잡하지만 체계적으로, 명료하지만 복잡한 구조로 정리해야 했다.

글을 쓴다는 건 진실로부터가 아니라 진실 안으로 달아나는 비행기 티켓을 파는 것이다. 내 일은 독자의 두 눈 뒤 손바닥만 한 공간 안에서 무언가가 일어나게 만드는 것이다. 나는 친구들, 나를 가르친 교사들, 비행기에서 만난 사람들, 마음속에서만 만난 사람들, 어머니와 아버지가 한 모든 일, 내가 사랑하는 모든 책으로부터 가지고 온 모든 것을 증류해 책 속에 담고, 그러면 마침내 책은 독자를, 바로 당신을 만나 당신 안에서 발견한 모든 것을 증류해 무언가를 뽑아낸다. 이 모든 일은 마치 문장이 담장인 양, 이런 식으로 만들어진 어느 문장의 가장자리를 따라 걷다가, 한쪽에서는 당신을, 다른 쪽에서는 나를 만난다. 글이 최고의 효과를 발휘할 땐, 나는 문장 하나를 이야기 밖으로 밀어내 그곳에서 나를 꿰뚫어 보는 작가의 시선을 발견할 것만 같은 기분이 든다.

내 말이 무슨 의미인지 모르겠다면, 내 말 뜻은 이렇다. 내가 폭설을 뚫고 길을 걷는다고 말할 때, 독자들은 어린 시절 눈 쌓인 밤이나, 예컨대 운전을 하고 집에 오는데 폭설이 내려 깜짝 놀랐던 지난겨울 밤을 기억할 것이다. 내가 죽은 내 친구들과 시에 대해 말할 때, 당신은 당신의 죽은 친구들을 기억할지 모르고, 친구들 중에 죽은 사람이 없다면 친구들이 세상에 없다면 어떤 기분일지 상상할 것이다. 자신이 직접 쓴 시나, 보았거나 들었던 시를 생각할 수도 있다. 시를 좋아하지 않는다는 사실을 떠올릴 수도 있다.

당신이 이 글을 읽을 때 내 기억과 당신의 기억을 바탕으로 무언가 새로운 것이 만들어진다. 그것은 내 기억도 당신의 기억도 아니며, 그렇게 생겨난 후 가능한 오래 당신의 마음이라는 도로와 다리를 거닌다. 그러다 나중엔 내 마음에서 떠난다.

글 따위 중요하지 않아, 의미 없어, 아무런 가치가 없다니까, 같은 말을 나는 평생 들어왔다. 그러나 나는 중요하다고 생각한다. 나는 그 것이 우리에게서 모든 것을 앗아간 사람들이 이런 말을 하는 진짜 이 유라고 생각한다. 파시스트들이 정권을 장악하면 제일 먼저 감옥에 가는 부류에 작가들이 속하는 것도 같은 이유에서 그럴 것이다. 그리 고 그것이 바로 글을 쓰는 의의다.

*
**

나는 이라크 전쟁이 일어나고 처음 맞는 주말에 내 학생들에게 보 내는 이메일로 이 에세이를 시작했다. 문득 그들의 열성적인 보호자 가 된 기분이 들었다. 당시 학생들이 징집될 수도 있다는 소문이 돌았 는데, 내 학생들이 그렇게 되길 바라지 않았고, 국방 장관 같은 부류 의 사람들이 그 어느 때보다 두려웠다. 예술을 파괴하는 것은 인간을 파괴하기 위한 연습이다.

나는 내 학생들을 다른 세상으로, 사람들이 전쟁보다는 글과 예술 을 더 소중하게 여기는 세상으로 데려가고 싶었지만, 중요한 것은 오 로지 바로 이곳에 그런 세상을 만드는 것뿐임을 그때도 지금도 알고 있다. 다른 세상은 없다. 이곳이 우리가 속한 유일한 세상이다. 바뀌 기가 몹시 힘들겠지만, 이 나라는 틀림없이 바뀔 수 있고 수정할 수 있다.

그 주말에 학생들에게 이메일을 쓰면서 이렇게 말했다. 예술은 과 거의 정부들, 국가들, 황제들, 그리고 장차 그들의 대체물들을 견디어 낸다. 예술은 ― 심지어, 아니 어쩌면 특히, 왠지 모르지만 부드럽고

약한 것에 헌신적인, 영원히 이번 생을 떠나기 전 사랑하는 이와 마지막 며칠 밤을 함께 보내며 그에게 소중한 것을 내어주는 연인과도 같이 헌신적인 예술은 — 약하지 않다. 예술은 강하다. 나는 생의 대부분을 견뎌온 예술과 전쟁을 벌이려는 문화를 무시하라고 학생들에게 요청했다. 그것은 화려한 치장으로 보다 중대한 일들을 방해하며, 미국의 공공 생활에서 예술과 문화의 명예를 떨어뜨리는 움직임으로, 투자할 가치도 없고 가르칠 가치조차 없다. 나는 중국 황제들은 잘 기억하지 못하지만 황제들에게 조언을 한 맹자는 쉽게 떠올릴 수 있다고 말했다. 맹자는 이 통치자들과 그들의 문제를 기록한 자신의 어록에 그들에 관한 이야기를 실었고, 나 같은 사람들을 위해 거의 완벽하게 묘사한다. 끝까지 살아남는다면, 미사일도 막지 못하는 것을 소설이 막을 수 있다는 건 얼마나 역설적인가.

그러나 이메일을 보내는 것이 행동의 전부가 아니었다. 그것은 시작에 불과했다. 문장이나 서사 작법을 가르치는 것이 글쓰기를 가르치는 일이라는 생각을 전환한 것은 바로 그때부터였다. 나는 학생들이 천착하는 문제를 글로 쓰도록 가르칠 필요가 있었다. 그 대상은 자기 자신이 될 수도 있고, 그들에게 중요한 어떤 문제일 수도 있으며, 현재, 과거, 미래일 수도 있다. 그리고 나라일 수도 있다. 그리고 그들이 쓰는 글로 그렇게 할 수 있다. 우리는 언제 세상이 끝날지 알 수 없다. 언젠가 세상이 끝난다면, 우리는 세상이 끝나는 날 자신이 할 수 있는 이 일을 함으로써 더 바람직하게 소용될 것이다.

'선거' 후 나는 멈추지 말아야 한다는 새로운 깨달음을 얻는다. 당신이 이 글을 읽는다면, 그리고 당신이 작가라면, 나처럼 절망에 사로잡혀 있다면, 멈추어야겠다는 생각이 들 때, 당신이 아는 고인들에게 말을 건네보라. 고인들을 위해 글을 써보라. 그들에게 이야기를 들려주어라. 이번 생으로 당신은 무엇을 하고 있는가? 그들이 당신에게 책임을 묻게 하라. 그들이 당신을 더 대담하거나, 더 겸손하거나, 더 시끄럽거나, 더 사랑스럽거나, 어떤 모습으로든 만들게 하라. 그리고 그들을 당신 안으로 들어오게 해서 그들의 말을 들어라. 그런 다음 써라. 그리고 전쟁이 일어나면 — 분명히 말하지만, 이미 이곳에서는 전쟁이 일어나고 있다 — 산 사람들을 위해서도 반드시 글을 써라. 당신이 사랑하는 사람들을 위해, 그리고 당신의 목숨을 노리고 다가오는 사람들을 위해 써라. 그들이 다가오면 당신은 그들에게 무엇을 주겠는가? 나로서는 그들을, 나를 미워하는 이 사람들을 자유롭게 만드는 이야기는 상상할 수 없지만, 나를 대신해 다름 아닌 이야기가 상상을 했기에 쓰고 있다. 그리하여 나는 늘 이 점을 기억하고, 심지어 그들을 위해서도 써야 한다는 걸 의식한다.

　　나는 그의 신뢰를 잃은 사람이라는 걸 말해두어야겠다. 나 자신을 얼마만큼 신뢰하느냐를 생각해보면 사실 나는 겁쟁이일지 모르고 가끔은 좌절도 한다. 부지런히 써야 하지만 그러지 못한다. 내가 죽으면 돌아가신 분들을 다시 볼 기회가 될 거라고 반드시 생각하는 것도 아니다. 그러나 현재로서 나는 살아 있고, 일을 하며, 그들이 나를 지켜보고 있다는 걸 느낀다.

　　그러므로 이제 여기에 이 이야기를 남겨두겠다. 그들을 위해, 그리고 당신을 위해.

감사의 글

먼저 남편 더스틴 셸에게 고맙다는 말을 하고 싶다. 그는 내 삶과 작업이 얼마나 가치 있는지 자주 크고 작은 방식으로 알려준다. 그의 사랑은 내 세계의 중심이다.

오랜 세월 동안 나와 우정을 함께 나누면서 두려움 없이 나를 지지해준 내 에이전트, 진 오와 그녀의 동료 제시카 프리드먼, 그리고 나와 내 작품을 잘 보호해 준 와일리 에이전시의 모든 팀원에게 감사한다. 편집자로서 사려 깊고 예리한 통찰력을 보여준 담당 편집자 나오미 깁스와 내 책들을 위해 수고한 호턴미플린 하커트 출판사의 모든 직원에게 감사한다. 여러분이 사투를 벌여준 덕분에 나에게 무엇보다 소중한 책이 출간되었다.

에세이 쓰는 법을 가르쳐주신 나의 선생님, 애니 딜러드, 클라크 블레즈에게 감사드린다. 에드먼드 화이트, 엘리자베스 베네딕트, 로즈 크랜스 볼드윈의 에세이를 이 책에 싣도록 허락해 준 편집자들에게 감사한다. 《모닝 뉴스》의 전 직원, 《게르니카》의 힐러리 브렌하우스,

댄 시한, 마이클 아처, 《n+1》과 발행인 채드 하바크, 《어팔러지》의 발행인 제시 피어슨, 《롱리즈》의 에런 길브레스, 마이크 당, 미첼 리그로, 사리 버턴, 《오토매틱》의 마크 암스트롱, 《캐터펄트》의 유카 이가리시와 멘사 드머리, 《버즈피드 북스》의 아이작 피츠제럴드, 사이드 존, 캐롤리나 바클라비아크, 제리 리. 모두가 힘써준 덕분에 이 에세이를 완성했다. 깊이 감사드린다.

가니트 캐도건, 존 프리먼, 멜러니 팰런, 자미 어텐버그, 케이코 레인, 산디 하먼즈, 모드 뉴턴, 제러드 코스코비치, 조 오스먼슨 외 특별히 도움을 준 친구들에게도 감사 인사를 전한다. 나와 이 책을 신뢰해 주어 감사하다. 그리고 글쓰기 모임 '레지스탕스'의 친구들, 미라 제이콥, 케이틀린 그리니즈, 루이스 하라미요, 브리타니 앨런, 줄리아 필립스, 테네시 존스, 빌 청에게 고마움을 전한다.

이 에세이집은 한편으로는 2014년 가을에 컬럼비아 대학교 논픽션 프로그램 시리즈에서 내 에세이를 읽은 리스 해리스의 권유에 의해 시작되었다. 나는 발표된 에세이들을 취합해 그녀의 학생들에게 보냈다. 이 작업을 하도록 재촉한 그녀가 정말 고맙다. 이 책에 소개된 일부 일화는 내 역사에서 가장 중요한 일들로, 다른 기회에 인터뷰나 다른 에세이에서 언급되었을지 모른다. 그러므로 이 일화들을 다른 매체에 옮기거나 복제할 권리는 실질적으로 나에게 있다. 이 책에 소개된 생존 인물들은 그들의 신분을 보호하기 위해 이름 및 그들을 알아볼 수 있는 세부 내용들이 수정되었다.

다음 에세이들은 다른 매체에 먼저 발표했으며, 이 책에 싣기 위해 편집과 수정을 거쳤다. 〈저주〉는 제일 처음 뉴 스쿨의 문학잡지 《릿Lit》에 실렸고, 〈피터를 추억하며〉는 에드먼드 화이트가 엮은《로스 위딘 로스Loss Within Loss》(University of Wisconsin Press, 2001)에 처음 실렸다. 두 에세이 모두 처음의 내용을 크게 수정했다. 〈의뢰인〉은《모닝 뉴스》에 실린 적이 있다. 〈쓰는 삶〉은 엘리자베스 베네딕트가 엮은 작품집《멘토, 뮤즈, 괴물Mentors, Muses, and Monsters》에 처음 소개되었고, 이후《모닝 뉴스》에 다시 실렸다. 〈나의 퍼레이드〉는《n +1》에서 펴낸 작품집《MFA vs NYC》에서 처음 소개되었고 나중에《버즈피드 북스》에 다시 실렸다. 〈아가씨〉는《게르니카》에서 처음 실린 뒤 조너선 프랜즌이 엮은《베스트 아메리칸 에세이 2016 The Best American Essays 2016》에 다시 실렸다. 〈B부부〉는《어팔러지》에 처음 실린 뒤《롱리즈》의 웹사이트에 다시 실렸다. 〈사기꾼〉은《캐터펄트》에서 처음 실렸다. 〈자전소설 쓰는 법〉은《버즈피드》에서 처음 소개되었다. 〈내 소설의 자서전〉은《스와니 리뷰Sewanee Review》에 처음 실렸다.

자전소설 쓰는 법

초판 1쇄 발행 | 2019년 8월 30일

지은이 | 알렉산더 지
펴낸이 | 이은성
편 집 | 김무영, 김지은
교 정 | 문해순
디자인 | 최승협
펴낸곳 | 필로소픽
주 소 | 서울시 동작구 상도동 206 가동 1층
전 화 | (02) 883-9774
팩 스 | (02) 883-3496
이메일 | philosophik@hanmail.net
등록번호 | 제379-2006-000010호

ISBN 979-11-5783-158-6 03840

필로소픽은 푸른커뮤니케이션의 출판브랜드입니다.

이 도서의 국립중앙도서관 출판시도서목록(CIP)은 서지정보유통지원시스템
홈페이지(seoji.nl.go.kr)와 국가자료공동목록시스템(www.nl.go.kr/kolisnet)
에서 이용하실 수 있습니다. (CIP제어번호: CIP2019027223)